NARRATORI

In copertina: fotografia © Tânia Cabral/EyeEm/Getty Images
Grafica: Giovanna Ferraris/*the*World*of*Dot
Progetto grafico: *the*World*of*Dot

Per essere informato sulle novità
del Gruppo editoriale Mauri Spagnol visita:
www.illibraio.it

ISBN 978-88-235-2968-7

© 2022 Ugo Guanda Editore S.r.l., Via Gherardini 10, Milano
Published by arrangement with Walkabout Literary Agency
Gruppo editoriale Mauri Spagnol
www.guanda.it

GIULIA BALDELLI
L'ESTATE CHE RESTA

UGO GUANDA EDITORE

A due bambine

Prologo

Sono due ore che ti aspetto e so che non arriverai. Ho freddo. Nessuno sa che sono qui, sola, seduta su una pietra gelata. Sopra la radura, solo la luce pallida della notte. Al centro, una pozza coperta dalla condensa. Le canne mormorano nell'acqua fra le foglie, il bosco intorno invece è fermo, solidale con l'oscurità.

Le notti sono diventate pericolose anche nel piccolo paese delle nostre estati di tanti anni fa. Il bosco è un covo di vagabondi, di disperati più imprevedibili degli animali selvatici. Non li temo. E se anche fosse una follia starsene a sessant'anni ad aspettarti nel buio degli alberi, so di essere nell'unico posto dove riuscirò a parlarti.

Nella borsa ho il telefono, spento. Delle monete, poche. E fogli, tanti, troppi. Li ho letti una volta e li conosco a memoria. Parole lunghe e complicate come piacciono a me, come danno fastidio a te. Frasi fitte per dire che ho il sangue malato e mi restano tre mesi. Questo sì, mi fa paura. Che cosa si fa, dottore, quando il tempo è così poco? Si cerca di allungare i giorni, di ridurre il dolore. Sì, ma io, dottore, io, cosa posso fare? Mi ha sorriso e stretto con delicatezza la mano, signora cerchi di sistemare le cose.

Il tuo nome mi è salito alle labbra. L'ho spinto giù. Lei, ho sussurrato soltanto, e il medico naturalmente non ha capito.

Sono un avvocato, so cosa si fa in questi casi. Lasciti, assicurazioni, testamenti. Dall'ospedale sono corsa in studio, ho mandato via la segretaria, ho passato il resto della mattina a leggere i miei fascicoli personali, poi mi sono guardata allo specchio. Che cosa ci faccio qui, mi sono chiesta. Tutto il denaro, i conti, le proprietà sono a posto. C'è solo una cosa da sistemare e per farlo non servono né carte né firme.

Allora sono tornata a casa. Ho messo dei vestiti eleganti in valigia e ho spiegato a Pierluigi di un impegno di lavoro improvviso fuori città. Mi ha creduto. Dei giramenti di testa, della visita non sospetta nulla e l'idea di un amante, dopo trent'anni di matrimonio, non lo sfiora nemmeno.

Con Arianna è stato più difficile. Papà cosa dice di questa partenza, mi ha chiesto perplessa. Ho provato a sorridere. Ha un timore viscerale degli abbandoni. Quando sarà il momento, anche se ormai è una donna, soffrirà senza rimedio. E non ci sarà più la mia mano a darle coraggio come quando era bambina, a dirle fidati, io rimango con te qualsiasi cosa accada. Di fronte al suo viso preoccupato, ho ricacciato indietro le lacrime. Un paio di giorni e torno, le ho detto.

Alla stazione ho lasciato la valigia piena di vestiti inutili al deposito, nella nebbia il cartello Bologna Centrale a poco a poco è sparito. Due ore di treno, un taxi fino al paese, poi a piedi, nelle vie più tortuose, in salita fino alla città vecchia.

Ho evitato la casa dove sono cresciuta, tanto è chiusa da anni e il mio albicocco in giardino non c'è più. Davanti a casa di Ida, tua nonna, ho abbassato la testa. Così non ho visto nemmeno il filare dei cipressi dove abbiamo conosciuto Mattia. L'ho rialzata solo alla torre dell'orologio. Da lassù, ho cercato la striscia nera del fiume dei nostri giochi. C'è ancora, come fatta di pietra sotto i colpi di luce della luna.

Anche al fiume l'ho detto: ritorno. Poi mi sono addentrata nel bosco. Ho tagliato fra i cespugli e quando sono arrivata alla radura, di fronte alla pozza dove da bambina ti inzuppavi i capelli senza di me, ho pronunciato il tuo nome. Non lo facevo da anni e la voce si è spezzata. Cristi, ho ripetuto più forte. Mi ha risposto il fruscio delle canne, lo scricchiolio della terra e forse un uccello notturno. Non tu. Allora mi sono seduta e ho capito che la mia attesa non era finita.

So cosa mi diresti se fossi qua. Ormai sono esperta delle tue assenze e agile a intuire i tuoi pensieri. Mi diresti che farei meglio a chiamare Pierluigi, correre da lui e da Arianna, anziché starmene al freddo. Mi diresti che sai già tutto.

Non è così, Cristi, ti sbagli. Ho un discorso per te, è dentro di me dai tempi delle mattine senza scuola, delle notti all'università strette nell'appartamento in affitto. Potrei dire che si tratta di una confessione, ma non sarebbe la parola giusta.

A te non sono mai interessate le definizioni, a me sì. Non posso farne a meno, sono la mia via per la sopravvivenza. E quello che ti devo dire non è né una confessione né un'ammissione. È solo la verità, la mia. Quella che ti ho taciuto da quando un giorno di giugno di cinquant'anni fa, in una vecchia casa vicino a questo bosco, ti hanno affidata a me. La verità che non esisterà fino a che tu, con il tuo modo unico di sentire, non ti deciderai a toglierla dal silenzio.

E poiché in fondo so che in questa notte e nelle poche che mi restano tu non arriverai mai, farò a modo mio. Parlerò al limite del buio, mi chinerò verso la terra più scura pregandola di raccogliere la nostra storia, e quando avrò finito chiederò alle canne bagnate di disperdere le mie parole nel bosco. Nelle vie del paese, sul fondo dell'acqua, nel cielo. Perché ti raggiungano, Cristi, ovunque tu sia.

PRIMA PARTE

1991-1994

1

La prima volta che vedo Cristi siamo nella cucina di sua nonna Ida. È estate e non può essere altrimenti, dato che per tanti anni non ci vedremo che nei mesi caldi. Siamo in penombra, la scruto e d'istinto ragiono per differenze. A dieci anni, in un piccolo paese, è facile sapere cosa non si è. Cosa non si ha. In più la bambina, lo noto subito, non mi assomiglia affatto. È esile, ha una massa di capelli biondi fino alle spalle e sembra taciturna.

«Ciao» borbotto. «Mi chiamo Giulia.»

Non risponde. Sta mangiando una pesca, con la mano libera mi fa una specie di saluto.

Io non mangio frutta con la buccia. E lei non assomiglia proprio a nessuno, penso mentre rispondo con lo stesso gesto e lancio un'occhiataccia a mia madre. Lei però mi gira le spalle e si affretta a parlare con Ida.

«Non è un problema per Giulia» ripete.

«Siete sicure?» insiste Ida.

Mia madre è sicura, io no. E starebbe a me rispondere dal momento che sarò io quest'estate a dare un aiuto alla bambina più piccola. Una mano a Cristi, ha detto ieri sera mia madre. Un occhio a Cristi, mio padre. Ho brontolato. Occhio. Mano. Chissà se c'è qualche altra parte di me che dovrò dare alla bambina di Bologna.

Ida ci mostra un cesto di uova fresche e del pane appena sfornato.

«È quello che ci vuole» sospira mia madre, poi fa cenno alla donna di seguirla in un'altra stanza. Tendo le orecchie, le sento bisbigliare. Parlottano della fretta di Lilli, la madre di Cristi, nel ripartire. Della brutta pagella della bambina. Di una fotografia che Ida è stata costretta a mettere sul comodino accanto al letto.

«Fosse per me la getterei nel camino» dice Ida.

La risposta di mia madre, per quanto mi sforzi, non la sento.

Cristi intanto ha finito la pesca e si è messa il nocciolo in tasca. La squadro disgustata e lei nemmeno se ne accorge. Mia madre e Ida continuano a parlare, si dilungano sulla magrezza della bambina, sulle sue occhiaie violette. Delle mie braccia piene e del mio viso tondo non parlano.

Mi guardo intorno spazientita. Non ero mai stata in quella casa. L'intonaco dei muri è sbriciolato, ci sono solo due sedie attorno al tavolo, una verde, l'altra bianca.

Nel lavandino si intravede un coniglio scuoiato. Faccio qualche passo verso il lavello. Anche Cristi si muove. Passi leggeri. La sento al mio fianco, alta quasi quanto me. Fissiamo per un attimo la bestia viola, poi ci guardiamo. Devo avere la faccia dell'orrore, come la chiamerà Cristi anni dopo, perché lei si avvicina ancora di più e mi appoggia le dita sulla spalla. Un tocco delicato. Sento un profumo buonissimo, non è quello del pane caldo e non sembra uscito da una boccettina. Deve essere la sua pelle.

Che la pelle possa avere un odore suo, un'identità, è la prima cosa che imparo da Cristi. Sto quasi per sorriderle, ma lei lo fa prima di me e solo in quell'istante realizzo che a dispetto della maglia scolorita, dei capelli pieni di nodi e delle scapole appuntite, è bellissima.

A quel punto desidero soltanto andarmene. Chiudermi alle spalle la porta sverniciata di Ida, ammalarmi di una lunga febbre che mi impedisca di badare alla piccola.

«Mamma!» grido.

Cristi leva di colpo le dita. Mia madre fa ritorno in cucina e mi fulmina con gli occhi.

«Ora dobbiamo andare» dice facendo una carezza alla bambina, che rimane impassibile.

Io invece tiro un sospiro di sollievo. Tregua. Non devo seguire la bambina nella camera, che poi è quella di sua nonna, non devo fingere di interessarmi ai suoi giochi, ammesso che ne abbia.

Ida ci accompagna in cortile, alla luce resto impressionata dall'intreccio delle rughe e dal grigio spento dei capelli. Rimaniamo in silenzio, due rondoni stridono con insistenza sul tetto della vecchia casa. Quando si quietano mia madre si decide a parlare. «Andrà tutto bene» dice, poi stringe le mani alla vecchia e finalmente ci incamminiamo.

La nonna di Cristi vive nella punta del paese, nella città vecchia, una manciata di case che sta in piedi per miracolo attorno alla torre dell'orologio. Mentre scendiamo la scalinata verso casa nostra, mia madre si blocca.

«Lo facciamo per Ida, è una brava donna» mi dice.

Annuisco.

«E per la bambina» aggiunge.

Per Lilli non facciamo nulla? vorrei chiederle. Però tengo a freno la lingua. Mia madre non si muove, mi fissa rigida. Intuisco sempre cosa si aspetta da me. E ora devo mostrarmi interessata alla nonna e alla nipote, altrimenti non avanzerà di un millimetro.

«Hanno bisogno del nostro aiuto?» chiedo allora, dandomi un'aria grave.

«Sì, tanto» sospira mia madre.

Non mi stupisce. Nella punta diroccata del paese sono rimaste a vivere solo famiglie strane. Mia madre, insieme ad altre signore, d'inverno porta vestiti ancora in buono stato. A volte, nel buio, anche qualche cartone di cibo. Non sono famiglie strane, hanno dei problemi, mi ha spiegato una volta mio padre.

«Ida e Cristi hanno dei problemi?» insisto per riuscire a smuoverla.

Finalmente mia madre fa un passo. «Parecchi» risponde.

Quali, vorrei chiederle, ma rischierei di rimanere ferma lì fino a tarda notte. E poi di Ida so già quello che dice il paese. So che è vedova. Che ha pochi soldi e il cuore debole da quando sua figlia Lilli ha partorito a diciott'anni. E da qualche minuto so per certo che ha una nipote strana.

«Farai i tuoi giochi, ma cercherai di non perdere di vista la bambina, di aiutarla se si sente sola.» Non rispondo.

«Una specie di sorella» continua mia madre.

È la prima volta che sento la parola sorella dalle sue labbra e mi sembra che il suo viso sia rosso. «Tutto il giorno?»

«Solo la mattina.»

Il tono esigente di mia madre è lo stesso di quando pretende che la segua alla messa. Non ho scelta, prometto di farlo.

«Lo sapevo» mi dice rasserenata.

«E la fotografia?» sussurro veloce. Cos'è questa storia di bruciare una fotografia nel camino a giugno?

Ma mia madre ha già ripreso a camminare. Alla chiesa di Santa Lucia lei si fa il segno della croce, io cerco di arrampicarmi su un muretto. Stai attenta, mi dice, e mi tende la mano. I salti, le arrampicate, le corse non sono il mio forte. Un po' incerta, mi alzo sulle punte. Da lì posso vedere la mia casa. C'è mio padre nell'orto, sta appoggiando la scala all'albicocco.

«Papà!» grido. Lui si sbraccia per salutarmi. «Arriviamo.»

Adoro mio padre. Guida i camion per giorni interi e non si arrabbia mai. Adoro la mia casa. Ha i muri lisci, due bagni, un grande giardino senza erbacce né dondoli arrugginiti. È l'ultima abitazione del paese prima della città vecchia, e anche se mia madre, con la sua mania dei bei voti a scuola e dell'aiuto agli altri, a volte è proprio noiosa, la nostra è l'ultima casa del paese con una famiglia normale.

2

Per quattro anni di fila Lilli d'estate scarica Cristi in paese. Scende dal taxi in piena notte gridando il nome di Ida, mentre Elmo, l'unico tassista del posto, porta una sacca sdrucita e la bambina, magra da far paura, dentro la vecchia casa. È sempre Ida ad abbracciare Lilli, mai che accada il contrario. Cosa le sussurri tenendola stretta, Elmo proprio non lo capisce perché la voce di Lilli fa un gran rumore. Blatera a tutto volume di scuole e di brutte pagelle. Di soldi che mancano e di cose importanti che non può fare con Cristi sempre intorno. E appena Ida scuote la testa, Lilli si ammutolisce, gira sui tacchi a spillo e ordina di ripartire subito per la stazione delle corriere. Senza nemmeno salutare la piccola, giura il tassista al bar del corso, e chi conosce la figlia di Ida sa che sta dicendo la verità.

La prima estate che Lilli molla Cristi e scappa, la bambina ha solo sette anni, tre meno di me. Ha finito la prima elementare e ha visto Ida il giorno della sua nascita e un Natale, nella tavola calda della stazione di Bologna. I vicini non le sentono mai parlare ma, assicurano a mia madre, neppure bisticciare. Lei, proprio come me, ha una curiosità senza fine.

Con me Cristi è praticamente muta e tutto quello che nei primi giorni del suo arrivo so di lei, lo devo a qualche spiegazione di mio padre e alla smisurata capacità che ho di origliare le conversazioni di mia madre.

«Ida non è la persona giusta per tenere la bambina» borbotta la nostra vicina una sera.

«Certo che lo è» risponde mia madre risentita.

«Una che vive in una catapecchia e per lavoro fa da mangiare per i carcerati?»

Resto in ascolto. Di solito mia madre inorridisce alla sola vista del vecchio carcere in riva al fiume. «Si dice cuoca ed è pur sempre un lavoro» ribatte invece tranquilla.

«In più lo sai che è praticamente analfabeta» continua l'altra. Ma mia madre quella sera e in quelle a venire non cambia idea. Per lei Ida è una brava donna, un toccasana per Cristi. Anche se è malata di cuore, anche se non sa né leggere né scrivere. Anzi è una benedizione, si intestardisce mia madre, perché non ha ascoltato le frenesie di Lilli quando ha scaricato dal taxi figlia e sacca.

«Cosa sono le frenesie di Lilli?» chiedo a mio padre un pomeriggio che rimaniamo soli. Lui sorride e mi spiega che Lilli è preoccupata per i brutti voti di Cristi. Lo guardo perplessa. Anche mia madre pretende sempre voti alti da me, perciò ha ragione Lilli, penso. Mio padre mi capisce al volo, sorride di nuovo. «Diciamo che è preoccupata solo di quello» mi spiega. Invece Ida alla scuola non ci pensa, quello lo intuisco anche io. Lei pensa solo a quanto è magra questa nipote. Ai cerchi intorno agli occhi, grigi o verdi a seconda dell'umore. E allora lavora tutte le mattine per comprarle carne fresca e va su e giù nei crinali di campagna per trovare le erbe che tolgono le occhiaie.

Le settimane dopo il primo incontro con Cristi scorrono intorpidite. Tutte le mattine Ida lascia la bambina a mia madre che prepara la colazione per entrambe. Io borbotto un saluto a Cristi, do un bacio a mia mamma e la guardo uscire tutta truccata e ben vestita per andare al lavoro. Mio padre invece quell'estate è spesso fuori per intere settimane, perciò di mattina Cristi e io ci ritroviamo completamente sole. Lei beve un sorso di latte, tocca a malapena il pane con la marmellata e io combatto contro me stessa per non finire la sua porzione. Poi guardiamo un po' la televisione in salotto. Ogni tanto mi sorprendo a osservarla mentre se ne sta a gambe incrociate sul tappeto. La schiena dritta, i piedi affusolati, lo sguardo mai sullo schermo. Allora mi innervosisco, spengo e la obbligo a pettinarsi. Oppure ad aiutarmi a sparecchiare. Lei mormora sempre sì e obbedisce all'istante. È abituata a non protestare, a prendere ordini. Adesso usciamo, le dico tutte le mattine alle dieci in punto, e a passo veloce raggiungo le mie amiche davanti alla chiesa. Lei mi segue senza fiatare.

Cristi è l'unica piccola del gruppo ed è la più bella. E se della sua età e dei suoi vestiti spettegoliamo a voce bassa, della sua bellezza non facciamo parola. Tanto la vediamo e questo basta per non sopportarla. Per approfittare del suo silenzio e tenerla a distanza. Lei d'altra parte non si lamenta mai, saluta sempre tutte e poi si siede con le sue gambe lunghe e pallide a guardarci giocare. Io controllo solo che non si tolga il cappello, un'orrenda visiera da baseball. Mia madre si è raccomandata mille volte, non ha la tua carnagione, non resiste al sole. È latte, sibilano le mie amiche. A me ricorda più la luna, quella disegnata nel sussidiario o quella che quando si riempie distende una luce bianca su tutto il paese. Ma mi guardo bene dal dirlo.

Nella calura estiva mi concentro sul Monopoli, sui soliti giochi con i gessi, e se qualcuna ride rumorosamente di Cristi che si alza e si siede in continuazione, io fingo di non sentire. Se lei senta o meno, non è affare mio. Mi hanno chiesto di tenerla d'occhio e lo sto facendo, mi ripeto tutti i giorni per mettere a tacere la coscienza. Non basta, so che potrei fare di più e in quel mese di giugno sono irrequieta, fremo per riportare Cristi a casa di sua nonna all'ora di pranzo. Ida di solito ci aspetta in cortile, sul fornello a gas sfrigolano sempre cibi deliziosi. Ma io rifiuto tutti gli inviti a pranzo, e di pomeriggio non salgo mai a salutare la bambina.

Aspetto che rincasi mia madre, poi cerco Genny, la capo banda, la più tosta di tutte le mie amiche. Siamo le più brave della classe e di solito chiacchieriamo della scuola. Invece in quei giorni parliamo solo di Cristi. Lei sfoga la sua curiosità e io spiffero tutto quello che so.

Le descrivo la casa di Ida, i muri crepati, il bagno che sembra uno scantinato, la tanica per la doccia appesa in cortile. È vero che Cristi ha solo un paio di pantaloni? Sì, sua nonna glieli lava tutte le sere.

Di Ida che cerca nel bosco le cure per Cristi, che le sorride con dolcezza e lavora come una matta solo per lei, non faccio parola. A volte la sera quando sto per chiudere gli occhi, mi pento. Mi riprometto di mandare Genny al diavolo. Eppure alla prima occasione ci casco di nuovo. Faccio la spia. Quando passa il postino Ida firma con una X, arrivo a dire con una cattiveria che mi fa tremare la voce.

Una domenica mattina mio padre entra fischiettando in camera mia. Apre le persiane, si siede sul letto.

«Sai che giorno è oggi?»

«No» bofonchio.

«Due luglio.»

«La festa al fiume» borbotto piena di sonno. «Ci andiamo insieme?»

«Parto fra poco» mi risponde dolce. Fa una pausa. «Pensavo che tu e le tue amiche potreste portarci Cristi.»

«È domenica, papà» protesto. È il mio giorno libero senza la forestiera, come la chiamano le più benevole, senza la muta come dicono le più cattive.

«Pensaci» mi risponde soltanto.

E non so esattamente a cosa penso o se mi intenerisco quando saluto mio padre che starà via dieci giorni, comunque sono proprio io quella che chiede a mia madre di aggiungere due panini per Cristi.

«È carino da parte tua» mi dice prima di lanciarsi in mille raccomandazioni. Non fare il bagno dopo pranzo, non allontanarti con le amiche, non ti avvicinare all'acqua. E non perderla di vista. «Di sicuro non sa neanche nuotare.»

«Perché neanche?» le domando al volo.

«Oh» sbuffa mia madre, «sbrigati altrimenti farete tardi.»
Di sicuro non sa nuotare, penso salendo le scale della città vecchia. E chissà cos'altro non sa fare. Il sole picchia la pelle, ho le braccia nere. Per me significa lentiggini su lentiggini. Sul petto, sulle gambe e poi sul viso a dismisura. Ho invidia per la pelle di Cristi che profuma e non prende colore. Si arrossa, poi torna chiara. Ma magari non regge al freddo dell'acqua del fiume. Ho deciso di invitare la bambina di Bologna al fiume per vederla annegare? No, questo no, mi dico rabbrividendo.

Ripenso spesso negli anni a quell'invito e ogni volta mi convinco di una versione diversa. La passo a prendere perché mi fa pena. Perché voglio fare bella figura con mio padre, perché voglio che la sua pelle diventi brutta e blu nell'acqua gelata. Ogni volta che vado con la memoria al giorno del cambiamento, al giorno dell'inizio, ogni spiegazione è vera, nessuna è sufficiente per tutto quello che è venuto dopo.

Cristi, quella domenica, alla parola fiume sgrana gli occhi. Vai, le dice Ida con un sorriso. Non le fa minacce o ramanzine, non mi prega di impedirle di tuffarsi. Mentre la bambina si prepara in camera, mi ringrazia a profusione e mi carica di prosciutto e di cetrioli.

Quando Cristi torna in cucina vedo subito il costume sotto la maglietta bianca. Per un attimo mi maledico. Mi vedo a tenerle la mano nelle buche più profonde, a chiamare qualcuno che mi aiuti a portarla a riva. Dovrei chiederle subito se sa nuotare e, se risponde no, proibirle di fare il bagno. Invece saluto sua nonna e scendo a tutta velocità la scalinata verso il paese. Cristi tiene il passo.

«Hai iniziato i compiti?» le chiedo.

Scuote la testa, gli occhi bassi. Li seguo mentre puntano l'asfalto, in quel momento sono grigi.

«Preferisci farli all'ultimo?» insisto.

Cristi scrolla le spalle. Il gesto mi irrita, non ne posso più delle sue risposte mute. Sono furente e sto per dare un calcio a un sasso, ma è lei a farlo per prima colpendo la fiancata di una macchina parcheggiata.

« Stai attenta, potevi rompere il vetro! » grido.

« Scusa. »

Guardo il bozzo sulla portiera, do un'occhiata intorno. Deserto.

« Svitata » mormoro a denti stretti e inizio a correre. Non mi volto, ma sento il fruscio leggero di Cristi e so che mi sta seguendo a testa bassa.

Quando arriviamo al fiume rallento. La banda del paese sta già suonando, gli argini sono gremiti. Cristi incespica, incassa un paio di gomitate. Allora la tiro per il braccio e andiamo avanti e indietro fino a quando non troviamo le mie amiche. Sono impazienti di entrare in acqua.

« Noi facciamo un tuffo » spiego a Cristi. « Promettimi di rimanere qua. »

Non aspetto nemmeno la sua risposta, in questo mese non si è mai allontanata. Non ho motivo di dubitare di lei. Cerco uno scoglio liscio, una pozza bassa, mi tappo il naso e mi butto giù. Con i piedi tocco subito il fondo, metto la testa fuori. So nuotare, ma non mi definirei una sirena anche se vorrei tanto esserlo.

Le mie amiche preferiscono l'acqua bassa e passiamo il tempo a schizzarci. Quel pomeriggio duriamo più del solito, forse perché mi diverto al pensiero che la bambina aspetti. A un certo punto sento che è troppo, in fondo lei è con me. Un compito è un dovere, è il motto di mia madre, e propongo la ritirata.

« No, rimaniamo » si lamentano le altre. Ma io non demordo. « Ho freddo, usciamo. »

« Se hai tutta questa fretta per la *tua* amica non ne vale la pena » sibila Genny.

Non ho tempo di ribatterle che non è la *mia* amica perché l'altra mi sta già indicando un puntino. Un puntino oro nel ritmo crespo del fiume. Lontano dai ragazzi, dagli scogli alti, dalla confusione e anche dalla riva. Non penso al peggio né a chiamare aiuto. Anche se dovrei non avverto alcun pericolo. C'è una bambina di sette anni, pelle e ossa, nella corrente, viene dalla città ma è tutt'uno con l'acqua del nostro fiume.

Con l'incoscienza dei miei dieci anni mi limito a guardare un signore che si tuffa per riportarla a riva, li seguo mentre nuotano fianco a fianco. Quando riesco a muovermi, la raggiungo sull'argine.

Non ansima, non è arrossata, ma nemmeno blu. Dovrei farle una lavata di capo. Forse, se fossi veramente una specie di sorella, come ha detto mia madre, sarei autorizzata a darle anche uno schiaffo. Invece guardo le sue gambe gocciolanti sui ciuffi d'erba, non mi trattengo e dico: «Se ti piace il fiume, d'ora in poi ci verremo».

3

Nuotare le piace. Come camminare nei sentieri meno conosciuti sopra il paese. O arrampicarsi sugli alberi di fico, sicura più delle foglie attaccate ai rami leggeri. Le piace come scoprire frutteti negli orti abbandonati, come scavare buche nella melma e correre sui ponti di legno traballanti.

Dopo l'episodio del fiume, continuo a portarmela dietro. Tutti i giorni lo stesso programma. Colazione, televisione e poi fuori. Parliamo sempre poco, però qualcosa è cambiato. Ogni mattina invento mille scuse pur di convincere le altre ad andare al fiume o in campagna e Cristi non se ne sta più seduta ad aspettarmi. Si toglie le scarpe, si dondola aggrappata ai rami, si riempie le tasche di frutta che poi mangia senza lavarla. Io la seguo costantemente con la coda dell'occhio. A Forza 4 perdo, a Monopoli mi annoio. Il mio diario da leggere davanti alle altre langue, perché il vero segreto è che non posso fare a meno di guardare Cristi. Di curiosare mentre sceglie i rami di fico più robusti per sdraiarsi o mentre immerge i piedi color latte dove il fiume sprofonda gelato. Mattina dopo mattina il cerchio che mi disegna intorno con i suoi divertimenti solitari si allarga e io, con la scusa di controllare se ha il cappello, se si fa male, se ha sete, ci finisco dentro.

A volte provo a fare resistenza, la chiamo da lontano, faccio l'indifferente eppure alla fine le sue corse lungo l'argine e le verticali contro i muri arroventati ottengono sempre gli occhi di una spettatrice. Di una custode. Di un'ammiratrice. Ancora oggi a distanza di cinquant'anni, non saprei dire cosa fossi, cosa volessi essere per lei.

So solo che, in quei giorni della nostra prima estate insieme, Cristi saltella a piedi nudi e io la seguo. Lotta contro i rovi di more e io prego che non si graffi troppo. Mi sorride e io alzo la mano per salutarla. Le altre osservano, lanciano occhiate torve, scalpitano. So cosa pensano, in fondo io sono come loro. Cos'è tutto quel movimento senza senso? La bambina non è una di noi, è una forestiera mal vestita, uno scarto che anche io dovrei ignorare.

Invece le mattine d'estate scorrono e io non riesco a tirare il freno. La tensione sale, i bisbigli rombano alle mie spalle. L'afa di agosto gioca la sua parte, sudiamo tanto, capricci e litigi si innescano per un nonnulla. Per ora nessuno fa il nome di Cristi, ma sento la disapprovazione generale mentre lei, e questo mi lascia interdetta, è la prima a rispondere che è tutto a posto quando Ida ci chiede come va.

Una mattina però arriva il pretesto. Siamo al fiume, il cielo è opprimente con il suo carico d'umidità e l'acqua è densa come creta. Il programma è rinfrescarsi con un tuffo, uno soltanto, raccomando a bassa voce a Cristi. Della serie non ti mettere a nuotare altrimenti queste oggi ci abbandonano. E poi rischi di affogare. Lei annuisce e alza un dito. Uno, confermo io, ma non sono tranquilla. Lascio che si arrampichi su uno scoglio vertiginoso mentre insieme alle altre ne scegliamo uno più basso. Quando tiro fuori la testa dall'acqua, Cristi è già distante che sbraccia fra i detriti e le ondine marroni.

«Torna qua!» le urlo. «Siamo di fretta.» E poi va bene che i gorghi non le fanno paura, ma in agosto l'acqua è piena di terra e lei peserà sì e no venti chili.

«Cristi!» grido più forte.

«La mia maglia!» grida lei sventolando controcorrente un cencio bianco.

Mi giro verso le altre. Sono tutte a testa bassa. «Non è stato un bello scherzo» borbotto, e per non vedere l'effetto del mio rimprovero sui loro visi mi precipito da Cristi che è appena rientrata a riva. Ha le spalle spruzzate di sabbia, bastoncini e foglie impigliati nei capelli, chiunque altro sarebbe ridicolo. Non lei, mi sorprendo a pensare stizzita. Afferro la maglia e la strizzo. «Andiamo via» le dico secca. Lei fa cenno di sì, sembra un po' affaticata, per niente arrabbiata. A quel punto ho soltanto voglia di essere già a casa. Voglia di attaccarmi al telefono e di aspettare la chiamata di mio padre. Perché ho bisogno di capire se è normale voler mandare tutte le amiche di sempre al diavolo, se è normale che una bambina di tre anni più piccola sia diventata a un tratto l'unica cosa sensata per me.

Mi incammino lentamente, Cristi è dietro di me, dopo una decina di passi sento che anche le altre ci seguono per rientrare a casa. Ho il viso in fiamme e il respiro corto. Sono certa di avere gli occhi di Genny addosso.

«Va tutto bene?» chiedo a Cristi sforzandomi di rimanere neutra.

«Sì» mi risponde a voce bassa.

Sono stanca, oscillo, vorrei dare una spinta alla canaglia che ha buttato la maglia di Cristi nella limaccia del fiume e vorrei che Bologna o chi per lei si riprendesse la bambina.

Davanti al municipio Genny mi rifila una gomitata. «Di' alla selvaggia di rimettersi la maglietta.»

Mi volto. Cristi sta camminando a petto nudo nel corso centrale.

«È fradicia, non può farlo» balbetto.

«La difendi sempre.»

«Sì, è così» si uniscono le altre.

«Me l'hanno affidata, cosa dovrei fare» ribatto.

A quelle parole Cristi imbocca una viuzza laterale.

«È scappata» dico a denti stretti.

«Cosa vuoi che ci importi» mi sfida Genny.

Io non raccolgo la provocazione, sono impegnata a chiedermi se la bambina sa come si torna da sua nonna. Ho solo dieci anni, ma ho già capito che Ida, con la sua casa senza doccia, è l'unica al mondo ad aspettarla.

«Lo sanno tutti di chi è figlia» ridacchiano le altre.

Genny intima di tacere, mi fissa gelida. «La verità è che tu ci stai trascurando per una che è mezza tonta.»

La verità vera è che da quando ho conosciuto Cristi le regole del gruppo mi annoiano. Di più, mi irritano.

«Me ne torno a casa» dico con un filo di voce.

Nessuna mi trattiene, allora mi allontano e appena so di non essere più vista inizio a correre.

Salgo con il cuore in gola le scale verso la città vecchia. La casa di sua nonna è ancora in piedi, penso con sollievo. La porta è accostata, prendo fiato e spingo. Ida è seduta in cucina.

«È in camera» sussurra, e io a testa bassa vado nella loro stanza.

Cristi è distesa sul letto. Ha le piante dei piedi nere e dei rivoli di fango fra i peli biondi delle cosce. Sta dormendo in mutande, a pancia in su, con le gambe leggermente divaricate. Su un comodino c'è un mazzetto di fiori, sull'altro la fotografia di un uomo. La fotografia che Ida brucerebbe. La prendo in mano, la squadro. Sembra che qualcuno abbia incollato gli occhi di Cristi su una faccia con i baffi che mette tristezza solo a guardarla.

Mi chino verso di lei. «Sono io» bisbiglio, e lei, come speravo, non si muove. Non siamo mai state così vicine. Con la punta del naso le sfioro la guancia perché voglio averne certezza e ce l'ho all'istante. Non bastano l'acqua pesante di agosto, i detriti, la cattiveria piccola di chi si sente minacciato, né la mia stupida indecisione per togliere dalla pelle di Cristi il profumo di Cristi.

4

Nel pomeriggio evito Genny. Lo faccio con disinvoltura, come se lo scherzo della maglietta non fosse mai accaduto.

«Vorrei tanto rimanere con te ma ho un impegno» le dico sorridendo.

«Quale?» mi chiede con circospezione.

«Raccolgo le offerte per i poveri.»

È una mezza bugia, perché se è vero che vado di casa in casa a chiedere monete con le parrocchiane, è falso che lo faccio per i poveri.

Lo faccio perché ormai brucio dal desiderio di conoscere la storia di Cristi. E fra le pie donne della chiesa ce n'è una, Licia, che del paese sa tutto. Non solo, le piace parlare.

Davanti alla chiesa ci dividiamo in coppie. Mia madre distribuisce i cestini delle offerte. Con un po' d'astuzia riesco a stare lontana da lei, mi aggrappo al braccio di Licia e non lo lascio più. Trattieni la lingua, penso, se vuoi arrivare a Lilli devi giocartela bene. Allora mi muovo cauta, mi offro di tenere le offerte, racconto a Licia della mia scuola, di quanto mi piaccia il catechismo. E se qualcuno mi dà qualche moneta solo per me, la lascio cadere, davanti ai suoi occhi compiaciuti, nel cestino dei poveri.

Quando ci fermiamo alcuni minuti per riposare, ai giardinetti, la prendo alla lontana.

«C'è una mia amica a cui questi soldi farebbero comodo.»

«Ah sì?» mi risponde Licia. Annuisco grave. «Io la conosco?» continua.

Ci sono quasi, lo sento. «Oh no, non credo. È di Bologna.»

Licia ridacchia, ha una peluria disgustosa sopra le labbra.
«La nipote di Ida, vero?» mi dice con l'aria di chi la sa lunga.

«Già» ribatto simulando stupore. Mi guardo intorno, mia madre è distante. Non le piace la mia curiosità perché è identica alla sua. Non le piace la mia parlantina, perché è migliore della sua. Adesso però non bada a me, è intenta a controllare l'elenco delle vie che mancano per finire il giro delle offerte.

Assottiglio la voce, mi avvicino a Licia. «Sono preoccupata per lei, perché è in pensiero per la sua mamma» sussurro.

«Per quella poco di buono» risponde Licia fulminea. Sostengo i suoi occhi fessurati. Saresti capace di far parlare anche un uccellino, mi dice sempre mio padre. Non sbaglia. Dopo un lungo sospiro che mi arriva dritto in faccia, la storia di Lilli esce dalle labbra pelose di Licia con la velocità di un rosario.

Così quella prima estate, seduta ai giardinetti comunali, grazie alla mia capacità di tirare fuori le parole anche dai muri, imparo che Lilli nasce quando Ida è già vecchia, dopo tanti figli persi.

Arriva Lilli e muore il marito di Ida. Dio dà e toglie, sottolinea Licia a cui spettegolare piace, ancora di più se c'è la morale. Però Lilli è strana. È una biondina, carina sì, ma con troppi grilli per la testa. D'accordo, fino a qui posso capire, studia poco. Le piacciono i soldi che Ida non ha e pur di vestirsi da ricca è disposta a divertirsi. Qui la guardo interdetta. Le piace fare all'amore con chi alla fine allunga una bella banconota, spiega allora senza mezzi termini.

Ida la cerca in paese, tutte le sere nei bar, tutte le mattine ai giardinetti, e appena la trova non la sgrida, ma con una pazienza da santa se la riporta a casa. La casa scalcinata nella città vecchia che a Lilli brucia sotto i piedi.

A diciotto anni, per la fiera del patrono, la ragazza non si fa vedere per due notti. Ida non chiama la polizia, in paese non usa, aspetta in chiesa. Prega seduta mentre fuori la festa va avanti e l'odore dell'aglio fresco, venduto a mazzetti, la tiene sveglia. Alla terza mattina la figlia torna, la prima preghiera è esaudita. La seconda no. Perché Lilli è incinta. Di un emiliano, un quarantenne, un rappresentante di non si sa cosa. Strumenti musicali, liquori, macchine. E comunque è incinta di uno che di banconote alle ragazze deve averne allungate parecchie, più di quante ne abbia veramente. Ida lo incontra solo una volta, non in casa ma in un bar perché Lilli dice che la loro cucina non fa per lui. Nemmeno i figli fanno per lui, questo Ida lo capisce prima ancora di aver bevuto il caffè. Tieni il bambino ma resta qua con me, dice a Lilli. La ragazza però non vuole rimanere in paese, non adesso che aspetta un figlio dall'uomo giusto. Uno che sa fare regali, che ha le iniziali sulle camicie e le topaie sperdute come quelle della città vecchia non le ha mai viste in vita sua. Uno che la farà stare bene. Non ne sarei così sicura, commenta Ida. Allora litigano, Ida alza la voce e Lilli non ci pensa due volte a salire sul tetto di casa. A riacchiapparla corre Gino, il gobbo che vive nella via di sotto e che non ha mai sentito Ida gridare così.

Il giorno dopo Lilli parte per Bologna, dove c'è il suo uomo, dove l'odore del frigo ingrigito di casa non le darà più la nausea. Invece a farla vomitare ogni mattina è la bambina che cresce insieme alla pancia sotto i vestiti firmati. La bambina che aspetta e non desidera. Che ha scelto di tenere solo per incastrare il padre. Per farsi portare alle feste nelle ville grandi quanto mezzo paese e nei ristoranti con la vista sulla città. Tre o quattro mesi di baldoria, non di più. Perché una notte di luna grande la pancia si sgonfia e la culla si riempie. Da quel momento ci sono i biberon da scaldare mentre i ciucci sparsi ovunque non si trovano e i pianti non finiscono mai. E poi c'è lui che all'improvviso si mette ad accettare qualsiasi lavoro ed è sempre fuori casa fino a sera tardi, a volte fino a notte fonda. Se Lilli si azzarda a far scenate, fino al mattino dopo.

A Bologna non c'è più lavoro per me, le dice una sera.

Anche le feste nelle terrazze sui colli non ci sono più, mentre i viaggi di lavoro aumentano e i soldi per il latte in polvere diminuiscono. In capo a tre mesi è lui a non esserci più, Lilli è sola.

«Completamente sola» dice Licia. «Proprio come aveva previsto Ida» aggiunge, e i baffetti sopra le labbra si alzano in una smorfia soddisfatta.

«Ma non è vero» balbetto sconvolta, «non è sola.»

Licia mi guarda perplessa. Ho appena infranto una regola di paese: mai contraddire chi ti fa il favore di raccontare quello che non sai. Cerco di recuperare. «Intendevo dire che ci sarebbe la bambina con lei.»

«Oh, certo ci sarebbe» gongola Licia felice di poter continuare, «ma Lilli non ha tanta voglia di tirarla su.»

Non ha voglia di cucinare, di fare la spesa, di vestire sua figlia come si deve. Di comprarle matite e quaderni. Pensa solo a far suonare i tacchi di quelle belle scarpe da sera che lui le ha regalato appena si sono conosciuti. Figuriamoci poi se si fa vedere in paese o se invita sua madre per qualche giorno a Bologna.

«Un cuore di pietra» mormoro.

Licia mi lancia un'occhiata, poi congiunge le mani rugose sul petto. «Il cuore di Ida per fortuna è di tutt'altra pasta» sospira riprendendo a raccontare.

Ed è proprio per via di quel cuore così grande che Ida, dopo sette anni, in piena notte, senza preavviso, prende con sé la bambina che Lilli le lascia davanti al portone, e giura alla figlia di tenere la foto del bellimbusto sul comodino per tutto il tempo. Una settimana, un mese, un anno, chi può dire che cosa frulli nella testa di Lilli.

«Ma dove è andata?» chiedo impaziente di arrivare alla fine.

La vecchia alza gli occhi al cielo.

«Questo lo sa il padre eterno» risponde.

Come faccia Licia a sapere della foto, come facciano le

lingue biforcute del paese a intrufolarsi anche nelle camere da letto è un mistero che non ho il tempo di dissipare perché mia madre fa cenno di riprendere la strada.

Più tardi, come succede spesso, ceniamo sole. Appena finiamo, le chiedo il permesso di salire a casa di Ida e mi arriva un sonoro no. «Lassù fa buio presto» mi risponde mia madre secca. Ci ripensa e aggiunge: «Però mi fa piacere che tu e la bambina andate d'accordo».

Mi sforzo di sorridere. So perfettamente che non le farebbe piacere sapere la storia della maglietta e della passeggiata a petto nudo lungo il corso e non ho il coraggio di raccontargliela. Se ci fosse mio padre forse lo farei. Mi manca, mio padre. Manca anche a mia madre. Eppure questo stesso sentire non ci unisce, anzi le giornate senza di lui sono brusche tra noi. Mangiamo in fretta, andiamo a dormire presto, cerchiamo di non litigare, facciamo di tutto per lasciar passare il tempo senza intoppi.

Per farla contenta, quella sera lavo i piatti. Sento le mie amiche che giocano nella piazzetta davanti alla chiesa, ma non le raggiungo. In camera accosto le persiane, è la prima sera che mi chiedo che cosa stiano facendo nonna e nipote lassù dove i lampioni sono così rari e gli uccelli notturni la fanno da padroni.

«Ida non ci viene alla messa, vero?» chiedo a mia madre quando mi dà la buonanotte.

«In effetti no.»

C'è una traccia di imbarazzo nel suo tono e io insisto: «Allora sbaglia».

«Diciamo che la vita l'ha fatta penare tanto.»

Anche mia madre ha penato tanto quando sono nata io. Me lo ha raccontato mio padre. Una sfortuna, un parto difficile, le hanno tolto tutto. Di preciso non so cosa le abbiano tolto, di sicuro so che non ci saranno fratelli o sorelle e che io sarò la sua unica figlia. Eppure lei non ha mai smesso di andare in chiesa.

«Non capisco» protesto.

«Capirai» mi dice mia madre. «Capirai.»

Mi rimbocca le lenzuola e mi dà un bacio dei suoi. Asciutti, sbrigativi e difficili da ricordare. Non avessi camminato in lungo e in largo per il paese tutto il pomeriggio, forse continuerei l'interrogatorio, cercherei di capire meglio da che parte del mondo sta Cristi. Dalla parte di Lilli o da quella di Ida, che a dire di mia madre non va in chiesa ma è comunque una brava persona.

Però sono stanca e comincio a pensare che certe creature così belle forse non riescono a stare da nessuna parte. Così mi ammutolisco e chiudo gli occhi mentre le labbra pelose di Licia mi sussurrano dentro: tieni d'occhio la bambina, perché si sa, tale madre, tale figlia.

5

La mattina dopo Cristi non fa cenno alla brutta storia del fiume. Mentre togliamo le tazze della colazione dal tavolo, inizia a piovere. Una pioggia dritta che non sbatte sui vetri. Apro le finestre, l'odore della terra e dei frutti appena bagnati entra in salotto. Non accendo la televisione, mi sdraio sul divano ad ascoltare il rumore delle gocce trattenute dalle foglie. Ogni albero, ogni cespuglio di fiori ha il suo suono. Cristi mi imita. Le faccio spazio, i suoi capelli si sparpagliano accanto a me.

«Piove spesso qua?» mi chiede dopo un po'.

«In agosto sì.»

«Perché?»

Mi sgranchisco. «È la fine dell'estate.»

Cristi scatta come una molla. Si alza, mi guarda allucinata, poi si attacca alla finestra. Non capisco cos'ho sbagliato, ma darei tutto per rimangiarmi la parola.

È la fine dell'estate, sta già ripetendo lei con lo sguardo fisso sull'albero di albicocche luccicanti di pioggia.

Sento che il mio errore ha a che fare con Lilli e il signore della fotografia. Corro in camera e faccio ritorno.

«Guarda» le dico.

Niente.

Lo ripeto e lei si volta lentamente. Con la mano un po' tremante le allungo un foglietto. È una poesia che ho scritto per lei questa mattina. Nell'attesa che Cristi si decida a prendere il pezzo di carta la recito a mente.

*Da un'amica speciale ho imparato
che il silenzio fa rumore
e che la pelle ha un odore.
Non so quando sia capitato
ma tutto il resto del mondo ho dimenticato,
perché i suoi capelli sono raggi del sole
e i nostri giochi sono dolci miraggi e profumo di viole.*

« Prendilo, è per te » bisbiglio.

Cristi fissa il foglio senza muoversi.

« Mi sono svegliata presto, non sapevo cosa fare » le dico come per giustificarmi, con la mano che non smette di tremare.

Finalmente prende la poesia, anche le sue dita tremano, la scorre più volte esterrefatta.

Mi sdraio di nuovo. « Ti piace? » le chiedo con ansia.

Annuisce.

« Ti piace veramente? »

Lei fa una strana smorfia, piega il foglio in quattro e se lo infila nella tasca posteriore dei jeans. Poi torna a sdraiarsi e appoggia l'orecchio sulla mia schiena. Non aggiunge altro.

Nei giorni seguenti continua a piovere a dirotto. A volte, di notte, l'acqua si ferma e per qualche ora si sente solo il gocciolio di quella rimasta sui tetti e sui rami. Io non mi accorgo di nulla, me lo racconta Cristi.

« Non dormi di notte? » le chiedo allibita.

« Sì, dormo. »

« Allora come fai a sapere che smette di piovere? »

« Lo sento. »

Non capisco se vuole dire che lo sente con le orecchie o in qualche altro modo nascosto che io di sicuro non ho. Non le chiedo spiegazioni. Sarebbe inutile, messa alle strette Cristi non risponde e non risponderà mai.

Dopo la prima settimana di pioggia, le mie amiche si rifanno vive. Non hanno trovato alternative alla mia casa o mi hanno perdonato, penso senza troppo interesse, e le faccio entrare. Guardiamo la televisione, giochiamo a truccarci, una mattina al culmine della noia tiro fuori anche lo scatolone delle bambole. Mia madre si è raccomandata di far giocare anche Cristi. «Controlla che non faccia stranezze» ha aggiunto impensierita. Qualcuno deve averle riferito i fatti del fiume. E immagino come. La piccola, la bolognese, camminava mezza nuda in centro.

Comunque Cristi stranezze non ne fa, non fa nulla. Sta fissa al vetro. Così ferma e zitta che le altre riprendono a tollerarla. Sono preoccupata per la sua apatia. Per quanto rimane ancora la bambina? chiedo ai miei genitori tutte le sere. Loro sospirano. Questo non lo sa nessuno, mi spiega mio padre. Tanto meno Cristi, che nelle settimane di pioggia continua a guardare fuori. Non si interessa più nemmeno all'albicocco luccicante, lo sguardo è perso a seguire sempre la stessa goccia e a dire di Ida niente le muove più l'appetito.

A volte mi avvicino: «Vieni a giocare con noi».

Lei fa cenno di no, se ne sta immobile per ore e quando la riaccompagno a casa all'ora di pranzo fa di tutto per non stare sotto l'ombrello. Ida sospira, mia madre dice che bisogna fare qualcosa, soprattutto per la questione della scuola, dei brutti voti, che a me in quel momento sembrano il problema minore.

Il ventinove di agosto, ricordo con esattezza la data perché poi ho passato un intero inverno a maledirla, siamo tutte sedute per terra a giocare. Cristi ha la fronte appiccicata al vetro, i capelli umidi di condensa. Mi avvicino.

«Vieni» sussurro, «facciamo una partita.»

Dà un'occhiata priva di interesse al paroliere, poi scuote la testa.

Insisto: «Solo qualche minuto».

Lei abbassa lo sguardo, allora io la prendo per il braccio e provo a trascinarla.

«Lasciami» supplica.

«Invece tu adesso vieni con noi!» grido con una rabbia smisurata.

Cristi spalanca gli occhi e scappa. Dalla furia sbatte contro il vetro chiuso e ci manca un pelo che anche quello, come l'anima della bambina, vada in frantumi.

Non la inseguo, non capisco. Sto per cacciare via tutte, ma Genny si lascia andare a una risata agghiacciante: «Ancora non hai capito che non sa leggere?»

È il via libera per il gregge che si sbizzarrisce. È disadattata, è tocca, è asociale. È dislessica, mi spiega mio padre al telefono quella sera. E allora, nelle mie preghiere prima di addormentarmi, ringrazio che ci sia lui a capirmi e a insegnarmi le parole giuste. Poi chiedo perdono per aver umiliato Cristi, per non aver capito. E soprattutto prometto di rimediare.

A quella promessa però non tengo fede. In lacrime lo spiego a Dio la sera dopo. Non è colpa mia, è colpa di Lilli, gli dico. Che è tornata senza avvertire e se l'è portata via all'alba. Appena sveglia, a digiuno, ci ha spiegato Ida con la voce rotta.

6

Se avessi saputo che Cristi sarebbe tornata non mi sarei chiusa in casa fino all'inizio della scuola. Non avrei passato l'inverno a riempire i cassetti di lettere. Tanto Cristi non sa leggere. E in più Lilli, prima di ripartire, non ha lasciato né indirizzo né telefono. Preferisce così, ci ha spiegato la nonna con gli occhi umidi. A Ida, però, in tutti quei mesi, penso poco. Così come ai voti eccellenti e ai complimenti di mia madre, a Genny che si è riavvicinata e alle sue scuse che ho accettato.

Il tempo, tutto, quello in casa, a scuola, in chiesa, trascorre zoppo. Mi arrabbio, perché mi sembra di provare una nostalgia eccessiva. Mi spavento, perché per quanto mi sforzi di trovarle dei difetti, non mi levo dalla testa l'immagine di Cristi. Mi compatisco, perché sto soffrendo di un male strano. Non c'è medicina, non c'è dottore, penso a dieci anni. Non c'è cura per certe mancanze, so per certo ora che ne ho sessanta.

Dov'è la mia amica, mi chiedo in continuazione in quei giorni. Credo che sia a Bologna, mi dice ogni tanto mio padre di sua iniziativa.

«Ci sei mai stato?» gli domando.

«Sì.»

«È bella?»

«Non saprei» riflette, «tanta nebbia.»

In quei mesi spesso le parlo. Non avevo capito, posso insegnarti io. Lasciati aiutare a leggere, a scrivere, ripeto davanti allo specchio fino ad appannarlo. Cristi nella nebbia, sussurro allora con le labbra appoggiate al vetro.

Quando Ida un lunedì di giugno bussa alla porta e io apro quella della nostra seconda estate, Cristi sulla soglia, in carne e ossa, mi mangia le parole. Mia madre abbraccia nonna e nipote. Io non ci riesco. Allora sei tornata, faccio dire ai miei occhi. Non ricordo di preciso l'espressione dei suoi né cosa facciamo subito dopo, ricordo solo che tutto riprende.

Ida mi rassicura, la bambina è cresciuta, può cavarsela da sola. Però io la cerco. Non stiamo più con le altre, non ho bisogno di loro. Essere la più brava dell'unica scuola del paese mi dà il privilegio di scegliere al riparo dalle critiche e io scelgo Cristi.

Con lei camminiamo insieme nei sentieri sopra la città vecchia, ci spingiamo oltre la torre dell'orologio, fin dentro il bosco. Nell'oscurità degli abeti seguo la sua chioma bionda, sempre più lunga, sempre piena di nodi. Se mi siedo, lei mi imita, se mi infilo le cuffie del walkman, lei rimane a fissare la cassetta che gira.

Quando l'ombra degli alberi fitti ci stanca, scendiamo di nuovo nella città vecchia. La guardo arrampicarsi per strappare i capperi dai muri a secco, avvicinarsi agli alveari fino a sfiorarli. Le insegno la differenza fra le api e le vespe, chi punge e poi muore, chi punge soltanto.

Un giorno, poco dopo il suo arrivo, con noi c'è anche mia madre. Stiamo aiutando Ida a fare la marmellata. Un grande pentolone ribolle nel cortile della vecchia casa. Schizzi rossi escono come saette.

«State lontane» ci ammonisce Ida.

Entriamo in casa. Le donne parlano. «Lilli pensa solo a quello» brontola la nonna. «Pensa solo ai voti in pagella.»

Guardo Cristi, gli occhi sono verde vetro.

«La scuola è importante» bisbiglia mia madre. «Saper scrivere è fondamentale, c'è bisogno di dirlo?» Non posso vedere la faccia di mia mamma, ma posso immaginarla senza sforzo: le labbra serrate, la punta del naso tirata in su, la stessa espressione di quando non le dico quello che si aspetta. Che poi è la stessa di quando sbadiglio alla messa o esagero con qualche fetta di torta. La faccia di Cristi invece la vedo. È spaventata.

Lilli pensa alla brutta pagella e Cristi pensa a Lilli dispiaciuta, che si addolora per i commenti delle maestre, ma non si fa scrupolo a lasciarla da sua nonna non si sa per quanto. Il profumo delle fragole cotte ci raggiunge dolciastro. Dov'è la via di uscita? mi chiedo mentre la mia amica guarda il pavimento sgretolato della nonna.

Un pomeriggio alla settimana vedo Genny. Facciamo cose da grandi come ordinare una limonata ai tavolini del bar centrale. Di Cristi non si deve parlare, è la condizione che ho posto. E siccome lei vuole essere la mia compagna di banco il prossimo anno alle medie, tanto per dire che sta vicino alla più brava, si trattiene. Tranne una volta.

«Come sta la forestiera?» mi chiede acida.

«Bene.»

«E il suo problemino?» mi punzecchia.

Rido. «Tutto passato.» E ordino subito un altro bicchiere.

Il suo problemino non è passato per niente, però con Cristi non ne parlo mai. Evito i libri, gli album, la carta stampata. Viviamo senza lettere, senza cartelli, senza orologi. Di sera, prima di addormentarmi, approfitto della sua assenza e mi avvento sui libri. Pile di romanzi dalla copertina lucida che leggo assetata. Le loro trame ordinate mi conciliano il sonno, mi danno una tregua dal caos intrecciato dei capelli di Cristi che mi aspetta tutte le mattine.

Nelle giornate più calde andiamo al fiume, nel tratto che costeggia il vecchio carcere, in un'ansa nascosta da grandi eucalipti. Lei scheletrica nel suo costume a un pezzo, io infagottata nel mio intero. Nuotiamo insieme, se le correnti sono limpide mi spingo avanti fino a che l'unica cosa che tocco, a metri e metri dalla riva, sono le mani di Cristi.

Una mattina, dopo una notte di pioggia, il fiume ci accoglie ingrossato. Ci sediamo in costume sulla punta di un masso, le gambe immerse. C'è vento, le foglie di eucalipto si piegano sopra di noi a sfiorare la superficie agitata dell'acqua.

« Ti manca il fiume quando sei a Bologna? » le chiedo.

« No » mi risponde.

Avvampo. Scosto una foglia dal viso, mi sarei aspettata un sì. Non un banale sì, un sì sconfortato. Cristi fissa per qualche secondo le mie guance rosse.

« Tu però mi manchi molto » mi dice.

E nello stesso istante in cui sento queste parole, sento anche le sue labbra bagnate che sfiorano delicatamente le mie.

Il rumore tumultuoso del fiume non è niente rispetto a quello che all'improvviso ho nel petto. Cristi si sdraia sull'erba umida. La corrente fruscia fra le dita dei miei piedi, un legno si impiglia nei polpacci, lo spingo via.

« Perché lo hai fatto? » balbetto.

Cristi non risponde.

La guardo dall'alto. Ha gli occhi chiusi, il seno piatto intirizzito dalla terra umida. D'istinto mi rivesto. Lo ha fatto solo perché non le bastano le parole, penso. E mai come in quell'istante frastornato mi avvicino alla verità.

Del bacio, che non è un bacio, anche se è il primo bacio umido della mia vita, non parliamo più. Lo abbiamo dimenticato. Non è vero. Cristi lo ha dimenticato, io l'ho messo via, l'ho riposto in un buco profondo, mille metri distante dai nostri passatempi. E se qualche sera mi viene la voglia di ripensarci mi obbligo a non farlo. Il due di luglio, mentre il paese intero affolla la festa al fiume, facciamo una lunga passeggiata nel bosco. Ci spingiamo fino a un piccolo altipiano, fra i ruderi della vecchia rocca militare. È l'ultimo giorno insieme solo noi due, ma ancora non lo sappiamo.

«Tua madre dov'è andata?» le domando. Siamo sdraiate sull'erba arsa, lontano nitriscono dei cavalli.

Lei ci pensa un po', poi risponde: «Sono liberi i cavalli?»

«No, c'è un maneggio.» Mi tiro su per indicarle le staccionate lontane, a ridosso dei campi di girasole. Le bestie non si vedono.

«Mia madre rincorre un cavallo libero» sussurra Cristi, e a un tratto, sotto i miei occhi, le sue gambe lunghe, i piedi affusolati trovano una definizione. I capelli biondi sono una criniera. Tu sei un cavallo, penso, non quell'idiota che anche quest'anno Lilli ti costringe a tenere sul comodino.

La fisso a lungo senza dire nulla. Poi guardo la staccionata, aspetto che evapori il brivido che non mi so spiegare. Ho la bocca arsa. Il sole, il pudore. Mi rimetto giù accanto a lei e con la coda dell'occhio vedo accanto a me il sorriso perfetto di Cristi, quello che mi fa sentire poco portata per le corse, piena di lentiggini e leggermente grassa. Che mi fa desiderare lei o essere lei. Il sorriso che in quel pomeriggio posso ancora pensare sia solo per me.

# 7

Cavalli liberi, fotografie da bruciare nel camino, finti baci, tuffi nell'acqua senza fondo. A luglio della nostra seconda estate insieme, ho la pretesa di credere che per Cristi potrei far fronte a tutto. E in effetti potrei. Se solo una stupida palla non cadesse in un fosso profondo, se solo non si facesse riprendere dalle mani di un bambino impavido. Se solo non arrivasse Mattia nelle nostre vite.

La prima volta che lo incontriamo siamo nella città vecchia. Pomeriggio, poco distante dalla casa di Ida. Stiamo giocando a palla dietro a un filare di cipressi, ai margini di un fosso colmo d'acqua piovana. Lui sbuca nell'attimo stesso in cui la nostra palla ci scivola dentro. O forse mi distraggo quando lui sbuca e la colpisco male. In ogni caso, l'esito è lo stesso.

Poco importa se a deviare la traiettoria della mia amicizia con Cristi sia lui o la mia insicurezza. Tanto Mattia non è tipo da esitazione. E infatti anche nel nostro primo incontro non ci pensa due volte: si sfila la maglia, la passa a Cristi, entra nel fosso e avanza con l'acqua lurida fino al mento. Penso ai lombrichi, ai topi, allo strato oleoso galleggiante e alla mia faccia del terrore. A quanto devo essere ridicola in quel momento. Chiudo gli occhi e sono certa che la mia amica non lo fa perché quando li riapro lo sta fissando con le labbra schiuse. Mattia si arrampica e le tira la palla. Ha i pantaloni infangati e un'etichetta di plastica si è attaccata a una collanina d'oro pesante che porta al collo.

Questa è l'immagine più nitida che conservo di lui. Un

bambino biondo già muscoloso che si riempie di fango fin quasi alle labbra pur di restituire qualcosa a Cristi.

Che lo abbia fatto per lei, non ho dubbi. Anche se lui guarda entrambe. Non è del paese, me ne accorgo subito. Si avvicina a me, sorride. Anche lui non parla, penso con un brivido. Mi sbaglio. «Mattia» dice sollevando le braccia come se si dovesse consegnare. «Posso giocare?» continua con sicurezza.

Ha un accento indecifrabile, le spalle larghe. Mi fissa. Deve aver capito che sono la più grande delle due, quella che, a buon senso, dovrebbe decidere. Temporeggio, vorrei almeno sapere dove abita. Invece Cristi gli porge la maglia, incredibilmente si ricorda di farlo, e poi, per tutta risposta, gli tira la palla.

«È uno sconosciuto» provo a bisbigliare alla mia amica, ma lei non ascolta. Batte le mani, si stira le braccia, saltella leggera mentre nel giro di qualche minuto la palla per me si trasforma in una sfera di ferro. Un fardello di cui mi libero appena posso per vederlo rotolare dalle mani di Cristi alle mani di Mattia, da un magnete all'altro.

Non posso dire che mi stiano ignorando, però quando si lanciano la palla c'è un'energia particolare. La gelosia deforma la realtà, mi suggerisce una voce dentro che assomiglia a quella di mio padre. E forse distorce anche i campi magnetici. Sta di fatto che mi impunto per cambiare gioco. Bucherei la palla davanti a loro se servisse a far scomparire Mattia. Ma lui non ci pensa nemmeno. Se ne sta piantato per terra, con i polpacci scolpiti, ad aspettare che io abbia deciso il da farsi.

«Potremmo raccogliere bacche di ginepro.» Non lo facciamo mai, Cristi fa cenno di sì. «Oppure potremmo andare a vedere il tramonto alla torre dell'orologio.»

Altro sì, ma non mi basta. Sono agitata. In pochi secondi propongo una raffica di diversivi, di vie di fuga dallo spettacolo di due bambini che giocano alla perfezione senza conoscersi. Cristi aspetta, non sembra infastidita. Guardo gli occhi del bambino, celeste vivo. Allora gioco la carta Ida, sono già in linea di difesa. «Saliamo da tua nonna a fare merenda.»

«Va bene» risponde lei.

«Devo andare. È tardi» le fa eco Mattia.

Sono riuscita a cacciarlo, ma non esulto. Dal modo in cui si guardano senza salutarsi, capisco subito che Cristi non farà più a meno di lui.

Nel giro di dieci giorni di Mattia so tutto il possibile. Questa volta non devo mettere sotto torchio Licia o qualche altra pettegola del paese perché ho un'alleata infallibile, mia madre, che sta sguinzagliando le sue conoscenze per sapere chi è il bambino che ogni giorno sale fino alla città vecchia.

«Non starai esagerando?» le dice una sera mio padre.

Siamo a tavola, guardo mia madre che prima affetta con calma l'arrosto, poi risponde: «Mi sembra il minimo visto che il ragazzo vede spesso nostra figlia».

«Non è un ragazzo» ribatte mio padre, «è un bambino.»

Già, è un bambino, ha la mia stessa età. E mia madre potrebbe stare tranquilla visto che non è interessato a me. Però sembra un ragazzo, su questo ha ragione lei. Ha un piglio deciso, le linee dei muscoli già tracciate sotto pelle.

«Bambino o no, non vuoi sapere cosa mi hanno detto?» Il tono di mia madre è un po' risentito.

Mio padre dice di sì, poi mi fa l'occhiolino.

«È di Genova» attacca mia madre.

«Lo sappiamo» mormoriamo.

Mia madre sbatacchia un piatto, però continua.

Suo padre, un militare, se n'è andato da un giorno all'altro. All'estero, per un'altra donna e soprattutto per altri due figli. Mattia vive con sua mamma in un quartiere popolare. Bolzaneto, precisa mia madre. A scuola va bene, ma ogni tanto mena le mani. A queste parole abbasso la testa, perché a dire il vero ci ha già pensato Genny a farmelo sapere, con la scusa di mettermi in guardia.

Mentre mia madre parla, io trangugio. Quando con il pane raccolgo l'olio dell'arrosto lei mi fa un cenno brusco di mangiare meno. Mio padre intanto mastica lentamente.

«Ma in paese cosa ci fa?» chiede a un certo punto.

Questo non lo so nemmeno io. Mia madre indica le patate con un fare furbo. Lei lo sa.

«Le ho comprate nella rosticceria dove lavora sua mamma.»

Sia io che mio padre la guardiamo allibiti, smettiamo di masticare, così lei ci spiega con tutta calma che la madre di Mattia è senza lavoro e fa la stagione nel locale di una parente. Poco fuori dal paese, vicino allo stadio.

«Solo la stagione?» le chiedo io in ansia.

«Sì, fino a settembre, solo d'estate, d'inverno i clienti sono troppo pochi.»

«Poveretta» commenta mio padre.

«Grazie al cielo» mormoro io.

Mia madre non fa caso a noi, continua. «Suo figlio oggi era alla cassa.»

«Alla cassa?» Mio padre è sbalordito, io non ho il coraggio di tirare su gli occhi dal piatto.

«Fa di conto che è una meraviglia» replica mia madre.

A questo punto capisco che Mattia in qualche modo ha fatto breccia anche in lei. Per un bambino di undici anni che somma, sottrae e dà resti come un adulto è disposta a sorvolare sulla questione delle mani facili.

Altre informazioni sul suo conto me le dà direttamente Mattia mentre parla con Cristi. Adoro il mare, le dice, e gioco bene a calcio. Altre ancora, a furia di studiarlo, le capisco da sola. In particolare che ha delle fossette irresistibili nelle guance e gli occhi celesti come il cielo libero dell'estate. Sai tutto di lui, mi dico. Tutto tranne che cosa pensa di Cristi e perché la cerca sempre.

Ha la brutta abitudine di sbucare da un momento all'altro, senza preferenze di ore, di posto e senza difficoltà a stanarci. L'attimo prima stiamo guardando il panorama dalla torre dell'orologio, il secondo dopo Cristi si è girata e lo sta salutando. Di pomeriggio, terminato il lavoro in negozio, Mattia va sotto casa di Ida. Anche quando sono con Genny o in parrocchia, Cristi non ne fa mistero.

«Cosa avete fatto ieri?» le chiedo la mattina seguente.

«Oh, niente» mi risponde puntualmente. Solo una volta mi dice: «Abbiamo parlato del mare di Mattia».

Pesci, conchiglie, sabbia mi fanno fischiare le orecchie. «Come si chiama questo mare?» replico con la speranza di farla ammutolire.

«Ligure» mi risponde Cristi con un sorriso. Niente male per una che ha pagelle disastrose e il mare non l'ha mai neanche visto, rimugino con astio.

Quando siamo in tre facciamo le cose di prima, eppure niente è più uguale. Passeggiamo, Mattia e io ce ne stiamo seduti con la schiena attaccata ai tronchi mentre Cristi si dondola a testa in giù da qualche ramo. Raccogliamo sassi che io dipingo e loro impilano. Spizzichiamo l'uva da vino. Non mi lasciano mai indietro, non ridono mai fra di loro. Se tralascio il fatto che sono tutti e due biondi come l'oro e si muovono nella stessa maniera come due facce di uno specchio, posso dire che non fanno nulla per escludermi. Evitano persino di nuotare nelle acque profonde pur di non lasciarmi indietro. Eppure mi sento affannata, in allarme, e quando stiamo al fiume non mi stacco più dalla riva.

Per un paio di giorni mi viene in aiuto mia madre. Si è presa delle ore di permesso per stare vicino a mio padre che ha qualche giornata di riposo. E poi ha in mente di aiutare Cristi a risolvere il suo problema maggiore. Non Lilli, per quello non si può fare nulla. Per la scuola invece sì, mia madre ne è certa. A me sembra inutile, però almeno ce ne restiamo nel mio giardino, dove so che Mattia non si spingerà.

Cristi asseconda mia madre, se ne sta seduta con le gambe accavallate mentre lei le mostra degli abbecedari. Io leggo. E elefante, F fantasma, I isola, ripete la mia amica obbediente. Ma i suoi occhi, si vede subito, galleggiano sulle lettere, scappano, appena volta pagina non ricorda più nulla. Il secondo giorno di esercizi le cerco la mano sotto il tavolo e mi ritrovo fra le dita una specie di testa di serpente fredda e umida.

Elefanti, fantasmi, isole. Non hanno niente a che fare con Cristi, penso. Lei è frutta, insetti, il fiume limaccioso d'agosto. Stiamo sbagliando tutto.

Faccio un cenno a mio padre che sta vangando vicino a noi, fai smettere mamma ti prego. Lui capisce al volo.

«Forse la bambina non si crede libera» bisbiglia a mia madre. Lei scuote la testa, è imbarazzata. Poi si sforza di distendere le labbra e chiude delicatamente i libri. L'esperimento, il nostro tentativo di salvare Cristi, termina così. Non lo replichiamo mai più.

Più tardi mi sdraio in giardino accanto a mio padre. L'orto è bagnato bene, non inondato come quando lui è fuori. La cenere degli sfalci bruciati riverbera nel buio. Penso alla dolcezza con cui ha fatto capire a mia madre quanto fosse inopportuno il suo intestardirsi. È da lui che ho imparato a scivolare nelle frasi, a pattinare sulle parole fino a incantare gli altri.

La bambina non si crede libera, ha detto mio padre. E senza volerlo affiora in me la risposta alla domanda che mi assilla da quando ho visto Mattia buttarsi nel fosso: cos'ha di speciale? Forse con lui Cristi si crede libera.

8

L'estate a tre è faticosa. Più Mattia cerca Cristi, più io trascuro tutto. Gli appuntamenti con le amiche di scuola, i ritrovi del catechismo, il torneo di biliardino. A casa metto il muso, mi chiudo in camera per ore. Studio, leggo, ascolto la musica. Se non salgo alla città vecchia, Cristi e Mattia passano a chiamarmi. A volte sto sdraiata sul divano e non rispondo. A volte mi affaccio alla finestra e invento un impegno, a volte sto con loro.

Alcune mattine insieme scorrono tranquille. In altre basta un gesto di lei, magari una capriola più energica, oppure una frase premurosa di lui, attenta a non farti male Cristi, e tutto va a rotoli. In quelle occasioni mi impunto per mettere alla prova la fedeltà della mia amica e le propongo passatempi noiosi. Stiamocene sdraiate all'ombra. Oppure, rimaniamo davanti alla chiesa. Lui capisce e ci lascia sole. Il suo intuito aumenta il mio fastidio. Cristi non fa cenno di preferire altro, mi resta accanto. Dopo qualche ora, torno a casa nauseata dalla sua obbedienza, dalla mia acidità. I tempi delle labbra sfiorate al fiume ormai affogano nella gelosia.

«Cosa succede?» mi chiede sempre più spesso mia madre.

«Niente» le rispondo.

E in effetti non succede niente, si è solo aggiunto un bambino. Un ragazzo. È antipatico? Tutt'altro, ride a crepapelle. È immaturo? Neanche un po'.

«E allora cerca di sorridere ogni tanto» mi rimprovera mia madre che negli ultimi mesi è un po' nervosa.

Fortunatamente mio padre è spesso a casa, da quello che

ho capito smaltisce riposi accumulati, si alterna con altri autisti. Mia madre è irritata, sta iniziando a trovargli una serie di difetti ridicoli: scarpe in disordine, troppo tempo nell'orto. Io sbuffo ogni volta che se ne inventa uno.

«Se ti annoi con Cristi e Mattia, potresti cercare le tue compagne di classe» mi consiglia mio padre.

Mia madre è andata a fare la spesa, siamo soli, sdraiati sul divano con un libro sulla pancia.

«Non è una questione di noia» rispondo corrucciata. Da lui pretendo più precisione.

«La faccenda si fa seria.» Mi guarda intensamente. Non mi abbraccia, non è da lui. In questo assomiglia molto a mia madre. Gli abbracci e le carezze sono rari fra le mura di casa nostra. «Non è noia, ma non sapresti dire nemmeno tu di che cosa si tratta» mi dice con un grande sorriso.

Annuisco, lui continua a sorridere. Sto quasi per vuotare il sacco, ma sento i passi di mia madre in cucina.

Adoro mio padre, ha un modo di ascoltare completamente diverso da quello di lei, gli potrei dire tutto. Anche che a bucarmi il cuore con uno spillo non sono le labbra schiuse di Cristi quando guarda Mattia. Né il fiatone che mi viene per tenere il loro passo sui crinali. È che a Cristi si è sciolta la parola. Questo sì mi fa sanguinare.

Da quando c'è Mattia, i discorsi di cinque parole sono un ricordo. Non è tanto quello che dice, quanto la sua voce a farmi tremare. È sicura, continua, profonda. Lei parla, io ascolto, seguo, mi innamoro.

A undici anni, in quella prima estate a tre, mi innamoro perdutamente del suono di Cristi e lei non risparmia le parole. Ci racconta della città grande, dei muri arancioni, dei tram che a Bologna passano ogni cinque minuti. Va ancora più in profondità. Ci parla di una bambina che non mangia, perché Lilli le rifila solo dei panini alla mortadella. Di una bambina che perde l'abbonamento dell'autobus e pur di non dirlo a sua madre viaggia clandestina fino a scuola.

Mattia non la interrompe, non fa domande. Si guarda intorno, con gli occhi celesti che sfarfallano su rami, ringhiere, nuvole e lucertole, per tornare poi a posarsi su Cristi. Da come la fissa in quegli istanti capisco che non si sta perdendo una parola. Perché di lei già dal primo incontro si prende tutto e in quei giorni di fine luglio, a soli undici anni, Mattia se guarda il cielo lo fa senza distrarsi. Ascolta con gli occhi, un po' come lei che sente senza orecchie.

Io invece sono diversa da loro, i miei banali cinque sensi li devo usare a fondo per immaginarmi la vita della mia amica lontano da me, dal letto di Ida, dal nostro fiume. Tutto questo mi affatica, mi appiccica addosso una smania mai provata prima, quasi desidero che Lilli se la riprenda, cosa di cui Ida è certa.

«Torna, torna» la sento sospirare con mia madre. «Perché tanto non ci riesce.»

A fare cosa, Ida non lo dice, ma io ricordo le parole di Licia ai giardinetti e capisco che c'è di mezzo qualche capriccio di Lilli.

Anche Cristi pensa a lei. «Oggi non torna» mi dice ogni tanto all'improvviso se siamo sole. Davanti a Mattia non la nomina mai, voglio credere che non sappia nulla, che sia il nostro segreto.

«Come fai a sapere che non torna?» le chiedo.

Cristi non risponde.

«Come fai a saperlo?» insisto.

«Non lo so, lo sento.»

Com'è faticoso tutto quel sentire che a me non riesce. Alcuni giorni, nel tentativo di quietarmi, mi obbligo ad andare in piscina con Genny e il più delle volte trascorro le ore talmente immobile che mi procuro un'insolazione. La febbre da sole. La febbre per l'idea di Cristi con Mattia.

*

A ferragosto mio padre annuncia all'improvviso ferie lunghe. Vacanze obbligate. Dovrebbe essere una bella notizia, eppure i miei genitori si chiudono in salotto, sono alterati tutti e due. Accosto l'orecchio alla porta, poi ci ripenso. Non mi piace origliare mio padre. Però il tono della voce di mia madre è forte e qualcosa sento comunque. La ditta dove lavora mio padre ha problemi. Mi tappo le orecchie, scappo in giardino, nel punto più distante dalle loro voci concitate. Quando mi raggiungono sono sdraiata a occhi chiusi sul dondolo, mi aspetto brutti discorsi, invece mia madre sospira. «Andiamo qualche giorno al mare.»

«Quando?» Apro gli occhi verso mio padre. È stanco, rosso in viso.

«Domani» risponde mia madre.

Di sera salgo ad avvertire la mia amica. Ida sta abbrustolendo delle pannocchie in cortile. Un pezzetto nero si è fermato fra i denti di Cristi. Glielo tolgo con l'indice, lei mi prende la mano. Nelle ultime settimane i contatti fra di noi si sono diradati.

«Torno presto» le dico con la voce un po' tremante.

Mi guarda impensierita. Nessuna delle due sa se Cristi ci sarà ancora al mio rientro. In più io so che mentre starò via con lei ci sarà Mattia e potrebbe bastarle. Mi stringe le dita.

«Sicura?»

«Lo giuro» ribadisco con un groppo in gola.

Al mare i giorni volano. Con mio padre giochiamo a racchettoni, facciamo il giro dell'insenatura a nuoto. Anche mia madre si rilassa e per tutta la vacanza non inventa fesserie sul conto di mio padre. La sera, in albergo, ho una camera attaccata alla loro, li sento ridere e realizzo che negli ultimi tempi è sempre più raro. Tendo le orecchie ma non sento altri rumori.

Per una settimana, mi godo l'acqua salata, le parole crociate con mio padre e non penso né a Cristi, né a Cristi con Mattia. Sono guarita, penso durante il viaggio di ritorno.

«La tua amica c'è ancora» mi dice mia madre appena saluta la vicina.

Prendo la notizia con calma. Sono guarita, mi ripeto mentre salgo le scale della città vecchia. Ho le mie noiose e fedeli amiche, ho due strani amici del cuore, posso starmene al mare senza che quel turbinio di occhi grigi, verdi e celesti mi rimescoli i pensieri.

Cammino sotto il sole alto. Fa caldo, le imposte delle case decrepite sono chiuse, la città vecchia è tutta delle cicale. All'improvviso mi sento sola. Più mi avvicino alla casa di Ida più mi sembra spaventosamente lontana dalla mia. Ho sete, ma la fontanella è piena di vespe. Pungono e poi non muoiono. Torno indietro, penso, invece tiro dritto. Nell'attimo in cui intravedo la casa di Ida, la torre dell'orologio batte le due e i colpi rimbombano nel silenzio. Nemmeno un fruscio, un passo, un miagolio randagio. Niente. Nella quiete assoluta anche le cicale si fermano per l'ora esatta del primo grande tradimento.

Cristi e Mattia non mi sentono arrivare, non possono. Sono dietro il filare di cipressi e stanno dormendo profondamente. All'ombra, a petto nudo. Lui è sdraiato a faccia in giù. Lei tutta sopra a lui, con l'orecchio appoggiato sulla sua schiena. Sono stupendi, inumani. E nello stesso istante mi torna in mente Cristi sdraiata accanto a me, al fiume. Lilli torna, ti prego.

9

L'estate successiva è quella della prima cassa integrazione di mio padre. Del mio primo costume a due pezzi. Di un'ondata di siccità che brucia il nostro orto e ingiallisce il bosco. Però per me che mi incollo alla televisione per guardare mio padre mentre protesta insieme ai colleghi davanti alle telecamere della rete locale, per me che compio dodici anni e guardo stupefatta il mio seno cresciuto, quella è e rimane per sempre l'estate delle albicocche.

Durante l'inverno nessuna notizia di Cristi. Né dalla sua voce, né da quella di Ida. Di Lilli, invece, a furia di interrogare i pettegoli del paese ho imparato molte cose: so che a Bologna lavora come commessa, mai nello stesso negozio e mai per più di qualche settimana. Perché molli continuamente il posto e non faccia come mia madre, che va tutti i giorni al lavoro e non ci fa mancare la cena calda, questo ormai l'ho capito da sola: è per via dei famosi grilli che Lilli ha per la testa.

Come riesca a guadagnare quando non lavora in negozio, nessuno me lo dice direttamente. Fa serate, dice Gino, il vicino di casa di Ida. Non capisco.

Ha sempre a che fare con il sesso, borbotta Elmo, il tassista che porta Lilli alla stazione delle corriere quando fugge da casa di Ida.

Lui non si sbottona granché, ma io penso subito al racconto di Licia della prima estate. Alla storia di Lilli ragazzina che per fare la vita da ricca setaccia i bar del paese in cerca di qualcuno disposto a pagare.

Di Lilli so che quando ha soldi in tasca li spende solo per sé, e se ho il dubbio che le malelingue stiano esagerando mi basta pensare alla borsa sdrucita e alle magliette sbrindellate della mia amica. So che quando scarica Cristi, cerca suo padre. Germania, Francia, Marocco, dovunque sia. Se lo trovi, cosa facciano e come mai fino a ora Lilli abbia fatto ritorno, resta un mistero. Ida non dice nulla. I pettegoli sostengono che ha una zucca al posto della testa e non cambierà mai. Io penso solo che quando torna non lo fa per Cristi e figuriamoci se lei, che sente tutto, non lo capisce.

Nella terza estate insieme, Cristi arriva a giugno inoltrato, quando io, a dispetto delle previsioni di Ida, ho già perso le speranze, ed è così lunga che sua nonna lascia il letto tutto per lei e per sé srotola ogni sera un materasso in cucina. Così mi dice subito Cristi, appena ci ritroviamo. È tardo pomeriggio, i raggi obliqui del sole le illuminano solo le gambe. Sono magrissime. Io non rispondo. Mi sposto, ho bisogno di più luce, ho bisogno di capire perché per tutto l'inverno non mi ha mai telefonato. E se ha riservato quel trattamento soltanto a me o se invece la sua voce a Genova è arrivata.

«Avevi il mio numero» le dico secca. E di sicuro anche quello di Mattia, vorrei dirle. Mi trattengo. «Lo sapevi che non ti potevo chiamare» continuo.

Lilli non è in nessun elenco del mondo, Lilli non dà il numero a nessuno.

«Mi dispiace» mormora.

«Ti hanno tolto il telefono?» riprendo dura.

«No.»

«E allora?»

«Non posso.»

La scorsa estate quando ci siamo salutate, mentre Lilli concedeva il tempo di un caffè a Ida, le ho insegnato a comporre il mio numero senza leggere le cifre. Mattia era già ripartito.

«Hai dimenticato come si fa?» le chiedo più dolce.

Cristi scuote la testa. « Devo lasciare il telefono libero. »

« Sempre? » chiedo sbigottita.

Sì, sempre. Cristi non deve usare il telefono, perché il signore della fotografia potrebbe chiamare e Lilli non può permettersi di perdere la telefonata.

« L'ennesima vigliaccheria » dico fra i denti. Cristi fa una smorfia di sorpresa. « Vigliaccheria » ripeto a voce alta.

Mi piace questa parola nuova. Vigliaccheria. Da quando mio padre, a marzo, ha ricevuto la lettera della sua azienda in cui gli si chiede di consegnare le chiavi del camion, lui la mormora in continuazione. E io dietro di lui.

Il giorno dell'arrivo di Cristi rimaniamo sole davanti al giardino fino all'imbrunire, i miei genitori sono in casa, ma non si fanno vedere. Sono settimane che in paese non piove e anche il nostro orto è sofferente. Le fragole asciutte, l'insalata polverosa, i pomodori vizzi. Solo le albicocche abbondano sui rami, a volte, però, siamo talmente frastornate per la questione della lettera di mio padre che dimentichiamo di raccoglierle.

« Sei triste? » mi chiede lei con gli occhi puntati sui frutti caduti.

« Sì. »

Volto le spalle all'orto, mi siedo sul muretto di recinzione e lei fa lo stesso.

« Cosa è successo? »

Cosa è successo negli ultimi mesi non l'ho detto a nessuno. Nemmeno all'insegnante, preoccupata per i miei silenzi. Nemmeno al prete, incuriosito dalle mie confessioni sbrigative. Tanto meno a Genny che, pezzettino dopo pezzettino, darebbe la sfortuna di mio padre in pasto al paese.

« A me puoi dirlo » sussurra Cristi e si avvicina.

Con le punte delle sue scarpe da tennis sfinite da cui escono i calzini sfiora i miei piedi. Alzo lo sguardo. L'attenzione dei suoi occhi è un liquido grigio tutto per me. Ha ragione, a lei posso dirlo. Ha solo nove anni, non chiama per mesi, ma capisce. E se non capisce, sente.

Allora le racconto di mio padre che, dopo la lettera, è costretto a stare a casa. Che ogni notte scende al deposito a controllare se il camion con la sua matricola è ancora lì. Del bar nel corso centrale che mia madre e io evitiamo per non ricevere domande. Dei soldi che danno a mio padre senza lavorare e che lui si ostina a chiamare soldi brutti facendo sussultare mia madre.

Cristi sgrana gli occhi.

«Si chiama cassa integrazione» le spiego.

Altra parola nuova. Lei prova a ripeterla, ma si ingarbuglia.

«Lascia stare» le dico con dolcezza.

Mi sorride e poi appoggia la testa sulla mia spalla. La fronte è accaldata, le batte forte il cuore.

«Non è giusto» sussurra.

Non ci sono parole migliori ed è vero. Non c'è bisogno di capire per sentire.

Quando la torre dell'orologio suona le otto, Cristi si alza. Ida l'aspetta a cena. Fa qualche passo all'indietro, continuando a guardarmi.

«A scuola nessuna novità» mi dice, poi si volta.

La seguo fino a che non sparisce dalla mia vista, poi inizio a contare. Dalla conversazione in giardino, con il profumo di albicocca e quello della mia amica che arrivano distinti alle mie narici, inizio a contare i secondi, i minuti, le ore.

A Cristi non l'ho detto, ma ho sentito dire che Mattia è già in paese e il conto alla rovescia, come prevedevo, è breve. Il giorno dopo lui si fa vedere. Anzi passa prima a casa mia, poi da Ida.

Sto leggendo *Il giardino segreto* sul dondolo. Stiamo un po' uno di fronte all'altra senza dire nulla. Lui dà un'occhiata veloce al mio seno, io ai suoi capelli più lunghi dello scorso anno. Poi rompe il silenzio. «Non ho ancora visto Cristi.»

Mi alzo indifferente, forse voleva stupirmi ma non intendo dargli soddisfazione. «Hai un orto molto grande» aggiunge.

E tu non lo puoi guardare, penso inviperita. «Entra.» Mi sforzo di apparire neutra. Gli faccio strada in cucina, a disagio verso del succo, gli indico una sedia.

«Tutto come lo scorso anno» borbotta. Sua madre aiuta una cugina in rosticceria, lui sta alla cassa nelle ore di punta. Fino a settembre.

È rimasto in piedi, sembra annoiato. Annoiato dai mobili in ciliegio, dalle mensole ordinate, anche da me.

Lo affronto brusca. «Sei venuto a dirmi che non mi vuoi tra i piedi?»

Lui appoggia il bicchiere ancora pieno, sorride. È più ragazzo dello scorso anno. «Sai che puoi stare con noi, sempre.»

È venuto a dirmi che quest'anno sarò io a stare con loro. Lo sapevo già.

«Vigliacco» sibilo quando ormai è già fuori dalla mia casa.

Però voglio la prova e mi bastano poche mattine per averla. Per stancarmi di stare dietro a lui e Cristi mentre saltellano, corrono, nuotano e raccolgono qualsiasi cosa trovino per terra. Elastici, sassi appuntiti e montagne di tappi che finiscono nelle buste recuperate a casa di Ida. Forse lo facevano anche la scorsa estate, non saprei. È un passatempo inutile, da bambini, mi dico. Sto mentendo, è un divertimento incredibilmente intimo. E io non reggo.

Le buste piene di cianfrusaglie cambiano la mia estate. Non mi ostino a stare tutto il giorno con Cristi, non avverto più quel puntello acuto alla gola quando incrocio Mattia. Mi metto in disparte mentre loro mi insegnano per primi che forma sorda ha il dolore quando i sentimenti non si possono cambiare.

Per qualche settimana vengono a cercarmi tutte le mattine con voci allegre e richiami calorosi, io rifiuto sempre, a malapena mi affaccio per rispondere. Ho mal di testa, finisco i compiti, pulisco camera.

Cristi però passa a salutarmi tutte le sere. Non ne salta una. Ehi!, mi grida dal muretto davanti alla chiesa, e io esco.

Di quegli incontri ricordo solo che sono sempre al tramonto e che per un tacito patto non nominiamo mai Mattia. Gli uccelli fanno rumori assordanti per tornare ai nidi e noi trascorriamo il tempo, fianco a fianco, ad aprire la testa dei papaveri chiusi. Io gioco in silenzio. Petali rossi, mio padre rimane a casa, petali rosa, Mattia riparte, petali bianchi, mio padre può tornare a guidare. Lei mi sta vicino.

Di sicuro ha capito che a casa mia le cose continuano ad andare male. Se ha capito anche i motivi per cui di mattina la evito, non saprei. Non indago, in fondo anche io fatico a capire perché tutte le sere ancora l'aspetto solo per starcene a guardare gli stormi nel cielo. No. Solo per sfuggire ai miei genitori muti davanti alla televisione. No. La verità è che l'aspetto solo per essere ascoltata. Se accetto fin da allora di dividere Cristi, se mi accontento delle sere, lo faccio solo per il suo modo unico di capire. Per come cambiano colore i suoi occhi a seconda di quello dei papaveri.

Di notte, in quel periodo, faccio brutti sogni. Ladri che ci scassinano casa, delinquenti che bruciano il giardino e urlano scaraventando cassetti. Durante quegli assalti lascio carta bianca agli incursori, non mi sveglio mai. Al mattino, appena mi tiro su dal letto, faccio il giro della casa. Controllo le finestre, i mobili, il portafoglio di mio padre, il mio salvadanaio. Poi inizio la giornata, anche se l'idea di quanto sia lunga e uguale a quella appena trascorsa, in fondo in fondo, mi fa più paura dei banditi. Di giorno mangio a tutte le ore, panini, salse, bocconi grandi e freddi. I papaveri delle sere con Cristi li risparmio, per il resto rumino tutto. Parlo poco, rifuggo i ritrovi di paese, rispondo a monosillabi a mia madre. Non parlo neanche con mio padre che controlla la buca delle lettere due volte al giorno.

«Al lavoro potrebbero cambiare idea» mi spiega quando lo sorprendo di sera con gli occhi cerchiati di blu a grattare il fondo della cassetta della posta. È una delle sue ultime spiegazioni rivolte a me, ed è la prima sbagliata.

Perché lui e altri autisti del paese rimangono in cassa integrazione. Non c'è sufficiente lavoro, sostengono i titolari della ditta. Una menzogna. Uno stratagemma per dichiarare fallimento e fondersi con un'altra società. Così dice mio padre nell'intervista rilasciata al tg regionale, che la rete passa quando è a corto di altre notizie.

Di nascosto da mia madre ritaglio gli articoli che parlano dell'azienda di mio padre. Li sottolineo, cerco di capire perché è successo, quanto tempo ancora lui dovrà aspettare il postino in cima alla via.

All'inizio di agosto i miei genitori tornano da una visita medica con una strana medicina. Quindici, magari venti giorni di montagna. Partire subito.

«Perché non di mare?» chiedo. Non mi piacciono le curve, le cime, i calzettoni. Mi aspetto una spiegazione convincente da mio padre, invece arriva la risposta di mia madre. «Per cambiare aria.»

Ha gli occhi velati e per la prima volta che ci apprestiamo a partire non è in ansia per le questioni del suo ufficio. Si mette subito a preparare i bagagli e a ogni passo chiede conferma a mio padre. «Va bene se prendo le maglie di lana? Gli scarponi?» Lui ci mette una vita a rispondere. Negli ultimi tempi le sue risposte arrivano sempre in ritardo e le conversazioni dei miei genitori suonano ridicole.

Esco con le lacrime agli occhi. Manca poco all'ora di pranzo. Mi incammino verso la città vecchia. Magari potrei incontrare Cristi da sola, penso.

Invece la scorgo insieme a Mattia nel solito posto, dietro il filare dei cipressi, dove fino all'anno scorso Cristi e io giocavamo a palla e dove sospetto si addormentino ogni pomeriggio.

All'inizio mi sembrano in tre. Mattia, Cristi e un bambino più piccolo in mezzo. Una banda di randagi, penso con livore, poi però capisco che sono Mattia, Cristi e una borsa gigante fra di loro.

La solita abitudine di riempirsi di cianfrusaglie. Cambio strada, taglio da un sentierino con le ortiche che mi frustano i polpacci e arrivo da Ida senza salutarli.

Lei si sta facendo la doccia in cortile, dietro una tenda di plastica. Sul tavolo di pietra ci sono strani cibi che di solito non cucina: crocchette, pizza.

« Assaggia. Vengono dalla rosticceria, le porta il ragazzo » mi dice sotto il rumore dell'acqua. Anche Ida lo chiama così, mi abbandono a una smorfia di disappunto. Però ha ragione, non è un bambino. Un bambino non farebbe mai presa su Cristi, non si preoccuperebbe di sfamarla.

È Ida che, mentre si insapona e io mangio una pizza nell'odore di bagnoschiuma, mi svela il mistero della loro busta. « Stanno raccogliendo ossi di albicocca da tutti i frutteti » mi dice divertita. Una montagna di ossi. Noccioli, si direbbe in italiano, ma non la correggo.

Rientrando a casa incrocio proprio Mattia. Scende le scale della città vecchia con la maglietta appesa in vita. Lo saluto e lui ricambia con un sorriso.

« Cosa fate con quella roba? » gli chiedo sprezzante.

Afferra subito. « I noccioli? »

« Sì » mugugno.

« Li mangiamo. »

Mi esce una risatina nervosa. « Stasera parto » gli dico di getto. Non so perché non l'ho detto a Ida.

Mattia annuisce. La catenina d'oro mi riverbera negli occhi. Scendo di uno scalino. « Vado in montagna. »

« Ti piace? »

Scuoto la testa, lui sorride. « Ti capisco. » Non mi teme, non è geloso di me. « Potrei stare via tanto » continuo. Un altro scalino, ancora più in basso, mi schiarisco la voce. « Se dovesse tornare Lilli... »

Il nome lo pungola immediatamente. Mi interrompe subito, ora ho la certezza che lei gliene ha parlato, magari prima di addormentarsi all'ombra dei cipressi.

«A Cristi penso io» dice con fare solenne, e quel giorno quasi ci credo anche io che un ragazzo possa tutto. Persino sottrarre Cristi ai capricci di Lilli.

A Cristi penso io, borbotto mentre sfreccio davanti alla chiesa. Una bambina, un ragazzo e una montagna di noccioli. Ossi sporchi di arancione. Questa è l'ultima cosa che vedo prima di addormentarmi, quando la luce della camera dei miei è già spenta da un pezzo.

In montagna andiamo in treno. Mio padre è stanco per via di certe gocce che prende la sera. Non se la sente di guidare, copre la sua Alfa con un telo e un vicino ci porta in stazione. La novità non mi dispiace, se non fosse che mio padre me la vuol far piacere a forza. Mentre viaggiamo si può leggere, mi dice, possiamo alzarci, mangiare al vagone ristorante. Sta di fatto che lui non apre libro, rimane incollato al sedile e al bar ci vado con mia madre. Le stringo anche la mano, ne ha bisogno, a lei è sempre piaciuto starsene seduta vicino a mio padre che guida veloce. Molto più che sorseggiare un caffè sussultando sui binari.

Quell'anno trascorro quindici lunghi giorni in un albergo fronte lago, dove capisco che se mio padre non metterà le mani sul volante del camion presto, non lo farà mai più. Lui del lavoro parla sempre meno. Dorme fino a mezzogiorno, viene a pranzo senza radersi. Di pomeriggio facciamo passeggiate intorno allo specchio fermo dell'acqua. Sempre lo stesso sentiero. Un giorno da un verso, un giorno dall'altro. Per lasciare i miei genitori un po' da soli, fingo di raccogliere mirtilli e quando non mi vedono tiro con forza i sassi per farli sprofondare nel lago come noi. Di sera, siamo i primi a cenare nella grande sala ristorante. A volte i camerieri non hanno ancora acceso le luci. Io mi rimpinzo senza vedere bene di cosa. Mia madre non tocca cibo. Di notte la sento piangere in bagno, rimango immobile a pregare che torni in camera. Quando si decide a farlo, mi alzo a chiudere la porta. «Non serve» mi sussurra una volta. Non serve perché non c'è nulla da nascondere, lo capisco anche io. Da quel momento, per tutta la vita, la sola vista di un alpeggio o di un lago di montagna mi apre una voragine.

Al rientro dalla vacanza sembra che un po' della terra di quel maledetto monte ci sia franata addosso. In treno abbiamo tutti e tre mal di stomaco, mastichiamo caramelle frizzanti e fingiamo di riposare. Alla stazione mia madre si rifiuta di chiamare un amico. «Ci vuole un taxi» dice stremata, e mio padre non muove obiezioni.

Non facciamo in tempo a riaprire il cancello di casa che la vicina corre a dirci di Cristi. E di quell'altro bambino, il biondino di Genova. Ricoverati d'urgenza. Anche mio padre si scuote.

«Però adesso sta bene» lo rassicura la vicina.

«Sono in ospedale?»

«Lei sì, il bambino è a casa.»

«Cosa hanno fatto?» chiede mia madre. La vicina le fa cenno di seguirla fuori.

«Peritonite» sospira mia madre quando rientra. È scossa, ci racconta tutto per filo e per segno.

Dopo la raccolta dei noccioli di albicocca, ci sono stati i giorni dell'essiccazione. Poi con il martello giù a spaccarli, lontano da Ida che altrimenti li avrebbe bloccati. Grazie a Dio hanno scelto le mandorle dolci, senza veleno, però ne hanno mangiate in quantità. Operati tutti e due d'urgenza. Solo una brutta cicatrice.

Il giorno dopo vado in ospedale. Ida mi lascia nella stanza della nipote e raggiunge mia madre in corridoio. Guardo Cristi, sta dormendo. Ha le palpebre arrossate, le guance scavate e i capelli legati in una coda di cavallo storta. Nel silenzio sento Ida bisbigliare fuori dalla camera.

« Me la sono vista brutta » dice.

« Come si fa a non lasciare un numero, un recapito » risponde mia madre. Sta parlando di Lilli, mi schiarisco forte la gola nella speranza che la smetta.

In quel momento Cristi si sveglia, dà un'occhiata alla porta aperta, poi mi fa cenno di avvicinarmi. Dal corridoio arrivano solo bisbigli. Appena le sono accanto, tira fuori la mano dal letto e stringe il mio polso.

« Hai avuto paura? » le chiedo.

« No. »

« Davvero? »

Sta per dirmi: tanto c'era lui, ma non lo fa. Non perché si trattenga, non ne è capace. Si ferma solo perché entra l'infermiera e mi caccia in malo modo. Sulla porta prometto a Cristi di passare a trovarla di nuovo. Alza il braccio pallidissimo per salutarmi e in quel momento da sotto il lenzuolo scivola per terra un libro. *Ventimila leghe sotto i mari*, *La Storia infinita*, *Piccole donne*. Non lo so, è un libro. È fatto di lettere. E questo basta perché dopo la montagna anche il mondo intero inizi a franarmi addosso.

10

Prima che la nostra terza estate insieme finisca, prima che Cristi parta e sparisca nella nebbia, ho bisogno di sapere. Da quando ho lasciato l'ospedale non penso ad altro. Che ci provi Lilli, con i suoi arrivi improvvisati, a mettersi in mezzo. Che ci provi il biondo di Genova, con la sua mania di esserci sempre. Mattina, sera, non mi interessa. Ho bisogno di conoscere la verità dei libri e pretendo di ascoltarla dalla voce della mia amica.

Così mi spingo fino alla rosticceria, alla periferia del paese. Lui non è alla cassa, è seduto su uno sgabello. Non sembra stupito di vedermi.

«Vado a prendere Cristi in ospedale con Ida» gli dico a bruciapelo. Non risponde. È piuttosto pallido. «Solo io» preciso.

«Okay» mi dice, poi alza le mani, con il solito gesto, in segno di resa. Come sta, se mi sorride, se aggiunge qualcos'altro, non lo so, perché corro via sbattendo la porta.

In ospedale Ida si trattiene con i dottori, Cristi e io l'aspettiamo sedute di fronte all'ambulatorio mentre lei mette sulla scrivania un prosciutto e dei funghi secchi. Poi a testa bassa ringrazia. Le hanno fatto il favore di non chiamare i carabinieri anche se la madre è risultata irraggiungibile. «Roba da matti» gracchiano due infermiere che portano via il pacco di Ida. Lo sguardo di Cristi le segue lungo tutto il corridoio.

Quando ci alziamo è talmente debole che è costretta ad appoggiarsi al muro. Io invece negli ultimi mesi a furia di mangiare ho preso chili, esito un istante poi le do il braccio.

Fuori dall'ospedale ci attende il tassista del paese. Ida non può permetterselo, ma mia madre sì e ho i suoi soldi in tasca. Dal momento che mio padre non riesce a guidare, la mamma ha trovato comunque un modo pratico per dare una mano.

A casa, Ida ci lascia un po' sole. Nella penombra della cucina, apro la mia borsa e tiro fuori *Il giardino segreto*.

«Ora leggi» dico secca. Lei continua a tenere il libro chiuso. Lo afferro bruscamente e glielo apro davanti agli occhi. Cristi trema, esita: ha paura di ferirmi, poi mi prende la mano e lentamente inizia.

«Quando Mary Lennox arrivò al castello di Misselthwaite per vivere dallo zio tutti dissero che si trattava della bambina meno attraente che avessero mai visto.»

La sua voce è senza entusiasmo, salta le virgole, storpia i nomi stranieri, si mangia i punti, ma legge.

«Ti ha insegnato lui?»

La domanda fatica a uscirmi, lei non parla.

«Rispondi» scandisco dura.

Grazie a quell'ordine, da allora, custodisco una storia incredibile fatta di bastoni, di sassi, di creta. Di una bambina spaventata che pensa di essere abbandonata da sua madre solo perché non riesce né a leggere né a scrivere. Di un bambino che è già un ragazzo e sa mostrarle la via, senza paura, perché le parole sono libere, le dice, come te e me. Come Cristi e Mattia. I libri non c'entrano, non servono. Le lettere sono ovunque, nei bastoni incrociati dei ponti di legno, sulla punta dei cipressi sotto casa di Ida, nelle zolle di terra sull'argine del fiume. La campagna senza orari e limiti è l'alfabeto del loro amore. Mattia le legge intorno, lei ascolta. E quando gli strani segni sulla torre dell'orologio coincidono con il ritmo del sole, per la prima volta lei capisce cos'è il tempo. Anche quello dell'attesa.

«Sai qual è la cosa più strana?» mi dice a un certo punto.

Faccio cenno di no. Sono tramortita, vorrei non credere a una parola di quello che ho sentito. So che nessun altro lo farebbe, ma so che io non ho altra scelta. Questa è la verità di Cristi sui libri.

«La cosa strana» riprende lei dopo qualche secondo «è che servono solo due lettere per avere una madre. L, i, Lilli.» Si blocca, ma io so cosa vuole aggiungere. Solo due lettere per avere una madre e tutto il tempo della vita per aspettarla.

11

L'ultima estate della nostra infanzia non ha nome nella mia memoria. Potrebbe essere l'estate della salvezza di Lilli. Del naufragio di mio padre. Della dichiarazione di Cristi. Oppure l'estate della pozza. Anche se quest'ultima cosa non la vedo, la sento solo dalla voce ferma della mia amica. Perché quell'estate infatti non è la mia. Non ha un nome mio. È il tempo di Cristi e Mattia, senza rive, senza recinti, senza definizioni.

Passano tante ore insieme, anche di sera, sempre più lontano dal paese e dalla città vecchia. Cristi ha dieci anni, lui tredici e il paese comincia a malignare. Sono anche piuttosto belli, cosa che non aiuta con i pettegoli. Ce l'hanno tutti con Ida. Che non si lamentasse se la nipote fa la fine di Lilli.

Del fatto che Mattia aiuti tutte le notti sua madre a scaricare i cartoni più pesanti e lavori in cassa la mattina, non interessa a nessuno. Non si manda in giro una bambina fino a tardi, a rotolarsi fra i campi con uno che viene dai quartieri popolari di una grande città.

Ida, sempre più bianca in viso e grigia nei capelli, è sorda ai pettegolezzi. Lei ha cresciuto Lilli e la nipote. Lei sa che Cristi non è Lilli.

A parlare male dei due ci prova anche la nostra vicina di casa.

« Ida rischia, c'è già passata una volta. »

« Già » borbotta mia madre.

« Ti ricordi Lilli come era carina? »

Mia madre non risponde, nemmeno fa caso alla scortesia.

Sta tagliando la siepe visto che mio padre non l'ha fatto. A ogni fascina, si schiarisce la gola, quando finisce rientra e si siede alla scrivania.

Da quando il nostro medico di famiglia parla di grave depressione, mia madre si porta a casa del lavoro perché l'ultima cosa di cui abbiamo bisogno è che pure lei rischi il posto. Tutte le sere accende la luce dello studio e chiude le imposte per non farsi vedere. La casa ormai è una tana. Mio padre è in letargo, noi ci barrichiamo con lui. L'unico tempo che trascorriamo fuori è quello nel nostro giardino. Anche se l'orto ormai è di sole zucchine, le siepi sono storte e nemmeno l'erba ha più il colore delle scorse estati.

Ad aggiungere veleno ci pensa Genny. Siamo nel corso centrale. Io sono scesa a comprare qualcosa all'alimentari sperando di non incontrare nessuno. Lei sta aspettando suo padre fuori dall'ufficio, una grande agenzia di assicurazioni.

«Poi ci raggiunge mia mamma» mi informa. Sua madre, a dire della mia, è una delle dottoresse più brave dell'ospedale. «Sono tutti e due molto impegnati, ma ogni giovedì pranziamo insieme al ristorante. Andiamo sempre al Baccanale.»

Che, guarda caso, è il posto più lussuoso del paese. «Una bella idea» commento sforzandomi di sorridere.

Lei continua. «Finalmente ti sei tolta dalle scatole la tipa di Bologna.» Allude alle ore che Cristi trascorre con Mattia. Mi rabbuio all'istante. «Immagino che ti dispiaccia non vederla più» aggiunge servile.

In realtà la vedo tutte le sere, dopo cena. Rimane con me fino a tarda notte, ma non ho motivo per raccontarlo a lei.

«Non troppo» replico asciutta.

«Lo sai che a Genova lui va in giro a tirare sassi?» mi dice con fare saccente. Cristi le interessa poco ormai. È Mattia adesso il centro del suo bersaglio.

«Sì» ribatto secca. Mi è arrivata questa voce, più o meno nello stesso giorno in cui una cliente della rosticceria mi ha detto che un professore se l'è preso a cuore e l'ha salvato dalla bocciatura per cattiva condotta.

Genny ride nervosa. «Contro i vetri della caserma» sibila.

La squadro. Di certo sa che il padre di Mattia è un militare. Provaci tu, cara Genny, a non tirare i sassi se tuo padre ti ha abbandonato di punto in bianco per un'altra famiglia.

«Non lo sapevo» mugugno.

Lei fa un sorrisino, non mi crede. È infastidita dai miei monosillabi mentre io sono impaziente di andarmene prima di ricevere l'invito a pranzare con la bella famigliola. Appena muovo un passo, Genny spara il colpo perfetto.

«E tuo padre come sta?» Adesso sorride a pieni denti.

«Bene.» Ho la gola secca. Non è vero, anche lui se ne sta andando a tutta velocità. Non c'entrano le donne, e tanto meno altri figli. Se ne sta andando a vele spiegate verso un male che rompe le ossa senza darlo a vedere.

«Se hai bisogno fai sapere» mi dice con un'espressione così falsa che devo fare appello a tutte le buone maniere inculcate da mia madre per non mandarla al diavolo.

Nei mesi che seguono non ho bisogno di Genny. Non ho bisogno delle cartoline che mi mandano dalle vacanze le altre amiche della classe. Non ho bisogno delle telefonate dei colleghi di mio padre, che mi costringe a inventare scuse: è fuori, sta dormendo, è da un parente. Potrei fare a meno del telefono, della cassetta della posta. Di tutto. Anche di Cristi, mi dico. Lei però continua a passare a casa mia tutte le sere. Che si rotoli o meno con Mattia, a mia madre non interessa. Per lei le porte di casa sono aperte.

Di solito ce ne stiamo in camera, sfogliamo il taccuino su cui, di nascosto, copio tutti i referti delle visite di mio padre. Le mostro una ventina di trafiletti, i ritagli di giornali sulla faccenda della ditta. Anche se ormai sa leggere, glieli leggo ad alta voce. *Esubero di cinquanta dipendenti. Probabile cambio di proprietà. Forse il via libera per la multinazionale e riduzione della flotta.* Sempre gli stessi, li so a memoria. Cristi, la testa sul letto e i piedi sul muro, ascolta sempre come se fosse la prima volta. Spesso mi chiede anche di ripetere la tal frase, si sdraia sul tappeto, chiude gli occhi, divarica le gambe e poi dice: «Sì, adesso ho capito».

La sera dopo l'incontro con Genny, lei mi trova sdraiata a faccia in giù. Sono le nove, ho già il pigiama e ai piedi del letto c'è una montagna di carta straccia. Taccuino, ritagli, tutto fatto a pezzi da me. Nella luce soffusa dell'abat-jour vedo che ripone i frammenti di carta nel cassetto.

«Puoi vestirti?» mi chiede con voce incerta. Di solito sono io che propongo, scelgo, decido come passare il tempo. Non rispondo, non mi va. Lei si siede accanto a me, tasta il cuscino umido. «Vuoi venire in un posto?» insiste. Mi rassegno perplessa e appena mi sono infilata i vestiti lei mi prende la mano. Provo a sfilarla, ma lei stringe. Sorpassiamo mio padre alla televisione, salutiamo mia madre china sulle scartoffie, scendiamo in piazza e sempre con le mani intrecciate passiamo il ponte sul fiume. Cristi che fa strada è una novità. La seguo, salta tutti i bar, i ristoranti, i ritrovi. Si muove agile agli incroci, se ha scelta imbocca le vie più illuminate. Conosce il paese a menadito e non posso fare a meno di sentire una stilettata di gelosia al pensiero delle sue peregrinazioni diurne.

Quando arriviamo al deposito dei camion, nella zona industriale ai margini del paese, ho il fiato già corto. Il camion di mio padre è l'ultimo della fila, distante dalla recinzione. È buio, ma una nuova scritta inglese fiammeggia sulla fiancata. Guardo gli altri, sono identici. Nell'aria c'è un odore pungente di solvente. Devono averli verniciati da poco. Allora è certo che i vecchi titolari, in gran segreto, hanno venduto. Come facesse Cristi a saperlo è un mistero.

La scruto con aria interrogativa, ma lei è già oltre le spiegazioni. «Non mollare» mi sussurra.

Cosa significa? La rabbia mi prende lo stomaco e le braccia partono da sole. Con una spinta butto Cristi contro la recinzione.

«Perché continui a venire da me tutte le sere?» le grido.

«Perché tu sei la mia unica amica» mi dice e rimane a terra.

Qualsiasi altra persona mi direbbe: sei pazza, non è colpa mia se tuo padre non rivedrà più il suo camion. Ma questo Cristi non lo pensa nemmeno.

Adesso sta a me, se mi resta un briciolo di cortesia, di educazione, sta a me darle la mano, farla alzare, scusarmi. E lo faccio. «Vieni, dai, perdonami, sono stata una sciocca, tirati su.» Ma non mi fermo. Con il braccio che trema le circondo la vita. Dio, come è leggera. E la bacio.

12

È tutto troppo per me. I camion verniciati, le scritte inglesi, la punta della lingua sulle labbra di Cristi. Le ossa sottili che non tremano. La sua tranquillità quando ci stacchiamo. Lei sa baciare, io no, e all'istante temo di non esserne capace per niente. Se il bacio è l'epicentro di un terremoto che non scoppia quella sera è solo perché lo spingo giù, nel buco profondo dove ho sepolto con la sabbia della vergogna quello di due anni prima in riva al fiume.

« Andiamo » le dico fredda, e questa volta sono io che indico la strada del ritorno. Io che l'accompagno fino da Ida. Io che ci tengo a precisarle: « Rimane tutto come prima ». Lei non risponde, attraversa veloce il cortile scuro di sua nonna, si volta e mi sorride. « Come prima » ripete, poi sparisce dentro casa.

Mi guardo intorno. Senza di lei, la notte nella città vecchia sembra ancora più nera. Non dovrei essere lì a quell'ora, mia madre non vuole. Cerco la torre dell'orologio, ma non la vedo. Scendo impaurita le scale. A ogni scalino la luna si abbassa dietro ai tetti del paese. Un topo mi attraversa la strada e, quando si ferma, il mio sussulto diventa terrore. Lasciami tornare a casa, mormoro. Lui è terrorizzato quanto me e s'infila viscidi in un tombino.

Quando arrivo di corsa la porta di casa è aperta. La luce del salotto accesa, mia madre mi sta aspettando sdraiata sul divano. « Buonanotte » bisbiglio frettolosa. Lei però si mette a sedere.

« Dove siete state? »

«In piazza» mento. Perché dire che siamo state attaccate alla rete del deposito dei camion a vedere che per papà non c'è speranza sarebbe intollerabile.

«Giulia» mi dice dolce, «mi stai mentendo?».

«No, mamma» rispondo a testa bassa.

Sembra bastarle e salgo in camera.

Il pigiama è ancora sul cuscino bagnato di lacrime. Non mollare, mi ha detto Cristi davanti al camion. Come fa quella bambina a sapere sempre esattamente quello di cui ho bisogno? Come fa a porgere le labbra senza tremare? Apro il cassetto, tiro fuori i pezzi di carta e lavoro tutta la notte di scotch e di rabbia per incollare tutto. Se voglio capire fino a che punto ci porteranno le vele malate e cupe di mio padre, devo conoscere il mare dove la sfortuna, così la chiamo in quegli anni, ci obbliga a navigare. Quando anche l'ultimo pezzetto di carta è al suo posto, fuori albeggia. Mi infilo sotto le coperte e mi alzo all'ora di pranzo, quando mio padre si decide a tirarsi su dal letto.

Dopo quella notte così densa, dopo il bacio, il topo, le bugie a mia madre e lo scotch, le cose con la mia amica non cambiano. Ci vediamo per un mese di fila, tutte le sere, sempre chiuse nella mia camera. Resta tutto come prima, non ci baciamo più.

Solo il giorno in cui Mimmo, sindacalista e amico di famiglia, ci informa per telefono che mio padre è nella lista degli esuberi, dalla finestra faccio cenno a Cristi di andarsene. Lei mi guarda impaurita e scappa. Io resto. E nemmeno a distanza di anni riesco a raccontare cosa succede subito dopo dentro casa nostra. Ricordo tanti suoni. Posso sentirli tuttora con lo stesso spavento mortale dei miei tredici anni. Le porte sbattute, le manate sul muro, le grida di tutti, il pianto mio, quello di mio padre. E al centro di questo groviglio di rumori rivedo l'immagine di me e mia madre piantate insieme davanti alla finestra più alta di tutta la casa.

Giù dalla finestra ci cade comunque la patente di mio padre. E con essa molta della gioia della nostra vita insieme, un po' della fede di mia madre e tutta la mia fiducia negli altri.

Mio padre invece quella sera non si butta.

E Cristi non passa nemmeno la sera successiva. Sono talmente scombinata che non faccio caso alla sua assenza. Si fa vedere tre giorni dopo, un po' prima del solito. È ferragosto, la giornata è corta e il sole è già tramontato da un pezzo. Il cielo alla finestra di camera mia è violetto, lo stesso colore dei cerchi sotto agli occhi di Cristi. Sento un leggero tremito di paura al petto. È la prima emozione dopo la sera del disastro. Significa che sono ancora viva. La metto a fuoco. Ha i capelli bagnati, la maglia appiccicata alle spalle. È scalza.

È la strana creatura che ho visto per la prima volta nella penombra di casa di Ida, che ho sfamato a pane e marmellata per un'estate intera. È la raccoglitrice di cianfrusaglie, il cavallo che pensa ai cavalli liberi, la bambina che mi sente e non si fa problemi a baciare. Ma non solo. Anche a lei in questi giorni è successo qualcosa.

In quel momento c'è una parte di lei che non vedo più e se è così deve averla presa lui.

Tutte le gocce d'acqua che scendono dalla mia amica, dal naso, dai capelli, pungono la mia gelosia. «Sei stata al fiume» commento.

«No.»

«E dove allora?»

Maledetta la mia curiosità che mi porterebbe fino all'inferno se lì ci fosse qualcosa che non so. Cristi la asseconda, si sdraia sul tappeto di lana e mi racconta per la prima volta di una pozza.

«Una pozza?» chiedo incredula.

«Sì» risponde veloce. «Ho fatto il bagno in una pozza magica.»

«Addirittura» rimarco con un sorriso ironico. Cristi non ci fa caso. «E dove sarebbe questo posto?»

«Sotto il maneggio c'è un boschetto senza sentieri, se tagli bene fra i cespugli la trovi.»

«Mai sentito dire.» Non credo alle magie eppure spero che Cristi aggiunga qualche altro dettaglio. Lei lo intuisce.

«È piccola, ma profonda. Intorno all'acqua ci sono montagne di aghi di pino.» Con la punta delle dita accarezza i fili del tappeto. «E poi appena il cielo diventa nero si vedono delle fiammelle.»

«Di che colore?»

«Blu.»

«Si chiamano fuochi fatui» preciso. Annuisce, ma sono certa che non abbia afferrato la definizione. «Fuochi fatui» ripeto lenta.

Poi con la mia faccia dell'orrore le elenco i pericoli. Sanguisughe, serpenti, quelli d'acqua e quelli che stanno in paese a sparlare ai tavolini del bar. Cristi non si preoccupa né degli uni né degli altri.

Si preoccupa solo di non dirmi quello che posso immaginare. Che nella pozza non ci nuota da sola e se ho trovato io il coraggio di baciarla, figuriamoci se non l'ha fatto lui.

Quella notte, quando lei se ne va, non sogno né ladri né banditi. Sogno la pozza. Anzi vedo una buca colma di liquido giallo e Cristi aggrappata ai capelli di Mattia.

La mattina dopo mi alzo per prima, vado dalla parrucchiera di mia madre e le chiedo di tagliarmi i capelli. Quanto? Più che si può. Tua madre lo sa? Certo, mento. Da quel giorno, dall'età di tredici anni, porto i capelli corti. Mia madre appena mi vede in cima alla via scende in paese a litigare con la parrucchiera. Poi si arrabbia con me. Due settimane dopo la sgridata peggiore che io abbia mai ricevuto, iniziano le piogge e Cristi se ne va.

L'ultima estate della nostra infanzia finisce con Mattia che gira torvo in paese e scalpita per tornare a Genova. Con mia madre che si rassegna a chiamare un giardiniere. Con Lilli che addirittura si ferma a cena da Ida perché ha importanti novità. È salva, dicono le malelingue.

Per me è l'ultima estate prima di una lunga, lunghissima lontananza da Cristi. Per Ida è l'ultima estate in assoluto. La trova il postino qualche giorno dopo la partenza della nipote. Tutta lunga davanti alla porta di casa, con solo un asciugamano addosso, per via di quella doccia disgraziata, all'aperto in cortile.

SECONDA PARTE

1994-2000

1

L'unica notizia certa è che Cristi è andata a vivere in una villa vicino a Piacenza. Me lo dice mia madre quando torna dal funerale di Ida. Lo ha saputo da Licia o dal prete, non ricorda. Di certo non da Lilli, perché lei a seppellire Ida non ci viene. Lascia che il paese riempia di chiacchiere il suo posto vuoto in chiesa. Si è sposata, si è sistemata bene. Pagherei per vedere come fa la signora, sibila Licia. A me Lilli non interessa, non l'ho nemmeno mai vista. A me basterebbe una via, un indirizzo per dissipare la nebbia. Almeno quella della pianura padana che si è inghiottita Cristi, perché la nebbia che si è addensata in casa mia non se ne va più.

In quel periodo non siamo i soli a patire il cambiamento, i grandi supermercati che si mangiano i negozi, le fusioni delle aziende che si mangiano le regole. E, grazie allo stipendio di mia madre, non siamo neppure i più disgraziati. Però mio padre nella sua testa non pensa né a similitudini né a paragoni, è solo contro tutti. Quando l'azienda lo licenzia, non regge, sprofonda nella poltrona, rinuncia alle parole per impastarsi la lingua a furia di pasticche.

Mia madre all'inizio lotta. Tira fuori la propria patente, si attacca al volante e guida da uno specialista all'altro. Depressione cronica. Come è potuto succedere? la sento chiedere ai dottori quando ad accompagnarli vado anche io. Più tardi, a casa, sul mio taccuino segno le risposte dei medici. Ci si ammala a seguito di eventi traumatici, lutti, predisposizione. A seguito di ingiustizia immeritata, aggiungo io.

A ogni visita mio padre torna con un flacone di gocce

nuovo. Queste mi fanno bene, mi dice i primi due giorni. Al terzo vacilla, dopo la prima settimana ha già aumentato di nascosto il numero di gocce.

«Più farmaci prendi e meno possibilità hai di rimetterti alla guida!» grida mia madre una sera, disperata. «Ci vuoi nella tua tomba» aggiunge in lacrime. Lui non risponde.

Non sono la sola a pensare che il suo licenziamento sia ingiusto. C'è anche Mimmo, il sindacalista che non è nella lista degli esuberi. E un tale Spallacci, l'avvocato più anziano del paese. Quando va nel suo studio mia madre mi porta sempre con sé. Ho studiato, ma non tantissimo, mi dice la prima volta che ci accomodiamo in sala d'attesa. Io devo finire ancora le medie. Però le intenzioni di Spallacci le capisco subito. Il posto sul camion ce lo dobbiamo dimenticare, un buon risarcimento è l'unica via.

Mia madre e io non siamo d'accordo. Mio padre non ascolta proprio. Mimmo, messo alle strette, dà ragione all'avvocato. «Il sindacato fa quello che può» dice una sera, mesto.

Siamo nel nostro salotto. Mia madre mi fa cenno di andare al piano di sopra.

«Mimmo, sappiamo entrambi che a te è andata meglio. Per favore non tornare mai più in questa casa» la sento dire mentre salgo le scale.

All'incontro decisivo con l'avvocato mia madre va da sola e quando ritorna ci comunica di aver accettato il risarcimento. Mio padre firma in silenzio le carte. Non capisco, sono arrabbiata.

«Perché?» chiedo fuori di me.

«I colleghi di tuo padre faranno lo stesso.»

«Sei una bugiarda!» grido.

Lei si mette seduta, respira profondamente. «Ti piace studiare, vero?»

Sto piangendo. «Voglio fare il liceo e l'università» mormoro.

«Allora diciamo che papà ti regala l'università.»

Non so se devo l'idea di diventare avvocato alla risposta bizzarra di mia madre. O alle attese consumate nello studio di Spallacci. O alla faccia imbarazzata di Mimmo quando lo incontro nel corso centrale. Sta di fatto che a quattordici anni ho già deciso e alla domanda cosa farai dopo le medie a tutti rispondo: Giurisprudenza. È la scelta giusta? chiedo a Cristi prima di addormentarmi. Lei non c'è, non può rispondere.

In quel periodo, tutte le domeniche dopo la messa salgo fino alla città vecchia. Me ne sto un po' seduta sui mattoni della doccia nel cortile di Ida. Qualcuno ha sfondato la porta della casa. Non entro mai, ho paura delle siringhe che secondo i miei genitori sono ovunque. Ho paura di trovarci il fantasma di Ida che mi dice: «Ricordati, Lilli non vuole la bambina e lei lo capisce». A volte frugo nella cassetta della posta, in cerca di un indizio, qualcosa che mi suggerisca l'indirizzo della mia amica. Niente. Scrivimi Cristi, la supplico nelle notti in cui la sogno.

Il giorno in cui scopro che ha dato ascolto alle mie preghiere è un noioso pomeriggio di giugno del 1995. Sono alla vigilia dei miei esami di terza media. La busta che mi passa mio padre è color ocra. Cristi, c'è scritto nel riquadro del mittente. Nient'altro. A leggere la lettera impiego un minuto, del resto è solo un elenco a matita delle cose che le mancano: fiume, letto di Ida, marmellata di fragole, papaveri. Nessuna notizia sulla scuola, sulla sua casa o magari su Lilli. E se non fosse per il timbro sul francobollo, Vigoleno, non potrei nemmeno risponderle.

Sulla mia busta di risposta scrivo solo Cristi, metto il cognome di Ida e la località, Vigoleno di Piacenza. «Pensi che possa arrivare?» chiedo a mia madre.

Lei è incerta. «Le hai scritto cose importanti?»

Annuisco. Sì, essenziali: dammi il numero di telefono.

Il postino di Vigoleno fa il suo dovere, Cristi no. Fa orecchie da mercante. Mi ringrazia per la mia lettera, mi dice che ho usato una carta stupenda, ma non mette numeri.

Mi manca il suono della tua voce, le scrivo allora. Ma lei non cede. Non sul telefono. Sulle notizie, sì. A poco a poco, con lentezza esasperante, aggiunge dettagli. Lilli ha realizzato il suo sogno: ha un marito, Fausto, che lavora molto. La casa è grande. Ognuno ha una camera tutta per sé. C'è una piscina. A furia di nuotarci fa diventare i capelli ancora più biondi. Notizie di Mattia? le scrivo con la mano che trema. La sua risposta si fa attendere tre mesi ed è di una sola parola. Nessuna. Dovrebbe rassicurarmi, invece lo stampatello stringato mi lascia un senso di tristezza.

Cristi nella sua grande casa mi sembra più sola che mai, allora nelle lettere che le invio non mi risparmio. Scrivo tutto. Le racconto della rosticceria della parente di Mattia, ormai chiusa. Della stanchezza di mia madre che va al lavoro anche con l'influenza. Delle passeggiate a cui costringo mio padre. La parola papà nelle lettere di Cristi non compare mai.

«Notizie della bambina?» mi chiede mia madre ogni volta che arriva una lettera per me.

«Poche» rispondo di solito. Un giorno, è passato già un po' di tempo dalla prima lettera, aggiungo: «Anche se ha ritrovato suo padre, non credo che sia felice».

Mia madre mi fissa stupita. «Credevo avessi capito.»

«Cosa?»

«La questione del marito di Lilli.»

«Di che parli?» la incalzo, e finalmente si decide a raccontarmi la storia di Lilli che all'ennesimo rifiuto del padre di sua figlia, da sola nel metrò di Milano, cattura l'attenzione di un altro uomo. Fausto. Un elegante manager della finanza. Un cinquantenne sportivo che nel giro di un mese la sposa.

Guardo mia madre. Sono sbigottita dalla mia ingenuità e dalle sue fonti inesauribili.

«Chi te l'ha detto?»

Mia madre mi fa una carezza. Il suo tocco delicato sulla guancia mi lascia di stucco. «Avvocato, mi avvalgo della facoltà di non rispondere.»

2

Il cognome di Fausto non lo conosce nemmeno mia madre e il numero di telefono di Cristi resta un mistero, così come la sua ostinazione a non chiamarmi. Ti vengo a trovare, le scrivo a settembre del terzo anno di liceo classico, e lei non prende più in mano la matita. A un compagno di scuola, uno dei più svegli, faccio qualche domanda.

«Come posso trovare qualcuno se non conosco il suo indirizzo?»

«Con internet.» Mi squadra dalla testa ai piedi come se mi vedesse per la prima volta. «Ce l'hai?»

«No.»

«Allora vieni da me.»

In un pomeriggio a casa sua consultiamo tutti gli annuari delle scuole di Piacenza e gli elenchi del telefono. Di Fausto e di Lilli nessuna traccia. Cristi vaga nella nebbia.

Al ritorno, il ragazzo insiste per accompagnarmi. Negli anni ho dimenticato il suo nome, ho dimenticato se mi camminava a fianco o davanti, ho dimenticato la sua altezza. Ricordo però gli istanti davanti alla chiesa di Santa Lucia, lui che mi chiede: «Hai mai baciato qualcuno?»

È dicembre, fa freddo, nascondo le labbra sotto il bavero del piumino.

«Sì» rispondo, poi gli faccio cenno di seguirmi. Il retro della chiesa è più nascosto. Mi appoggio al muro e lascio che, dietro la giacca, trovi le mie labbra.

«È stato meglio degli altri?» chiede.

«È stato diverso.»

Quanto diverso, quanto distante dalla notte dei camion riverniciati, dalla disponibilità sicura di Cristi, dallo spavento mortale del topo scivolato nel tombino, non posso dirglielo. Non capirebbe.

Dopo quella sera non lo bacio più. Bacio altri ragazzi. Ragazze mai. Qualcuna lo fa, nei bagni della scuola. Provaci, è un gioco, mi dice Genny. Io le ignoro, davvero non mi interessa. Passare qualche ora con un ragazzo invece mi rilassa. Non sono la più bella della classe e nemmeno la più sciolta, sono goffa quando rifiuto una sigaretta, impacciata quando non mi attacco alla bottiglia di birra, imbronciata se i discorsi fra i baci diventano noiosi. Eppure un po' di compagnia senza troppe pretese la racimolo sempre. Ragazzi bruttini, banalità di cui in quel periodo ho un bisogno insaziabile.

«Giulia, stai attenta» mi dice una sera mia madre. Alzo gli occhi dal libro di latino e lei si ferma proprio sotto il lampadario. Negli ultimi anni va di rado dalla parrucchiera e i capelli sulla fronte sono bianchi.

«Va bene, mamma.»

Attenta alle interrogazioni o attenta a quelli che si fanno le canne oppure attenta a non diventare una facile come dicono in paese. Non le chiedo spiegazioni, non sbatto il libro e nemmeno abbasso lo sguardo. Non faccio niente di quello che farebbe un'altra ragazza della mia età. Perché non sono una vera adolescente. Rifiuto i festini dove ci si ubriaca, il trucco pesante del sabato pomeriggio e soprattutto l'idea di litigare con mia madre. Ho capito che è una donna sola. La sento tutte le sere sfogliare le riviste in camera mentre mio padre russa. So che pur di comprare dei bei vestiti per me, finge di non averne bisogno lei. E se è preoccupata perché mi piace passare il tempo libero a sbaciucchiarmi sulle panchine, la capisco.

Però in questo non ho intenzione di cambiare. È l'unico modo che conosco per svuotare la testa. Del resto a scuola ho voti impeccabili e rientro sempre a casa puntuale.

Dopo quella richiesta di mia madre cerco di essere ancor più discreta. Tolgo il fango dalle scarpe se sono andata ai giardinetti d'inverno, le briciole di foglie dai capelli se sono stata in campagna d'estate. E la prima volta che faccio sesso, qualche mese dopo, scelgo un ragazzo straniero, in una vacanza studio a Roma presso un convitto di suore.

Al rientro dal soggiorno sono imbarazzata. Alla stazione delle corriere c'è anche mio padre. Mi guarda a malapena e prende la valigia dal bus. Anche mia madre sfugge il mio sguardo. Non è possibile che lo sappia. Sudo freddo. Sono quasi tentata di dirle non sono incinta, sapevo tutto, ho letto decine di libri comprati di nascosto e ho preso tutte le precauzioni possibili. Ma la sua andatura è più rigida del solito e quella di mio padre più curva che mai.

Arrivati a casa, sento un freddo pungente, accendo il camino.

«È aprile, non serve» mi dice mia madre, poi scoppia a piangere. Mio padre prova ad abbracciarla, ma lei lo allontana. «Cosa è successo?» chiedo.

«La casa» biascica lui.

Non è possibile. Per alcuni secondi riesco ad aggrapparmi ancora alle risate sotto le lenzuola grigie delle suore, ai fianchi nudi del ragazzo, alla sua espressione dispiaciuta per i miei gemiti di dolore. Poi il crepitio del fuoco sale e la voce di mia madre non lascia scampo. Non si poteva fare altrimenti, dice. Troppe spese, troppi debiti.

Come una furia salgo in camera, butto tutti i libri per terra, prendo un foglio e una matita. *Cristi, abbiamo venduto casa.*

3

La risposta di Cristi arriva fulminea ed è al di là di ogni aspettativa. *L'albicocco?* scrive soltanto. Rabbrividisco.

Come faccia lei che è barricata oltre il Po, scolorita ogni giorno di più dal cloro della piscina di Fausto, a capire quale sia stato il momento più duro, è l'ennesima stranezza che mi dà la forza di raccontarle tutto.

La vendita definitiva avviene tre giorni dopo il mio rientro da Roma. Una transazione lampo, la definisce il notaio. Ma è solo una morte veloce. Anche l'acquirente, un olandese che parla italiano a scatti, lo capisce. Si muove dalla sua sedia soltanto per offrirmi un cioccolatino. Rifiuto educatamente, anche se vorrei gridargli che con la sua cioccolata ci si dovrebbe strozzare. E anche al notaio, fra me e me, lancio qualche ingiuria.

Mia madre si è vestita elegante per l'occasione, un tailleur lievemente fuori moda che però fa la sua figura. Anche mio padre si è messo la cravatta, il collo impiccato in un nodo strettissimo. Se ne sta zitto per tutto il tempo, con le mani immobili sulla scrivania dove sono appoggiati i documenti con cui ci separeremo per sempre dalla nostra casa. Solo mia madre parla. Dice sì quando l'anno di costruzione recitato dal notaio è esatto, annuisce sui metri quadri e conferma il regime di comunione dei beni. Al momento della firma mio padre si agita sulla sedia. Sono l'unica ad accorgersene.

«Papà, vuoi dire qualcosa?»

«Sì.»

«Che cosa?» dicono mia madre e il notaio in contemporanea. Quest'ultimo è già scocciato.

«Ci sarebbe un albicocco» balbetta mio padre.

Una vampata mi accende le guance, posso sentire i commenti del giorno dopo al bar del corso: da quando ha perso il lavoro non ci sta più con la testa. Guardo l'olandese, lancio un'occhiataccia a mio padre, lui continua. «L'ho piantato in giardino quando è nata mia figlia. Fa delle albicocche squisite.»

Il notaio tossicchia, cerca lo sguardo di mia madre. Incollato sulle ceramiche del pavimento. Io tengo la testa alta ma prego che mio padre smetta di coprirsi di ridicolo.

«Dell'albero potete parlarne dopo davanti a un caffè» dice il notaio sprezzante.

Mia madre ormai è viola e mio padre di nuovo muto. L'olandese è in piedi. Magari se ne va, penso. Invece chiede di parlare al notaio in disparte.

Si chiudono nello studio accanto al nostro. Mezz'ora che noi trascorriamo in silenzio. Di certo mia madre è già con la mente nel nuovo appartamento, nel quartiere fra lo stadio e il carcere, sopra un bar pieno di slot-machine. Mio padre è perso nei tempi passati. Io sono immersa fino al collo nella nostra figuraccia.

Quando l'olandese e il notaio tornano da noi, siamo tre persone sfinite.

«Il signore è talmente dispiaciuto» esordisce ampolloso il notaio, ma l'altro lo blocca. Cerca la mano di mio padre e gliela stringe. «Amo le albicocche. E anche io ho una figlia proprio come la sua.»

E questo è il suo modo per dirci che, a suon di fiorini olandesi, ha convinto il notaio a inserire nel rogito una stramberia. Una carineria. L'acquirente si impegna a non tagliare il tal albero, eccetera eccetera. *Una stranezza, come piaccioni a te Cristi*, scrivo alla fine.

4

Anche Lilli prova a vendere la casa di Ida. Nessuno però è disposto a sborsare soldi per una catapecchia in cima alla città vecchia. È un caso impossibile, dice l'agente immobiliare del paese. Allora Lilli fa ciò che le riesce meglio: dimentica la casa di sua madre, l'abbandona. Lascia che i cartelli VENDESI cadano dalle finestre e che le poche stanze diventino un rifugio per i tossici del paese.

Io salgo a vederla di rado. Non è una questione di paura. Non ho più timore delle siringhe, dei disperati che ci dormono e che si fanno sui pavimenti. È solo che per arrivare dal nuovo appartamento fino a casa di Ida sono necessarie decine di deviazioni, se non voglio correre il rischio di incrociare con lo sguardo i mattoni rossi della mia vecchia casa.

Dal trasloco non l'ho più vista. Le voci dicono che è ancora un gioiello, l'ultima abitazione prima del degrado. L'olandese ci trascorre l'estate. Da maggio fino a settembre. Arriva e parte sempre da solo. È divorziato, ci informa mia madre, e beve parecchio. Però per l'inverno si premura di fasciare le finestre, coprire i limoni, sbarrare la porta. Se le raccomando di non passare sempre lassù a controllare, lei nega. Me lo ha detto un collega, si giustifica vaga.

Una sera, nel primo inverno dopo la vendita, rincasa troppo tardi dal lavoro. Ha il respiro trafelato e gli occhi rossi.

« Ci sei andata? » le chiedo.
« Dove? »
« A casa. »

«Sì» sospiro.

«Domani forse nevica» mormora.

Ci guardiamo. È andata a mettere il sale sul gradino dell'ingresso, anche se la casa è chiusa e non è più sua. Non ho bisogno che me lo dica, lo capisco da me.

«È tutto in ordine lassù, niente a che vedere con il resto» sussurra.

Il resto è la città vecchia. Perché la casa di Ida, in quei tempi, lassù, non è l'unica a marcire. E Ida non è stata l'unica a morire. Nel giro di qualche anno la punta del paese ha perso abitanti, le grondaie si staccano definitivamente dai muri, i pochi lampioni si fulminano. La casa di Gino, il gobbo che anni prima ha riacchiappato Lilli incinta dal tetto, è il rifugio di tutti i topi del paese. Uguali rimangono solo i cipressi, che non crescono più, e l'odore pulito dell'aria, che respiro sempre con i polmoni stretti dai ricordi. Ogni tanto mettono dei divieti, nastri rossi e bianchi che le piogge e il sole riducono a brandelli. Nella primavera del mio quinto anno di liceo anche la torre dell'orologio comincia a perdere minuti.

Il tempo qua va troppo in fretta per i vecchi orologi, scrivo a Cristi. Non aggiungo altro. È passato quasi un anno dall'ultima volta che ci siamo scritte. Quando imbuco la busta, penso che ormai potremmo inviarci delle mail o addirittura smettere di scriverci. Due possibilità vuote allo stesso modo e tristi come la mia lettera.

Mio padre mi passa la risposta di Cristi mentre sono nel pieno dello studio per la maturità. È maggio. Ma potrebbe essere marzo, o gennaio o novembre. Tanto l'odore che entra dalla finestra della mia camera è sempre quello delle brioches riscaldate del bar al pianterreno. E lui indossa i soliti pantaloni di velluto che tiene in casa.

Metto la lettera sulla mensola. Finisco greco, sento la musica, poi la apro. Una frase. *Faccio la scuola privata.* La straccio. Sono stanca delle sue notizie striminzite. Del suo divieto di incontri, di telefono e di fotografie. Sono provata dalle ore di studio, smaniosa di andarmene al più presto all'università. Non ho l'animo per capire che la sua risposta è tutt'altro che campata in aria. È il modo per dirmi che anche il suo orologio, nella villa di Fausto, non riesce più a tenere il tempo.

Quella sera non esco dalla camera. Salto la cena, da quando ci siamo trasferiti mi capita spesso. La scusa di solito è lo studio, la verità è che detesto il tavolino minuscolo attaccato ai fornelli. E ho spesso la pancia piena di snack. Dolci, salati, trangugiati a scuola, mentre torno a casa, in camera.

Butto i pezzi della frase di Cristi insieme al sacchetto di una merendina. Chiudo i libri, prendo carta e penna, poi provo a riassumere la mia vita come farebbe lei. Fidanzato nessuno. Qualche scopata il sabato sera. Vere amiche zero. Sport solo se obbligata. Passeggiate con mio padre, quando si convince. Droga seria, come la chiamiamo al liceo, niente. Due canne in gita non contano. Patatine, cioccolata, arachidi. In abbondanza. Noia, senza limiti. Nostalgia della mia vera casa, infinita.

Due mesi dopo, all'orale della maturità, vogliono assistere anche i miei genitori. È da sfigati, mi dicono i compagni di classe. Li ignoro. Da quando mia madre mi ha detto che con i soldi del risarcimento di mio padre posso andarmene a studiare lontano, li considero al pari di statue. Soprattutto Genny che, con la sua mania dei caffè nel corso, è un concentrato inutile di pettegolezzi.

« Potete venire a una condizione » dico ai miei genitori la mattina dell'esame.

Mia madre sorride, io pure. Ma sono serissima e voglio fare in fretta, siamo già in ritardo. « Il posto letto all'università me lo scelgo da sola. »

« Non se ne parla. »

Mio padre, incredibilmente, interviene. « Mi sembra ragionevole. »

Grazie a uno dei suoi pochi sprazzi di lucidità, mi tolgo dalle scatole Genny e soprattutto sua madre che da mesi sta cercando di convincere i miei genitori a metterci nella stessa casa all'università.

Per un giorno posso far finta di non vedere i pantaloni di velluto di mio padre, anche se siamo in pieno luglio e tutti si sventolano, persino il presidente della commissione.

«Complimenti signorina» mi dice alla fine senza fermare il ventaglio. «Che cosa farà poi?»

«Giurisprudenza» risponde mia madre nel silenzio. Tutti ridacchiano, io vorrei scomparire.

«Non se ne curi» dice il professore, «verrà il suo momento.»

Mormoro un grazie poi do uno sguardo alla mia classe. Le sedie e i banchi sono piccoli pezzi di un gioco. Adesso sta a me fare sul serio, mi dico, provare la via del riscatto: l'università. Stringo frettolosa la mano alla bidella, non sento nemmeno i suoi complimenti. Sono felice. Bologna arrivo, penso elettrizzata. Anche se ancora non ho fatto parola con nessuno della mia scelta.

Esco correndo. «Stai attenta!» grida mia madre.

«A cosa?»

All'ultimo gradino inciampo e volerei davanti a tutti se non ci fosse la presa salda di un ragazzo a tenermi. «Chi è?» bisbiglia mia madre.

Lui mi sta ancora sorreggendo. Non trovo il fiato per rispondere. Lei non l'ha riconosciuto, io sì.

5

Il primo pensiero, quando mi lascia il braccio, è una soddisfazione sciocca. È rimasto basso. Quanto me. E i capelli rasati non gli donano. Però gli occhi sono gli stessi di sei anni prima, celesti, puliti, mai fermi. Al nome Mattia, i miei genitori se ne vanno alla svelta, con la scusa che è giusto festeggiare l'esame con gli amici.

Iniziamo a camminare. Ha ancora la catenina d'oro pesante di quando era bambino in bella vista sulla T-shirt nera.

«La tua maturità?» gli domando.

«Rimandata.»

«A quando?»

«Prossimo anno.»

Una bocciatura, quindi. Di sicuro per un'alzata di testa. Non chiedo e lui non dà spiegazioni. Gli faccio cenno di sedersi al tavolino del primo bar che incontriamo lasciando il corso centrale, lui indica un posto dentro. Fra gli specchi e il perlinato farà caldissimo. Insiste. Ci sediamo distanti dal bancone, vicino alla toilette. C'è una puzza tremenda e il tavolo è pieno di briciole secche. Bel posto per festeggiare la maturità.

«Perché sei in paese?»

«Il funerale di una parente.»

«Chi?»

«Quella della rosticceria.»

Non gli chiedo perché è passato da me. Si alza e torna al tavolo con due birre. Mi alzo e torno da lui con un gelato al cioccolato. «Non mi piace la birra di mattina» borbotto. Lui sorride. La vista delle fossette che ben ricordavo mi stizzisce. Taglio corto.

« Parla. »

« Fra qualche giorno lascio l'Italia. »

Annuisco, ho le gambe appiccicate dal sudore.

« Mia madre va a vivere in Germania da una zia. »

« Sei maggiorenne, puoi rimanere » commento laconica.

« Non sta bene, preferisco seguirla. »

Alzo le spalle. Ancora nessuno dei due ha pronunciato l'unica parola dotata di un significato reciproco. Lui finisce la birra, poi dallo zaino tira fuori dei fogli scritti che appoggia sul tavolo. « Sono sei » dice soltanto.

Sei come gli anni di lontananza da Cristi, penso. E nello stesso momento Mattia li spinge verso di me. Sono ancora in tempo per correre via, per crogiolarmi nella gioia del mio orale perfetto. Ma la grafia è magnetica e in un secondo affogo nello stampatello che conosco bene.

« Che cosa vuoi? » riesco a chiedere.

« Sono lettere di Cristi. »

« E allora? » Respiro a fatica. Il gelato ormai è una poltiglia marrone, il tavolino del bar è tutto sporco. La mattina del diploma è uno schifo, Cristi è uno schifo. « Non sono per me » dico a denti stretti, poi mi alzo.

Mattia rimane seduto. Insiste: « Per favore, prendile ».

Non solo lei gli ha scritto sei lunghe lettere, ma ora lui ha anche la faccia tosta di darmele. Mi esce una risatina stridula. « Perché non le metti in valigia? »

Continuo a ridere. Lui non risponde. L'acido della risata mi sta soffocando. Faccio per andarmene ma lui si alza in piedi e mi prende il braccio. « Aspetta. » Per la seconda volta nella mattina sento la sua presa salda. « Devi leggerle. È importante. »

« Ah sì? » Fisso i suoi occhi puliti. Il funerale della parente era una balla, è venuto apposta per darmi le lettere. « Dammi un motivo per farlo. »

«Perché anche tu devi sapere come sono andate le cose per Cristi in questi anni.» Guardo la sua mano sul mio braccio e lui lo lascia con una strana delicatezza. «Non c'è scritto niente contro di te, niente che ti possa fare male.»

Che ne sa lui di cosa può farmi male. Ho le guance in fiamme. «Non mi hai convinto» rispondo dura.

Mattia si gratta la fronte. «Ti sto chiedendo di farlo per lei, non per me.» Scuoto la testa. «Se per caso in Germania dovessi incontrare qualcun'altra» dice a voce bassa.

Sembra veramente preoccupato. Per un istante riesco a far tacere la mia umiliazione. Riesco a capire che ha paura. Teme di andarsene troppo lontano, di abbandonare nel nulla Cristi e tutto ciò che lei ha confidato solo a lui.

Poi però lo sguardo mi cade di nuovo sulla grafia fitta della mia amica. «Incontrare qualcun'altra» ripeto con disprezzo mentre allungo sul tavolo soldi a sufficienza per le birre e il gelato.

«Potrebbe capitare» risponde lui grave.

Poi si volta, prende le lettere dal tavolo e me le allunga. «Ecco, sono anche tue.»

La punta dei fogli su cui Cristi non si è risparmiata tocca il mio vestito a fiori fresco di diploma. Vorrei non essere nata curiosa e vorrei che Mattia scomparisse all'istante nel baratro della mia gelosia. Lui invece è ancora piazzato davanti a me e sta provando pure a sorridermi.

«Fottiti» gli dico dritto in faccia. Poi afferro le lettere e scappo via.

6

A casa inizio subito a leggere e per tutto il pomeriggio resto in camera incollata alla scrivania. Non bevo, non rispondo al telefono, non mangio. Non sono più Giulia, sono Cristi. Non ho diciott'anni, ne ho quindici, ho una chioma bionda fino alle spalle e frequento un liceo privato. Sono magra, troppo a dire di tutti, e a scuola sopravvivo a malapena. Abito in una villa con piscina, affacciata su una strada cieca di pianura, con una madre che mi gira alla larga e un uomo sconosciuto ma generoso.

Tutte le lettere indirizzate a Mattia sono scritte rigorosamente il primo di gennaio. Non iniziano con caro, non parlano mai di cuore, di amore, di attese e di baci. Sono soltanto una descrizione sgrammaticata e fitta del tempo che passa nella vita di Cristi. Le leggo tutte d'un fiato, con voracità, senza rispettare le date, senza nemmeno la tentazione di correggere gli errori che anno dopo anno aumentano, come se la grammatica di Cristi si esaurisse.

Per lei continuo a essere la sua unica amica. Così scrive. Specifica che le manco come le manca Ida, anche se, cosa inspiegabile dal suo punto di vista, io sono viva e sua nonna no. Di Lilli dice che non è felice e si annoia trascorrendo pomeriggi in camera oppure organizzando feste. Party, per citare letteralmente, dove camerieri servono cibi squisiti e suo marito si intrattiene al pianoforte. Cristi può fare tardi, senza regole. Fausto, per guadagnare tanti soldi, lavora sempre fino a notte. Lilli invece non lavora, però gioca a tennis. Cristi non commenta e quel pomeriggio neanche io.

Solo alla prima lettera, quella scritta pochi mesi dopo la morte di Ida, mi scappa un mugolio. È la prima dopo il trasferimento nella villa ed è la più sbalorditiva. Perché è la storia del cognome di Cristi, quello che scopro di aver sbagliato per sei anni.

In quella missiva la mia amica si dilunga particolarmente. Le serve un foglio intero per raccontare a Mattia che Fausto per poco non ha mandato all'aria le nozze. È pomeriggio, lui e Lilli stanno litigando, scrive Cristi. Fausto grida così forte che lei, due piani più in alto e con le cuffiette, sente lo stesso. Non insistere, ripete lui in continuazione, ma Lilli piange e lo trascina in camera. Cristi non li vede a cena, né dopo in salotto. Tanto nella villa c'è una governante che può pensare a lei, giorno e notte. Dalla camera escono la sera seguente. Con la lista degli invitati alle nozze e una grande novità. Lilli ha gli occhi luccicanti, il trucco rifatto, l'espressione un po' stanca ma è bellissima. Ci tiene a spiegare la cosa a sua figlia mentre Fausto tamburella le dita sul tavolo. Fa un lungo discorso a proposito del cambiare alcuni documenti. È il modo migliore per permettere a Fausto di farti da papà, dice raggiante. Cristi all'inizio fa un po' di resistenza: le piace Bucci, il cognome di nonna Ida. Lilli si spazientisce, Fausto prende la parola. Anche Vitali, come si chiama lui, suona bene. Cristi non si convince. Ci tiene la mamma, aggiunge lui. E nel giro di poco Cristi ha un nuovo cognome. Perché Lilli vince sempre, mugolo io con la fronte appoggiata sul foglio.

La sera delle lettere non prendo sonno. Dal bar di sotto arrivano delle grida, qualcuno reclama a suon di bestemmie una vincita alle slot-machine. Mio padre entra in camera, chiude la finestra.

«Non esci a festeggiare?»
«Non ho voglia.»

Mia madre fa capolino, con un balzo mi appoggia la mano sulla fronte. «Hai la febbre. Dove hai male?»

Indico il petto. «Qua.»

Per mia madre è la stanchezza, per mio padre bisognerebbe andare dal dottore. Non lo ascoltiamo, dottore è la sua parola d'ordine, ormai.

Rimasta sola, riapro la finestra. Niente più bestemmie, dal bar arriva una musica disco. Ci dovrei essere io in una discoteca vera. Anche solo per dire a tutti che ho finito, che mi daranno anche la lode oltre al massimo dei voti.

Mi copro con il lenzuolo. In nessuna lettera una vera dichiarazione d'amore. Ho i brividi. E mai un riferimento alle risposte di Mattia. Avrà risposto? Certo, non ho dubbi.

Le lettere non possono farti del male, ha detto lui questa mattina. Invece come minimo ho trentotto di febbre. Perché a lui, non a me, ha scritto che ha ancora i capelli lunghi, che le piace correre ma è una frana a tennis. A Mattia ha spiegato che ascolta sempre musica in cuffia perché Fausto in casa vuole solo la classica. A lui, solo a lui, ha confidato il suo cognome. Il termometro ormai segnerà quaranta. Sento che potrei scoppiare. Cristi Vitali, bisbiglio come una cantilena. Ora so chi sei diventata, dove stai. Ora potrei alzarmi, cercare quel cazzo di numero e sentire il suono della tua voce. Ma non voglio. E ascoltami bene perché non sto delirando, non voglio scriverti mai più.

TERZA PARTE

2000-2004

1

La promessa è biblica. È di quelle che non si disattendono per tutta la vita. E davvero dalla sera del mio diploma, dalla notte di smania sotto le pezze bagnate, non le scrivo mai più. Cristi, d'altra parte, non manda segnali di vita. Andata. Sepolta nella nebbia di Piacenza. Incollata al banco di una di quelle classi da dieci alunni, ricchi e viziati. O fuggita in Germania. Oppure fidanzata con il figlio di un compagno di tennis di Lilli. Mille ipotesi che mi sfiorano come eventualità, finali di film a cui mi alleno a essere indifferente. A mia madre non chiedo più nulla di lei, se qualcuno parla di Lilli mi volto dall'altra parte. A Bologna, dove ho vinto anche una borsa di studio, se vedo i bambini nei tram mi rifiuto di ricordare la storia di una bambina che vaga senza abbonamento con la paura di essere sgridata.

La dimenticanza si può imparare, mi dico nei primi giorni al dipartimento di Giurisprudenza. E infatti più mi impegno, più l'esercizio di fare a meno di Cristi diventa facile. Al secondo anno di università non la sogno nemmeno più.

L'unica cosa che mi concedo è qualche notizia di Mattia. È la via indiretta per avere la certezza che lei non sia con lui, ma in quei tempi mi convinco che è solo curiosità. Qualche pettegolezzo in mezzo allo studio incessante, un po' di distrazione dalle sessioni in cui non manco un esame.

«Ha preso il diploma in Germania nonostante le cazzate» mi dice Genny sul treno che ci riporta da Bologna verso il paese.

«So che si è messo a lavorare» aggiunge il suo fidanzato

e ridacchia. Indossa un loden verde da vecchio e ha lo stesso sguardo da ebete che aveva al liceo. Rido forte. La cosa lo appaga. È il genere di bamboccio fatto apposta per Genny, penso. Infatti lui davanti al mio compiacimento continua. «Fa il cameriere sulle navi da crociera. È il lavoro giusto per chi ha in mente solo quello» mi dice facendo un gesto osceno. Rido di nuovo. Genny mi lancia uno sguardo di complicità, è orgogliosa di avere un ragazzo che non usa la parola fica.

«Un bel tipo» le sussurro quando lui si appisola. Sono ironica e lei non se ne accorge.

«Futuro ingegnere come me» mi risponde fiera.

Cosa faccia di preciso un cameriere sulle navi lo apprendo con qualche ricerca su internet. Se ne fa una per notte, scrive qualche cretino. A parte questo, lavora tutto il giorno, ha il vitto assicurato, guadagna bene. Si isola, rifletto. Se ne sta lontano dai guai, che di sicuro deve aver combinato. Si prepara, come me. Qui mi blocco. Questa intuizione non mi piace, l'idea che possiamo avere ancora un punto in comune mi inquieta. Anche di lui non cerco più notizie.

Devo pensare ai miei obiettivi. Laurearmi subito, con il massimo dei voti, trovare lavoro. Rimediare ai torti subiti.

Torni così poco a casa, si lamentano i miei genitori. Non posso dargli torto. È che mi fate pena, tanta pena, vorrei rispondere. Tu, mamma, con i tuoi completi di tweed sorpassati. Tu, papà, con la tua faccia da bambino che pende dalle labbra di una figlia che riempie il libretto di trenta e di lodi. Mi piace Bologna, rispondo, venite a trovarmi. Tanto lo so che non si muoveranno.

Una volta invece lo fanno. Prendiamo accordi in una settimana di telefonate estenuanti. C'è da risolvere la questione di mio padre che ha paura dei treni troppo veloci. E quella di mia madre, che vorrebbe portarmi una cinquantina di barattoli di marmellata, ma non se la sente di guidare in autostrada.

«Se solo tuo padre si rimettesse al volante» si lamenta

quando ci incontriamo in stazione. Le prendo la borsa, di barattoli ne ha portati almeno venti e anche due chili di mele del contadino.

È maggio. Sfiliamo davanti alle vetrine di via Indipendenza con i barattoli che tintinnano nella borsa, senza fermarci ammiriamo dal basso le Due Torri. A passo veloce faccio strada verso i giardini Margherita. I miei genitori si siedono, sfiancati dalla camminata. I prati intorno alla panchina sono ricoperti di fiori, lo stagno tappezzato di tartarughe. Nell'aria c'è un odore di acqua ferma e di petali di tarassaco.

«Casa tua è qua vicino?» mi chiede mio padre.

«Abbastanza» rispondo vaga.

«Perché non ci porti?» interviene mia madre.

Sapevo che saremmo arrivati a questo. Esito, prendo una mela e do un morso. «Qual è il problema?» insiste mia madre.

«Nessuno» mormoro a bocca piena.

Non vivo con un sedicente professore di legge, non accumulo immondizia. Lavo sempre i piatti, tengo ordinati i libri e puliti i pavimenti. Il water brilla e ho una coinquilina tranquilla. Pia, una ragazza di Rimini che studia Medicina, un po' fissata con il sesso ma in pari con gli esami. Va tutto bene, a parte il fatto che vivo in un appartamento minuscolo. Un vecchio ripostiglio. Due camere strette quanto un letto, un piccolo ingresso dove abbiamo messo un fornello e una mensola con i cavalletti che fa da tavolo. Il bagno ha degli scarichi pessimi, i tubi sono a vista e i soffitti claustrofobici. È il massimo che mi posso permettere con il mensile dei miei. I tanto agognati soldi del risarcimento, l'elemosina della multinazionale.

Quando apriamo la porta e per poco non cadiamo su un piatto di pasta fumante, i miei genitori impallidiscono. Pia ci toglie dall'imbarazzo: si presenta, disserta sulla somiglianza fra me e mia madre, capisce al volo l'inerzia di mio padre anche se non le ho mai fatto parola della malattia. Anche io sono rallentata, a disagio.

«Perché non porti tuo padre a vedere il panorama» mi bisbiglia Pia. Il panorama è la vista dalla finestra di camera mia. Uno scorcio di sbieco di piazza Santo Stefano. Con una punta di orgoglio, scosto la tenda rossa della mia finestra. La vista delle Sette Chiese, i mattoncini rossi e i cipressi scuotono mio padre e rianimano mia madre. «È bellissimo.»

«Assomiglia alla città vecchia» commenta mio padre.

«Un po'.»

Tantissimo. Ed è il motivo per cui fra le varie topaie che ho visitato nei primi giorni di università ho deciso di affittare questa, insieme a Pia, conosciuta per caso in un caffè di via Zamboni.

«È simpatica la tua amica» mi dice mia madre quando scendiamo da sole alla pasticceria sotto casa.

«Molto.»

«Per un attimo, ai giardini, ho creduto che vivessi con un ragazzo.»

Sorrido.

«Ce l'hai un ragazzo?» continua.

«No.»

«Peccato» mi risponde. Non so se sia rincuorata o se avrebbe preferito trovare un letto matrimoniale disfatto in un appartamento decoroso, piuttosto che sapermi costretta a un ripostiglio.

Per l'occasione, in pasticceria mia madre non bada a spese. Se dobbiamo prendere il caffè su una mensola, almeno dobbiamo poter scegliere fra una ventina di paste diverse: cannoli, diplomatici, cestini di frutta. Pia favorisce a volontà, poi esce. Mio padre non tocca i dolci, rimane tutto il tempo in piedi a sbucciare le mele che mi hanno portato dal paese.

«Poi chi le mangia?» dice mia madre con una punta di sconforto.

Lui non si ferma. «Mi ha detto la tua amica che lavori» dice con un filo di voce.

«Ogni tanto.»

«Dove?» interviene mia madre.

«In un pub.»

«Non ce lo hai mai detto.»

«Ma è una cosa da poco, un sabato al mese.»

Mio padre attacca un'altra mela. Nel cestino c'è già un fiume di buccia annerita. «Mia figlia deve fare la barista» sussurra.

Mia madre lo fulmina con lo sguardo. Cerca la sua mano per bloccare il coltello.

«È un lavoro come un altro» dice sforzandosi di tenere ferma la voce.

Accidenti alla parlantina di Pia, alle mele da buttare, ai soldi che non bastano mai.

La sera in stazione mia madre si attarda sul binario. Mio padre è già seduto nel vagone di testa, l'unico su cui, dopo mille esitazioni, si sentiva di salire.

«Potevi raccontarmi del lavoro, ti possiamo dare una mano» mi dice con gli occhi velati.

Non è vero, non possono. «È solo un passatempo.»

Lei annuisce. «Di notte torni da sola?»

Ha paura, lo so. Tutti i giorni legge la cronaca di Bologna, mi riferisce al telefono di accoltellamenti, rapine, studentesse aggredite.

«Mi accompagna un amico.»

«Veramente?»

Sorrido. «Mamma, rischi di perdere il treno» le dico. Poi le stringo le mani. Sono sempre morbide, curate. Però tremano leggermente. Il pub, un marito che sbuccia le mele all'infinito, una figlia costretta a vivere in una stamberga.

«Non doveva andare così» mi dice.

2

In paese torno di rado. Convinco anche i miei genitori a trasformare la mia camera in uno studio. Tanto per tirare via mia madre dal salotto, dove suo marito alberga costantemente e la televisione non si spegne mai. Per le rare notti che trascorro a casa, compriamo un divano letto e lo incastriamo fra la poltrona e il mobile della tv. In quelle occasioni mio padre si sforza di non accenderla. Io di soddisfare tutta la curiosità di mia madre sulla vita che trascorro lontana da loro. Diritto internazionale è più difficile di diritto romano. Il professore di diritto privato è pazzo, assegna voti a caso. Pia sta bene, è in pari con gli esami. Non pensiamo solo a studiare ma usciamo. A cena fuori, qualche festa. Se i bus notturni non ci sono, dividiamo un taxi. In chiesa non ci vado mai, le confesso, anche se ce l'avrei praticamente sotto casa.

Una sera d'estate siamo sedute sul terrazzo. Davanti al bar un capannello di ragazzini si divertono a far rombare gli scooter. «E il lavoretto al pub?» mi domanda.

«Lo lascerò a breve» taglio corto.

Potrei dirle che ogni tanto quando stacco vado a casa di un ragazzo che lavora con me. Mi annoia terribilmente e, piuttosto che parlarci, facciamo l'amore più e più volte nel suo letto. Darmi mi pesa meno dello sforzo di sostenere la conversazione. Lui afferra al volo la mia disponibilità, si toglie tutte le voglie e io provo piacere. La mattina, salgo su un autobus e me ne torno a casa. Se Pia è sola faccio il caffè anche per lei e le racconto qualche dettaglio soltanto se mi implora. Se è con un ragazzo, cosa che nel suo caso è piuttosto frequente, volo nella doccia e scendo a prendere il caffè in pasticceria. Una brioche non mi basta. Due mi danno più o meno la stessa emozione del ragazzo del pub.

Se ne avessi voglia, potrei ricamare per mia madre una versione più rarefatta, invece non le dico nulla perché in fondo sento che là si annida il mio insuccesso. L'accumulo di esperienze per cui non trovo le parole e dunque significato.

Più tardi, esco. Per arrivare sul corso centrale devo costeggiare il nuovo centro commerciale illuminato a giorno. Attraversare il ponte sul fiume. DIVIETO DI BALNEAZIONE, recita un vecchio cartello. E ancora, un altro, DIVIETO DI PESCA. È tutto scolorito. È lì da quindici anni almeno. Dai tempi in cui insieme a Genny e le altre ci schizzavamo nelle pozze. Solo che adesso è davvero proibito pescare e bagnarsi in quel punto per via di certi sversamenti. Per nuotare ormai bisogna salire fino alla montagna più vicina, dove l'acqua è ancora gelata e scende a cascatelle. Proibito pensare a chi ci nuoterebbe senza battere ciglio, mi dico, proibito pensare a lei e proseguo la passeggiata. Quando arrivo nel corso centrale, vedo subito il motivo delle mie peregrinazioni notturne.

È seduto, nell'unico caffè che in estate rimane aperto fino a tarda notte, con una signora appariscente, molto truccata, che sembra straniera. Anche lui, l'olandese, mi riconosce subito, si alza per stringermi la mano. Sul tavolino, due bottiglie di rosso vuote. Sono passati sei anni dall'ultima volta che ci siamo incontrati. Nonostante i sessant'anni e i litri di vino, ha ancora un fisico asciutto e un'espressione vivace.

La signora sorride affabile. «Perché non si siede?» mi chiede.

Altroché straniera, italiano perfetto, Roma o dintorni. L'olandese insiste. Accetto, niente male per aver affidato l'incontro al caso, era quello che speravo. Un cameriere ci porta l'ennesima bottiglia di amarone. Quattordici gradi, in piena estate. Ne bevo un sorso.

Per una buona mezz'ora parliamo dei miei studi, dei figli

dell'olandese che stanno per laurearsi, della giornata calda che la signora ha trascorso al mare.

«In che spiaggia vai di solito?» le chiede lui.

«Cambio spesso» risponde lei, poi ci descrive tutti i suoi gusti in materia di tintarella e di posti di mare. La signora è un'amante occasionale, penso con sollievo, nessun matrimonio italiano in vista per l'olandese.

Appena la bottiglia finisce, mi alzo. L'olandese è un po' rallentato dall'alcol, io sono lucidissima. Prendo una penna, su un tovagliolo scrivo il mio cellulare. «Mi venga a trovare a Bologna.»

Mi guarda stupito. «È una città stupenda» aggiungo con un sorriso che convince anche lui. Ride di gusto e si fruga nelle tasche. Un bigliettino da visita: Yannick eccetera eccetera. Lo infilo nel portafoglio. Bene, borbotto allontanandomi. Il primo nodo con Yannick è stretto, il primo scalino salito.

Quando rientro a casa i miei genitori dormono. Non so come facciano, il caldo è soffocante e non c'è un filo di aria. Le lenzuola del divano letto sono bollenti. Esco in terrazzo, il bar è chiuso, finalmente c'è quiete. Alzo lo sguardo verso il cielo, blu con stelle lontane e piccolissime. Provo a contarle, ma mi gira la testa. Mi accascio su una seggiola di plastica. Cos'è questa storia del numero a un uomo che ha più del doppio della tua età? mi dice una voce dentro. Sembra quella vera di mio padre, acuta e comprensiva, per niente impastata dagli antidepressivi.

Chiudo gli occhi. Dove vuoi arrivare? continua la voce con la cadenza sicura e serena dei tempi in cui mio padre guidava dodici ore al giorno e mi riempiva di souvenir degli autogrill.

D'istinto mi alzo e sbircio la camera dei miei. Le loro sagome sono vicine, perfettamente parallele. Mi siedo di nuovo.

Dove vuoi arrivare? Indietro, papà, molto indietro, rispondo a voce alta. Sto parlando da sola, sul terrazzo angusto di un appartamento rovente, penso con un senso di vergogna. Poi appoggio la testa contro il muro caldo e mi addormento fino al giorno dopo.

3

Lilli in persona che si decide a chiamare mia madre per chiederle un favore è sconvolgente, e lei che le dà il mio numero senza consultarmi è intollerabile.

«Con me è stata molto gentile» insiste mia madre al telefono.

«Le hai detto che vivo in un appartamento piccolissimo?»

«Certo. Quante volte te lo devo ripetere.»

«E allora come posso aiutarla?»

Lei sbuffa, in effetti me lo ha già spiegato un paio di volte almeno. «Mi ha detto che sarebbe disposta a sostenere le spese di un appartamento più grande.»

«Non se ne parla.»

«Ci tiene molto all'università.»

«Immagino» rispondo sarcastica.

Mia madre si stizzisce. «Ha bisogno di un aiuto.»

«Chi?» le rispondo con una risata. «Lilli, la signora che sparisce e riappare milionaria?»

«Oh, Giulia, mi stai scocciando.»

Resto muta.

«Lo sai che è Cristi ad avere bisogno di te» mi dice a mo' di rimprovero e, cosa inaudita per le sue maniere, butta giù il telefono.

Guardo il cellulare stupefatta, ho l'orecchio bollente. Cristi viene a studiare a Bologna e Lilli vuole farci abitare insieme. Come se non bastasse, mia madre è d'accordo.

Rifaccio il numero dei miei. «Lilli però la chiami tu. Dille che l'aspetto domani, in via Zamboni 25, alle diciassette.» Di cambiare casa non se ne parla, però posso aiutarla a trovare un posto letto.

«D'accordo» risponde risentita.

«Ah dimenticavo, di' a Lilli di venire da sola.»

Mia madre attacca di nuovo. Nel farlo si lamenta con mio padre della mia scortesia. Come se chiedermi all'improvviso di trattare con Lilli equivalesse ad affidarmi una commissione, una raccomandata da ritirare alle poste o un acquisto al supermercato.

Più tardi, per non pensare alla telefonata, vado al cinema con Pia e seguo ogni battuta del film. Non mi preparo all'incontro con Lilli, non serve. Non verrà.

La prima volta che rivedo Cristi, nel settembre del 2004, dopo dieci anni di lontananza, siamo dove ho deciso io. Nell'arancio autunnale dei portici di Bologna. In via Zamboni, mancano dieci minuti alle diciassette. Lei ha una valigia raffinata in una mano e un rotolo di scotch nell'altra. Non mi sente arrivare, sta attaccando un bigliettino su una colonna, CERCO POSTO LETTO. Lilli non c'è.

Stacco l'annuncio. «Non si possono incollare biglietti sui muri» le dico secca.

Si volta, mi sorride. Ha dei jeans attillati e una polo blu con il colletto slabbrato. Io ho una gonna e una blusa di lino, di pregio come tutti i vestiti eleganti che trovo usati nei mercatini dei quartieri ricchi. Ho tre anni più di lei, sono di gran lunga vestita meglio eppure la sua figura curva sulla mia mi fa soggezione. «Lilli?» borbotto.

«Sta bene» mi risponde leggera.

Intendevo dire: Lilli, se era tanto preoccupata, perché non è venuta, ma spiegarlo mi sembra faticoso. Cristi si appoggia alla colonna dei portici, abbassa gli occhi sulle sue Superga e aggiunge: «Sono una matricola di Storia».

«Perché Storia?»

Lei alza le spalle.

«Vieni» le dico e faccio strada verso la sala studio. Indico una bacheca fitta di annunci: «Cerchiamo il posto letto».

Chiamo io. Dieci, quindici, forse venti numeri, dopo due ore non abbiamo concluso nulla.

«A che ora hai il treno di ritorno?»

«Che treno?» mi risponde stupefatta.

Comincio a capire. La fretta, la premura di chiamare mia madre, i soldi per un appartamento più grande. C'è lo zampino di Lilli, quella che da sempre scarica sua figlia senza pensarci due volte. Prendo un caffè dalla macchinetta e ne passo uno a lei. Il cielo oltre la vetrata è ancora chiaro, però sono quasi le otto. «C'è un albergo qui vicino» borbotto.

Cristi annuisce, tira fuori dalla borsa un portafoglio gonfio di banconote. Due ragazzi vicino a noi smettono di parlare e ci guardano strano. «Metti via» sibilo infastidita, poi ci incamminiamo verso l'alberghetto dietro piazza Maggiore. Cristi, con il cucchiaino del caffè ancora tra le labbra, cammina spedita. A quanto pare ricorda la città degli anni con Lilli. Io sono attenta a non rimanere indietro, a non sorpassarla. Le sto perfettamente al fianco. È il punto da cui la vedo di meno, il punto al riparo dall'emozione che temo possa sopraffarmi. Per tutto il tragitto sorveglio la sua borsa, che oscilla e le sbatte sull'anca. Avrebbe denaro sufficiente per una vacanza all'Hotel Baglioni, il più prestigioso della città. Sulla soglia dell'alberghetto, un usciere con una livrea lisa prende la borsa di Cristi. Lei lo ringrazia, mi sorride e sparisce nella porta rotante senza darmi il suo numero. Senza chiedermi di incontrarci di nuovo. Senza spiegarmi cosa farà domani.

«Aspetta!» grido, con due passi sono già nell'atrio. «Non puoi fare sempre così.»

Lei si ferma, io distolgo lo sguardo e incrocio quello di un addetto alla reception spazientito dalla scena. Dio come sono goffa e ridicola, sto gridando in un albergo per questioni morte e sepolte di bambine.

«Hai ragione» mi dice Cristi. «So che sei incazzata con me e fai bene» aggiunge seria.

«Allora, signorina, la prende o no questa camera?» borbotta il tizio della reception.

«La prendo» risponde lei.

«Questa notte puoi stare a casa mia» dico tutto d'un fiato.

L'istante dopo immagino la valigia di Cristi ai piedi del mio letto e non posso credere di averla invitata veramente nella mia stanza. Lei, a un passo da me, mormora qualcosa che non afferro. «Cosa hai detto?» chiedo.

Subito dopo sento sulla schiena una pressione delicata, due mani aperte sulle spalle. Mi volto. Nessuno dietro di me. Ancora oggi stento a crederci eppure anche Cristi, come mi spiega anni dopo, ha sentito lo stesso tocco leggero e deciso. Sono le mani di Ida, le mani della semplicità, della natura che decide senza consultare. L'immediatezza del giusto. «Ragazzine viziate» dice qualcuno vicino a noi.

Vada al diavolo. Sbalordite, ci lasciamo spingere e ci abbracciamo.

4

A casa siamo sole. Pia è fuori. «Dormo da un tipo» mi ha scritto sulla lavagnetta del frigo. Cristi fissa a lungo il messaggio.

«Divido l'appartamento con una ragazza» spiego alla svelta.

Lei annuisce. Non ha battuto ciglio davanti al fornello incastrato nell'ingresso, né lo fa quando capisce che, a parte questa notte, spazio per lei non ce n'è. Per cena mi faccio portare due pizze.

Nell'attesa Cristi tira fuori dalla borsa un pacchetto di sigarette.

«No» le dico. Lei sussulta, poi lo fa scomparire. «Non fumiamo qua» aggiungo più morbida, «altrimenti ci affumichiamo.»

Né io né Pia tocchiamo sigarette. Per di più io detesto il fumo, soprattutto se esce dalle labbra di una donna.

Cristi insiste per pagare le pizze, ceniamo quasi in silenzio, stappando un paio di birre. Lei mangia a piccoli bocconi, ma beve veloce quanto me. Poi facciamo la doccia a turno, prima lei, una scia di bagnoschiuma raffinato. Dopo io, con il solito flacone del discount. Quando rientro in camera, la trovo ancora avvolta nell'asciugamano. È di lino, viola. Un altro lusso che stride con i suoi vestiti dozzinali, in ogni angolo ci sono le sue iniziali. Guardiamo tutte e due contemporaneamente la V di Vitali e poi ci fissiamo.

«Fausto è molto generoso» dice Cristi.

Ho davanti a me la prima occasione di nominare Mattia.

Di dirle: so già che non ti chiami più Bucci e questa volta le serpi del paese non c'entrano niente. È stato lui, il ragazzo cocciuto, a pretendere diversi anni fa che io sapessi tutto e a darmi le tue lettere. Lei aspetta un po' e nell'attimo stesso in cui ho deciso di tenermi tutto dentro, continua. «Fausto ha sposato mia madre e mi ha riconosciuta.»

La parola riconosciuta mi cade sui piedi come un macigno. E tutto quello che c'era prima della generosità di Fausto, prima del momento in cui quell'uomo si accorgesse che potevi essere una figlia? Rimango muta, Cristi lascia cadere l'asciugamano, ho giusto il tempo per vedere la cicatrice a uncino dell'estate delle albicocche, dell'indigestione finita in peritonite. Poi s'infila veloce un paio di slip, nient'altro.

Con la camicia da notte mi sdraio sul letto e aspetto l'inevitabile. D'altronde vivo in un ripostiglio, nella camera ci sta a malapena un armadio, non ho materassi né brandine. Cristi può solo farsi spazio e allungarsi vicino a me. Lo fa con delicatezza, senza toccarmi. È abituata a sdraiarsi accanto a qualcuno, lo intuisco subito senza che l'idea mi turbi. Però non sono preparata al petto piatto, alle ossa sporgenti che immagino vicinissime. Per non perdere la calma, mi attacco all'odore di sigaretta dei suoi capelli. Non sopporto le tracce di fumo, anche fra le ciocche bionde di Cristi, penso sollevata. Non sono più la ragazzina inesperta della notte dei camion riverniciati, l'adolescente dei foglietti con le poesie e dei baci improvvisi.

Lei mi prende la mano. «Mi dispiace non averti più scritto.»

«Oh, è passato» rispondo forzando un tono distaccato.

«Ci credi ai sogni?» continua.

Non sento più la puzza di sigaretta, ma il terreno sotto ai miei piedi che si vuole allontanare, la solita storia del portarmi via dai fondali sicuri. «Dipende» rispondo vaga.

«Io sì. E nei miei sogni non ti ho mai persa di vista.»

A quel punto alza la mia mano sopra le nostre teste. Accarezza le linee del palmo. «Vediamo.» Chiude gli occhi. La sua voce viaggia profonda come ai tempi dei nostri giochi. «Hai voti eccellenti. Stai per laurearti.»

«Pensavo che le mani si leggessero per indovinare il destino.» Provo a ridere, ma la risata si ferma in gola. Lei continua a far scorrere l'indice sulla mia pelle.

«Pensi molto al passato. Troppo al futuro. Per niente al presente.»

«E tu?» balbetto.

Lei riporta lentamente la mia mano sul lenzuolo. Si alza. La finestra della camera è aperta su piazza Santo Stefano. Il vociare degli studenti per qualche secondo distrae Cristi che senza vestirsi si avvicina alla finestra. La sua mania di guardare fuori. Spengo la luce, così che dalla piazza non vedano il suo corpo.

«Da piccola, con mia madre, abitavo qua vicino.» Sta fissando un punto preciso. Oltre alle Sette Chiese e vent'anni indietro nel passato. «Spesso nelle sere d'inverno mi lasciava sola in casa. Prima di uscire si truccava canticchiando e quando tornava, a notte fonda, io facevo finta di dormire con la luce accesa. A maggio, se stava lavorando in qualche negozio, mollava tutto e iniziava a fare le valigie per partire. Abbiamo bisogno di tempo per prepararci, diceva. Ci metteva un mese. Riempiva e svuotava, aspettando che la mia scuola finisse. Ogni voto brutto era una scenata. L'occasione per dirmi che stavamo perdendo solo tempo. Ricordo i miei vestiti che volavano per la stanza. Qualcuno rimaneva a terra fino alle pagelle o fino all'autunno successivo. A giugno salivamo sul treno. Per lei di solito due grandi borsoni, per me una sacca.»

«La sacca» faccio eco io.

«A casa di mia nonna la preparavo ogni notte.»

«E la infilavi sotto il letto.»

«Sì, era il modo per convincermi che sarei tornata a Bologna. Che mamma sarebbe tornata.»

Si ferma. Resta in silenzio per qualche minuto. Allora

cerco il suo braccio e la tiro piano verso il letto. Prima fa un po' di resistenza, poi mi asseconda. « Non smettere » sussurro. E lei si sdraia, si stira, poi continua a raccontarmi di Lilli che ogni estate la scarica da Ida per correre dal signore con i baffi e gli occhi grigi che nonostante tutto le ha dato una figlia.

« Lilli mi voleva bene senza saperlo » mormora.

La storia della giovane madre che ama senza accorgersene non mi convince. Resto in silenzio, lei prosegue.

« Però devo ringraziare mio padre se ho potuto vivere con lei. »

« Fausto? » chiedo timida e lei mi mette a tacere con un sorriso che si fa vedere anche al buio.

« Il mio padre vero » ripete un paio di volte, come a dire che non è possibile fraintendere. « Se non fosse stato per lui, io non sarei mai esistita. E mia madre non sarebbe mai tornata da me, nemmeno la prima estate. »

« Non capisco. »

« Lui non voleva stare con noi, questo è sicuro. » Cristi fa una pausa. Inspira. « Ma in un certo senso non voleva che Lilli mi abbandonasse. »

A quelle parole sento freddo. Lo stronzo ritratto sul comodino di Ida che a suo modo mette un freno all'egoismo di Lilli.

« Come lo sai? »

Lei scuote la testa. Il cuscino ondeggia. Mi mordo la lingua. Non lo sa, lo sente.

Prima di addormentarci, dopo tutto quello che ci siamo dette, ci serve un'altra birra. La beviamo a letto. Ne abbiamo già fatte fuori due a testa, a cena.

« Quando hai iniziato a bere? » le chiedo.

Lei glissa. « E tu? » ribatte.

« All'università. Lavoro in un pub e ogni tanto esagero » le rispondo. È vero, a volte passo il limite e torno a casa ubriaca fradicia. Lei non si sbottona.

«E il resto?» insisto allora con un guizzo.

Questa volta stranamente non si sottrae. «Festa di fine secondo anno del liceo linguistico.»

Non le chiedo chi è stato, un compagno di classe, un maturando, un ricco amico di famiglia. Non le chiedo come è stato.

Per un paio d'ore rimango sveglia nel fruscio leggero del suo respiro addormentato. Ho paura che da un momento all'altro, nella libertà del sonno, si faccia scappare il nome di Mattia. Cristi verso le due di notte si tira su a sedere all'improvviso. «Domani andiamo a cercare un posto letto» biascica impastata dall'alcol, senza aprire gli occhi. Poi si riappoggia vicino a me.

Quella notte sogno mia madre. Siamo sul ciglio di un piccolo lago, stiamo pescando all'ombra degli eucalipti. La superficie è scura, abboccano pesci strani dalla pelle e dai colori inusuali. A un tratto mi giro verso di lei e le sussurro che le voglio bene, gliene avrei voluto anche se mio padre non si fosse ammalato.

Al risveglio non ci sono più i pesci, né gli alberi a proteggermi dal sole. C'è la tenda rossa, l'intonaco grezzo della mia camera di studentessa. E Lilli, questa volta, non si è portata via Cristi che dorme accanto a me.

5

Alle dieci di mattina ho già trovato una casa per Cristi. Una stanza spaziosa in un appartamento signorile con altre fumatrici accanite. E anche un po' avide, considerata la caparra di cinquecento euro che hanno preteso subito. Cristi non ha aperto bocca.

«Mi sembra una buona sistemazione» dico quando ci chiudiamo in camera. Ci sono una scrivania, un letto grande, un armadio a tre ante.

Cristi annuisce.

«Anche le ragazze sembrano tranquille» continuo.

«Sì.»

«Però magari tieni i soldi chiusi a chiave.»

Sul perché Fausto non le abbia dato una carta anziché riempirle il portafoglio di banconote, lei non ha dato spiegazioni. Denaro nero?

In due minuti l'aiuto a infilare un paio di polo e dei jeans nell'armadio. Cenci scoloriti, perfettamente stirati.

«Tutto qua?» le chiedo meravigliata.

Lei non ci fa caso, talmente è concentrata a passare l'aspirapolvere sulla moquette blu che tappezza la stanza. Poi è il turno dell'alcol sui vetri e sui mobili di finto legno. Quando anche l'ultimo granello di polvere è andato, usciamo in terrazzo. Cristi si accende una sigaretta, i polpastrelli leggermente gialli si appoggiano di continuo sulle labbra.

«Fumo parecchio ultimamente» commenta intercettando il mio sguardo.

È nervosa. Faccio finta di non sentire, mi sporgo dal parapetto.

«Vedi» indico i tetti delle Sette Chiese, «siamo vicine.»

Sorride, spegne il mozzicone nella terra di un vaso, poi se lo mette in tasca.

«Ti chiamo stasera» le dico sfiorandole la guancia con le labbra.

«Così ti dico come sono andate le lezioni» mi risponde a voce bassa.

Qualche minuto dopo sono già in strada. È la prima mattina fresca dalla ripresa dell'università, il cielo è azzurro, grigio sopra i colli che mandano vento freddo. Ho la punta delle orecchie gelate, mi stringo nell'impermeabile, ci penso un po' e torno sui miei passi.

«Cristi!» grido dalla strada.

Lei corre in terrazzo. Ha i capelli raccolti in uno chignon e degli occhiali da vista con una montatura nera. Sono orribili, le stanno malissimo, come uno scarabocchio in pieno viso.

«Porti gli occhiali?» le chiedo stupefatta.

«Per leggere, altrimenti non vedo nulla.» Ci pensa un po', poi aggiunge: «Perché sei tornata?»

Se c'è un accenno di speranza nella sua intonazione, mi sforzo di non sentirla. «Vai a comprarti una giacca.»

«Cosa?» mi grida.

«Una giacca» ripeto.

Una delle ragazze dell'appartamento si affaccia alla finestra. «Esistono i citofoni!» sbraita.

«Chiedo scusa» le rispondo infastidita.

Cristi scappa dentro e io torno veloce alla fermata del bus.

All'ora di pranzo telefona mia madre. Dal tono con cui mi saluta si capisce che sta morendo dalla curiosità. Ero in pensiero per la tua amica, si giustifica. Le rispondo senza mezzi termini che Lilli è la solita stronza, lei si fa una risatina nonostante non approvi il linguaggio. Poi le assicuro di aver trovato un buon posto letto per Cristi.

« E a lezione è andata da sola? »

« Non è una bambina, ha diciannove anni » protesto.

Mia madre questa volta si scusa in fretta, non ho nemmeno il tempo di confessarle che l'avrei accompagnata più che volentieri. Anzi, che mi sono dovuta proibire di andare a curiosare nel suo dipartimento.

« Pensi che ce la farà? » azzarda mia madre.

« Non lo so. » A giudicare dalla sua agenda che ho sbirciato appena sveglia direi proprio di no. Solo e soltanto stampatello, ancora tremolante, e banali errori di ortografia anche negli appuntamenti. L'università non è la scuola privata, qui i soldi di Fausto possono poco.

Prima di riattaccare, mia madre riduce la voce a un sussurro. « Ho incontrato l'olandese. »

La lingua mi si blocca. « È in partenza, mi ha chiesto di salutarti. »

« Ah » balbetto.

« Pensa come è gentile, si ricordava di te dai tempi del rogito. »

« Gentilissimo » dico con un sospiro di sollievo. E furbo, aggiungo fra me e me. Della chiacchierata al bar di fine estate, dello scambio dei numeri, non si è lasciato scappare una parola.

Nel pomeriggio inizia a piovere forte. Alle cinque il cielo è talmente nero e gonfio d'acqua che la nostra casa ripostiglio è praticamente al buio. Pia e io stiamo prendendo un tè alla cannella sedute vicino al fornello. Lei sta aspettando un suo compagno di università, lo stesso da cui ha passato la notte. Quando il campanello suona, si precipita al citofono.

« È per te » mi dice delusa.

In due secondi Cristi è alla nostra porta. Senza occhiali. Ha comprato un k-way di un giallo orribile, i capelli sono tutti fuori dal cappuccio e fradici. Dal naso le cade una goccia, le Superga imbarcate d'acqua.

« Entra » le dico secca.

Non se lo fa ripetere, con due passi bagna tutto il pavimento. Pia, che non l'ha mai vista, mi guarda allibita. Cristi non fa caso al suo sguardo. « Posso stare con te? » mi dice.

« Se non ti trovi bene, possiamo cercare un'altra casa » rispondo.

Lei rincara la dose. Si avvicina ancora di più a me, si toglie il cappuccio, con la manica bagnata cerca di tamponarsi il viso. « Posso stare da te per sempre? »

A questo punto la mia coinquilina mi dà una leggera gomitata. « Da sole » bisbiglia.

Mi riscuoto. « Vai a comprare dei pasticcini nel negozio qui sotto » ordino a Cristi.

Lei guarda Pia come se fosse apparsa in quell'istante, poi obbedisce.

La mia coinquilina chiude la porta, io sono ancora immobile. « Posso spiegarti » farfuglio.

A lei non ho mai parlato di Cristi e vista la scena avrebbe il diritto di farmi mille domande.

« Però paga » dice soltanto.

« Certo. »

« E pulisce. »

« Assolutamente. »

Pagare è l'ultimo dei problemi di Cristi. E anche a pulizie, sembra incredibile per una che ha la governante, da quanto ho visto stamattina non si risparmia. Le stringo la mano, lei scoppia in una risata.

« Dove la metti? » mi chiede.

« Prenderemo un letto pieghevole » borbotto.

Pia ride ancora più forte, esito, poi mi unisco a lei. « È parecchio bella » mi dice appena torna seria.

« Sì. »

« E in quanto a uomini? »

L'ossessione della mia coinquilina, ridacchio. «Come farete?» continua.

«Cosa intendi?»

«Sa il fatto suo» mi dice Pia con fare enigmatico, «si capisce subito.»

6

Cristi è irremovibile. Non vuole tornare nell'appartamento delle fumatrici a riprendere la valigia né la caparra. È una cosa irragionevole e la sua testardaggine mi dà sui nervi. Passino le polo scolorite e i jeans dal taglio anonimo, ma i soldi no.

«Avete litigato?»

Scuote la testa.

«Lo sanno che te ne sei andata?»

«Credo di sì.»

«Hanno cinquecento euro tuoi» sottolineo stizzita. Cristi alza le spalle, Pia non tira su gli occhi dai pasticcini.

Mi chiudo in bagno per mezz'ora e quando esco non mi è ancora sbollita. Prendo ombrello e borsa.

«Vado fuori» dico a denti stretti. Cristi fa cenno di seguirmi.

«Da sola» sibilo.

Pia scende le scale con me, un ragazzo mai visto la sta aspettando sotto il portico. «Ti dà del filo da torcere la ragazza» mi dice ridendo.

Dall'espressione benevola, capisco che ha già accettato Cristi e le sue stranezze. Il suo potere inspiegabile, penso ancora più stizzita.

In biblioteca ritrovo la calma. Mi concentro sui capitoli, prendo appunti, alzo la testa solo per lanciare occhiatacce a chi parla. Più tardi, mentre faccio la spesa, la lite con Cristi riaffiora nei pensieri. Cinquecento euro sono metà stipendio di un camionista. Due dei miei affitti. Tre mesi di lavoro al pub. Quando rientro sono ancora imbronciata. L'appartamento profuma di detergente. Cristi ha pulito l'ingresso, il bagno e lavato le tazze del tè. I suoi abiti sono stesi nella doccia. Lei indossa una delle mie magliette.

« Studiato? » borbotto.

« Un po'. »

« Com'è andata? »

« Bene » mi risponde laconica.

« Domani vai a comprarti dei vestiti? » le dico con fare polemico.

Lei non risponde. Si infila in camera poi ritorna nell'ingresso. « Ti ha cercato un certo Yannick. »

« Ha lasciato detto qualcosa? » chiedo con una punta d'ansia.

Scuote la testa. « Solo che richiamerà. »

Per cena cucino dello spezzatino, divoro la mia porzione e un po' di quella di Cristi. Beviamo vino rosso lievemente acido. Non ha ancora smesso di piovere, la casa è umida e tutte e due siamo intirizzite. In camera lei stende una coperta per terra.

« Che cosa fai? » le chiedo dura.

« Non voglio darti fastidio. »

Le lancio un'occhiataccia poi butto il plaid sul letto. « Questa ci serve qua. Domani pensiamo a comprare una brandina. »

A letto, sotto la coperta, battiamo i denti. La pioggia insiste sul vetro e in alcuni momenti anche la luce se ne va. « Yannick è il tuo uomo? » mi chiede Cristi in un momento di buio completo.

« Non ancora. »

« Dove l'hai conosciuto? »

Esito, i fili della coperta mi sfregano il viso. Tiro fuori la testa. È ancora buio pesto in casa e fuori il cielo sopra la piazza si è inghiottito anche il ferro dei lampioni.

« Yannick è l'olandese » dico con uno sforzo sovrumano.

Quello che ha sessant'anni, che potrebbe essere mio padre, che mi dà il numero in segreto e mi manda a salutare tramite mia madre. «Quello dell'albicocco?» si limita a chiedere Cristi.

Sospiro. «Sì.»

«Le albicocche ci sono sempre?»

«Le hai mangiate questa mattina.»

Yannick è talmente gentile che ne porta a chili a mia madre. Così mio padre passa il tempo a sbucciarle e lei ci fa la marmellata per la mia colazione.

Cristi sbuca fuori dalla coperta, mi passa il braccio sopra la testa. «Perché?» mi chiede.

«Rivoglio la mia casa.»

Finalmente l'ho detto. A una matricola, a una ragazzina sola, a una figliastra con il portafoglio gonfio. A una persona che nello stesso istante in cui ho liberato il mio segreto ha tremato al mio fianco.

«Rivuoi la tua casa» dice Cristi. Sta ancora tremando, ma la sua voce ha la profondità abissale della verità giusta.

Sì, la rivoglio. Per questo sono disposta a farmi tutti i weekend al pub. A studiare dieci ore al giorno. E sono disposta ad andare a letto con il proprietario. Me lo sto lavorando con lentezza. Ho il suo numero, ma non ho intenzione di richiamarlo subito.

«Ti faccio schifo?» le chiedo con una risatina.

«Per niente.»

Una ragazza di vent'anni dovrebbe inorridire all'idea di un'amica che va a letto con un vecchio. Ma è appena tornata la luce e Cristi mi sta guardando con una specie di venerazione. «Diventerai un avvocato famoso e avrai tutto quello che ti spetta» mi dice seria. Poi inizia a contare le mie lentiggini. Una sulla punta del naso. Dieci fino alle palpebre. Venti, tra le guance e la fronte. Trenta, con le orecchie.

«Cinquanta» dice. Il suo indice indugia sulla base del mio collo, dove il sangue scorre veloce.

Adesso ho caldo. Scosto la coperta.

«Non sai contare oltre?» le chiedo con la voce rotta.

Il solito problema con i numeri, penso offuscata. Invece questa volta cosa c'è dopo il cinquanta lei lo sa benissimo. Con un movimento leggero è sopra di me e continua a contare scendendo. Sento la sua fronte scorrere sulla mia pelle mentre i suoi capelli spazzano via i miei respiri dal petto.

«Aspetta.»

Le dita di Cristi non si fermano.

«Aspetta» ripeto più forte.

Lei si blocca con un sussulto.

«Possono vederci» sussurro.

Allungo il braccio, spengo la luce, mi spoglio. Cristi fa cenno di sì, nell'oscurità intuisco un sorriso, poi scivola sicura fino in fondo e io con lei.

7

L'anno che segue non è una delle nostre estati. È il lungo autunno della mia esistenza di giovane donna. La stagione delle piogge deboli al riparo dai grandi temporali, delle foglie oro bellissime che ogni tanto cadono lievi. Più torno con la memoria a quel periodo, più mi persuado che è il vantaggio concessomi inutilmente dalla storia. Il tempo che nella mia vita dedico alle creature speciali senza tuttavia arrivare a capirle del tutto.

La mattina dopo la nostra prima notte insieme mi chiudo in bagno. Sono terrorizzata. Fisso il mio viso stropicciato allo specchio e giuro: se domani arrivano Lilli o Mattia o la piena del fiume e Cristi scompare, tu continui a studiare. Tu continui a lavorare. Tu continui a vivere. Mentre lei dorme, io sconvolta giuro. E negli anni a venire mai infrango il patto assoluto che a ventitré anni stringo con il mio riflesso terrorizzato.

Dopo la prima notte ne seguono altre. Arrossate, sudate, fragili per me, fluide e tutte d'un fiato per lei. Pia non dà importanza alla cosa e noi per amarci scegliamo le sere in cui lei non c'è. Quelle dove possiamo gemere e godere senza preoccuparci di nessuno. In quelle ore con il grigio degli occhi di Cristi che cola su di me non penso agli esami o alla laurea che, se tutto andrà come previsto, sarà a luglio. Non penso alle rughe di Yannick, ai pantaloni di velluto di mio padre, alla solitudine di mia madre che aspetta i miei racconti con ansia. Non penso nemmeno a Mattia.

A lui però penso nel resto del giorno, appena stacco la testa dai libri, quando ogni ragazzo biondo e rasato, ogni citofonata improvvisa, ogni squillo del cellulare di Cristi è un sussulto.

Nel mese di ottobre infilo due esami. Al secondo prendo trenta e lode, per l'occasione Cristi mi regala una giacca di velluto che punto da settimane in una boutique di via Farini.

La provo davanti a lei che alza il pollice. «Sei bravissima» mi dice con una sorta di adorazione. «Ce la farai.»

Mi mancano quattro esami e ho già iniziato la tesi in diritto penale processuale. Mio padre e mia madre al telefono la sera non si tengono. «Veniamo a trovarti!» gridano contemporaneamente.

Scosto il cellulare dal timpano. Do un'occhiata al nostro letto. «Siamo un po' stretti qua» ribatto imbarazzata.

«Allora venite qualche giorno da noi.»

L'immagine del divano letto incastrato nel loro salotto fa capolino. «Cristi ha parecchio da studiare. Il primo anno è sempre pesante.»

Del fatto che lei viva con me sono informati. Che dividiamo il letto in ogni senso no.

Quando torno in cucina, Cristi sta bevendo un caffè. Non può aver sentito, però mi guarda perplessa.

«I miei genitori ci hanno invitato» le dico.

«Potremmo andare.»

«Magari» rispondo poco convinta.

Lei batte la punta del cucchiaino sui denti, poi si gratta forte il mento. Lo stesso movimento che fa quando tenta di sfiorarmi le labbra davanti a Pia e io mi scosto. Per ora questo è l'unico disaccordo fra noi. A letto possiamo fare tutto, ma fuori dal nostro buco è un'altra cosa e io mantengo le distanze. Per Cristi non c'è differenza.

«E tu» attacco sulla difensiva, «non torni un po' a casa?»

«A Natale» mi risponde frettolosa.

Lo sapevo già. Anche se si era chiusa in camera, l'ho sentita parlare con Fausto. È lui il suo contatto telefonico. Ed è lui che manda vaglia o contanti avvolti in pacchettini di fogli di giornale. Lilli, a quanto pare, non chiama mai e lei non la nomina nemmeno.

La sera della telefonata dei miei genitori Cristi va a una festa con Pia. Escono spesso insieme quando io studio o lavoro al pub o preferisco starmene in relax. Ho capito che Pia si è affezionata a lei. Anche se Cristi, che gira per casa con i capelli sciolti, le canottiere sbrindellate e gli slip, lascia senza fiato i vari fidanzati che Pia ci porta a casa.

Rimasta sola, ordino una pizza e lavoro un po' alla tesi. Telefono a Yannick, non risponde però richiama subito. Il suo numero memorizzato con un nome di donna lampeggia con insistenza sul display. Lo ignoro. Sono due mesi che andiamo avanti così. Lavorarlo con lentezza, affamarlo, ecco cosa devo fare se voglio centrare l'obiettivo. Cancello la chiamata dal registro, anche se Cristi è l'unica a guardare il mio telefono e l'unica a sapere di lui.

Lei rientra presto, io sto guardando la televisione in camera di Pia. Da come va avanti e indietro tra l'ingresso e la camera sistemando oggetti e pentole, capisco che è ancora un po' risentita dal battibecco di prima.

« Festa noiosa? » le chiedo.

« Abbastanza. E poi domani voglio andare in facoltà a studiare. »

« Brava. »

Lo penso veramente, nelle ultime settimane non ha saltato un pomeriggio in aula studio. Cristi dà un'occhiata di traverso allo schermo, detesta la televisione.

« Spegni? » mi chiede.

« Fra poco » le rispondo neutra.

La sento lavarsi sotto la doccia, sa che odio il fumo delle feste, poi armeggia a lungo con lo spazzolone e lo straccio. I rumori assordano il mio film, spengo la tele. Quella di pulire è una mania, soprattutto quando è nervosa. Entro scalza in bagno. Non c'è un capello per terra e lo specchio brilla, lei è accovacciata di spalle sul pavimento.

« Quando hai imparato a pulire? »

« Da Ida. »

« Tua nonna ti obbligava a fare le pulizie? »

Si volta e mi fulmina. « No » risponde risentita.

« E allora? »

« Sapeva che Lilli non lo faceva. Così d'inverno ci potevo pensare io. »

« Be' » le dico dolce, « non sei obbligata a farlo sempre. »

Lei si scioglie, gli occhi si spalancano rilassati. Metto via detersivo e spugne, le do una mano per alzarsi.

« Hai conosciuto qualcuno alla festa? »

« Nessuno » mi dice con le labbra premute sulla mia spalla.

Su questo ci siamo intese alla perfezione. Qualche uomo ogni tanto è concesso, già un paio di notti lei si è fermata da un amico di Pia e io un sabato sera da Gianni, il mio collega del pub. Talmente ubriaca da risvegliarmi senza ricordare un accidente.

« Sai che giorno è oggi? » mi chiede.

« No. »

« Oggi è un mese esatto che mi sono trasferita qui. »

Mi stacco, le sorrido ironica. « Non pensavo che fossi una tipa da anniversari. »

« Invece sì » risponde seria vestendosi.

E nel giro di un'ora, sedute sul nostro letto, sciorina decine e decine di date. Il 3 giugno del 1991 ci siamo conosciute. Il 30 agosto dello stesso anno Lilli è tornata a riprendermi. Il 10 luglio del 1992 ci siamo baciate in riva al fiume. E avanti ancora, mesi, giorni, anni agganciati puntigliosamente ai nostri fatti. Nel 1993, una sera, sei andata per due settimane in montagna. Il 12 di agosto del 1994 tuo padre è stato licenziato.

Ascolto incredula, fatico a seguirla mentre la sua voce attacca sui muri della nostra stanza l'istante esatto di tutto ciò che ci siamo dette, non dette, gridate.

«2000. Luglio. Ho fatto una cazzata.»

«Quale?»

Ci pensa un po'. «La tua maturità.»

«E?»

Esita di nuovo, questa volta a lungo. «Ho pensato di scriverti e poi non l'ho fatto.»

«Ti amo» le sussurro.

Appoggia le labbra sulle mie. «Anche io» soffia delicata.

Più tardi Pia che rincasa con i tacchi mi sveglia. La tenda della finestra è leggermente sollevata, i lampioni della piazza mandano un fascio di luce sui nostri vestiti sparpagliati a terra.

«Cristi» sussurro, «non ho mai detto a nessuno ti amo.»

«Allora è un giorno speciale» farfuglia nel sonno.

«Tu?» Mi avvicino. Ha le palpebre chiuse, il respiro profondo. «Tu?» ripeto, ma non risponde più.

Due ore dopo sono ancora sveglia. Questa volta sono io che sto piantando un chiodo nel tempo, una data nella mia mente per sempre. 31 ottobre del 2004. Notte, Bologna. Per la prima volta nella mia vita sono riuscita a dirle ti amo. E per la prima volta, fanculo la mia curiosità, ho avuto la certezza assoluta che Cristi l'avesse già detto a qualcun altro. A lui.

8

Un mese dopo, il giorno di Santa Lucia, ho il mio primo appuntamento con Yannick. Organizzato nel giro di una manciata di minuti di chiamata imbarazzata, quando dopo tre mesi di tira e molla mi sono decisa a rispondergli al telefono.

« Vai a prenderlo all'aeroporto? » mi chiede Pia.

« No. »

Sono appena rientrata dall'università, le sto mostrando in camera sua un paio di vestiti per la serata. Le ho detto solo che aspetto un amico dei miei genitori. Guarda perplessa le scollature.

« Un po' troppo eleganti » sentenzia. « Dove vi vedete? »

« Aperitivo all'hotel davanti alla stazione e poi non so. »

Indica il vestito nero, quello più lungo. « Per un drink nella hall di un cinque stelle con un amico di famiglia può andare. »

Faccio cenno di sì, poi mi avvicino, accendo la tele per fare rumore.

« Cristi? » sussurro.

Lei alza il volume. « È in camera da stamattina. Non ha pranzato. Quando sono entrata per chiamarla, era alla finestra. Per poco non sveniva dallo spavento. »

Sospiro.

« Giulia, so che non sono fatti miei. Con chi ti vedi questa sera? »

« Con una persona importante. » Non è come fermarsi da Gianni, o scambiare un bacio con qualcuno mentre si balla. « Importante » ripeto.

Pia annuisce, non aggiungo altro ed entro piano in camera.

Cristi non è più al vetro. È seduta a gambe divaricate ai piedi del letto, i capelli sono arruffatissimi, lo stereo è spento. Mi accoccolo dietro di lei, prendo una spazzola e lei si piega docile. A ogni colpo mi impunto in qualche nodo che sciolgo con le dita.

«Vuoi venire anche tu questa sera?»

Scuote la testa. La spazzola schizza via con i suoi capelli, stringo il manico per non perderla. «Puoi farci compagnia per un po'» insisto. «E andartene quando lui inizia a essere più esplicito.»

«No» mormora lei.

«Vai a cena con Pia?»

«Rimango a studiare.»

Raduno i suoi capelli nella mia mano e tiro dolcemente. «Studi tantissimo. Brava» bisbiglio.

Ed è vero. Non salta una lezione e il pomeriggio è sempre in biblioteca. Sono ancora in tempo per mettermi un paio di jeans, un maglione a trecce e organizzare un giro turistico per un signore olandese che non preveda le sue lenzuola.

«È giusto» mormora Cristi.

«Cosa vuoi dire?»

«È giusto, vai.» Si blocca. «Solo che...» esita di nuovo.

«Solo che...?» la incalzo.

Cristi libera i capelli dalla mia stretta, si volta, punta gli occhi dritti nei miei. «Non sarà semplice» scandisce lenta.

Non sarà semplice, ripeto mentre cammino sotto i portici. Fa freddo, tremo nel cappotto nero che ho preferito al piumino sportivo. Anche il vestito è leggero, di quelli che ti sfili o ti fai sfilare senza indugi. Non sto andando da un Gianni qualsiasi, so qual è la posta in gioco. Lo sa anche Cristi. Ho bisogno di credere che questa volta non sarà indolore per lei aspettarmi nella nostra camera.

All'altezza del portico dei Servi mi imbatto nel mercatino della fiera di Santa Lucia. Un cartello indica una pesca di beneficenza proprio dentro la chiesa. Tutt'intorno risplendono palline natalizie, dolci caramellati, braccialetti d'argento. Normalità. Potrei entrare, confessarmi dopo dieci anni e stordire un prete qualsiasi con tutto quello che ho combinato. Niente di grave, un giro di Ave Maria. E poi confessargli quello che ho intenzione di combinare stasera. Su questo temo più il giudizio dei miei genitori che quello divino. Passo oltre. Niente grate, niente giostre di preghiere come ai tempi in cui seguivo obbediente mia madre. A passi lenti mi lascio alle spalle l'odore dello zucchero caramellato, poi mi infilo in un tabacchi. Un prete non risolve nulla, un gratta e vinci magari mi può salvare dalla pelle vizza di un sessantenne. Sfrego una moneta. Una donna alle mie spalle scruta il risultato, sento il suo fiato denso d'alcol. Niente da fare, biascica mentre io esco con dieci euro in meno e una scatolina di cioccolatini che faccio fuori mentre cammino.

Yannick mi aspetta davanti alla porta scorrevole dell'hotel. Anche lui indossa un cappotto leggero, ha la pelle del viso arrossata, gli occhiali appannati, ma le mani sono calde quando stringe calorosamente le mie.

Ordina due Campari, parliamo del viaggio, della mattina che ha trascorso per musei.

« Molto bella Bologna » ripete più volte.

« E ti manca ancora San Petronio. »

Elenco lentamente i monumenti, la loro storia. Le parole che escono sicure rilassano me, incantano lui. Al compianto del Cristo morto, mentre descrivo lo strazio di Maria, i suoi occhi luccicano dietro le lenti spesse. Adesso, mi dico, è il momento di iniziare.

« I miei genitori non sanno di questo incontro » dico veloce.

Lui si schiarisce la voce. « Immaginavo » risponde in inglese.

«Non è il caso di farselo sfuggire» insisto.

«In nessuna maniera.»

Quando non si sforza di parlare italiano è più disinvolto. Lancio uno sguardo lungo sulla barba grigia, le rughe sul mento, gli occhi vispi dietro la montatura. Ce la posso fare, penso, e gli sorrido.

Con mia grande sorpresa ha già prenotato la cena in un ristorante del centro. Tocco a malapena la bistecca mentre lui si toglie gli occhiali e mangia di gusto. Beve parecchio e con una strana apprensione controlla che io non esageri. A quanto pare, non sono l'unica ad aver calcolato tutto.

«Stai bene?» mi dice quando usciamo dal ristorante.

Sto tremando. Cade anche qualche fiocco di neve. Alzo gli occhi, i palazzi di via Indipendenza chiudono il cielo schiarito dal nevischio.

«Torniamo da te?» chiedo decisa.

Lui annuisce. Faccio strada nelle vie laterali, in qualche minuto siamo al bar dell'albergo. «Troppo freddo» ridacchia dietro le lenti appannate. «Niente passeggiata nella storia» farfuglia in italiano.

Alzo il tiro. «Perché non parli inglese?» gli chiedo diretta.

Lui smette di ridere ed esegue rapido. «Giulia, è da un po' che ti volevo parlare di una cosa seria.»

Serious business. Finalmente l'olandese sta tirando fuori un po' di coraggio.

«La casa dei tuoi genitori è importante per me. Me ne prendo cura» continua.

«Anche per me è importante.»

«Lo so.» Fa una pausa. «Non ho cambiato niente. Né un muro, né uno scalino.»

«Grazie.»

Alza le spalle, sorride imbarazzato. «Come vanno gli studi?»

Gli spiego che se gli esami andranno a segno e il professore approverà la tesi, dovrei laurearmi a luglio.

«Un fulmine» commenta. «E poi, cosa farai?»

«Devo trovare un buon legale, fare l'apprendistato e nel frattempo conquistare una borsa di studio all'università.»

Lui ride rumorosamente. Sta bevendo un China Martini, il liquore nero gli scurisce le labbra. «Perché tanta fretta?»

«Voglio lavorare.»

«Magari per una buona causa. Come qualche associazione che difende i più sfortunati.»

«Magari» rispondo.

Sto mentendo. Ho solo una buona causa in mente. Per quella voglio lavorare al più presto, guadagnare. E prima, entrare nel tuo letto, farti capire che se ridurrai a una sciocchezza il prezzo della casa sono disposta a essere una ragazza di quarant'anni più giovane che può allietarti le vacanze all'estero.

«Ce l'hai un ragazzo?»

«No.»

«Male» borbotta. «Una bella ragazza come te deve anche divertirsi.»

«Se è per questo» replico sicura, «lo so fare bene.»

A quel punto mi protendo un po' verso Yannick. Il vestito scelto da Pia non lascia intravedere nulla. Meglio così.

Lui ride ancora. «Non ne dubito» dice fra i denti.

Poi scola il bicchiere e si alza. All'improvviso è di nuovo serio. Si toglie gli occhiali e con lo sguardo mi incolla al divanetto. «Bisogna credere nei propri progetti. E soprattutto» scandisce lento in un sussurro «avere pazienza.»

Il fatto che cinque minuti dopo Yannick chiami un taxi e lo paghi per portarmi fino al portone di casa è piuttosto scontato. *Have patience.* Anche lui vuole condurre la trattativa, farmi capire che non è accecato dalle smanie sessuali e che non è disposto a svendere per una serata in albergo.

In casa, quando rientro, tutte le luci sono accese. Pia e Cristi stanno mangiando delle patatine affogate nella maionese.

«Nevica» mi dice Cristi.

«Poco.»

Mi allungano la ciotola delle chips, faccio cenno di no. Pia sparisce rapida in camera.

«Ci ho scopato» dico a Cristi con un filo di voce.

Lei annuisce.

«Non dici niente?» Silenzio. «Cazzo, non dici mai niente?» gemo.

Lei si alza, gira intorno al tavolino e toglie qualche fiocco di neve dal mio cappotto. Con un gesto brusco le tiro via un filo di maionese dalla guancia. Guardo allibita il segno delle mie dita sulla sua pelle color latte. Lei non si scompone, si avvicina ancora di più.

«Cerca di calmarti» sussurra. Per non sbattere la testa al muro, la premo contro i suoi capelli, deve aver fumato almeno un pacchetto di sigarette mentre ero fuori.

In camera, anche se Pia è ancora sveglia, mi affanno per cercare il profumo della sua pelle. Cristi al buio si tiene stretta a me.

«Non ci sono andata a letto» le sussurro ansante.

«Lo sapevo.»

«E quando succederà?»

«Se succederà, andrà tutto bene.»

«Davvero non sei gelosa?»

«Giuro.»

Scosto la sua mano dal seno e accendo l'abat-jour. Per sapere la verità di Cristi non bisogna pensare né ascoltare. Bisogna vedere come si muove, chiedere direttamente ai suoi occhi che mi guardano senza esitare.

«Nessuna gelosia» dice, e io so all'istante che è sincera.

Perdutamente sincera.

9

Al mattino spengo la sveglia e continuo a dormire per altre due ore. Quando mi tiro su dal letto Cristi non è accanto a me e io ho in mente solo gli occhiali di Yannick. Li ho sognati ininterrottamente per tutta la notte. La montatura pesante, le stanghette tremanti sotto le risa, le lenti schizzate di sangue e China Martini. Le lenti in mille pezzi sotto i miei piedi. Senza farmi la doccia, mi trascino in cucina. Pia sbuca fuori dalla stanza.

«Non sei in facoltà?» le chiedo brusca.

«Se è per questo, nemmeno tu» mi risponde stizzita.

«Scusa» borbotto.

Lei ride, mi versa del caffè caldo. Lo bevo amaro, tutto d'un fiato.

«Stai bene?» mi chiede.

«Credo di no.»

Finisce la sua tazza, si avvicina, mi appoggia indice e medio sui polsi.

«Hai un po' di febbre» e l'istante dopo ha già sciolto una compressa in un bicchiere d'acqua. «Cristi è a lezione.»

«Già» borbotto. Il liquido salato e frizzante mi dà la nausea.

«Si impegna molto» continua, mentre con l'aiuto di una torcia mi guarda la gola.

«Moltissimo» le faccio eco. Una fitta acuta mi attraversa la pancia, stringo le labbra fino a che non se ne va e non dico nulla a Pia.

«Sei troppo stressata» diagnostica lei. «Per un giorno fai come me, rimani in camera e riposati.»

Perché lei che non è malata si debba riposare non mi è chiaro. Si starà sicuramente preparando a un appuntamento importante o a un esame difficile, nel suo caso non fa differenza. Spalanco la finestra della camera, il sole ha sciolto la neve. Dalle tegole cola acqua di continuo, un bambino corre dietro ai piccioni di piazza Santo Stefano sotto le gocce gelate. Sua madre lo segue lenta, non lo chiama mai, non lo perde di vista. È un ordinario martedì di dicembre. Il bambino dovrebbe essere a scuola, penso. Magari è malato. Magari non ne aveva voglia. Magari non aveva fatto i compiti e ha convinto sua madre a tenerlo con sé.

Con le mani che tremano mi volto e apro l'unico cassetto che ho lasciato a Cristi. È una scorrettezza. Non ficco il naso nelle sue cose dalla prima mattina in cui ho curiosato nella sua agenda. La mattina del trasferimento lampo di Cristi nella casa delle fumatrici. Vestiti, fogli bianchi e penne sono mescolati alla rinfusa, solo la biancheria è impilata con cura in un angolo. Di nuovo il dolore acuto al basso ventre. Respiro profondo. In pochi secondi trovo il calendario delle sue lezioni, venti minuti dopo esco di casa senza fare rumore e cammino con il respiro corto fino all'aula tre di via delle Belle Arti. Là, nascosta fra le matricole, ascolto frastornata mezza lezione di antropologia e là, come prevedevo, di Cristi non c'è traccia.

Quando mi decido ad alzarmi dalla sedia, sono fradicia di sudore. È solo una lezione, dico fra me e me. Una dimenticanza, un cambio di programma improvviso. L'elenco delle giustificazioni che trovo per l'assenza di Cristi è infinito. Ma non convincono la mia testa che scoppia, né la mia pancia né i piedi che ruzzolano dritti verso l'appartamento delle fumatrici.

La ragazza che apre mi riconosce all'istante e corre subito dalla più anziana. Ha una felpa piena di macchie e i capelli neri unti. Bisbigliano concitate in fondo al corridoio, poi si fanno avanti.

«Problemi?» mi chiede quella con la felpa sporca.
«Forse» ribatto.
«Sentiamo» balbetta la ragazza più giovane.
«Avrei bisogno di dare un'occhiata alla camera» dico secca.
«L'abbiamo già affittata.»
«Una cosa veloce» insisto.
«Non è possibile.»
Lancio alle ragazze uno sguardo di sfida. «Cerchiamo di capirci. Voi avete cinquecento euro della mia amica.»
«Non è così» farfugliano.
«Li rivoglio.»
«Non è possibile.»
Li avranno già spartiti e spesi. «Bene, bene.» Sbuffo platealmente. «Voi subaffittate senza poterlo fare.» Faccio un'altra pausa. «E non volete restituire la caparra.»
Le due ragazze abbassano lo sguardo, lascio che si spaventino un po', poi mi decido a parlare. «A me non servono i soldi» dico con un sorriso gelido.
«Ah no?» mormora la più giovane.
«Io voglio solo capire se la mia amica ha lasciato qua un paio di occhiali.»
Gli occhiali che a pensarci bene non le ho mai più visto indosso. Gli stessi che dovrebbe avere con sé se veramente leggesse. Studiasse. Se dicesse la verità su come trascorre il tempo.
«Gli occhiali» sillabo ad alta voce.
Lo sguardo che le due si scambiano per poco non mi fa vacillare. La più anziana sparisce, mi aggrappo alla porta e aspetto che mi infili nella mano una custodia.
«Siamo a posto così?» chiede con tono viscido.
Apro e do un'occhiata alla montatura nera di Cristi.
«A posto» rispondo.
Infilo gli occhiali in tasca e ci lascio anche la mano che non smette di tremare.

All'ultima rampa di scale sarei tentata di tornare di sopra dalle stronze per minacciare una denuncia e farmi ridare un po' di denaro. Non ora, non così, con il cuore che si agita sotto il cappotto e le guance solcate dalle lacrime.

In piazza Santo Stefano mi siedo sulla panchina davanti al portone del nostro palazzo. Davanti al sole della mattina è calato un velo umido di nebbia. Ho i capelli bagnati e il respiro si ferma gelato sulla sciarpa. Ma non devo salire, passi che Pia ci abbia sentito questa notte, ma non che mi veda ora, non in queste condizioni.

Cristi arriva all'una, la piazza è deserta, alza un braccio per chiamarmi ma io non mi muovo. Aspetto che si avvicini, sento la sua linea curva su di me.

«Ti puoi sedere?» le chiedo.

In silenzio mi si mette accanto.

«Non eri a lezione» mormoro.

«No.»

«E non hai aperto un libro da quando sei a casa mia.»

Abbassa la testa. «Vero.»

«Perché non hai questi.»

Con una mano le punto gli occhiali sul petto, con l'altra le sollevo il viso. I suoi occhi sono terrorizzati.

«Tu sei una bugiarda?» sussurro.

«Sì.»

«Da quando?»

Dal giorno che ci siamo conosciute, dalle serate alla pozza sopra il paese senza di me. Da quando mi scrivevi solo monosillabi.

Cristi prova a prendere gli occhiali, ma io non mollo. Ho il viso in fiamme, gli occhi mi bruciano. «Hai pianto?» mi chiede.

Taccio, lei insiste.

«Parecchio» rispondo a denti stretti.

Serro gli occhiali nelle mani. Due mesi di lezioni, due mesi di pomeriggi fuori senza aprire un libro. E cos'altro.

«Ieri sera eri solo preoccupata per me?» le chiedo a bruciapelo.

Cristi affonda la testa tra le ginocchia. Il fumo, le ore passate in camera mentre ero con Yannick, la premura al mio rientro. Nessuna gelosia.

«Avevo paura che soffrissi» mi risponde. È talmente curva su se stessa che potrebbe spezzarsi.

«Sei una stronza.»

L'attimo dopo i suoi occhiali volano davanti a noi. Cristi si copre gli occhi, io no. Ho anche la forza di pensare ai suoi vestiti che Lilli lanciava nella stanza. Alle creature speciali che soffrono e a loro volta fanno soffrire. Spalanco gli occhi e seguo tutta la traiettoria del mio lancio. Vedo gli occhiali alzarsi sopra la testa di due passanti, tendo le orecchie per sentire che sbattono contro i ciottoli della piazza e rimango immobile quando le ruote dello spazzino li mandano in briciole. «Anzi no, sei solo una ragazzina viziata!» grido, ma lei è già scappata via.

10

Le sue scuse arrivano la sera stessa. Senza contegno, senza pudore. Davanti a Pia che sta cenando insieme a me, sa tutto e accenna ad andarsene.

«Rimani.»

«Sì, rimani» insiste Cristi.

Ha il viso gonfio, le labbra secche e il grigio degli occhi è solcato da due capillari rotti. Abbasso lo sguardo sulla tavola.

«Ho fatto una cazzata.»

La sua voce riempie la cucina angusta. Non proferisco parola, mastico lenta la frittata che Pia invece spezzetta in mille quadratini.

«Non sono capace di studiare. Ho preso il diploma perché Fausto è il presidente della fondazione che dà i soldi alla scuola.»

Finanziamenti, pacchi di soldi in nero, villa con piscina. Un recinto perfetto dove rinchiudere un'adolescente bizzarra.

«Ce lo potevi dire» azzarda Pia.

Io continuo a mangiare, Cristi annuisce. «Me ne devo andare?»

La nostra coinquilina alza le mani, spazzola via la sua frittata e si infila il cappotto.

«Ho una festa di laurea. Torno domani» dice alla velocità della luce. L'attimo prima di uscire mi rifila una gomitata che Cristi non vede.

«Me ne devo andare?» torna a chiedermi appena rimaniamo sole.

La ignoro, sbriciolo e ingoio il pane.

«Giulia, puoi smettere di mangiare?»
Non posso e lo sa, butto giù il boccone.
«La storia del diploma non basta» le dico. Poi la guardo. Ha ancora addosso il piumino, la pelle è spettrale, le dita screpolate dal freddo di una giornata all'aperto.

Lei spalanca gli occhi, deglutisce. «Mattia non c'entra.»
«Dillo di nuovo.»
«Mattia non c'entra.»
Le sue labbra che si piegano a quel nome mi frustano dentro. Attacco l'insalata, è fredda di frigo. Non mi bastano due parole, penso, questa volta devi tirare fuori il fiato, Cristi, e lei capisce al volo.

«Non l'ho visto.»
Resto in silenzio.
«Non so dove sia, non so cosa faccia, non lo sento da anni.»
«Da quando?»
«Da quando è andato in Germania.» Resto impassibile, fingo di non sapere nulla del trasferimento. Lei invece prende forza e continua. «L'idea dell'università è stata di Lilli. Io ho solo preteso di smettere con le scuole private. Storia l'ho scelta insieme a Fausto.»

«E l'idea di Bologna? Della città in cui studiavo io, di chi è stata?» le chiedo con lo sguardo fisso sulle foglie verdi del mio piatto.

Sento il fruscio del suo piumino che si avvicina. Se le parole non le bastano, allora so già la risposta. «Di Lilli» l'anticipo.

«Sì.»
L'idea della bambina in difficoltà che pensa di aver bisogno di me va in mille pezzi. «Niente gelosia, niente nostalgia» ironizzo.

Lei si fa spazio fra le sedie che ci separano e una si ribalta. «Perché non pensi al presente?»

«E quale sarebbe il presente?»

Cristi sospira. «Ho passato tutte le mattine e tutti i pomeriggi di questi due mesi ai giardinetti vicino alla facoltà americana.»

Il parchetto più squallido del centro. Fra i tossici e le siringhe, le cacche dei cani e le coppie randagie che si sbaciucchiano. «Da sola?»

«Da sola.»

Temporeggio. Bevo un bicchiere d'acqua. Lei riprende. «Stavo seduta sulle panchine e pensavo a come dirti che non ho la più pallida idea di come si studia.»

«È la verità?»

A questo punto mi fa talmente pena che preferirei sentirmi dire che è tutta una balla. Che ha delle amiche fannullone come lei, per di più divertenti e fighe, per le quali andrebbe in capo al mondo. Lei invece giura di nuovo.

«Non mi cacciare, ti prego.»

Mi alzo, le tolgo il piumino, le metto in bocca un pezzetto di frittata. Sento i denti gelati, la pelle delle guance ghiacciata, fatica a masticare.

«Vieni» le indico la camera. Sedute sul letto, lei inizia a spogliarsi, io faccio cenno di no. «Abbiamo altro da fare.»

Accendo una stufa elettrica, tiro fuori un blocco, una penna e glieli passo.

«Prendi il libro dell'esame di fine dicembre.»

Cristi obbedisce.

«Un'ora al giorno, tutti i giorni. Tu studi, io interrogo. Promesso?»

«Sì.»

«Oggi che non hai gli occhiali leggo io, domani vedremo.»

Cristi si lancia verso di me e mi abbraccia forte.

«Non tirare mai più le mie cose» mi dice grave.

Ci penso un po'. Chissà in quanti pezzi si saranno frantumati i suoi occhiali. «Mai più» prometto solenne.

«Perdonami.»

«Già fatto.»

Lei non si stacca, il libro ormai è per terra, la penna rotola ai nostri piedi. «Prometti di perdonarmi per tutto.»

Dovrei slacciarmi dal suo abbraccio, chiedere spiegazioni, invece l'assecondo. «Per tutto» ripeto. Troppo in fretta, senza capire, senza pensare. E le promesse di cuore purtroppo non valgono. Non per me, non nella nostra storia.

11

Un ottico ha acconsentito, con un discreto sovrapprezzo, a farle subito degli occhiali nuovi. Ma anche con le diottrie sistemate Cristi è una frana, confonde i paragrafi, perde pezzi, dimentica titoli. Allora ripetiamo le stesse pagine fino a notte fonda, io interrogo, lei si arrabatta a rispondere, io spiego, lei scrive. Ogni tanto ci capita di svegliarci di soprassalto nominando Numa Pompilio, i tribuni, i Gracchi. Nel giro di dieci giorni io divento un'esperta di storia romana, lei distingue almeno i re dagli imperatori. Gli etruschi dai greci, le leggende dai fatti realmente accaduti.

Pochi giorni prima di Natale passa il suo primo esame. Merito della fortuna o della camicia semitrasparente che le ha regalato Pia o dei nostri sforzi di memoria notturni. Di un innamoramento del professore, sentenzio ridendo quando mi chiama.

Lei non smentisce. Però mette il libretto in bella mostra sulla mia scrivania e pretende di festeggiare il diciotto alla grande. Tavolo in un locale, caraffe di rum e coca. Organizza tutto Pia, anche gli inviti, visto che Cristi, ci spiega lei stessa con indifferenza, non ha amici in facoltà. Però offre tutti i drink. A noi, ai nostri compagni di corso, a Gianni il mio collega del pub, praticamente a chiunque si avvicini al nostro tavolo. Tanto Fausto non manca mai di inviare buste che lei dimentica anche per giorni sulla mensola dell'ingresso.

Mentre balliamo mi infila una mano sotto la camicia e mi stringe un capezzolo. Le allungo un pizzicotto. «Scusa» biascica, poi si china su di me e mi bisbiglia all'orecchio: «Per me la storia della lupa, dei bambini attaccati alle sue tette, è vera».

Romolo e Remo. È completamente ubriaca, sudata e su di giri.

«A tutti i bambini serve una lupa!» grida con le braccia alzate e un paio di ragazzi vicino a noi si avvicinano come squali.

Faccio cenno a Pia di correre, temo che stia per svenire. Lei la prende sottobraccio, la fa sedere davanti a una caraffa d'acqua. Poi torna da me per parlarmi. Lilli, mi sembra di sentire, ma la musica ci sovrasta. «Cosa?» provo a dire.

Pia urla. «Ha sentito sua madre!»

«Quando?» grido io.

«Oggi!»

Di solito è Fausto a chiamare ed è l'unico nome che c'è nel registro delle chiamate in uscita di Cristi.

«Sei sicura?» insisto.

La mia amica gesticola e sbraita come può. Nel frastuono riesco soltanto a capire che si sono sentite al telefono, dopo l'esame. Se sia stata Lilli o la figlia a chiamare non lo afferro.

Verso le tre, con l'aiuto di Gianni, stacco Cristi dalle braccia di un bel tipo con i capelli lunghi che se la vorrebbe portare a letto.

«Non è la sera giusta.»

Ed è vero, non ho nulla in contrario alle avventure occasionali. Ma non questa notte con il fantasma di Lilli che incombe e Cristi che rischia di cadere per terra farneticando di tette e di lupe.

Lasciamo Pia nel locale abbracciata a Gianni e torniamo a casa a piedi. Una pioggerella diffusa ci bagna il viso e le mani. Cristi insiste per fermarsi ai giardini Margherita, sedute sui massi intorno allo stagno. Dopo trenta minuti di freddo polare, l'alcol inizia a evaporare e la sua testa smette di ciondolare.

«Preferisco passare qua di mattina, quando le scuole intorno sono aperte» borbotto.

Mi piace il suono che i bambini scatenati diffondono negli intervalli, quando qualsiasi voce adulta soccombe al disordine delle grida.

«Quella è la mia scuola» indica lei con la punta arancione della sigaretta.

«Perché Lilli non viene mai a trovarti?»

Cristi si sporge verso lo stagno: la pioggia è talmente sottile che le gocce non ne rompono la superficie nera.

«Non ce la fa.»

La guardo perplessa, lei spegne il mozzicone contro la pietra. «Troppi brutti ricordi. L'idea di aver trascorso tanti inverni a lavorare qua e là come commessa la rattrista molto.»

Chissà se anche il ricordo delle serate a pagamento la rattrista. Ma Cristi non ne fa parola, anzi ci manca solo che aggiunga poveretta. Per Lilli c'è sempre una giustificazione. Anche se prova orrore al pensiero di avere fatto per qualche settimana la commessa. Anche se si è sbarazzata ancora di sua figlia spedendola a Bologna come un pacco.

Non commento. Cristi si accende la seconda sigaretta. Ha gettato il mozzicone della prima in acqua, di solito se li infila in tasca. Il filtro bianco è l'unico punto che spezza lo specchio nero. Io provo a tirarlo a noi con un bastone, per poco non scivolo dentro l'acqua mentre lei soffia fumo e lo fissa ipnotizzata.

Posso dire che è proprio lì, in una notte di pioggia fastidiosa, nel silenzio inquietante dei giardini quando non c'è nessuno, mentre cerco come un'idiota di ripescare un mozzicone, che realizzo appieno l'eterna attesa di Cristi. Quella che non è finita e non finirà, perché Lilli che non torna, esami o no, è una malattia da cui non potrà mai guarire.

A casa ci infiliamo sotto la doccia bollente, ci asciughiamo i capelli e sprofondiamo nel letto esauste.

Quando poco dopo Pia mi strattona via dal sonno, per

un pelo non le metto le mani al collo. La luce della camera è accesa, Cristi non è più al mio fianco e la nostra coinquilina ha il mio telefono in mano.

«Cosa le è successo?»

L'immagine dei capelli di Cristi che fluttuano come un'alga gigante nello stagno mi paralizza. Pia esita e io insisto: «Dov'è?»

«Cristi è in cucina» mormora.

«E allora?»

Lei chiude gli occhi, poi parla. «Tua mamma.»

12

Pia recupera la sua lucidità di aspirante medico e spiega tutto. È stata Cristi a sentire la vibrazione del mio cellulare mentre dormivamo e sempre lei a correre come una furia da Pia porgendoglielo.

«Cristi non ha risposto, ho parlato solo io con tua mamma» continua Pia con calma.

Cristi che sente quando è necessario, anche in piena notte, anche senza rispondere.

«Tuo padre si è intossicato con degli ansiolitici.»

«È grave?»

«Be', è giovane... Ma non è chiaro quanti ne abbia presi.»

«Pochi» blatero a caso.

Pia mi mette le mani sulle guance. «È in overdose da farmaco. Adesso è in coma.»

«In coma» balbetto.

Cristi ha già fatto il caffè, infilato dei vestiti nella mia borsa e non so cosa nella sua. Adesso è seduta accanto a me, mentre Pia, dopo aver controllato gli orari dei treni, è scappata in camera. Si tratta del papà di Giulia, la sentiamo ripetere un paio di volte. Mezz'ora dopo siamo nella macchina di Gianni, che ha lasciato malvolentieri il letto di Pia per portare me e Cristi in paese alle luci dell'alba.

Non ho memoria di quel viaggio, se non per quello che mi racconta Cristi molti anni dopo. Poche cose. Non hai pianto, hai provato a mandare un messaggio a Yannick ma io te l'ho impedito. Hai giurato di non prendere mai la patente. Di quest'ultimo giuramento conservo un debole ricordo e la prova. In tutta la mia vita non ho mai frequentato un corso di scuola guida, non ho stretto un volante fra le mani nemmeno per scherzo.

Al centralino una vecchia conoscente mi scorta fino al reparto di mio padre, mi indica una stanza a vetri. «Posso entrare?» chiedo a un'infermiera.

Lei fa cenno di sì. «È sveglio. Ma non lo affatichi.»

Mio padre è solo. Ha gli occhi chiusi, il naso e le labbra sono viola. I capelli appiccicati sulla fronte, le guance gonfie. Sveglio non mi sembra l'aggettivo giusto.

Gli stringo la mano gelata, vorrei piangere ma ho gli occhi secchi. Sotto il lenzuolo la sua pancia si abbassa e si alza vistosamente. Dov'è mio padre, vorrei gridare. Non lo voglio un palloncino maltrattato, un palloncino che vaga nel cielo del suo salotto da anni e che rischia di bucarsi da un momento all'altro.

«Giulia» farfuglia.

Provo a sorridere. «Cos'hai combinato?»

«Ho sbagliato» sussurra.

Dovrei dirgli di non stancarsi, ma non mi trattengo. Ho ancora una speranza. «Hai confuso il numero di gocce?»

Lui scuote la testa. «Ho sbagliato» insiste a occhi chiusi.

«Non parlare, papà.»

«Ho detto a tua madre che deve cercarsi un altro e sposarsi di nuovo.»

Sento un respiro affannato. Sono talmente sconvolta da non capire se è il mio o il suo. Allora faccio scivolare la mano sul campanello, nel giro di pochi secondi una dottoressa mi salva ordinandomi di uscire.

Guardo il telefono, spedisco il messaggio che in macchina ho preparato per Yannick. Per il resto c'è solo un messaggio di Cristi che dice di essere al bar di fronte. Lo spengo, scendo nei sotterranei, entro nella cappella.

Mia madre è inginocchiata a ridosso del piccolo altare illuminato da un neon. Il vecchio cappotto color cammello spazza il pavimento.

«Lo ha fatto apposta» mi dice appena mi avvicino.

Annuisco. Se solo fossimo abituate a toccarci le prenderei la mano e mi inginocchierei con lei. «Mentre ero a fare un lavoretto di contabilità a casa di una collega. Preparo sempre io le gocce. Ieri sera come una stupida ho dimenticato di chiudere a chiave l'armadietto delle medicine.»

Provo ad appoggiarle due dita sulle spalle, lei sussulta. L'idea che mia madre possa sposarsi di nuovo, che qualcuno possa lenire la solitudine del suo busto sempre più rigido, è assurda. È il frutto di una mente che soffre e delira.

«I dottori hanno proposto una clinica vicina al paese dove tengono quelli come lui» dice.

Quelli come mio padre, quelli per i quali bisogna genuflettersi nei seminterrati, anche se non si è fatto nulla di male. L'odore dei fiori appassiti mi nausea.

«Mamma, ti prego, possiamo andare a parlare da un'altra parte?»

Lei fa cenno di no, ma almeno si tira su. Finalmente siamo tutte e due in piedi.

«Almeno potrai uscire un po'. Farti la tinta dalla parrucchiera» sorrido, ma lei non mi segue. «Potrai andare a trovarlo tutti i giorni» insisto.

Lei dà un'occhiata a Gesù, si soffia il naso e poi mi trapassa con lo sguardo. «Tuo padre torna a casa. In clinica non ci va.»

«Così tu non vivi più» balbetto.

Scuote la testa, si siede e mi fa cenno di fare altrettanto. Le sedie di plastica scricchiolano sotto la nostra stanchezza.

«Quando sei nata, ho rischiato di andarmene.»

La storia del parto sfortunato. Questa volta sono io che

guardo Gesù. È del genere falso. Biondo, magro, con gli occhi celesti e sorridenti come quelli dei bambini.

« Un'emorragia » dico.

« Esatto. Ti sei messa di traverso qualche istante prima di uscire. Un imprevisto di quelli che capitano ogni tanto senza motivo. Mi hanno addormentato e tolto tutto. » Con la mano spazza via l'aria davanti a noi. « E mentre i parenti portavano cioccolatini e tutine, io pensavo solo che avevo ventidue anni e non potevo avere più bambini. »

Ventidue anni, due meno di me, uno più di Cristi.

« All'inizio non ti ho voluto bene » bisbiglia a capo chino. « Se non fosse stato per tuo padre, per le cure che dispensava tanto a me quanto a te, non te ne avrei mai voluto. »

« Non è vero » dico in trance.

Lei sospira, alza la testa. « I primi mesi appena rientrava ti dava il biberon e poi se ne stava per ore con te in braccio a parlarmi dei posti che vedeva mentre guidava. Di tutto quello che mi sarebbe piaciuto se fossi stata con lui. La chiesa vicina all'autostrada per Firenze, i campi di girasole della Maremma, il mare verde del Gargano. E poi mi diceva: perciò preparati, perché quando la nostra ragazza sarà grande, noi torneremo a viaggiare. »

Il volante gigantesco di mio padre fa capolino al posto dell'aureola di Gesù.

« Mamma » piagnucolo, ma lei vuole finire.

« Piano piano, spinta dalla sua dolcezza, mi sono avvicinata a te. E tutte le volte che pretendevo troppo, catechismo, scuola, ordine, mi diceva: vedrai come se la caverà con la sua testa. »

Di colpo mia madre si alza, appoggia una mano sulla mia spalla abbandonata contro la sedia. « Quindi non se ne parla, appena i dottori lo rimettono in piedi, lui torna con me. »

« Sì » dico inebetita.

Con uno sforzo enorme mi tiro su dalla sedia e seguo il cappotto di mia madre che procede a passo spedito verso l'uscita. A un tratto si blocca e si volta. «Ho visto Cristi prima. È diventata una donna.»

«Già.»

«Come avete fatto ad arrivare qui così presto?»

«Ci ha accompagnato un mio amico in macchina.»

«Il tuo ragazzo?»

«No.»

Inutile spiegarle che ogni tanto ci finisco insieme, ma che questa notte era sotto le grinfie di Pia. Appena ha i piedi fuori dalla cappella, mia madre si ferma di nuovo. «È da un po' che volevo farti una domanda.»

«Dimmi.»

«Vuoi molto bene alla tua amica?»

La guardo dritta negli occhi, lei non sfugge. Spiegati meglio, potrei dirle. Ma sarebbe superfluo. Mi ha appena chiesto se Cristi divide il letto con me.

«Sì.» Faccio una pausa. «Tantissimo» aggiungo per dissipare ogni dubbio.

«Be'» c'è una punta di imbarazzo sulle labbra di mia madre, ma la voce è calda, «è sempre una bellissima cosa.»

Quella è l'unica volta che mia madre si spinge a chiedermi che cosa sia Cristi per me. È l'unica volta in cui ci avviciniamo, seppur con cautela, alla verità sulle mie faccende di letto. Anzi, di cuore. Neanche per il mio matrimonio, anni dopo, torniamo a parlarne. Forse perché ormai, quando infilo la fede, sono già oltre i trenta, forse perché una coppia di sposi è più rassicurante di due giovani donne che dividono un buco di camera. O magari perché non è altrettanto importante. E mia madre, nonostante la vecchiaia, le genuflessioni rigide e i finti Gesù, lo sa.

13

I mesi che precedono la mia ultima primavera da studentessa portano con sé due fatti inaspettati, anzi, tre.

Primo, mio padre ha un lieve miglioramento. A volte succede dopo che si è stati vicini alla fine, spiegano i dottori. Più di quello che mi aspettavo, dice mia madre. Sufficiente per me che torno a casa almeno una volta al mese e chiamo due volte al giorno.

Secondo fatto non previsto, Cristi infila esami. Non salta una delle nostre lezioni ed è praticamente in pari con il piano di studi. Media spaccata del diciotto, tutte le prove con la stessa camicia. Non ne ha altre, le porta fortuna. Leggermente indecente ma adatta allo scopo, se la ride Pia che gliel'ha regalata.

La terza sorpresa riguarda proprio Pia, che si è fidanzata. È amore, ci dice. Così pare, visto che per la prima volta da quando la conosco cerca anche di essere più discreta quando si intrattiene con lui in camera.

In quei mesi, di Yannick nemmeno l'ombra. La notte del disastro di mio padre, uscita dall'ospedale gli avevo scritto: *dobbiamo vederci presto*. Ero convinta che gli avrei rinfacciato la morte di mio padre. Lui aveva risposto un banalissimo *of course*. A Natale, con mio padre ormai fuori pericolo, avevo rimediato con un messaggio di auguri. L'olandese aveva rilanciato: *ci vediamo a fine estate, a Bologna!* seguito da un'altra decina di punti esclamativi. Da allora non si è più fatto sentire.

Detesto i punti esclamativi ripetuti, sono una sgrammaticatura. Un'abbondanza inutile, come tenersi una villetta a mille chilometri di distanza per due mesi di ferie solitarie.

A marzo Cristi e io, con la scusa di lasciare un po' più di libertà a Pia, iniziamo le gite. La prima è al santuario di San Luca, camminando per il sentiero dei Bregoli e snobbando la salita dei portici. Zaino in spalla, birre. Io ho il fiatone, lei è un fuscello come ai tempi delle passeggiate sopra il paese. Spesso nel fine settimana ci mettiamo sulla corriera per Marina Romea. Quando passiamo davanti alla raffineria voltiamo la testa e cerchiamo di guardare solo i canali salati, i cavalieri d'Italia e i trabiccoli dei pescatori. Se c'è qualche baluginio di sole facciamo il bagno e poi al freddo di aprile ci grattiamo via il sale fino a scorticarci. Siamo d'acqua dolce, spieghiamo un giorno a un vecchietto che ci guarda allibito. Trascorriamo quasi tutte le sere chiuse in camera, sul letto che cigola sempre di più. Ci facciamo vedere pochissimo nei locali. Quando lavoro al pub, Cristi si siede al bancone, ore su ore, a tarda notte mi aiuta a chiudere. Il mio collega si è licenziato da un paio di mesi.

«Gianni ha chiesto di te» mi dice Pia.

È passata in facoltà da me e stiamo pranzando insieme in mensa.

«Di me?» rido.

Ride anche lei. «Sì.»

«Ha nostalgia del lavoro?»

«Magari di te.» Pia non ride più, anche io smetto. «Perché non lo chiami?»

Scosto l'hamburger annerito al margine del piatto. «Che vuoi dire?»

«Stai studiando troppo» dice lei.

Ho quasi finito gli esami, sono a buon punto con la tesi. Ho sempre tenuto questi ritmi. «Perché ti preoccupi?» minimizzo. «Sono anche dimagrita.»

Vero, sono riuscita a rientrare nei miei vecchi Levi's.

Pia sta triturando con la forchetta la carne pessima della mensa degli studenti. Stiamo tutte e due girando intorno all'unica assente. «E se lei un giorno...» mormora.

La mia coinquilina, la persona più disinibita che conosco, arrossisce e si scusa. Faccio cenno di stare tranquilla.

«Se lei un giorno...» continuo al suo posto senza specificare chi e cosa, «io resterò a galla.»

Non so come mai, in una giornata bellissima di fine aprile, con la silhouette di Cristi disegnata ormai nel mio letto e la fine dell'università a pochi mesi, scelgo proprio quell'espressione così vecchia e triste. Stare a galla, tenere la testa fuori dal mare come dal petrolio, senza direzione. Che è esattamente quello che farò per molto tempo, ormai avvocato in carriera, negli anni a venire.

Gli hamburger del pranzo quel giorno finiscono dritti nel cestino. Seppelliamo la preoccupazione di Pia a suon di mascarpone e cioccolato in una delle gelaterie più buone della città. Quando torno a studiare, dopo pranzo, scorro veloce gli ultimi mesi: non ci sono più le distrazioni con gli uomini, gli incontri con le compagne di corso sono tutti relegati alla pausa pranzo, se non penso alla tesi, penso a Cristi. Se non penso a lei, penso ai miei che sono in fibrillazione per la mia laurea.

Una mattina, nei primi giorni di maggio, Cristi mi dice che forse in serata farà tardi.

«Molto?»

«No» risponde secca.

«Divagazioni?» azzardo. È un po' la nostra parola per dire che abbiamo bisogno di infilarci nel letto di un uomo.

«Mi fermo a un collettivo.»

«Nuovo flirt?» insisto.

A questo punto scuote forte la testa. Non è una questione di uomini, mi spiega. Ha a che fare con la globalizzazione.

«Puoi ripetere?» le chiedo lasciando gorgogliare il caffè nella moka.

«Globalizzazione.»

Si china sulla borsa che ha buttato a terra e poi sventola una pagina di appunti: il solito stampatello inguardabile dove più volte è riportata quella parola.

Sbotto a ridere, è la prima volta che la vedo brandire con orgoglio qualcosa scritto di suo pugno. E chissà quanta fatica per scrivere più volte una parola così lunga.

«E di preciso di cosa parlerete?» le chiedo sforzandomi di ritornare seria.

«Di come sia ingiusto tenere la ricchezza in mano a pochi.»

Di Fausto, vorrei dirle, ma grazie al cielo mi trattengo in tempo utile. Cristi intanto si è lanciata nella spiegazione di una teoria su come il capitalismo abbia ingenerato spiragli di povertà. «Spirali» la correggo. Sto di nuovo ridendo e so che un'altra persona mi intimerebbe di smetterla, magari ricordandomi che nei collettivi si parla anche di come ha perso il posto mio padre. Ma lei non si sogna nemmeno di farmi questa cattiveria, ci serve il caffè e cambia discorso.

Quella sera a cena arriva puntuale, a dire il vero in quei mesi non rinuncia a nessuno dei nostri incontri per le sue riunioni. Studia quanto basta per passare un altro esame, mi ascolta quando di notte mi sveglio di soprassalto per ripetere i capitoli più ostici dell'ultimo orale. Non fa mai il nome di nuove amiche. Nel registro delle sue chiamate, ci siamo solo Pia e io. E Fausto, decine di chiamate del premuroso marito di Lilli, più dei primi mesi di università. Sta solo simpatizzando per un movimento di protesta, mi dico per tranquillizzarmi.

Però una mattina, mentre è in bagno, setaccio l'agenda per intercettare uno dei suoi impegni. Voglio vederla in azione, capire cosa fa. E con chi. Per questo mi ritrovo alle otto di sera in un centro sociale in fondo a via del Pratello, ad ascoltare un ragazzo e una ragazza sconosciuti che inveiscono contro il trasferimento di una fabbrica di calze da donna da Forlì fino in Romania. I profitti aumentano, dicono, mentre i lavoratori rimangono a casa.

Sono ancora sulla porta, sfrutto l'oscurità della sala per mettere a fuoco Cristi. È seduta nelle prime file, le gambe allungate, sta prendendo appunti. D'istinto cerco un'altra testa bionda, rasata, più bassa accanto a lei. Non c'è. Nella sedia al suo fianco c'è invece una ragazza che ogni tanto la fissa, lei nemmeno se ne accorge.

Con due passi veloci sprofondo nell'ultima fila. Le voci dei relatori sono monocordi, soporifere, guardo la chioma bionda curva sul taccuino, la penna che non si ferma. Pagine di appunti per due pensieri striminziti ripetuti senza enfasi da mezz'ora.

Al ragazzo che è seduto accanto a me chiedo un paio di volantini.

«Diffondere, diffondere» mi incita.

Annuisco simulando convinzione. Ci penso un po', mi sporgo verso di lui e bisbiglio indicando Cristi.

«Conosci la ragazza in prima fila?»

Lui si stiracchia. «Magari.»

«Avrei bisogno del suo numero.»

Scuote la testa. «Non ce l'ho. È una tipa schiva. Non salta una riunione ma dà poca confidenza.»

Sorrido, faccio una pausa dove fingo di ascoltare le invettive contro lo stato, poi continuo: «Avete contatti con i collettivi di Genova?»

Lui alza le spalle. «Non saprei» mi risponde perplesso. Poi mette a fuoco il mio tailleur di lino e si incupisce. «Perché me lo chiedi?»

Mi arrampico sugli specchi. «Per sapere che rete abbiamo» rispondo vaga.

Lui questa volta non abbocca. Con un movimento fulmineo cerca di riprendersi i volantini. Mi ha scambiato per un'infiltrata, una di quelle che riferiscono ai professori e alle forze dell'ordine se ci sono casini.

«Stai tranquillo» minimizzo riconsegnandogli i fogli, poi mi alzo e imbocco veloce l'uscita.

Ho bisogno di capire con chi si vede Cristi, ma controllare il suo telefono e infiltrarmi nei comizi della noia non serve.

Infatti ora so che se in quegli anni fossi stata più lucida sarebbero bastati i dettagli: guardare la cura con cui sistemava i suoi appunti dentro il cassetto, la foga con cui riempiva i fogli di frasi o il rosso delle guance quando provava a spiegarmi le sue idee, per capire che Mattia era tornato.

14

Nell'estate della mia laurea ho altro a cui pensare. Ho mio padre che scatta fotografie alla discussione della tesi, dove rimedio oltre alla lode anche il bacio accademico. Ho la notizia ufficiosa di una borsa di studio. E la decisione di Cristi di continuare a vivere nel buco di Santo Stefano, nonostante Fausto insista per un appartamento più grande.

È lei a iniziare il discorso la notte della mia laurea. Abbiamo festeggiato con una cena insieme ai miei genitori in una trattoria del centro, siamo sobrie.

«Pensi che con la borsa di studio cambierai casa?»

«Non credo.»

Sto sistemando la corona di alloro dentro una scatola. Lei è appoggiata alla finestra della camera, alle sue spalle la notte è tiepida e rumorosa come sanno essere le notti estive nelle piazze.

«La borsa di studio è un lavoro, vero?»

«Sì.»

«Avrai bisogno di più spazio ora che lavori?» Nella sua voce c'è una traccia di spavento.

«Cosa vuoi sapere?» le chiedo sorridendo.

«Mi vuoi ancora con te?»

Stacco una foglia della corona e gliela infilo dietro l'orecchio.

«Certo» sussurro. E tu perché vuoi rimanere qui, sto per chiederle, ma Pia bussa forte alla porta. «La nostra sorpresa!» schiamazza.

Tre biglietti per una nave. Un viaggio in un'isola della Croazia è il loro regalo per festeggiare come si deve la mia laurea, per spendere un po' dei soldi di Fausto e per far divertire Pia con buona pace del suo fidanzato.

«Hvar» mi dice Cristi con un leggero bacio sulla guancia. Hvar. La prima e ultima vacanza insieme. L'illusione a cui mi aggrappo per non lasciarla andare.

Dei venti giorni trascorsi sull'isola conservo un film di ricordi puntigliosi che srotolo e avvolgo in continuazione negli anni, e che in nessun momento della mia vita sono disposta a condividere.

La casa in costruzione sul porticciolo, con le nostre stanze appena finite e i muratori sopra la testa. Pamela, la giovane figlia dei proprietari, che tutte le mattine ci porta il caffè turco e guarda allibita il letto mio e quello di Cristi uniti. Pia nella camera accanto che si toglie tutte le voglie del mondo. Le mie abbuffate in trattoria e Cristi che nutre con i suoi piatti tutti i gatti dell'isola. Poi le nuotate. Pia che ci aspetta e scandaglia la spiaggia, mentre noi facciamo metri e metri di bracciate maledicendo il sale e l'acqua fredda.

Una mattina un pescatore ci porta per poche monete in un'insenatura deserta.

«Nessuno qua» giura con un mezzo sorriso.

A ripensarci dopo siamo tre fesse, perché la sua barca rimane ormeggiata tutto il giorno nella baia accanto, ma in quel momento gli crediamo e ci spogliamo.

«Oddio, cos'è quell'obbrobrio?» Pia fissa allibita la cicatrice di Cristi che conosco fin troppo bene.

Lei sfodera il suo sorriso. Sarà il sole che cade a piombo, ma io ho un brivido. Pia invece non si trattiene e passa un dito su quell'uncino di carne rosa. «Bisognerebbe cercare il chirurgo e dirgli di cambiare mestiere» borbotta. Non sa che di quella cicatrice ne esiste una copia. Ignora la storia di due bambini operati di peritonite dallo stesso medico nell'estate delle albicocche.

«Invece è un bel tatuaggio!» schiamazza allegra Cristi e corre a riempire una boccettina con l'acqua del mare. Un souvenir per noi, ci spiega orgogliosa.

Dopo la prima settimana la proprietaria ci parla della signora che affitta la camera sotto la nostra. Una specie di tavernetta. «Fa stranezze, ma parla la vostra lingua» ci dice Pamela in un italiano stentato.

«Stranezze?» ripetiamo Cristi e io all'unisono.

Pia è in camera a riposarsi, la tiriamo giù dal letto per costringerla a seguirci. La signora della camera di sotto, con i suoi cento chili e una palandrana nera, ci snobba come se ci conoscesse da sempre. Ci guardiamo esterrefatte, io la prendo alla larga.

«Siamo arrivate da poco» esordisco allegra, «Pamela ci ha detto che lei parla italiano.»

L'altra mi lancia un'occhiata di superiorità, Pia mi dà una gomitata, come a dire che è una svitata.

«È bello fare amicizia in vacanza» aggiungo.

Non risponde. Indugiamo immobili, Cristi invece freme, saltella da un piede all'altro, all'improvviso non si trattiene: «Che cosa fa in questa camera tutta sola?»

Pia e io smorziamo. «È in vacanza?»

La signora ci ignora, è evidente che ha occhi solo per Cristi e le spiega che legge i fondi del caffè. «Futuro» sillaba.

Pia ridacchia, ma quella prosegue seria. «Basta bere il caffè, poi si versano i fondi sul tavolo e si spargono con le dita.»

«Interessante» dico per coprire le risate di Pia.

«Però ci vogliono venti euro subito» precisa nitida la fattucchiera.

Eccome se sa l'italiano. Cristi intanto sta già affondando le mani nelle tasche della salopette, con disinvoltura tira fuori un paio di banconote.

«Da sola» bisbiglia la maga, e prima che possiamo aprire bocca Cristi è già seduta su una sedia di paglia rivestita di fodera nera.

Riluttanti, la lasciamo sola.

Torna da noi due ore dopo, sorridente, ha persino appetito. Dovrei capirlo già da quello che sta fingendo. E comunque dovrei capirlo dal fatto che ritorna dalla maga anche il giorno dopo e quello dopo ancora. All'ennesima volta che la vedo sgattaiolare giù, mi decido a scendere io dalla maga, di notte, da sola.

Mi apre con esitazione. «Venti euro per riferirmi quello che ha detto alla mia amica» le dico secca.

«Non posso» mi risponde dandomi le spalle.

Entro, mi piazzo di fronte a lei e sventolo cinquanta. Più della paga giornaliera di mia madre. Lei scuote ancora la testa.

Mi sto innervosendo. «Facciamo così allora, non ti do nulla e vado diretta a denunciarti.»

Lei non batte ciglio. «Per venti euro ti faccio i fondi» mi risponde e ha già la moka in mano.

Mi siedo, sperando di farle cambiare idea. Non mi interessa il mio futuro, voglio sapere cosa ha di speciale quello di Cristi, sapere se lei sarà ancora legata a me. Ma la maga è concentrata sul mio avvenire, molto più di quanto lo sia io. Bevo il caffè, spargo con l'indice i fondi sul tavolo di fòrmica e lei inizia a parlare. Un uomo a metà, tanto amore dato, tanto amore tolto.

«E tanti soldi» aggiunge.

«Sicura?»

«Tanti soldi» ripete. «All'inizio non tuoi. Poi tutti tuoi» conclude lenta.

Sembra incredula. Lo sono anche io. Un uomo a metà. E poi i soldi, l'unica cosa che mi sembra non potrà mai essere mia. Le allungo venti euro che spariscono dentro il suo reggiseno, insieme ai cento che a occhio e croce deve averle lasciato Cristi.

«La mia amica ti ha dato tante banconote» le dico acida.

Lei scuote la testa. Imbrogliona lei e deficiente io, penso stizzita.

Mi accompagna alla porta. «Alla tua amica non ho preso soldi.»

Sbuffo, le false testimonianze improvvisate mi danno sui nervi. «E come mai? Sentiamo un po'.»

«Perché a lei non ho detto nulla.»

«Non ha bevuto il caffè?» le chiedo con un risolino nervoso.

La maga scuote ancora la testa. Se non fosse che è una truffatrice in tunica nera, seppellita in un'isola, giurerei che le faccio pena.

«Il suo futuro non si fa vedere» mi dice grave.

«Cosa significa?» balbetto.

«Non è nelle sue mani» aggiunge sbattendo la porta.

La mattina dopo Pia ci presenta un omaccione tedesco. È più alto di Cristi e molto più vecchio. Fa colazione insieme a noi, con qualche battuta tenta di abbordare prima lei, poi me e alla fine torna a parlare con Pia che se lo riporta in camera.

Mi infilo in bagno. Dalla notte mi è rimasto un sapore acido in bocca, la maga è solo una spiantata che tira avanti con la complicità di Pamela, mi ripeto mentre mi lavo i denti. Cristi entra e sbuffa.

«Questa mattina Pia sta esagerando» borbotta.

Dalla camera della nostra amica arrivano dei gridolini acuti.

«Il suo fidanzato mi fa pena» insiste Cristi rinfrescandosi il viso.

La interrompo con un'occhiata ironica. «Stai per dirmi che non lo trovi giusto?»

«Infatti.» Sorrido ma lei rimane seria. «Non è una questione di letto. È che Pia non pensa mai a lui.»

È uno strano concetto del tradimento. È la visione bizzarra di Cristi della fedeltà. E tu, Cristi, a chi sei fedele? penso. Anche se a sentirla rimbrottare come farebbe una vecchietta del paese mi viene da ridere. Lei mi guarda, si rilassa e io ne approfitto per grattare via con vigore i granelli di caffè appiccicati all'indice.

Per tre giorni Pia si dedica alla lingua tedesca. E nei pochi momenti liberi a raccontarci le sue acrobazie. Noi ne approfittiamo per avventurarci all'interno dell'isola, con le indicazioni di Pamela troviamo una sorgente. Il fiume parte veloce, lo seguiamo per chilometri fino a un'ansa sicura. Ci immergiamo lente, godendoci l'assenza del chiacchiericcio spinto di Pia e del sale.

«Fanno ancora la festa del due luglio in paese?» mi chiede Cristi.

«Sì, ma non si fa più il bagno. C'è la banda e tante bancarelle che fanno piadine.»

Cristi si riempie le guance d'acqua, butta giù due sorsi e il resto me lo spruzza addosso.

«Magari non si può bere» l'ammonisco.

Lei mi dice che è buonissima. «È un vero peccato per i piccoli paesi che si sono persi tutto» aggiunge.

Non posso contraddirla. I vecchi che facevano festa al fiume con i bambini adesso se ne stanno rinchiusi negli ospizi. O si trascinano lungo il corso centrale al braccio delle badanti. Per tuffarsi bisogna risalire il fiume di parecchi chilometri fino alla montagna più vicina e la città vecchia è un deserto di macerie. Però non le do corda. Temo che attacchi con la questione dei meccanismi economici, con gli indottrinamenti che riceve nelle riunioni del collettivo studentesco.

Ma Cristi è già con la testa altrove, mi racconta che ha promesso a Lilli di passare qualche giorno a casa dopo la vacanza. E forse farà anche un salto a Londra dove Fausto spesso si deve trattenere per lavoro.

«Lilli non è contenta di queste trasferte.»

«Perché?»

«Si sente trascurata.»

«Lui si diverte là?» le chiedo.

«Mi stai chiedendo se ha un'amante?»

«Sì. Pensi che la tradisca?»
«Non più di quanto faccia lei.»
Adesso sono confusa, non so a che genere di tradimento faccia riferimento Cristi. Quello reale, quello del pensiero. «Non può fare altrimenti» aggiunge, «è fatta così.»
Per Lilli c'è sempre una giustificazione, penso mentre guardo Cristi che ha ripreso a nuotare.
Più tardi ci stendiamo sulla riva, gli alberi secolari e la rete di liane ci proteggono dall'insistenza del sole.
«Dove sei stata l'altra notte?» mi chiede.
Dalla pazza del caffè, a farmi dire che il tuo avvenire è indicibile, mentre io diventerò ricca. E invece improvviso una risposta.
«A fare una passeggiata al porto, non riuscivo a prendere sonno.»
Cristi si mette a pancia in giù, la guancia premuta sul telo.
«Penso che se un giorno l'amore mi tradisse mi taglierei i capelli» mormora. L'ennesima stranezza, capelli e tradimento. Rimango in attesa, la pelle della sua schiena è tesa dal freddo.
Lei non aggiunge altro, allora esco allo scoperto.
«Non io» le dico con un tono di sfida.
Per qualche minuto lei si nasconde contro l'asciugamano, poi si mette improvvisamente a sedere.
Sul viso ha i segni dei sassi e una tristezza mai vista. Mi accarezza la mano, la fissa a lungo senza cambiare espressione.
«Non è la mia rassicurazione che vuoi» dico.
«Ti sbagli» mi risponde con voce nitida.
«Non credo» balbetto e sono già pronta ad alzare la bandiera di guerra. Pronta a disperarmi senza ritegno e ad aggrapparmi alle staccionate del recinto per non vederla correre via. Perché l'insicurezza è il peggior nemico. Aspetta paziente, si allarga nei vuoti, si nutre del dubbio, manipola la memoria e ingombra ogni istante presente pur di confondere il futuro.

Oggi ho la certezza che ero io in quel momento a pensare a Mattia, non lei. Ero io che, seduta al suo fianco davanti alle acque limpide, con il fiato corto e la sicurezza assoluta che Cristi avesse ripreso i contatti con lui, intorbidivo la sua voce. Mi rifiutavo di sentirla, di capire i tradimenti e il nostro futuro.

QUARTA PARTE

2004-2006

1

Due giorni dopo il nostro rientro da Hvar, un lunedì mattina, Cristi scompare. L'unico indizio che lascia è la fotocopia di un biglietto di andata e ritorno per Genova che trovo sul cuscino quando rientro per pranzo. Partenza il giorno stesso con ritorno il lunedì seguente. Guardo l'orario dell'andata, poi il mio orologio. Le quattordici. A quest'ora è già a Milano, penso, a chilometri di distanza dal ceffone che vorrei darle. Apro il suo cassetto, mi basta vedere che mancano i jeans per richiuderlo con un calcio.

«Una settimana» sbraito, e fracasso la boccetta d'acqua di Hvar contro la porta della camera.

Pia salta fuori dalla sua stanza, raccoglie i vetri, asciuga il pavimento. Poi telefona al suo fidanzato per spiegargli che salterà le lezioni.

«C'è un imprevisto» la sento mormorare.

«Era tutto pianificato!» grido fuori di me un paio di volte.

Pia mi tiene compagnia tutto il giorno, mi lascia solo nel tardo pomeriggio quando le garantisco che non farò niente di preoccupante.

«Al massimo due birre» prometto.

Che diventano tre, bevute d'un fiato dentro casa, seguite da una corsa per stampare i rullini della nostra vacanza prima della chiusura dei negozi.

Guardo le foto. Pia abbracciata allo spilungone tedesco con Cristi sullo sfondo finisce subito nel cestino del bar di via Zamboni dove sto completando la sbronza. Io, con la pelle nero carbone a fianco di un'agave alta quanto me.

Cristi addormentata sulla spiaggia. Anche quella nel cestino, a pezzi. Il mare mosso davanti al chiosco di un pescatore. Una sua idea di sicuro. Lei e io, sfuocate dallo slancio, mentre ci tuffiamo. Sparpaglio le foto sul tavolino, ci appoggio un bicchiere gocciolante di Montenegro. Ne bevo altri due, poi pago e scappo via. Lascio il topless di Pia, gli occhi grigi di Cristi e i primi piani delle mie lentiggini a disposizione del cameriere e delle ragazze sedute al tavolino accanto al mio, che provano anche a richiamarmi.

A casa mi sdraio sul letto. Dalla finestra si intrufola un coro che festeggia un addio al nubilato. Per un istante ho la certezza agghiacciante che Cristi e Mattia si sposeranno. Guardo il display del cellulare, niente. Si sposeranno con due testimoni recuperati da lui, solo perché lo vuole la legge, altrimenti farebbero a meno anche di quelli, come di me. Chiudo la finestra, tiro via le lenzuola impregnate di lacrime e mi stendo di nuovo sul materasso sperando che fin lì l'odore di lei non sia arrivato.

Che cosa stiano facendo Cristi e Mattia quella prima sera insieme non riesco davvero a immaginarlo, anche se ci provo in tutti i modi. Sdraiati in spiaggia, curvi su una moto. Attaccati ai sedili di una macchina a fare l'amore. Oppure a parlare al bancone del bar preferito da lui. Ma sono solo pensieri, torture, in realtà non posso vederli. Sempre la stessa storia. I miei cinque e banali sensi non me lo permettono. Non ho occhi celesti per ascoltare senza guardare, non sento senza orecchie. Posso al massimo sfinirmi di lacrime ripensando alla vacanza e darmi della cretina. Quando Pia rientra in piena notte, me lo sto ripetendo come una cantilena.

«Hai bevuto?»

Non rispondo.

Lei che di Mattia in fondo sa poco, ma è una tipa sveglia, continua: «Possiamo stare tranquille per Cristi?»

«Sì.»

L'idea che lui possa farle del male, o comunque farle

qualcosa contro la sua volontà, è fuori discussione. Anche se non lo vedo da anni, anche se come unica prova a suo favore ho i giorni d'infanzia trascorsi insieme.

«Allora aspettiamo» sussurra Pia delicata. «D'accordo?»

Le do la mia parola, per quanto valga la parola di una donna tradita e ubriaca. Poi, biascicando, le racconto delle fotografie, delle prove dei suoi divertimenti finite nel cestino del primo bar di via Zamboni. «Il primo di destra o di sinistra?» mi chiede soltanto.

Per due giorni non esco dalla camera, vegeto sul materasso e corro in bagno quando sono certa di essere sola. Non rispondo nemmeno a un messaggio che mi invia Yannick, con un invito a pranzo per la settimana seguente. Fine dell'estate, aveva promesso a dicembre, e così è stato. Bastardo calcolatore, rimugino. Al terzo giorno mi decido almeno a fare un caffè. Pia sta uscendo, ha già la borsa in mano.

«Sono quarantotto ore che non accendi la luce, mi stai facendo paura» dice.

«Scusa.»

«E l'altra notte mi hai fatto correre come una pazza per via Zamboni.»

Per qualche secondo la fisso senza capire. Poi realizzo la storia delle foto abbandonate, le prove del tradimento di Pia.

«Scusa» borbotto. Ci penso qualche secondo. «Hai ancora un fidanzato?»

Annuisce sorridendo e anche io mi concedo una mezza risata. «A proposito di lui» continuo.

«Di chi?»

«Del tuo fidanzato.» So che oltre a essere un uomo tradito senza riserve è un informatico, progetta siti internet, un mezzo genio del computer. Mi schiarisco la voce. «Avrei bisogno di fare qualche ricerca.»

«Sicura?» ribatte lei che ha già capito dove voglio arrivare.

«Sì.»

«Stasera, tutto il tempo che vuoi» conclude poco convinta.

Nell'aula studio di informatica quella sera racimolo tutte le informazioni su Mattia che è possibile recuperare su internet. A quanto pare milita negli stessi movimenti di protesta seguiti da Cristi, però lavora. Operaio in una fabbrica di tonno in scatola. Riusciamo anche a capire che scrive per qualche giornale politico. «Di quelli che non pubblicano niente sul web» mi spiega l'informatico.

Idee radicali adatte per il porta a porta, penso. «E una foto?» azzardo.

«A cosa ti serve?» si intromette Pia accigliata.

«Non c'è» taglia corto il suo fidanzato.

Poco dopo rifiuto il loro invito a cena, mi fermo in un fast food per un doppio menu. Accanto al mio tavolo c'è una ragazza, ha una fila di piercing nell'orecchio e occhi nero carbone. Ci guardiamo a lungo con i panini sospesi a mezz'aria, lei sorride, io pure. Fa cenno di avvicinare il vassoio, io ci penso un secondo e poi scuoto la testa. Lei cambia tavolo, io finisco tutto. Patatine, hamburger, salse. Non mi manca una donna, non voglio i suoi piercing e tutto il resto. Affogo il dessert nel caramello, prendo il telefono, faccio il numero di Cristi e lo cancello.

Corro alla toilette, il gusto chimico del dolce mi sta dando la nausea. Con le mani bagnate mi schiaffeggio le guance, delle gocce schizzano sullo specchio fra gli aloni e le ditate. Hai giurato, dico fra me e me: tu continui a studiare, a lavorare, a vivere.

Il ricordo della prima notte con Cristi mi sale fino alla gola, con un respiro lo spingo giù in fondo. Nella profondità preclusa a tutti fuorché a lei, insieme ai baci di quando eravamo bambine, alla sua voce che mi dice ce la farai.

Lascio squillare il cellulare, il nome di mia mamma riempie il display, è un po' che non la sento con la scusa di un brutto mal di gola.

Appena si quieta scrivo un messaggio. *Lunedì prossimo, ore tredici.* Yannick non si fa attendere. *Wonderful*, leggo a voce alta.

2

Cristi fa ritorno dopo una settimana, come da biglietto e senza avere mai dato notizie di sé. Quando entra in casa, Pia e io stiamo finendo la colazione prima di andare in facoltà. Ci saluta con un bacio a testa. Indossa un paio di bermuda e una camicia smanicata. Un abbigliamento da gita delle medie, penso con livore. Ha i capelli sciolti appena lavati e il viso pallido. Sotto gli occhi un filo violetto, che fisso per un po' prima di tornare al marrone del caffè.

«Hai visto che occhiaie?» mormora Pia appena Cristi si volta a prendere le posate. «Però le aveva anche a Hvar» aggiunge subito e mi fa cenno di stare tranquilla.

A dire il vero nemmeno lei lo è completamente. Cristi, la fuggitiva, sembra la più disinvolta. Mi chiede della borsa di studio, se è confermato ufficialmente che è mia.

«Ho incrociato le dita per te» aggiunge.

E allora Pia si affretta a rispondere al posto mio con un gran giro di parole. Per dire che merito quella borsa di studio, così come il sostegno delle persone che mi vogliono bene.

Cristi non coglie, annuisce come se si parlasse di una schiera di brave ragazze sotto casa nostra che battono le mani per me. Non pensa che Pia, mentre continua a parlare avanti e indietro tra il frigo e il fornello per evitare che mi alzi e butti all'aria tutto, la sta criticando per essere scomparsa.

Cristi addenta un biscotto che lascia a metà. «Ho già mangiato» ci dice con un sorriso. Il fatto che non sia rimasta a digiuno è l'unico particolare che ci concede su quei sette giorni.

«Parlale» mi intima Pia appena lei va in bagno. «Dille cosa ti ha fatto passare. Pretendi spiegazioni.»

«No.»

«Perché?» mi chiede esasperata.

Alzo le spalle. Perché Cristi esula da ogni strategia. Da ogni regola di colloquio civile. Le puoi fare le guance rosse di schiaffi, minacciarla: se non vuole rispondere, non lo fa. E oggi per me è evidente da come si muove che non ha intenzione di parlare. Senza salutare, esco sottobraccio alla mia coinquilina.

«Non vi capisco» borbotta.

«Nemmeno io» le faccio eco.

Verso le nove, mentre sto leggendo un articolo di diritto minorile, arriva la telefonata di Yannick.

«Un imprevisto» esordisce. A quella parola mi esce uno sbuffo profondo. L'appuntamento era fissato fra quattro ore. Lui si prodiga a darmi spiegazioni, una questione di tubi rotti che hanno allagato il giardino.

«Non posso proprio muovermi fino a tardi. Pensavo che potremmo vederci in paese.»

«Quando?» replico sbalordita.

«Stasera.»

Non mi sembra una buona idea, però non lo voglio contraddire. Sento che sta muovendo dei passi. «Non prima delle dieci» mugugno. Non prima che il paese si sia rintanato in casa e io corra il rischio di incrociare qualche conoscente.

«Non mi va che vieni in treno. Prendi un taxi» rilancia.

«Due ore e mezzo di taxi?»

«Sì» mi dice tranquillo.

Una villa da solo per un paio di mesi di vacanza, trecento euro di viaggio per una scopata notturna. Alle sei del pomeriggio il tassista mi aspetta davanti al dipartimento di Giurisprudenza, alle nove e mezzo mi faccio lasciare nell'angolo più buio della stazione delle corriere, vicino ai bagni pubblici, più sicuri di qualsiasi bar, dove potrei incontrare qualcuno. Mi tappo il naso ed entro per infilarmi i vestiti che mi porto in borsa da questa mattina. Stile sobrio, camicia, jeans, biancheria di seta.

Alle dieci in punto mi chiama Yannick. «Pensavo che potremmo vederci qui» mi dice allegro.

Qui, ci metto un paio di minuti di furore a capirlo, è la mia vecchia casa.

Scosto il telefono dall'orecchio, il cielo è nero sopra il paese già mezzo addormentato. Un paio di nuvole coprono la luna, il resto è libero per le costellazioni. Le stelle lasciano scie luminose anche quando collassano, penso, non posso essere disposta a tutto.

«Non se ne parla» dico secca.

«Okay» mi risponde. «Tra dieci minuti da Giorgio.»

L'Hotel Giorgio è vicino all'ospedale. Troppo rischioso per me, per lui. Sto per protestare ma lui mi anticipa. «Stai tranquilla, lascia fare a me» e sono talmente stanca che non ho la forza di replicare.

Sono tesa, per l'albergo, per l'idea che abbia potuto anche solo pensare di ricevermi nella camera da letto appartenuta ai miei genitori. Appena entriamo in hotel, Yannick mi fa cenno di aspettare. Si avvicina alla reception e scambia qualche parola con il portiere notturno, un uomo brizzolato con le spalle curve che non ho mai visto. Poi torna da me.

«Come fai a sapere che domani non andrà in giro a sparlare?» gli chiedo.

L'olandese sospira. «Vieni» mi dice e per un attimo mi sembra di sentire già il tintinnio delle chiavi della camera nelle sue mani. Invece mi porta in una specie di salottino dietro la hall.

«Lo conosco bene» dice con un sorrisino imbarazzato.

«Come mai?» replico gelida.

«Non ti piacciono le storielle, vero?»

«No.»

«E allora sarò sincero, te lo meriti.»

Arrossisco. Siamo seduti vicini. Sento le gambe che si sciolgono, per tenere duro le accavallo. Lui segue il mio movimento. «Non sono proprio un santo, Giulia.»

Mi sforzo di fare un sorrisino anch'io.

«E non amo la solitudine. Così il portiere mi trova un po' di compagnia estiva e io lo ricompenso bene.»

Con un senso di schifo ripenso alla signora che beveva amarone con lui la prima sera che ci siamo incontrati a notte fonda in paese.

«Comprensibile» gli dico con un filo di voce.

«Mi dispiace di averti fatto venire fin qui. Domani riparto e avevo fretta di parlarti» continua Yannick.

«Nessun problema» rispondo sbrigativa.

Lui prende tempo, poi si decide. «Ho capito dove vuoi arrivare.»

«Davvero?»

«Ti dico le mie condizioni.»

«Ascolto.»

«Vendo, ma posso aspettare al massimo fino a Natale del prossimo anno.»

Spalanco gli occhi. «La mia ex moglie è malata. Anche se i miei figli sono grandi, hanno bisogno di me. Venire in Italia è sempre più difficile.» Si alza, si allontana il più possibile dal divanetto. «Posso concederti l'esclusiva e un piccolo ribasso.»

«E in cambio?»

«Niente di quello che avevi in mente.»

Sono senza parole, la polvere della moquette della saletta privata mi secca la gola. «Yannick» mormoro.

«Ho capito che avresti lottato per la tua casa da quando ci siamo incontrati dal notaio. Eri una ragazzina coraggiosa, un po' impertinente ma incredibilmente forte.»

Sento una scarica lungo la schiena e gli occhi mi si riempiono di lacrime.

«A Bologna, lo scorso anno, ne ho avuto la conferma.»

«*Have patience*» farfuglio.

«Esatto» commenta pensieroso. «Ho saputo di quello che è successo a tuo padre.»

«Sta meglio.»

«Avete sofferto troppo.»

A quel punto non trattengo più il pianto. Rivedo il divanetto dell'hotel di Bologna e io che mi protendo verso Yannick con il sorriso sicuro di una che si sa divertire. Scorro nella memoria tutti i messaggi che gli ho scritto calcolando l'effetto che avrebbe avuto ogni sillaba. Risento la puzza del bagno pubblico del paese dove un'ora fa ho indossato slip e reggiseno di seta. Chissà se anche Lilli da ragazzina si chiudeva lì prima di scambiare i suoi servizi per un paio di jeans adocchiati in vetrina.

I singhiozzi non si fermano. Ficco la testa nella borsa per cercare dei fazzoletti.

«Adesso è tardi, andiamo via» mi dice Yannick tirandomi piano.

«Dove?»

Davvero non saprei dove dormire, lui invece non ha dubbi. In due secondi siamo fuori, camminiamo come ladri rasenti ai muri, nei vicoli più morti. A casa ci arriviamo con il fiatone. La mia vecchia stanza è diventata un appoggio spartano per ospiti passeggeri. Un letto di legno bianco, un comodino, la stampa di un faro nelle onde. La vista dalla finestra è sempre la stessa. Con il dito disegno sul vetro la sagoma degli alberi che la notte copre, ma che io non ho mai dimenticato.

«*Wonderful*» dice Yannick sulla porta.

«Grazie» bisbiglio senza voltarmi. Sento la maniglia girare e i suoi passi nel corridoio.

Adesso sta di nuovo a me. Lavorare, risparmiare e poi provare a contrattare un debito abnorme con le banche. Penso all'appartamento angusto dei miei genitori, che di sicuro dormono e mi credono a Bologna. Avete sofferto troppo, ha detto Yannick. Se sia stata la notizia di mio padre a dissuadere l'olandese dal portarmi a letto o se abbia sempre avuto solo l'intenzione di conoscermi meglio, non lo capisco né in quella notte strampalata, che trascorro ospite nella mia vecchia casa, né dopo.

3

Quando l'indomani rientro a Bologna, lei non c'è. Questa volta si è scomodata a lasciare un messaggio sul letto. «Sono a studiare. Ti aspetto questa sera all'Irish.» Il tanto atteso chiarimento. Passo tutta la mattina a sistemare la mia scrivania in facoltà mentre il professore con cui lavorerò mi detta una serie di scadenze. A ogni compito rispondo sì certo e in effetti il lavoro non mi spaventa, anzi l'idea di tenere la testa sui libri mi dà sollievo. All'ora di pranzo vado in ospedale, dove Pia ha ormai iniziato la specializzazione.

Appena mi vede, lascia le sue colleghe.

«Fammi indovinare.» Provo a sorridere. «Vuoi cambiare casa.»

Abbasso la testa. «Sì.»

«Troppa fretta» mi rimprovera.

«Non ho scelta.»

Ci pensa qualche secondo. «Hai programmi nei prossimi giorni?»

«Niente di speciale. In facoltà inizio lunedì prossimo.»

«Allora questa sera vieni con me a Rimini dai miei genitori e ci resti qualche giorno.»

La guardo con aria interrogativa.

«Ci penso io ad avvertire Cristi. E noi ci facciamo coccolare un po'.»

Mi fa l'occhiolino e torna dalle sue colleghe, togliendomi qualsiasi possibilità di rifiuto.

Quando Pia parla di coccole non si sa mai dove si va a finire. Può riferirsi a un uomo o ai suoi genitori, due anziani pensionati da cui si rifugia ogni volta che ha qualche problema o ha voglia di abbuffarsi di pesce. Non sono pronta a nessuna delle ipotesi, però l'idea dell'incontro con Cristi mi spaventa, così come quella di cambiare casa. Partire mi sembra il male minore.

Pia ha organizzato tutto per bene. All'arrivo lasciamo le valigie nell'atrio di una villetta fatiscente, il tempo di un caffè con i suoi genitori e via a passeggiare sul lungomare. Per la sera riesce anche a recuperare un tipo interessante. Un caro amico, un giovane medico che sta finendo la specializzazione in ginecologia a Bologna.

«Alessio fa per te» mi sussurra l'istante prima di presentarmelo.

Non posso darle torto. Sicuro di sé, fisico slanciato, occhi attenti. Dopo la cena al ristorante con vetrata sul mare, faccio cenno alla mia amica che può lasciarci da soli. «Appuntamento alle due a casa mia, Alessio sa dov'è» mi bisbiglia all'orecchio. Così capisco subito che Pia lo conosce intimamente: un passaggio sicuro, diciamo. Non mi infastidisco, non è la prima volta che ci facciamo quel genere di favore e in effetti la serata procede liscia. Quando mi porta nella cabina di una barca ormeggiata al porto, riesco almeno a distrarmi per qualche ora.

All'una mi faccio riaccompagnare a casa, lui insiste per aspettare Pia, ma con qualche moina riesco a farlo desistere. Ho un'ora tutta per me, per tornare sulla questione che occupa ogni mio pensiero: Cristi e Mattia. Mi siedo su una panchina. È settembre, fa un po' freddo, il tepore degli abbracci in barca è già svaporato.

La mia amica, in anticipo rispetto all'appuntamento, mi sorprende con gli occhi chiusi. «Pensavo di trovarti tra le braccia di Alessio.»

«Ci sono stata» le rispondo con la voce rotta.

Pia sorride. Fino a ora non abbiamo mai parlato apertamente della mia storia con Cristi.

«Credo che anche lei a modo suo ti ami» mi dice delicata.

«Ho sempre saputo che sarebbe tornata da Mattia.»

«Davvero?»

«Sì.»

«Allora lasciala andare.»

La guardo perplessa. Non ho il potere di trattenere Cristi e i fatti degli ultimi giorni ne sono la prova.

«Be'» sorrido sarcastica, «lo sto facendo.»

«Secondo me è terrorizzata dal tuo addio.»

Sorrido di nuovo, però mi sorge il dubbio che Cristi si sia confidata con lei. Mentre entriamo in casa e saliamo in camera, Pia mi assicura che non si sono parlate.

«Bastava guardarla la mattina che è tornata per capire cosa prova.» Sospira. «È sfinita.»

«Stai prendendo le sue parti?»

Lei si innervosisce. «Da quando esistono due parti?»

Per fare la pace beviamo un punch sedute in terrazza. Avvolte in una coperta, ragioniamo sulla sua specializzazione in chirurgia. Sulle preoccupazioni per i genitori sempre più vecchi e con pensioni da fame. Non parliamo più di Cristi. Lasciarla andare significa accettarla, voleva dirmi la mia amica con i suoi soliti modi spicci. Significa darle libertà, aprire il recinto, rimugino mentre mi allungo nel letto di fianco al suo.

La sera dopo, in barca con Alessio, sono rigida, le gambe strette. Non riesco a togliermi la parola libertà dalla testa. Lui scherza, non insiste. Saliamo sul pontile. Al di là della strettoia del porto, il mare si solleva in onde grandi, a noi ormeggiati al riparo arrivano solo uno sciabordio e una brezza fredda.

«È finita l'estate» commento.

Lui non coglie. Un tipo pratico, penso distaccata.

«Oggi ho sentito un amico» mi dice. «C'è un avvocato molto famoso, un tale Giannetti, che cerca un praticante.»

«Giannetti» borbotto tenendomi al parapetto. «Non lo conosco e poi ci sarà la fila.»

Annuisce. «Certo. Però è un soggetto strano, ha delle idee un po' eccentriche. Non vuole figli di amici, raccomandati politicizzati o ragazze che pensano a delle scorciatoie.»

Quest'ultima espressione, con me che gli ho appena dato buca e ora me ne sto tutta infagottata sul pontile, mi fa sorridere.

«Ne fa una questione di merito» continua Alessio, serio. «Pia mi ha detto che sei bravissima. Dovresti tentare.»

Così il soggiorno della distrazione a Rimini finisce con tre giorni di anticipo. La mattina dopo, quasi all'alba, la mia amica mi accompagna alla stazione. È più emozionata di me e determinata a incoraggiarmi. «Portagli il curriculum a mano, parla con lui.»

«Promesso» le dico sporgendomi dal finestrino.

«Pensa solo a questo.»

Non prometto.

«È il tuo momento!» mi grida mentre il vagone inizia ad allontanarsi.

4

Il treno da Rimini arriva a Bologna prima delle otto di mattina, potessi non passerei da casa, ma non ho una copia del curriculum con me. Indugio in un bar di via Indipendenza, imbocco via Santo Stefano tremando. Sono in anticipo di tre giorni rispetto ai piani ed è mattina presto. Un rientro improvvisato che potrebbe riservarmi delle sorprese. Ho il respiro corto, penso che in fondo potrei anche tornare a casa nel pomeriggio e andare dal famoso legale in serata. Ma Alessio è stato chiaro, non perdere tempo, se vuoi presentarti di solito è in studio verso mezzogiorno. Salgo le scale di corsa, apro la porta e la richiudo facendo rumore. Sono la ragazzina con le trecce che più di dieci anni prima scopre Cristi e Mattia addormentati come due cani dietro i cipressi. Busso alla mia camera. Entra pure, siamo qua che ci amiamo. Entra pure, tutto il resto è stato solo attesa. Naturalmente la stanza è deserta. L'unica persona in tutto l'appartamento è una cretina piena di lentiggini che piange a dirotto, si infila sotto la doccia, indossa l'abito più elegante che ha e si guarda allo specchio in cerca di concentrazione. «Giulia, è la tua occasione» mi ripeto passando con cura la matita sulle palpebre.

Decido di uscire con grande anticipo, sui tacchi sono lenta, non voglio tardare. Nella pelletteria sotto casa compro una cartella da lavoro in tinta con il vestito e ci rovescio il contenuto della mia vecchia borsa un po' scucita che butto nel cestino del negozio. Giacca, gonna, borsa da lavoro in pelle, faccio la mia figura. In strada, un ragazzo mi lancia un'occhiata insistente. Gli sorrido, ma tiro dritto. Anche un altro, da più lontano, mi punta. A lui non sorrido, però mi blocco all'istante.

La prima cosa a cui penso, mentre viene verso di me, sono le ore sprecate a cercare ovunque la sua testa rasata. Perché ha di nuovo i capelli lunghi fino alle orecchie. La seconda è che quella di incontrarlo sempre senza preavviso deve essere una maledizione.

Provo a fare un passo, ma anche i tacchi si sono incastrati fra i ciottoli di piazza Santo Stefano. Quando con uno strattone riesco a liberarmi dalla morsa del selciato, Mattia ormai è davanti a me e sorride. Prima che gli volti le spalle senza salutarlo fa in tempo a indicarmi la pasticceria sotto casa.

« Sono di fretta » dico brusca.

« Per favore. »

« Veloce » rispondo, ed entro impettita.

La cosa più sensata sarebbe chiedergli dov'è Cristi. Per qualche minuto decido di non pensarci e studio lo sguardo che ho di fronte: è ancora pulito.

Ordina una bottiglia di birra alle dieci di mattina e io un caffè che non mi affretto a finire: ho ancora più di un'ora per arrivare allo studio. Chiedo anche due bicchieri di acqua nella speranza di alzarmi solo quando avrò capito davvero cosa vuole.

Per una manciata di minuti non parliamo. Il cameriere ronza intorno alla bottiglia scolata e alla mia tazzina vuota, io mi faccio portare il conto, lui lo ignora. Ha ancora la mania di guardare tutto quello che lo circonda, di schivare le persone per concentrarsi sulle cose. Il portone della corte degli Isolani, i piccioni chini sui ciottoli, la fila di cipressi attorno al sagrato. Seguo le sue divagazioni, rimango in silenzio, sta a lui spiegare, non ho nessuna intenzione di aiutarlo.

« Lei ha bisogno di te » mi dice finalmente a denti stretti.

« Non di te? » replico dura.

«È diverso.»

È diverso perché tu sei un uomo, perché tu sei quello che a undici anni le ha insegnato a scrivere, mentre io sono solo l'amica costante che le ha dato mezzo letto e una mano a passare qualche esame. Vorrei subissarlo di domande, talmente tante che finisco per non sceglierne nessuna.

«Se non le sei vicino, non ce la fa» continua lui.

«A fare cosa?» rispondo acida.

«Fingi di non capire.»

«Non è vero.» E invece sì, senza di me non ce la fa a scegliere, a essere libera, ma in quel momento non voglio ammetterlo.

«Non la escludere» continua lui.

«È lei che se n'è andata.»

Mattia si innervosisce. Gratta le unghie smangiucchiate sul tavolo e si agita sulla sedia facendo rumore, io attacco: «Mi stai chiedendo di dividercela?»

«Puoi metterla così, se vuoi.»

Applaudo, una coppia accanto a noi si volta.

«Di' la verità» gracchio strizzando l'occhio, «sa essere stancante la notte.»

Per un secondo prego di non averlo detto, ma gli occhi spalancati della cliente di fianco a noi non lasciano dubbi.

Mattia resta impassibile. Continuo a parlare per non sentire la vergogna.

«Dividerla è un'ottima idea per non averla sempre a Genova. In più, se lei rimanesse un po' anche qua, non infastidiresti troppo Fausto e Lilli.»

Lui alza le spalle, ha un velo di barba che prima non avevo notato.

«Loro non sono un problema» si decide a rispondere.

«Averla sempre a Genova sì?»

«Se non ti ha dalla sua parte è persa» insiste cercando di recuperare la calma. «Sei la sua terra ferma.» Una frase da navigante, una metafora da studentello.

«Non so da quanto tempo non apri un libro, ma la terra non è ferma per nessuno» ribatto.

«Giulia, non puoi fare così.» Si alza di scatto e io con un sorriso recuperato dal fondo della disperazione lancio sul tavolo i soldi del conto.

Lui li guarda a lungo, li piega e con un movimento lento ma preciso me li fa scivolare nella borsa. Poi si rimette a sedere, non si arrende. «La terra non si ferma, ma nemmeno torna indietro, pensaci.»

«Pensa tu a non metterla nei guai con quelle cazzate di proteste che organizzi» replico inviperita.

«Io?» mi risponde sbottando a ridere.

Davanti alla mia espressione contrariata, anziché alterarsi alza le mani in segno di resa, le fossette gli scavano le guance attraversate da vene rosse e sottili. È ancora lui, realizzo con un tremito, il ragazzo che non è mai stato bambino. Per un attimo rivedo la montagna di noccioli di albicocche e le mie corse di innamorata goffa che si affanna a star dietro ai loro giochi.

«Be'» riprendo con la voce compattata dalla cattiveria dei ricordi, «so che avresti delle ragioni piuttosto vecchie per detestare chi fa rispettare le regole.»

Sto strisciando come un verme attorno alla storia di suo padre, militare che ha piantato in asso moglie e figlio da un giorno all'altro.

Lui smette di ridere. «È vero, le avrei» ammette con calma. «Ma non mi interessano più. Potrà sembrarti strano, ma del passato si può scegliere cosa tenere e io l'ho fatto.»

Tu no, tu rivuoi tutto: la casa, la salute di tuo padre, Cristi. Ha abbastanza intelligenza per potermi dire questo, ma non lo fa. Non c'è traccia di superiorità nel suo tono, nessun dito puntato sulle mie bassezze. «È tardi» mormoro confusa, ma non mi alzo.

In quel momento si avvicina un mendicante, tutti e due frughiamo nelle tasche, le nostre monete rotolano nel piattino vuoto. Circa un euro, conto rapida, poco forse, perché quello imprecra guardandoci maligno. Sorprendo Mattia a sfiorarsi la patta.

«Hai paura del malocchio?» gli chiedo senza trattenere una risatina di scherno.

«No» risponde grave. «Ho paura della cattiveria di chi non capisce.»

È lui che ha avuto l'idea di incontrarmi, non lei, penso interdetta.

Mentre sto per alzarmi, Mattia mi trattiene con la mano. «La amo» mi dice a bruciapelo.

Niente metafore, niente espressioni da uomo di esperienza, niente giri di parole sulla pace nel mondo che funziona solo se tutti si vogliono bene. La amo e basta.

Per sopportare il colpo secco sfuggo il suo viso. Scivolo con lo sguardo sul suo collo e poi sul triangolo di pelle con qualche pelo biondo che sbuca dalla camicia. La collana d'oro, quella che si è infangato tanti anni prima nel fosso per recuperare la palla, non c'è più.

Stritolo i braccioli della sedia. Da quanto va avanti, mi chiedo sfinita.

«Ha lei la tua catenina.» Non è una domanda, ma lui risponde di sì.

«Da quando?»

Non ascolto la risposta. In fondo la conosco dalla prima sera che ho preso Cristi nel mio letto. Luglio 2000, la loro prima volta, dopo la festa del secondo anno di liceo linguistico. Nessun compagno di classe, nessun figlio di amici di Fausto è riuscito a prendersi la più bella. Solo un ragazzo di Genova, in partenza per la Germania, magari imbucato di straforo alla festa della scuola.

«Prima di andare da Cristi però sei venuto in paese, il giorno del mio diploma di maturità, e mi hai dato le lettere.»

«È andata così.»

Adesso devo proprio muovermi, ma le gambe sono incerte. Lui non fa cenno a trattenermi né ad aiutarmi. Mi gira la testa. Maledetti tacchi. Maledetta la terra che gira sempre, ma non torna mai indietro. Maledette le prime notti d'amore e i pegni di fedeltà che non ho mai ricevuto. Vaffanculo a Mattia che ha il potere di farmi fuggire, anche senza pagare il conto. E maledetti per sempre i debiti.

5

I granelli di caffè della fattucchiera di Hvar devono ancora andare al loro posto e i tanti soldi sono ancora lontani. Però dopo il colloquio con Giannetti ho due scrivanie, una all'università e l'altra allo studio dove l'avvocato mi ha riservato un ufficio affrescato tutto per me. E anche un discreto rimborso per le spese che, sommato allo stipendio da fame dell'università, mi garantisce ogni mese una buona cifra.

Il giorno dell'incontro con Mattia e dell'assunzione nello studio di Giannetti, al rientro a casa trovo Cristi. Mi sta aspettando seduta in cucina. Fuori il cielo è già scuro e lei è una linea curva nell'ombra. Accendo la luce e la fisso. Indossa una camicia di jeans sbiadita, è tesa, puzza di fumo e gli occhi sono affossati, due cerchi viola.

«Hai fatto le valigie?» le chiedo.

«No.»

«Allora le faccio io.»

«Che vuoi dire?» mi chiede allibita.

Tiro fuori dalla borsa un paio di annunci di posti letto e glieli sventolo in faccia, con un angolo del foglio le graffio la palpebra. Lei non si ritrae e io non chiedo scusa. Dalla linea rossa non esce sangue.

«Non puoi andartene» mi implora.

«Ti serve una copertura?»

Lei mi guarda con l'aria di chi proprio non ha capito.

«Vuoi tenerti buono papà Fausto fingendo di vivere con me?»

«Lui non è mio padre e comunque non c'entra.»

Rido sboccata, poi corro in camera perché tutt'a un tratto so che la prova del suo amore per Mattia è sempre stata vicino al nostro letto. Sono talmente fuori di me che potrei fargliela ingoiare. Con uno strattone scaravento a terra il suo cassetto, mi chino e affondo le mani fra gli slip e i reggiseni di Cristi. La catenina è proprio lì, in mezzo alla sua biancheria intima, l'unico punto che nelle mie indagini non ho mai toccato. L'afferro e la lancio sul tavolo vicino alle sue mani abbandonate.

«Adesso puoi smettere di nasconderla. Avanti, indossala.»

Lei anziché dare spiegazioni obbedisce come un automa e se la infila al collo.

«Svitata» sibilo. È il peggior colpo basso e lei sussulta.

«Vattene!» grido.

«Dove?» replica lei con un filo di voce.

All'Hotel Baglioni, in vacanza al mare, dritta da Lilli o a casa di Mattia. «Al diavolo.»

Cristi si china per terra e con lentezza esasperante rimette tutti i suoi vestiti, i fogli e le mutande nel cassetto che lascia per terra. Poi torna ad accasciarsi su una sedia della cucina.

Guardo l'orologio, le sette, i negozi sono ancora aperti. «Dammi cento euro» le intimo.

Chiunque altra mi direbbe sei impazzita, cosa ci devi fare. Lei apre lo zaino, tira fuori i soldi e non fiata mentre li afferro ed esco sbattendo la porta di casa fino a far tremare i muri.

Un'ora dopo sono già di rientro e lei è ancora seduta nella stessa posizione. Con un gesto goffo lancio la brandina appena comprata ai suoi piedi insieme a un paio di monete di resto.

«Questa dovevo comprarla già tempo fa» le dico sprezzante. «E cerca di andartene presto» aggiungo mentre mi chiudo in camera.

Cristi apre la porta, trascina la brandina verso la parete opposta a quella dove c'è il nostro letto, con la coda dell'occhio vedo che si sdraia vestita.

«Dammi solo qualche mese» sussurra più tardi.

Qualche mese è la preghiera senza capo né coda di una bambina che non sa cosa fare. Sono già a letto, con lo stomaco chiuso, gli occhi spalancati. Qualche mese per cosa? Per capire cosa prova, per decidere, per spiegare tutto a Fausto.

«Non so se ce la faccio» replico con la voce chiusa dalla rabbia.

Alle tre di notte non ho ancora preso sonno, perciò il fruscio di Cristi che si alza lo sento all'istante.

«No» l'anticipo secca.

Lei rimane in piedi per un po', poi si sdraia comunque accanto a me.

«Non mi hai più parlato della tua casa.»

«Con Yannick è andata come doveva andare» dico in tono indifferente. Non sono disposta a raccontarle che si è dimostrato di gran lunga un uomo migliore del previsto.

«Lo hai convinto?»

«Diciamo che ho qualche speranza se trovo un po' di soldi.» E se mi indebito a vita.

«E l'avvocato?»

Accidenti allo zampino di Pia che deve sempre spifferare tutto.

«Va bene» mi limito a rispondere.

Il ruvido della sua camicia di jeans mi gratta la guancia. «Ti ha presa?»

Sì, dopo un colloquio di dieci minuti in piedi nell'atrio. Signorina, a me piacciono le persone che faticano e lei mi sembra che non si tiri indietro, mi ha detto serio. E io con altrettanta schiettezza gli ho risposto che quella era l'unica certezza che potevo dargli. Ben detto, ha esclamato mia madre al telefono.

«Inizio domani» rispondo tra i denti.

«Brava» bisbiglia.

«Come mai tutte queste domande? Sei qui perché ti faccio pena?» le chiedo gelida.

Cristi scuote la testa.

«Allora perché?»

Perché non ce la fa, ha detto Mattia. Lei non usa quelle parole né altre, mi bacia senza freni. Vorrei gridarle che non è normale, che io sono una persona ordinaria, che non può passare da me a lui, ma le mie labbra sono corpo e alla mia mente non rispondono. Seguono la svitata, la ragazza che non sa cosa aspetta, che senza il letto della sua amica non ha la forza di scegliere.

E allora dividiamocela, penso quella notte. E con lei sopra di me ci credo pure.

6

Cristi studia da sola e dà esami. Non mi abbandona più per sette giorni di fila. Non pronuncia mai il nome di Mattia davanti a me, non si toglie più la catenina.

Tutti i venerdì pomeriggio riempie a caso una borsa, sale su un treno diretto a Genova, i lunedì sera rientra in camera.

«Va tutto bene?» mi chiede Pia.

«Per ora» mi limito a risponderle.

Non saprei cos'altro dire. Fra le mattine passate all'università, i pomeriggi da Giannetti, le uscite con Alessio, il medico conosciuto a Rimini e i fine settimana senza Cristi, il tempo da passare con lei si riduce. Il tempo stesso mi pare accorciato, le giornate rattrappite e la luce del sole frettolosa a ritirarsi nel buio. Spesso la notte mi attardo dall'avvocato a studiare le carte dei processi, gli stessi in cui di giorno lo seguo tenendo le scartoffie e prendendo appunti come una scrivana. Quando rientro in camera cerco di non svegliarla. La mattina alle sette e mezzo bevo il caffè all'università, all'una mi ingozzo di pizza e cartocci di fritto correndo allo studio. Giannetti non dispensa commenti sul mio operato, solo una volta mi dice freddo: «Giulietta, sta andando bene».

Giulietta? mi chiede mia madre, preoccupata che io stia intavolando una relazione con un ultrasettantenne. Sì, Giulietta, ma mi dà sempre del lei. Mi chiama con quel nomignolo che nessun altro ha mai usato, e al tempo stesso è distaccato, mai viscido.

Nei fine settimana senza Cristi, di sera lavoro al pub e di giorno preparo le lezioni per l'università, il lunedì sera quando rientra cerco di rimanere a dormire da Alessio. Al pub lui non viene mai a trovarmi, perché è un posto da studenti irlandesi o da bolognesi di provincia, perché è un ragazzo con tante qualità ma è snob, dice Pia. Non mette mai piede nella nostra casa, che sarà romantica ma è pur sempre un ripostiglio. Meglio così, visto che non sa niente della mia storia con Cristi. Grazie alla complicità di Pia, continuo a spacciargliela come migliore amica. Cristi invece sa di lui e credo intuisca anche il motivo per cui mi fermo a casa sua ogni lunedì. È ridicolo, ma detesto l'idea di toccarla se è passato così poco dall'ultima volta che l'ha fatto Mattia.

Le rare volte che di notte ci amiamo siamo due selvagge che si spingono fino ai limiti e rimangono senza respiro. La brandina è una specie di armadio a cielo aperto su cui lei appoggia i vestiti, lo zaino e i fogli delle riunioni ai collettivi o delle manifestazioni, che da quando frequenta Genova sono triplicate. *Zero tolleranza per chi esercita l'autorità*, leggo un giorno.

«Cosa significa zero tolleranza?» le chiedo mentre stiamo cenando con Pia.

«Significa che non siamo disposti a trattare.»

«Chi?»

«Noi» risponde vaga.

«Va bene partecipare, ma vacci piano» si inserisce Pia e lei sorride. Poi ferma nel sorriso aggiunge: «Domani viene Fausto».

«Ancora?» chiedo io.

Da settembre sta iniziando a farsi vedere dalle nostre parti sempre più spesso. Sempre solo e armato di cassetta degli attrezzi nuova di zecca per riparare qualche tubo, regolare la caldaia, montare delle mensole.

Per quale motivo non chiami un idraulico o un tuttofare da pagare con le sue mazzette e preferisca invece scrostare i nostri muri con i suoi attrezzi lucenti è un mistero. Nemmeno cosa sappia o cosa abbia afferrato il signor Vitali sui fine settimana scanditi dai treni riesco a capirlo subito. Mi incuriosisce parecchio e cerco di esserci almeno il tempo per il caffè nei giorni in cui si presenta, sempre con la premura di avvertire con anticipo. Cristi in quelle visite non si cura di dissimulare la fretta di tornare alle sue attività e lui non si trattiene troppo. Vanno giusto a fare compere, di solito per la casa. Un mese lo specchio, l'altro un armadio, poi della carta da parati e un antimuffa che il manager in tuta spruzza negli angoli più freddi della casa. Vederli insieme, lui con la tenuta finta sportiva e Cristi con i jeans e le camicie dozzinali, affama la mia curiosità. Più passano gli anni, più assomiglio a mia madre in questo, penso ogni tanto con fastidio, e dovrei tenermi a freno. Però quando Fausto un martedì di aprile mi invita a pranzare con loro non mi faccio pregare e accetto.

Cristi propone una tavola calda e lui sceglie un buon ristorante, informale quel tanto che basta per non farla sentire un pesce fuor d'acqua, ma in linea con i suoi gusti.

Dai suggerimenti che le dà, scorrendo il menu, capisco che la conosce alla perfezione. Le propone piatti semplici, porzioni piccole. Con un paio di domande indovina anche i miei gusti. Sapori forti, poche verdure. All'arrivo del cameriere aggiunge ai nostri ordini una bottiglia di quelle che di solito si vedono solo nelle vetrine delle vecchie enoteche.

Mentre mangiamo, loro parlano un po' di Lilli, io faccio cenno di sì o di no a seconda degli argomenti, anche se a essere onesti non l'ho nemmeno mai vista. Fausto dirotta la conversazione sulla mia carriera, che la figlia gli ha raccontato nei dettagli. Conosce bene Giannetti, sa che è un ottimo penalista.

« Se ti trovassi a dover scegliere, lascia l'università e dedicati a tempo pieno al lavoro in studio » mi dice alzando il pollice con l'espressione di chi sa di assomigliarti. Un padre presente, un emissario, un consigliere. Cosa sei, di preciso, signor Vitali? Me lo chiedo senza tregua mentre seguo le linee rosse della mia tagliata al sangue.

Al momento del dessert, mentre macino la mia macedonia a testa bassa e Cristi rovista nella sua granita di frutti di bosco senza assaggiarla, Fausto la prende alla lontana: ha colleghi che ci hanno messo dieci anni a finire l'università, altri che hanno scelto Filosofia e poi si sono scoperti contabili.

«L'importante è andare avanti» dice picchiettando il cucchiaino sulla sua panna cotta.

Cristi annuisce al ritmo del cucchiaino, io mastico, lui prosegue nascondendo male la sua preoccupazione.

«Si possono trovare anche dei diversivi. Un fidanzato, magari anche più di uno. Non c'è fretta, basta sapere chi si è davvero» aggiunge mettendo la mano su quella di Cristi.

Continuano a parlare, li guardo di sottecchi. La granita è una poltiglia, è evidente che il manager non si sta riferendo agli esami, per quelli è disposto a pagare anche venti o trent'anni di tasse. Sa di Mattia, ma non è solo a lui che sta pensando. Fausto beve quello che resta del dessert della figlia mentre lei si prodiga a ripetere sì e certo senza sosta.

Solo quando la granita è terminata Cristi prova a parlare. «A volte anche con la laurea non si va poi tanto avanti.»

Lui setaccia con lo sguardo la tavola, lei gli porge un pezzo di pane come se fosse una loro abitudine.

«Cosa vuoi dire?» chiede tranquillo, con la bocca piena.

«Ci sono dei blocchi, dei poteri forti che si mangiano tutti i sacrifici dei più deboli.» La pelle del suo viso è chiazzata di rosso. Fausto deglutisce il pane e finisce la bottiglia di vino.

«Hai ragione, hai proprio ragione, ma non è il caso di prendersela troppo. Le esperienze che si vivono all'università sono passeggere» le risponde annuendo.

Se le parole non le dicono niente, allora segua la sensazione che lasciano, mi dice sempre Giannetti. Così, mentre sbircio con un occhio il conto stratosferico del ristorante, con l'altro la fronte bassa di Cristi che osserva i riccioli ondeggianti del suo benefattore, finalmente intuisco cosa chiede in cambio Fausto per il suo cognome e per le sue premure. Che Cristi rimanga entro le sue ampie ma ben definite vedute. Lo guardo salire sulla sua macchina sportiva con i Ray-Ban puntati su di lei, su una figlia troppo bella, vestita da pezzente, matricola all'infinito di Storia, ma innocua. Una ribelle con la passione per le tavole calde che ha il permesso di marciare a vita contro la fame nel mondo purché non calpesti un filo d'erba del loro giardino.

Al momento dei saluti Cristi si sporge per abbracciarlo, un ciuffo della sua chioma bionda copre la guancia di Fausto.

« Lilli dovrebbe fare un salto il mese prossimo! » grida lui mettendo in moto.

Se non fosse che mia madre mi ha inculcato la buona educazione sbotterei a ridere. Cos'ha di speciale il mese prossimo, se in due anni non si è mai fatta vedere? Ma il tono di Fausto è sicuro e anche Cristi, quando alza il braccio per salutarlo sorridendo, sembra crederci. Il Franciacorta appena bevuto mi confonde, stai a vedere che è la volta buona che conosco la stronza, mi dico.

Appena torno sobria, qualche ora dopo, davanti a un tè e con a fianco Alessio che mi parla di urgenze in corsia, non ci credo già più.

Quella sera scelgo di dormire a casa. La intravedo appena entro, seduta sul letto, la porta della camera aperta. I lampioni appesi ai fili di piazza Santo Stefano mandano una striscia di luce opaca alla finestra. Almeno non è lì ad aspettare Lilli. Mi siedo accanto a lei e le scompiglio i capelli.

« Oggi Fausto non parlava dell'università » mormora, « e nemmeno del movimento. »

Sento le gambe di Cristi allungarsi agitate sulle mie.

« Non capisce. »

« Cosa? »

«Non vuole ascoltare» farnetica.
«Cosa non vuole ascoltare?»
«Tutta la storia.»
Provo a farle qualche domanda, ma lei non risponde. Sento le sue ossa irrequiete che urtano le mie, le riunioni non c'entrano nulla, è di lui che sta parlando.
«Gli hai detto che lo conosci da quando sei piccola?»
«Sì.»
Abbandono la testa contro la parete. Un'ingenuità parlare a Fausto dell'infanzia con Mattia, la debolezza di una bambina che vuole raccontare la sua felicità.
«Perché non so farmi ascoltare?» mi chiede stravolta.
Potrei accendere la luce, dirle che se per il signor Vitali Mattia è solo un dettaglio trascurabile fuori dalla sua villa e dalla sua generosità, questo non è un problema. Anzi dovrei proprio arrabbiarmi, urlarle che non può fare sempre la vittima, che è ora di iniziare a lavorare e rifiutare i suoi soldi. Invece taccio, come sempre divisa fra l'intenzione di trattenerla e quella di vedere quanto può allontanarsi un cavallo libero.
Lei sbaraglia il mio silenzio mettendosi a piangere. Siamo al buio, non posso vederla, sento solo i singhiozzi. Sono le prime lacrime di Cristi sulla mia spalla, non sono per me e mi mandano in confusione. Inciampo per cercare un fazzoletto, le tampono gli occhi con un canovaccio da cucina. Non funziona niente, è acqua che perde acqua, le gocce continuano a cadermi sulle braccia. Allora prendo coraggio, con un peso che mi preme sullo sterno e la paura di non riuscire a pronunciare quel nome sussurro: «Avanti Cristi, raccontami di Mattia».

7

Cristi non si decide a parlare, allora lo faccio io. Tanto, del lavoro in fabbrica, delle sue battaglie come sindacalista autonomo, del fatto che mantenga la madre disoccupata a casa con lui, so già tutto. Anche dell'abuso di droghe leggere.

«Come lo sai?» mi chiede.

Questa volta sono io che non rispondo. Lavoro gomito a gomito con un legale importante, passo le giornate in tribunale e sto cominciando ad avere rapporti con le forze dell'ordine che Giannetti incontra spesso nel bar sotto lo studio. Chiedere il favore di qualche informazione è facile.

«Anche tu sei in quel giro?» le chiedo.

«Io fumo una canna ogni tanto.»

«Lui?»

«Qualcosa di più.»

«Si controlla?» le chiedo senza mezzi termini.

«Non conta niente per lui.»

Non è la risposta alla mia domanda.

«E i soldi per comprare l'erba, di chi sono?»

A quel punto lei mi prende per mano, accende l'abat-jour, apre il mio armadio e solleva la base di plastica che si alza davanti ai miei occhi stupefatti. Nell'intercapedine fra il mobile dozzinale e il pavimento vedo una busta piena di mazzette di banconote impilate grossolanamente. Una cifra vertiginosa, i generosi mensili di Fausto che Cristi a furia di vestirsi come una stracciona non spende e Mattia non vuole.

«Dovresti metterli in banca» balbetto con la gola secca.

Lei mi lascia la mano e si sfrega le dita contro i jeans. «Mi fanno schifo» sibila dura.

La vista di così tanti soldi lasciati alla mercé dei ladri e del disprezzo che le leggo in faccia mi stordisce. Sulla marijuana non le chiedo più niente. Posso verificare in ogni momento con una telefonata, uno scambio di favori.

«Cosa fate quando andate alle manifestazioni?»

Cristi si asciuga le ultime lacrime rimaste sulle guance poi, mentre chiude l'armadio, mi sciorina un elenco. Gridiamo, protestiamo, beviamo qualcosa. «Cerchiamo uguaglianza.»

«Picchiate? Sfasciate le vetrine?»

«Non lo facciamo» replica neutra.

Eppure le voci che girano su di lui parlano di una testa calda, di uno che si infiltra dove può per fare casino. Black bloc, mi ha detto un giorno un appuntato con la faccia da schiaffi. Se tolgo il chiacchiericcio e i pettegolezzi malevoli, a carico di Mattia restano comunque un fermo per detenzione di stupefacenti e un altro per aggressione a pubblico ufficiale.

Cristi apre la finestra e si sporge. La imito, l'aria di aprile è ancora fredda, in piazza qualche ragazzo suona dei tamburi africani. Lei mi prende la mano, accarezza il palmo e poi lo stringe forte. Ci stiamo per tuffare, penso.

«Passiamo i pomeriggi in cerca di vecchi fumetti» dice la sua voce, più profonda delle pozze del nostro fiume.

Continuo a tenere la mano nella sua perché non sono sicura di avere ancora le dita, non sono sicura di riuscire a nuotare senza affondare.

«Facciamo la spesa sempre in un negozio vicino alla casa di quando era bambino. Andiamo tutte le domeniche al mare, camminiamo nell'acqua gelata e aspettiamo in spiaggia che venga buio.»

Il suono del tamburo è niente rispetto all'intensità delle sue parole che tirano dritto e non vogliono lasciarmi scuse per non capire.

Perché l'erba, che solo lui fuma mentre stanno distesi in terrazzo, è un fatto ininfluente nella loro storia. Cristi e Mattia sono le passeggiate nelle stradine vicino al porto, le chiacchierate nella vasca da bagno tutta crepata, i caffè corretti serviti con i dolcetti preparati dalla madre di lui. E poi le proteste, sempre insieme, ovunque sia possibile arrivare, clandestini in treno o con la macchina sfasciata o sdraiati in fondo ai bus. Per un mondo libero dal potere.

«Libero dal potere» ripeto prendendo finalmente fiato.

Cristi fa cenno di sì, io sbuffo sprezzante. «Questa è retorica.»

Lei scuote la testa.

«Allora spiegami di che potere stai parlando» ribatto.

«Lo sai.»

«Non lo so.»

Lei si avvicina, si piega verso di me. Ha gli occhi colore del gesso crepato e la stessa espressione dura di quando mi ha mostrato i soldi di Fausto.

«Di quello che ci ha rovinate» sussurra a un filo dal mio viso. «Di quello che ha rinchiuso me dentro una villa e ha ossessionato te con la storia di riprenderti una casa.»

«Basta così» balbetto. Ho bisogno di uscire dalla nostra camera, mi infilo un cappotto e mi lancio giù per le scale, ma Cristi non demorde, alza il cappuccio della felpa e mi corre dietro.

Scelgo la panchina più vicina alle Sette Chiese, più distante dai tamburi, che non sono la giusta musica per quello che ho appena sentito. Lei rimane in piedi.

«Ti ricordi quando non sapevo leggere?»

Sorride, io non rispondo.

«E per tutti ero una ritardata, per Genny un caso umano.»

Resto muta, lei insiste. «Ti ricordi quando ogni lettera di quel cazzo d'alfabeto era una sconfitta?» Si sta scaldando.

«Certo che mi ricordo» rispondo scocciata, «perché stiamo parlando di Genny che non sento più da secoli? Cosa c'entra?»

Lei mi guarda a lungo, poi si decide a sedersi vicino a me. Sono ancora in tempo per tapparmi le orecchie, per correre in casa, riempire le valigie e continuare a credere che con Mattia sia solo una questione di sesso, il capriccio di due ragazzi legati alla favola di due bambini innamorati.

Ma non sono fatta per correre, non sono mai stata agile e incontro al dolore ci vado sgraziata e di petto. Con un gesto deciso le sfilo il cappuccio, i capelli scivolano subito sul suo viso. Dimmelo senza nasconderti, cosa ha di unico il vostro amore? Glielo chiedo con lo sguardo, anzi, glielo ordino. E se c'è una cosa che Cristi sa fare è obbedirmi. Questa volta lo fa alla perfezione, la sua voce senza inciampi mi porta in un piccolo appartamento di un palazzone di Genova. Su un terrazzino da cui si vede una fessura di mare, dove un ragazzo spiega a una ragazza che la libertà è il vero amore che aspetta da sempre. E il coraggio è la via per rompere lo steccato, per aprire le finestre a cui è rimasta incollata, per correre verso quello che ha sempre desiderato, perché il mare è di chi sa vederlo e nessuno ha il diritto di ridurlo in fessure.

Quando Cristi smette di parlare la piazza si è svuotata, il suono del tamburo non è mai esistito, un paio di coppie si abbracciano strette contro le colonne del porticato, siamo tutte e due intirizzite, ma ho ancora una cosa da chiederle. «Negli anni che è stato in Germania e sulle navi da crociera vi siete sentiti?»

Cristi non fa più caso a tutti i dettagli che so, non mi chiede come li ho recuperati. «No» risponde soltanto.

«Perché?»

«Non era facile.»

Scuoto la testa. Non era facile prendere dei gettoni e chiudersi in una cabina vicino alla scuola per sentire il ragazzo con cui avevi fatto l'amore? Non era facile trovare una specie di amica che si prestasse a ricevere le sue lettere per sfuggire al controllo serrato di Fausto?

«Non era facile credere di poterlo fare» risponde intuendo i miei pensieri.

Credere di poter essere felici con un ragazzo dei quartieri popolari, un ripetente per cattiva condotta. O peggio ancora non era facile, nelle giornate scandite dai colpi di tennis di Lilli, credere di poter semplicemente essere felici.

«E cosa hai fatto?»

«Ho tenuto una sua foto.»

Il ricordo della foto dello stronzo con i baffi e gli occhi di ghiaccio sul comodino di Ida per quattro estati mi si pianta davanti.

«Dove?»

«Dentro un cassetto che aprivo cento volte al giorno.»

Cento nel linguaggio di Cristi significa proprio cento, penso al rumore di un cassetto che suona a vuoto nella stanza di una ragazza sola. «È stato lui a cercarti?»

«Certo» mi risponde infervorata.

«Quando?»

«Prima della vacanza a Hvar.»

La guardo con aria interrogativa, lei continua: «Me lo aveva promesso tanti anni fa».

La promessa di esserci sempre per lei. La promessa fatta non dopo averla amata nella campagna umida dietro il liceo, non dopo averle spiegato della partenza obbligata per la Germania.

«Me lo aveva giurato l'ultima estate in paese» dice Cristi.

«Ho freddo» sussurro sfinita mentre mi alzo. Lei mi segue a testa bassa fino al nostro letto dove ci sdraiamo vestite senza sfiorarci.

Non chiudo occhio per tutta la notte, quando l'alba punta la luce del sole sulle nostre tende rosse ho già riempito la valigia più grande che ho. Dentro però ho messo i vestiti di Cristi, i libri, un po' delle sue banconote.

«Andiamo» le dico appena apre gli occhi.

Lei guarda il bagaglio e si prepara senza fare domande.

Nell'atrio della stazione centrale mi dirigo verso la cassa automatica, non credo di avere la forza nemmeno per parlare con un bigliettaio. Genova, digito, sola andata. Poi a gesti compro da un barista addormentato delle brioches che Cristi rifiuta. Sono le sette. Sopra le nostre teste, sul tabellone delle partenze, lettere e numeri si scompongono e si assemblano in continuazione. Decine di destinazioni, di scambi di direzione. Cristi dà un'occhiata veloce poi inizia a dondolarsi su un corrimano. Io invece non stacco lo sguardo da quel crocevia di possibilità, nella speranza che la storia mi aiuti, mi restituisca tutto e faccia scomparire la scritta Genova per sempre.

A dispetto di tutte le mie preghiere folli, il treno che ho scelto per abbandonarci arriva puntuale. «Vai» le dico appena un vagone si ferma davanti a noi.

«Davvero?»

«Sì, vai» insisto con un accenno di sorriso.

I saluti dopo le decisioni importanti meriterebbero il rispetto del silenzio. Invece sopra di noi in quel momento c'è la folla dei pendolari che telefonano, il fischio lungo dei freni, il cigolio delle porte delle carrozze. In più la mia voce è bassa, troppo bassa. Assomiglia a quella dei vigliacchi, direbbe mio padre.

Quando con la bocca piena di brioche mi decido ad aggiungere lui è tornato, puoi amarlo, Cristi non sente e in verità non sento nemmeno io.

8

Il treno si porta via Cristi e le mie emozioni. In un certo senso con lei se ne va anche il mio corpo. Polmoni, fegato, mani, piedi mi rimangono ancora come mura disabitate che hanno resistito a un crollo. Esistono, fanno il loro dovere, ma sanno di non servire più a nulla. Anche le gambe ci sono ancora e sono loro, insieme a un'altra parte di me che di sicuro non è il cuore, a spingermi dalla stazione verso casa di Alessio. Con lui non ho quella che si dice una relazione stabile, non sono nemmeno sicura che sia solo, eppure mi presento a casa sua, senza avvisarlo, alle otto di mattina. Il portone del palazzo è aperto, salgo fino alla sua porta. Suono e poi busso. Suono ancora. Quando apre, in mutande e coi capelli arruffati, rimane di pietra.

«Ho pensato che non ci facciamo mai delle sorprese» dico e, incredibile, riesco anche a sorridere.

Lui mi guarda allibito. Anziché sostenere il suo sguardo, faccio scivolare gli occhi sulle linee del suo petto asciutto e sulle gambe proporzionate.

«Sorprese alle otto di mattina?» farfuglia lui.

Ha le sue ragioni per rimanere impalato. Di solito ci vediamo di sera e sempre con un motivo apparente. Un aperitivo, un film, una mostra, anche se poi il finale è ogni volta lo stesso: a casa sua, nel letto.

Gli sorrido di nuovo. «Perché non la mattina che è il momento migliore?»

Il tono mi esce malizioso e l'occhiata che gli lancio dalla testa ai piedi ancora di più. Lui però rimane perplesso e comincio a irritarmi.

«Se non sei solo, nessun problema» dico acida.

Tanto di bastonate questa mattina ne ho avute abbastanza e alla sua posso sopravvivere. Alessio però si rilassa.

«Macché» risponde spalancando la porta, «è che non ti aspettavo.»

Afferrare le sensazioni non è proprio il suo forte. Però la sorpresa che ho in mente la capisce subito. Saltiamo le ulteriori domande, gli abbracci e le parole per sciogliersi, in due secondi siamo nel suo letto ancora sfatto, io sopra di lui. Sento il sapore di caffè sulla sua lingua e il calore del sole che batte sopra le lenzuola blu e sui nostri corpi nudi. Con un gesto deciso mi libero dalla sua stretta. Abbasso le tapparelle, ho bisogno che venga ancora la notte e si porti via l'ultima che ho trascorso ad ascoltare Cristi. Chiudo anche le finestre. Ho bisogno di respirare qualcosa che non sia l'aria vera.

Torno da lui, adesso sono sotto e lo lascio fare. Dico di sì a tutto. Mi prendo tutto. Tanto l'ho capito dalla sera in barca a Rimini: se esiste un'intelligenza a letto, Alessio ne ha da vendere. Sarà che è un medico abituato a maneggiare corpi di donna, sarà che non vuole mai sbagliare, negli esami come negli orgasmi femminili, sarà che è mattina e lui è marmo, sta di fatto che non c'è una mossa che vada a vuoto. Alessio azzarda, io prendo, rilancio, oso. Allora lui sfiora, spinge, aggiusta. E senza mai fermarsi, aspetta. Perché questa volta la salita è un guaito lungo dove non posso mai aprire gli occhi altrimenti sono di nuovo in stazione. Altrimenti mi alzo, svuoto il frigo e me ne torno a casa mia. Ma Alessio tiene la scala e io mi arrampico, godo e quando arrivo alla fine, l'attimo prima che lui rallenti sfinito, c'è un piacere smisurato per le mie labbra che da ore vogliono gridare.

«Ti ho sentita» mi dice poco dopo.

Sono voltata di spalle, sto aprendo le finestre. Aspetto un po', poi mi giro e gli sorrido, mi esce una smorfia tirata.

«Anche io.»

Di nuovo un sorriso striminzito. Ringrazio il cielo di non

aver alzato le tapparelle, di poter mentire in penombra. Perché non è vero, io non l'ho sentito.

Lentamente torno a letto. Mi sdraio con la testa dalla parte dei suoi piedi. Allora è così che stanno le cose ormai, penso mentre un crampo mi stringe la pancia. Ormai posso gridare di piacere e non sentirmi. Posso prendermi un corpo, sudare e farmi prendere, senza che il cuore si scomodi a cambiare battito.

«Rimani qua, sistemo un paio di cose in ospedale e torno da te» dice Alessio.

Ho già deciso di prendermi la mattina libera, ma non insieme a lui.

«Sarebbe bello ma non posso. Troppe cose in studio» rispondo a bassa voce e per convincerlo gli accarezzo le gambe. Lui non insiste.

Chiudo gli occhi e resto a lungo in ascolto dei rumori che arrivano dalla finestra. Lo sbuffo degli autobus, qualche sirena, gli schiamazzi di una scolaresca. È ancora mattina. Mi sembra passato un secolo da quando ho trangugiato le brioches in stazione. Un secolo di niente assoluto. «Tieni» mi sussurra Alessio.

Ha già preparato il caffè e io non l'ho sentito nemmeno alzarsi. Sul vassoio ha messo anche una spremuta.

«Sei pallida, mettici un po' di zucchero.»

Annuisco.

«Fare le belle sorprese stanca» aggiunge e quando ride capisco che è veramente soddisfatto.

Allora mi tiro su, anche se la fitta al ventre non è ancora passata, e mentre lo bacio piano sulle labbra chiudo di nuovo gli occhi. Sono corsa nel suo letto solo perché sapevo che sarei andata a colpo sicuro e che avrei avuto esattamente quello che mi ha dato.

Per tutto il giorno non mi faccio sentire, prima di andare a letto gli mando un messaggio: *grazie per il caffè di questa mattina*. Poi spengo cellulare e luci.

*

Da quella notte in poi, ogni volta che mi addormento sprofondo nel petrolio, intorno è tutto nero, non ci sono appigli né ricordi che misurino le giuste distanze con il passato. E ogni giorno che mi alzo, l'unica luce che vedo è quella opaca della voglia di risarcimento che proietto sulle mie scrivanie.

«Ti sento strana» mi dice tutte le sere mia madre al telefono.

«Sto bene.»

«Non è vero, cos'hai?»

«Niente.»

«Hai preso freddo?»

«Quale freddo, mamma? Siamo a maggio.»

«Ci sono primavere fredde.»

«Non questa» replico decisa.

Bologna è già tutta di maggio, gli alberi di Giuda lasciano cerchi di petali rosa nei parchi, i vetri delle birre bevute fino a notte fonda riempiono gli angoli delle piazze.

«Noi qua dormiamo ancora con la coperta di lana» dice mio padre in sottofondo.

«Noi in mutande.»

La storia delle notti calde non convince mia madre e un giorno me la ritrovo in camera, a sorpresa. Mi sono appena svegliata, sono veramente in mutande e non devo avere una bella cera.

«Sei un tantino ingrassata» mi dice con gli occhi strizzati.

«Non è vero» protesto.

Ho preso un chilo, che a quanto pare non è sfuggito ai piatti di bilancia che ha mia madre al posto degli occhi. Se penso a tutti i panini con la maionese, ai piatti di pasta che divoro e, soprattutto, alla foga con cui cerco la sensazione di caldo pesante che mi dà il cibo unto, un solo chilo è un vero miracolo.

Mia madre apre tende e finestra, rifarebbe anche il letto con me dentro se non mi decidessi ad alzarmi.

«È stato tuo padre a dirmi di venire, ti ha sentita preoccupata.»

«Eppure è un po' che non mi telefona.»

Lei sbuffa. «Lui capisce tutto.»

Quando esco dal bagno, ha già preparato la colazione. Marmellata, pane del forno del paese e caffellatte. Guardo la tavola e mi infilo in camera, che a furia di arieggiarla è gelida.

«Non ti starai mica ammalando?» mi chiede mentre mi vesto.

La malattia a cui si riferisce è quella che teme più della peste.

«La depressione non c'entra, forse la solitudine sì» le dico indicando la brandina chiusa di Cristi.

Lei arrossisce. «Tuo padre ha sentito dire che la sua malattia si eredita» continua confusa.

«Non nel mio caso» taglio corto.

Mia madre riparte la sera stessa, al momento dei saluti lei ha la voce indecisa e gli occhi velati, io non provo niente.

Non provo rabbia nemmeno il giorno in cui Cristi chiede con una mail a me e a Pia di lasciare le sue cose in casa continuando a pagare, non sbatto la testa contro il muro quando con una telefonata veloce mi chiede di coprirla con Fausto. Anche con Lilli, precisa, se mai le venisse l'idea balzana di chiedere qualcosa di persona, penso io.

«Faremo come se vivesse qui» spiego la sera stessa a Pia mentre carichiamo la lavatrice.

«In che senso?»

«Quando Fausto viene in visita, viene anche lei.»

«Gli esami?»

«Può farli senza seguire le lezioni.»

Pia mi passa il detersivo e scuote la testa. «Non mi piace.»

Alzo le spalle e afferro un pullover dal cesto dei panni. «Sapevi che con il petrolio si fanno i piatti, le palline, i vestiti come questi?» E i cosmetici, gli occhiali da sole, persino i medicinali.

«Che cazzo c'entra?» borbotta Pia.

«Niente. Lascia stare.»

«Piuttosto dimmi, quando Cristi farà le sue recite come farai?»

«C'è sempre casa di Alessio.» Oppure il pub, oppure posso correre a casa dai miei.

Va esattamente così. Fausto annuncia con anticipo le sue visite a Cristi e lei avvisa noi. Io scappo, sto fuori due giorni per essere certa di non incontrarla. Pia riferisce, anche se a dire il vero io non faccio domande. Hanno preso un aperitivo in casa, poi hanno pranzato fuori, appena è ripartito lei se ne è andata. Mi è sembrata in forma, un tantino magra, ma tranquilla. Allora tutto liscio, riassumo io che negli ultimi mesi non posso fare a meno di pensare a quanto siano lisce le mie ore nere, a quanto si possa cadere in basso soprattutto di notte se non c'è nulla a cui aggrapparsi. A come sia liscio, onnipresente e senza vita, il petrolio.

9

Con Alessio in quel periodo ci vediamo almeno tre sere a settimana. Lui detesta il mio appartamento, vado sempre io a casa sua.

«A volte mi chiedo come fate tu e Pia a non calpestarvi i piedi» mi dice una volta mentre stiamo cenando in un ristorante di pesce sui colli. «Se ti va potresti prendere un mazzo delle chiavi di casa mia.»

Guardo gli antipasti sulla tavola e scelgo dei gamberi.

«A dire il vero non ci vediamo quasi mai. Lei è sempre in ospedale» rispondo leggera.

Alessio aggrotta le sopracciglia.

«E quando può corre dal fidanzato» aggiungo versandogli un po' di vino bianco.

Mentre mi invento qualche altra scusa per non prendere le chiavi, penso che in fondo, per come sono diventata, mi sarei meritata un olandese opportunista e calcolatore. Uno Yannick bastardo che, la sera dell'incontro all'Hotel Giorgio, mi avesse obbligato a capire in camera da letto quanto vale un albicocco di famiglia.

Due sere dopo però sono di nuovo seduta di fronte ad Alessio e ai nostri due Campari nel bar sotto lo studio. Un'ora dopo l'aperitivo sono nuda sul suo divano. Vado avanti così, imperterrita.

«Troppo veloce» dice Pia. Siamo nel nostro appartamento, davanti alla televisione, una delle poche sere che trascorro in casa mia senza lavorare a qualche pratica dello studio.

«In che senso troppo veloce?» le chiedo risentita.

«Dovresti prenderti del tempo per te. Magari qualche ora in palestra.»

«In palestra?» Sono perplessa.

«Sì, per sfogarti. Per stare un po' sola e capire cosa provi per Cristi e cosa per Alessio.»

Distolgo gli occhi dalla tele e la guardo. «So che è un tuo amico» borbotto.

Pia alza le spalle e scuote la testa come a dire che non è quello il punto. Che di lui se ne frega, ma che sto sbagliando.

«Riflettici un po'» dice soltanto e io lascio cadere l'argomento.

La mia coinquilina che passa in un batter d'occhio da una schiera di uomini a un fidanzato ufficiale, per giunta tradito, non mi sembra proprio un esempio di riflessività. In più io non ho voglia di parlare di Cristi.

Un mese dopo Pia torna alla carica. «È stata qua con Fausto. Appena siamo rimaste sole ha chiesto di te» mi dice.

È giugno, sono passati due mesi dal giorno in cui le ho fatto un biglietto del treno per lasciarmi. Annuisco distaccata. Non è una novità che Cristi chieda di me, lo fa in tutte le mail che mi manda, almeno due volte alla settimana, al termine di testi senza punti, ma pieni di virgole, in cui mi spiega come trascorre il tempo. Studia, fa la spesa, se Mattia è fuori guarda la televisione con sua madre che è una signora di poche parole ma buona, due sere a settimana hanno assemblea in un centro sociale, lo stesso di quando lui era studente di liceo. Tanti amici che la pensano come noi, una specie di grande famiglia, grassetta in una delle sue mail.

Sono felice non lo aggiunge mai, ma lo capisco da quanto scrive, da come si ingegna a evidenziare, a sottolineare, a cambiare colore, dallo spazio che lascia fra i suoi testi e il saluto finale immancabile: *come stai, ti penso sempre.* Che significa: come stai, spero che anche tu possa essere felice come lo sono io.

Alle sue mail non rispondo, le tolgo dalla posta in arrivo e le sposto nel cestino che non svuoto mai. Lei prosegue imperterrita. Dopo il primo mese ha anche preso l'abitudine di inviarmi via posta delle foto con didascalie. Qua siamo nella spiaggia di Boccadasse, scrive, anche se in realtà c'è solo lei ed è pure sfocata sul rosso del tramonto. Questo è il terrazzino da cui si vede il mare, questa è la cucina con gli spaghetti che ho preparato io. Di solito lascio le fotografie sul tavolo all'ingresso per Pia che senza commentare le fa sparire.

Ai primi di agosto con un pacco di foto arriva un ritaglio di giornale. Questa volta si vede anche Mattia vicino a Cristi, in prima fila in una manifestazione a Roma, dietro a uno striscione di lettere A cerchiate.

«Significa anarchia, vero?» chiede Pia.

«Sì.»

«Non è la manifestazione dove un paio di matti hanno fatto saltare i collegamenti dei treni?»

«Non saprei.»

Mento, lo so benissimo, ho letto tutti gli articoli di giornale in merito e fatto qualche domanda in giro.

«A volte penso che non stiamo facendo bene a coprirla» borbotta Pia.

Fatico a staccare gli occhi dalla foto anche se, grazie al cielo, in bianco e nero sembra meno reale.

«Tecnicamente non la stiamo coprendo» puntualizzo, «dal momento che nessuno ci ha chiesto se vive veramente qua.»

Pia sospira. «Perché non le diciamo di passare qualche giorno a Bologna? Magari lontano da lui si calma.»

«Non mi sembra una buona idea» mugugno, tanto più che negli ultimi tempi le mail si sono diradate.

Apro la dispensa e preparo due sandwich al prosciutto, poi stappo una birra. Mangiamo senza fiatare, quando Pia sta per uscire trovo la forza di parlare. «So che lui si è calmato parecchio.»

«Davvero?»

«Già» borbotto.

Da quando Cristi si è trasferita da lui ha dato un giro di vite alla marijuana, si è messo a fare straordinari a più non posso e si è defilato dalle frange più estreme dei centri sociali di Genova. Gli è rimasto un po' il debole delle donne, ma questo può fargli solo bene, mi ha detto ridendo un funzionario di polizia amico di Giannetti.

Pia torna a sedersi. «Devo confessarti una cosa» bisbiglia sfilandosi la borsa.

«E il tuo appuntamento?»

«Può aspettare.»

«Cristi è stata un mese in Inghilterra.»

Non ne sapevo nulla. Nell'ultima mail di luglio parlava solo degli esami. Bevo un altro bicchiere di birra, con l'indice raccolgo le briciole e le mangio a una a una.

«Con chi?»

«Con Fausto e Lilli.»

Un mese di filato, una sorta di vacanza mentre io, penso, me la sono immaginata mezza nuda in quasi tutte le spiagge della Liguria.

«Perché non me lo hai detto?»

«Pensavo stesse lasciando Mattia.» Pia mi prende la mano. «Lo speravo, ma non volevo darti l'illusione.»

«Capisco» mormoro abbracciandola.

Quando la mia amica esce, le mani mi formicolano, le dita fanno il numero di Cristi prima che io lo ricerchi nella mente.

«Spiegami la storia della vacanza» ringhio.

«Che vacanza?»

«Il soggiorno a Londra.»

«Niente di speciale.»

« Di chi è stata l'idea? »

« Mia. »

« Non è vero » ribatto gelida, perché sono convinta che sia sempre Mattia a manovrare tutto. Una bella vacanza per tenere buoni madre e finto padre.

« È un modo per tenerli tranquilli » mi dice infatti lei.

Prima la richiesta di coprirla, poi la vacanza per confondere ancora di più Fausto.

« Li stai prendendo in giro alla grande » dico.

La voce di Cristi si indurisce. « E anche se fosse? »

Il tono della sua risposta mi coglie di sorpresa.

Lei insiste: « Giulia, li stai difendendo? »

« No, affatto » sospiro. « Sto difendendo te dai castelli di bugie che state costruendo. »

Adesso è lei a rimanere in silenzio. « Devi dirgli dove vivi veramente » continuo.

Di nuovo nessuna risposta.

« Cristi, mi hai sentito? »

« Sì. » Non c'è più traccia di durezza nella sua voce. « Glielo dirò presto. »

Sto per attaccare ma lei si affretta ad aggiungere: « Ti manco? »

« Non lo so. »

È estate ma c'è una patina di gelo sui miei occhi che non vedono oltre i sentieri battuti per lo studio e l'università, c'è un metro di gelo fra le mie gambe quando mi addormento vicino ad Alessio e un fiume di gelo nella mia voce che risponde a mia madre senza voler mai dire nulla.

« Tu mi manchi ogni giorno » dice lei.

« Non è vero. »

« Invece sì » sussurra mentre io chiudo la conversazione senza crederle. Senza capire che non sta mentendo su niente. Senza dirle che se la mancanza dell'amore è l'assenza che si nutre di tutto e non restituisce nulla, allora anche lei mi manca infinitamente.

10

Nella palestra vicino a casa suggerita da Pia vado sì e no quattro volte. Il tempo per capire che i tapis roulant, le occhiate ammiccanti dei palestrati e il chiacchiericcio nello spogliatoio non fanno per me. Nemmeno riflettere sui miei sentimenti, negli ultimi tempi, fa per me. Meglio lavorare, anche se è estate piena e le strade di Bologna alle due del pomeriggio sono roventi e deserte.

Alessio è fuori città, trascorre il mese di agosto a Rimini dai suoi genitori. Io invece non faccio ferie, dal lunedì al venerdì vado in ufficio, porto la temperatura della stanza alla soglia del congelamento e preparo le udienze per Giannetti. Se termino presto il lavoro non torno a casa, piuttosto mangio un panino alla scrivania e mi studio tutte le condizioni e i cavilli che le banche impongono per contrarre i mutui. Ogni sabato mattina salgo insieme a Pia su un interregionale diretto a Rimini. Prendiamo un caffè con i suoi genitori, poi trascorriamo la mattina al mare. Se di sera è sola resto con lei, se c'è il suo fidanzato o un sostituto di turno raggiungo Alessio in qualche locale. La notte del sabato dormo sempre con lui in una piccola pensione famigliare a pochi metri dal mare. A giudicare dalla fretta che ha appena siamo a letto, credo che non faccia granché quando non ci vediamo. Non glielo chiedo, non mi interessa. Basta che il sabato si dedichi a me come sa fare lui. La domenica mattina restiamo sdraiati fino a tardi, poi pranziamo sulla terrazza di un ristorante sul lungomare. Conoscere i genitori di Alessio non è nelle mie intenzioni, nemmeno lui spinge in tal senso. Solo a fine settembre, a Bologna, quando siamo di nuovo nel suo appartamento, me lo propone.

« La pensione chiude per l'inverno. Magari la prossima volta che vieni a Rimini, potremmo stare dai miei. »

« È un'idea » rispondo vaga.

« Questo weekend? » rilancia lui pronto.

Prendo il cellulare e gli mostro un messaggio dove scrivo a una certa Maria che l'aspetto sabato sera ai giardinetti comunali del paese per una birra.

« Allora vai dai tuoi? » mi chiede soltanto.

Lo squadro, è tranquillo, non se l'è presa. E per fortuna non mi chiede chi è l'amica costringendomi a inventare altre cazzate. Perché Maria in realtà è il falso nome con cui sin dal primo incontro ho memorizzato il numero di Yannick. È lui che devo assolutamente vedere, è passato quasi un anno dal colloquio in albergo, ma le cose con le banche non vanno per il meglio.

Con l'olandese ci vediamo davvero ai giardini comunali del paese. Nessuna birra però, è tardi, fa un po' freddo e né io né lui abbiamo voglia di bere.

« Vorrei in tutti i modi assecondare il tuo desiderio » mi dice Yannick.

Siamo seduti sulla panchina più appartata e lontana dal filare di lampioni che attraversa il parco. Sono le undici, fra poco un vecchio custode, sempre lo stesso da quando venivo a giocare sotto gli occhi vigili di mia madre, chiuderà il cancello. Ho una manciata di minuti per convincerlo e mancano solo tre mesi alla vendita della casa.

« Ho bisogno ancora di un po' di tempo » insisto sforzandomi di tenere un contegno dignitoso. Qualcosa sono riuscita a mettere da parte, ma non basta per ottenere un mutuo in assenza di garanzie, mi ha confermato il padre di un mio collega di università che lavora in banca.

L'olandese si accende una sigaretta pensieroso.

« Come sta la tua ex moglie? » continuo.

Lui trattiene il fumo fra le labbra. «Non bene.»

«Mi dispiace.» Mi dispiacerebbe veramente se riuscissi ancora a provare qualcosa.

Yannick si alza. «Questa è stata la mia ultima estate in Italia.»

Dallo stagno si sta levando una cortina di umidità che offusca il cancello, potrebbero chiuderlo e non ci accorgeremmo di nulla. Così come potrei passare la notte qua, fingere che i miei genitori non esistano più e domani tornare a Bologna, talmente sono disperata.

«Se hai deciso, d'accordo, vendi a chi vuoi» gli dico a testa bassa.

Yannick guarda il cancello alle sue spalle, poi si volta. «Come sta tuo padre?»

«Alti e bassi.» Più che altro basso costante, rallentato dai farmaci triplicati dopo l'incidente dello scorso anno.

«Ho sentito che ci sono nuove medicine.»

«Certo. E nuove cure, nuovi esperimenti.» Mi alzo, allargo le braccia. «Sono cose che non c'entrano niente con la malattia di mio padre.» Sono speranze per mia madre, materia per i programmi televisivi sulla salute che mio padre segue ipnotizzato. Ma per me non significano nulla.

Yannick mi mette le mani sulle spalle. «Appena potrai comprerai un'altra casa, magari al mare, dove i tuoi genitori si riposeranno facendo lunghe passeggiate.»

«Detesto l'acqua salata.» E non voglio una casa qualsiasi, ma solo quella che era nostra. «Se poi i nuovi proprietari decidessero di demolirla?»

«Perché mai?»

«Se possiedi qualcosa puoi farne ciò che vuoi.»

Yannick abbassa le braccia, scuote la testa. «Alla tua età bisognerebbe avere più speranza.» Sento che vorrebbe andarsene, ma non ce la fa. Qualcosa lo trattiene e all'improvviso allungo la mano verso la sua.

«Ci salutiamo così?» mi dice.

«Assolutamente no.»

Lui mi guarda perplesso.

«Hai appena detto che dovrei avere più speranza.»

«Che cosa hai mente?»

Allungo ancora di più la mano. «Un patto» dico sicura.

Scuote la testa, poi si concede una risata. «Sei la donna più determinata che conosco.»

«Un anno ancora?» gli chiedo spudorata.

Yannick si gratta la testa. «Non ce la farai comunque.»

«Forse no» rispondo ridendo.

«A settembre del prossimo anno sarò seduto da un notaio, con te o senza di te» borbotta stringendomi la mano.

Settembre del prossimo anno, rimugino mentre mi addormento in salotto sul divano letto dei miei genitori. Dodici mesi, penso domenica mattina mentre faccio colazione accanto a mio padre che beve il latte con il naso sprofondato nella tazza.

Mia madre sta stirando in salotto, dalla cucina posso vederla.

«Hai incontrato qualche amica ieri sera?» mi chiede.

Alza la testa dal ferro e mi guarda intensamente.

Faccio cenno di sì, aspetto che mi chieda di chi si tratta, ma non lo fa. Ha altro in mente.

«Tuo padre e io ci chiedevamo perché non cambi casa a Bologna.»

«Ci vogliono soldi per farlo» rispondo brusca.

È un errore parlare di soldi proprio con loro e non è da me, mi è uscito di getto.

Lei guarda mio padre che non la ricambia, io arrossisco fino alla punta dei capelli. Bevo il mio caffè e aggiusto il tiro: «Non è il momento ideale».

Mia madre non è soddisfatta. «Però guadagni abbastanza dall'avvocato» continua mentre il ferro sbuffa vapore.

Certo, guadagno e risparmio tutto, lo faccio per voi. Lancio un'occhiata a mio padre che sta ancora bevendo il suo latte a piccoli sorsi. Quando ero piccola, in un minuto faceva fuori la sua colazione e l'attimo dopo era già pronto a partire.

«Allora?» torna alla carica mia madre.

Non so se è più la sua insistenza o la lungaggine di mio padre a irritarmi, comunque mi innervosisco. «Cos'ha la mia casa che non va?»

«Be', è un appartamento piccolo» si decide ad aprire bocca mio padre.

Penso al divano letto su cui ho dormito, a mia madre che stira nel salotto angusto e a me che imploro Yannick per una proroga.

«Anche questo non scherza» borbotto.

Mio padre fa finta di non aver sentito o magari non ha sentito davvero.

«Io ci sto benissimo» risponde mia madre indispettita ed è talmente arrabbiata che con un movimento maldestro del ferro si scotta il polso.

Mio padre si alza, io corro a tamponarle la bruciatura con un tovagliolo bagnato.

«Non è niente» minimizza lei e in effetti è una piccola scottatura, però insisto per stirare al suo posto. «D'accordo, grazie» mormora.

«Dovere» rispondo con un sorriso.

È il nostro modo per fare una mezza pace, o per lo meno è il nostro modo per dirci che l'argomento casa al momento è chiuso.

Più tardi, in treno, cerco di dormire ma non ce la faccio. Cosa avrei risposto a mia madre se mi avesse chiesto dove metto tutti i soldi che guadagno? Guardo fuori dai finestrini sporchi. È un pomeriggio di fine settembre, gli alberi da frutto della campagna romagnola, dopo la fatica estiva, sono a riposo. Le bugie stancano, sfiniscono, anche io avrei bisogno di riposare. Ma non posso, non ora. Ho a disposizione solo un anno per riprendermi la casa. Un anno per superare l'esame da avvocato, per risparmiare tutto e per convincere uno stronzo in cravatta di qualche banca a farmi indebitare.

11

Quando arrivo a Bologna piove e ad aspettarmi nell'ingresso di casa non trovo Pia, ma Fausto. «Passavo di qua per incontrare un mio collega e ho pensato di farvi un saluto» mi dice sorridendo.

È in piedi. Indossa un completo blu, camicia celeste stirata alla perfezione e, naturalmente, cravatta in tinta. Do un'occhiata al telefono dove dieci chiamate della mia coinquilina lampeggiano perse nel trambusto della stazione.

«Ho scelto una bruttissima giornata» continua avvicinandosi alla finestra battuta da una pioggia torrenziale.

Nell'ingresso si è diffusa la fragranza ricercata di un profumo da uomo, la sua cassetta degli attrezzi non c'è.

«Cristi è fuori» dico deglutendo a fatica.

Lui distoglie lo sguardo dai rivoli d'acqua sui vetri senza smettere di sorridere. Mi infilo svelta in camera dove la brandina comprata per Cristi è coperta da uno strato di polvere, indosso dei vestiti asciutti e conto fino a dieci. A undici, Fausto è ancora nell'ingresso.

«Telefoniamo a sua figlia?» Nello sforzo di essere leggera, la voce mi esce stridula.

«Già fatto. Ha il telefono spento.»

Mi parte una risatina nervosa mentre lui, senza scomporsi, appoggia una delle sue solite buste con su scritto Cristi sulla mensola della cucina.

«Prendiamo un caffè?» gli chiedo con la moka in mano.

Alla fine me lo offre lui, nel bar La Torinese, davanti ai

lavori di restauro di San Petronio. Un posto da turisti che accresce il mio disagio.

«Avrei un favore da chiederti» mi dice all'improvviso.

In due secondi preparo la risposta. È stata mia l'idea di spedirla a Genova, mio il consenso a fingere che vivesse sempre a Bologna. Però è stata di Cristi, solo sua, l'idea di non smettere di amarlo.

Abbasso gli occhi, Fausto appoggia rumorosamente il cucchiaino sul tavolo.

«Mi faresti da guida in Salaborsa?»

«Cosa?» balbetto.

«La grande biblioteca che se non sbaglio dovrebbe essere qui vicino.»

Dieci minuti dopo chiudiamo gli ombrelli grondanti d'acqua e giriamo fra gli scaffali, parlando dell'ultima udienza che ho seguito. Un episodio di violenza domestica, una vicenda brutale che Giannetti ha accettato di seguire in cambio di un compenso ridicolo. Mentre gli racconto delle lesioni subite da una donna e da suo figlio, Fausto sbuffa platealmente, fa una lunga dissertazione sui retaggi della nostra società, sulla cultura maschilista, sulle scuole che dovrebbero insegnare la parità. Tante frasi fatte, tanti libri solo guardati di sfuggita prima di arrivare al suo vero interesse.

«Sento spesso Cristi» mi dice tranquillo.

Lo sa, realizzo all'istante. Ha capito della messa in scena, di Genova, delle manifestazioni. Sa tutto e finge.

Siamo sul pavimento di vetro sopra gli scavi romani, le sue Tod's scamosciate inadatte alla pioggia frusciano leggere. Il sollievo di un bel paio di scarpe eleganti, da cui non riesco a distogliere gli occhi.

«Sta bene» gli dico, come se la vedessi sempre.

«Mi sarebbe piaciuto farle provare un'esperienza di studio a Londra quest'autunno. Vicino alla sua famiglia.»

Qualche mese, in una buona facoltà privata. Semplice da organizzare, se non ci fosse il biondo facinoroso di mezzo.

« Perché no? » dico neutra.

« Lilli » mormora lui.

Lilli? Sfuggo di nuovo il suo sguardo e punto le macerie protette dal vetro sotto i miei piedi. Cerco di capire chi ho davanti. Un borghese alle prese con una madre snaturata?

« Vorrà dire che imparerà l'inglese a Bologna » riprende lui ritrovando sicurezza. « O in qualche altra città » aggiunge sfoderando un sorriso.

Non ricambio.

Usciamo dalla Sala Borsa e la pioggia ci riavvolge, il bordo dell'ombrello di Fausto tocca in continuazione il mio mentre ci dirigiamo verso una stazione dei taxi.

« Mi sembri una donna forte. »

Determinata, ha detto l'olandese appena dodici ore prima. E ora forte. Ci manca solo che un tassista mi gridi che sono coraggiosa. Con un esercizio innato di buone maniere trattengo un verso di disapprovazione.

« Tenere dietro a Cristi non deve essere stato facile. »

« Io non le tenevo dietro » replico infastidita.

« Certo » si affretta a chiarire Fausto.

Lo guardo, il suo viso sbarbato con cura non tradisce emozione. Se le carte sono scoperte, non ho motivo di trattenermi.

« È sicuro, signor Vitali, di conoscere la figlia che le è capitata? »

Lui mi lascia allibita ridendo di gusto.

« No, non credo di conoscerla, ma non mi è capitata » precisa fra le risate.

Nello stesso momento un taxi si affianca a noi e lui con calma scivola sul sedile. È il momento dei saluti, delle carte che si ricompongono a formare un bel castello. Fausto però non ha questa fretta.

« Forse nemmeno tu la conosci del tutto » mi dice con tono deciso.

« Forse » replico senza timore.

«Forse solo lui la conosce veramente» aggiunge.

A questo punto ho un leggero tremore che maschero con un sorriso. Fausto contraccambia, faccio per chiudere la portiera ma lui la trattiene.

«Conoscerla però non significa tenerle dietro.»

Di nuovo quell'espressione abominevole da cacciatore nelle lande selvagge. Questa volta non nascondo l'irritazione, ma lui non si ferma.

«Per quello ci vuole testa» aggiunge.

Ci vuole una donna coraggiosa e forte, penso io e di sicuro anche lui. Una testa come la tua, preciserebbe Fausto se non gli sbattessi la portiera in faccia.

12

A novembre Giannetti vince una causa importantissima contro il direttore di una clinica dentistica grazie a una mia intuizione. O meglio, grazie a un controllo maniacale di tutti i documenti allegati al processo che porto avanti per una decina di notti. Dieci faldoni in cui scovo una fattura mancante che apre una voragine di cattiva fede nell'acquisto di materiali scadenti responsabili di un focolaio di infezioni.

«Le faccio i miei complimenti, Giulietta» mi dice l'avvocato fra una conferenza stampa e l'altra. Ho sempre creduto nella gioventù, scrive in una busta che mi fa recapitare dalla segretaria e che con mia grande sorpresa contiene un buono per un viaggio di lusso per due persone da scegliere in una famosa agenzia di via Indipendenza.

«Mi domandavo se fosse possibile usufruire di una forma di reso» dico la sera stessa alla titolare dell'agenzia.

«Cioè?» mi chiede allibita torcendosi un filo di perle attorno al collo.

Cioè viaggiare da un continente all'altro è l'ultimo dei miei desideri. Ho una casa da ricomprare, due genitori imbalsamati da tirare fuori da un appartamento claustrofobico sopra un bar.

«Sa, io non ho tanto tempo per i viaggi in questo periodo, pensavo di prendere ora i soldi» balbetto. Sto diventando rossa, appoggio i palmi delle mani sulle guance. «E poi naturalmente acquistare il viaggio in futuro.»

La signora molla la collana che atterra sulla sua giacca alla moda.

«Non ho mai ricevuto una richiesta simile.» Ho la punta delle orecchie in fiamme. «Tra l'altro solo l'avvocato Giannetti, che è nostro cliente da trent'anni, potrebbe chiedere il reso» continua sdegnata.

Mi sforzo di ridere e di non far caso al sudore che sento sul viso. «Certo, che sciocca, ha perfettamente ragione» biascico.

Prendo un catalogo e inizio a sfogliare. Bambini peruviani sorridenti per lo scatto, leoni pronti per i safari, una coppia si lega con una corona di fiori, le loro fedi luccicano su uno specchio d'acqua verde.

«Stupendo» esclamo convinta. Poi abbasso la voce. «Facciamo in modo che l'avvocato non sappia mai di questa mia richiesta» bisbiglio.

«D'accordo» mi risponde la signora della collana e io sono già in piedi. «E in ogni caso non c'è fretta, può pianificare il suo viaggio quando vuole, il buono non scade mai. In inverno le consiglio Mauritius.» Fa uno strano sorrisino poi aggiunge: «Magari con il suo fidanzato».

«Me lo ricorderò» mi sforzo di rispondere.

Ce l'ho un fidanzato? mi chiedo mentre risalgo i portici di via Indipendenza con il timore di vedermi riflessa nelle vetrine, ancora paonazza di vergogna. Fino a qualche mese fa avrei risposto: no, nemmeno mi serve. No, nemmeno lo cerco. Qualche anno fa avrei guardato Cristi e ci avrei riso sopra. Ora però è diverso, c'è Alessio. Ci sono i caffè del mattino con le spremute salutari, le prenotazioni al ristorante per due, le tapparelle della camera abbassate la domenica pomeriggio. Ora, dopo il lavoro, c'è un uomo che mi cerca, lo fa sempre con classe, e fra le lenzuola non delude mai. Forse adesso ho davvero un fidanzato, mi dico. Un fidanzato che se ritarda, avvisa. Se lascia Bologna per qualche giorno, giustifica la sua assenza: un impegno con gli amici, un convegno. Se non è d'accordo con me spiega pacatamente le sue ragioni.

Sono già arrivata in via Rizzoli, sollevo lo sguardo fino alla sommità delle Due Torri e poi lo abbasso a specchiarmi nella vetrina di una libreria. Il cappotto color cammello che uso per andare in tribunale spicca fra le decine di eschimo di studenti riflessi nel vetro. Certo che ho un fidanzato. Ed è pure un brillante specializzando in ginecologia che fra poco dovrebbe vincere il concorso in ospedale. Quasi sarei tentata di tornare sui miei passi, affrontare a brutto muso la titolare dell'agenzia con le sue perle e il suo sorrisino e dirle che se ha pensato che fossi sola, senza un uomo con cui sdraiarmi sulle spiagge bianche di Mauritius, si è sbagliata di grosso. Di sicuro Alessio e io non siamo ancora pronti per far luccicare le fedi in qualche lago della Tanzania, ma siamo due giovani professionisti con le carte in regola per arrivarci. Non è da escludere, chissà, mi dico mentre abbandono l'idea di tornare in agenzia e proseguo verso casa.

A gennaio, a soli venticinque anni, passo l'esame d'avvocato, Giannetti insiste per regalarmi una toga e Pia per organizzare una cena di festeggiamento.

« Sì o no? » mi chiede lei.

« Sì o no, cosa? »

« Sì o no, chi. »

Sì. Sono io che le ho messo in mano un biglietto del treno, io che le ho detto puoi andare. Non posso escluderla da questo festeggiamento.

Cristi si presenta direttamente al pub dove ormai lavoro un weekend al mese e che per una sera ci affitta gratis una saletta.

Fuori sta nevicando. Lei indossa degli scarponi pesanti di gomma, di sicuro un acquisto in un mercatone infimo. Un regalo di Mattia, mi spiega. Ma nonostante i chili di suola fabbricata in Cina avanza fra i tavoli leggera come sempre.

Per un istante rivedo la massa di banconote che non ho più osato guardare sotto l'armadio. Cento, mille scarponi di qualità.

Cristi si siede di fronte a me. Ha le solite sottolineature viola sotto gli occhi, da una camicia di jeans a mezze maniche spuntano due ossa lunghissime, il seno è più piatto che mai. A cena mangia lenta un panino, beve pochissimo.

Anche io non ho voglia di bere, mentre Pia, Alessio e un paio di suoi amici aprono birre alla tequila senza sosta.

Le vetrate all'inglese del pub sono coperte di neve, dalla porta si vede la tormenta regolare e fitta come quella dei presepi. Immagino piazza Santo Stefano mascherata di bianco, i lampioni di ferro carichi di neve e la finestra della camera assediata dal gelo. Magari sta nevicando anche in paese, magari solo sui cipressi della città vecchia. Cerco lo sguardo di Cristi che mi sembra intenta a contare le patatine rimaste nei piatti.

Sto ancora guardando i suoi occhi di gesso e i capelli lunghi a dismisura quando sento il gomito di Pia infilzarsi nelle mie costole. Sul tavolo, davanti al mio bicchiere, è comparsa una scatolina di gioielleria. Alessio. Due cerchi dorati fanno capolino nella mia mente e si stringono attorno alla gola. Prendo una birra dal tavolo e ne bevo metà. Le dita non si convincono ad aprire la scatola e tutto il sangue mi pulsa nella pancia che si irrigidisce. È la paura di ritrovarmi all'anulare qualcosa che luccica molto prima di quanto avessi immaginato. «Forza, apri» sibila Pia, che sa farsi passare le peggiori sbronze in un minuto.

Con il crampo alla pancia che non mi abbandona sollevo il coperchio e nell'attimo in cui vedo il gancio di sicurezza di un braccialetto e il mio nome, solo il mio, torno a respirare. Non è oro pieno, mormora qualcuno, nello stesso momento mi alzo e do un bacio ad Alessio. Temo che neanche il mio bacio sia pieno. Lui è talmente ubriaco da non farci caso.

13

Cristi non è più seduta davanti a me, non è nella sala principale del pub e nemmeno al bancone. Con un paio di gomitate mi faccio strada tra le persone, appena la vedo mi aggrappo al suo braccio e cerco di entrare insieme a lei nella toilette.

«Siete cieche?» ci urla un buttafuori.

Non lo conosco, deve essere la sua prima serata.

«No» rispondo serena. Lui batte più volte il pugno sulla porta del bagno, dove un cartello che ho scritto io recita NON SI ENTRA IN COPPIA.

«La mia amica non sta bene» gli dico conciliante. «E anche io lavoro qui.»

Il buttafuori si mette a ridere, faccio un cenno a un barista che conosco, ma lui nella confusione non mi vede.

«Andiamo via» dico a Cristi. Lei però s'impunta. Si avvicina al ragazzo, sono alti uguali.

«Togliti di mezzo» intima.

«Parli con me?»

«Parlo a te e alle tue regole del cazzo» prosegue infervorata.

A quel punto il buttafuori le stringe il braccio, le dita affondano direttamente nelle ossa, io sono senza parole, mentre Cristi gli allunga dei calci negli stinchi.

«Lasciala» grida Gianni. «Sono amiche e la mora fa la barista qua.»

Il buttafuori molla all'istante.

«Buffone» grida Cristi mentre Gianni la guarda allibito.

Con una spallata apro la porta del bagno e la trascino dentro. Ha le guance rosse, scuote la testa china.

«Che cosa combini» le chiedo dolce. «Ti metti a litigare con gli energumeni alla mia festa?»

Lei chiude gli occhi.

«Non sopporto i maschi prepotenti.»

«Cosa c'è che non va?» insisto. Ho ancora le parole del funzionario di polizia sul debole di Mattia per le donne che mi ronzano in testa. «Ti tradisce?»

«No.»

«Non ti piace Alessio?»

Le sto facendo una raffica di domande, chiedere non significa ascoltare. «Se non stai bene a Genova, puoi sempre tornare qua.»

Lei apre gli occhi, si avvicina, fa per sfiorarmi le labbra, ma io mi allontano.

«Non hai risposto, Cristi.»

Si ritrae. «Sto bene. Solo qualche piccola differenza di pensiero.»

«Sulla fedeltà?»

«In un certo senso sì.» Si appoggia di spalle sul lavandino e allunga le gambe in avanti. «Anche io ho un regalo per te.»

«Lo scartiamo qui in bagno?» rispondo tappandomi il naso.

«Ti aspetta in camera da un po'.»

«Cosa stai dicendo?»

«Prendi i soldi di Fausto, quelli dell'armadio.»

Sono passati due anni, ma le parole della maga di Hvar tornano come saette. Tanti soldi, all'inizio non tuoi. E ancora, il futuro della tua amica non è nelle sue mani.

«Non me lo dire mai più.» Sono gelida. Lei sorride.

«Sono tanti, ci ho messo tutti quelli che mi ha regalato da quando mi ha riconosciuta. A me non servono, se non ti bastano ne trovo altri.»

«Non dire cazzate, usciamo di qui» replico con voce strozzata.

Cristi però si piazza davanti alla porta e torna alla carica. «Stasera vai in camera, li conti e decidi.»

«Cos'è, la mia buonuscita?» Adesso sto ridendo come una iena, ma Cristi non afferra. «Anche a me non servono» aggiungo allora.

«Non è così. A te non serve il braccialetto, a quello non pensi già più.»

Faccio un sospiro lungo. «Quei soldi sono tuoi.»

«No. Sono di Fausto.»

«Non più, te li ha dati. Usali, inizia a lavorare, manda al diavolo i tuoi genitori e scegli la libertà.»

I suoi occhi si sgranano come quando era bambina, per la prima volta sta per contraddirmi ed è terrorizzata all'idea di farlo. «La libertà è un'altra cosa» spara.

«Sarebbe?»

«Non ha niente a che fare con il denaro. Non ha niente a che fare nemmeno con le case.»

«Questa è filosofia» replico indispettita.

«Allora è semplice, prendi i soldi.»

«Stammi bene a sentire, perché non voglio ripeterlo più. Non prenderò mai quei soldi.»

Alessio apre di colpo la porta, non ci eravamo chiuse dentro. «C'è Mattia, il fidanzato di Cristi, era preoccupato per la neve.»

Il fidanzato di Cristi. Per qualche secondo odio Alessio visceralmente. Lei raggiunge l'uscita. Da lontano vedo Mattia. È rimasto fuori, sta sorridendo. La porta del pub è aperta, sui capelli ha dei fiocchi, sulle strade oltre i portici c'è un metro di neve.

«La giacca» dico inseguendo Cristi con il suo piumino in mano.

Lei non ci fa caso e io mi metto perfino a correre. E poi succede una cosa strana, la rivelazione che mi aspetta da quando ho dieci anni: sto correndo in un pub fra la gente, urlando il suo nome, agitando in mano una giacca come se fosse questione di vita o di morte e all'improvviso mi fermo. Capisco che potrei correre all'infinito, ma ho già corso fin troppo. Li vedo: si stanno abbracciando, di colpo sono l'unica immagine che ho davanti, non la posso cambiare. Proprio come la goffaggine che possiedo dalla nascita, come la camminata rigida di mia madre, la solitudine in cui sono piombati i miei genitori, e anche io. È l'immagine di due ragazzi che si amano, due a cui la vita ha tolto a piene mani, come ha fatto con me, ma a loro ha lasciato qualcosa che forse io non ho. Davanti a tanta bellezza si può morire o far morire. Non scelgo quella sera, lo faccio nel tempo che deve venire. Scelgo la prima strada e anche la seconda.

14

I genitori di Alessio sono belli, discreti e ospitali. Forse un po' formali, ma nel complesso il primo weekend che trascorro ospite nella loro villetta a Rimini, qualche mese dopo l'esame da avvocato, fila liscio.

«Allora, come è andata la cena?» mi chiede lui appena rimaniamo soli, la sera del nostro arrivo.

«Direi che è stata perfetta.»

E in effetti era tutto curato, il cibo leggero, la disposizione dei posti a tavola ben studiata, le domande dei suoi genitori sulla mia professione interessate, niente affatto invadenti. Anche Alessio non ha sbagliato niente: premuroso nel riempirmi il bicchiere, tranquillo nel raccontare il nostro primo incontro con la doverosa omissione del finale in barca e, soprattutto, mai un bacio o un abbraccio di troppo. Ora siamo solo lui e io nella stanza che è stata riservata a me. Terrazzino vista mare e letto singolo. Camere separate: un vero tocco di classe, direbbe mia madre. Una formalità inutile, penso io. Un'abitudine di famiglia, amico o fidanzata stesso trattamento, mi ha spiegato Alessio.

«Ma come ti sono sembrati i miei?» insiste.

«Ti assomigliano. Carinissimi.» Mi tolgo le scarpe, sfilo il braccialetto e mi siedo accanto a lui sul copriletto che profuma di lavanda. «Sono molto giovani, soprattutto tua madre» aggiungo. Una bellissima signora, abbronzata, capelli castani sciolti sulle spalle, fisico ancora scolpito.

Lui ride. «Sono stato un inciampo.» Ride ancora. «Festa dei diciott'anni di mia mamma.»

Anche io mi metto a ridere. «Niente male come sbaglio.» Lo bacio a lungo, poi mi stacco. «Ora però è tardi, perciò ti alzi e vai nella tua stanza», e siccome non se ne vuole andare lo caccio a forza.

All'una, quando come era prevedibile torna da me, non ho ancora preso sonno. Alle due siamo ancora svegli, di solito a Bologna dormiamo ognuno nel proprio lato, ma qua siamo stretti nel letto degli ospiti che cerchiamo di non far cigolare.

«Tu ci stai attento sempre?» gli chiedo all'improvviso.

La finestra è chiusa, ma la stanza, nonostante sia giugno, è fredda. Sempre significa quasi tutte le notti, visto che negli ultimi tempi dormo di rado a casa mia. Mi copro con il lenzuolo fino agli occhi e aspetto la sua risposta che non arriva. «Allora?»

«Ovviamente, sì.»

So che è una persona pratica, con i piedi piantati per terra, anche per questo sto con lui. È anche per questo non è tipo da lunghi discorsi nel cuore della notte. Però una risposta così stringata non mi basta.

«Sicuro?» insisto.

Alessio sospira, poi mi dice di stare tranquilla. Mi assicura che non vuole rovinarmi la carriera, che non ha intenzione di mettere su famiglia prima di finire la specializzazione e che sta attento da quando è bambino perché è sempre stato precoce.

«Adesso però dormiamo» conclude e appoggia la mano fra le mie gambe.

Lui si addormenta, io no. E non perché la sua raffica di rassicurazioni non mi abbia convinto, vista la sua scioltezza credo pure alla storia della precocità. È che il muro contro cui mi appoggio per lasciare spazio ad Alessio è freddo e appeso alla parete c'è un orologio con le lancette che vibrano ogni minuto. Poi, come se non bastasse, fra i miei pensieri insonni c'è pure l'orologio di Yannick. Quello che mi batte sempre in testa. Quello che fra poco, a settembre, finirà il suo conto alla rovescia, e nemmeno una cena piacevole o il calore della mano di Alessio fra le mie cosce potrà rallentarlo.

Qualche settimana dopo, alla fine di giugno, Giannetti perde definitivamente una causa di cui non sapevo quasi nulla e per una settimana non si fa vedere in studio. La segretaria mi spiega bisbigliando che si trattava di difendere una catena di supermercati contro dei piccoli produttori di mele convinti di essere stati sfruttati. Un lavoro difficile per un amico di vecchia data che l'avvocato ha preferito gestire da solo. Non aggiunge altro, ma l'aria che respiro ogni volta che entro in studio è pesante e passo tre notti a stilare elenchi di avvocati della città. Sabato sera, mentre sto andando al pub, la segretaria mi convoca in studio.

«Domani mattina» mi dice esitante.
«Domenica?»
«È importante» ribatte imbarazzata.
Ci vado vestita di tutto punto, dopo aver dormito solo due ore, con il tailleur migliore che ho e senza averne fatto parola a nessuno. Prima passo in pasticceria e prendo un vassoio di paste per la segretaria, un gesto da provinciale, ma non intendo andarmene senza lasciare un segno e quella mattina devo essere veramente spaventata per non trovarne di migliori.
L'avvocato però è solo, mi riceve senza tanti convenevoli direttamente nel suo studio. I pasticcini sono trasparenti al suo sguardo cupo, non al mio che continuo a tenerli sulle ginocchia come pietre.
«Giulietta» attacca grave, «lo sa che quando si lavora tanto non si ha tempo per la famiglia.»
«Sì» mormoro.
«I figli assorbono la nostra attenzione. Se si ammala vera-

mente un bambino, tutto, anche il processo più importante passa in secondo piano.»

Per un attimo risento mia madre che tutte le volte alla stazione, prima di salutarci, mi dice stai attenta per carità, sarebbe un così gran peccato.

«Sì.» Mi schiarisco la voce. «Ha ragione avvocato.»

«Per non parlare di quando sono adolescenti e di notte si resta svegli ad aspettarli.»

Lo interrompo. «Io non voglio figli.»

Lo dico con veemenza, ci credo veramente. In quel momento non posso prevedere che nella mia vita futura le cose andranno diversamente.

Giannetti si blocca, addirittura sorride, poi scuote la testa. «Non stavo parlando di lei.»

Lo guardo confusa e lui si spiega meglio. «Ho lavorato tutta la vita, al momento giusto non ho fatto figli, perché non me la sentivo. Non li volevo. Poi quel momento è passato e la voglia di averli si è fatta sentire quando era troppo tardi per mia moglie.»

È la prima volta che l'avvocato nomina in mia presenza sua moglie, l'ho vista passare più volte in studio, una donna di classe. Sono molto uniti, mi ha detto la segretaria un giorno durante una pausa.

«Adesso, a settantasette anni, mi ritrovo con un impero, inizio a perdere qualche colpo e sono senza successore.»

«Vuole chiudere?» Le referenze, chiedigli le referenze, penso agitata.

«No.»

Arriccio il nastro del vassoio di paste fino a bloccarmi il sangue nelle dita.

«Vorrei un giovane meritevole a cui permettere di entrare in società con una quota simbolica» continua lui.

Un giovane. Sempre la solita storia, ovunque, sempre gli uomini prima.

«Un maschio?» gli chiedo di getto.

Un maschio, che espressione ridicola, vorrei sprofondare fino a tornare ai banchi della piccola scuola elementare dove era la campana della chiesa a dirci che le lezioni erano finite.

Giannetti non trattiene un moto di fastidio. «Signorina, oggi la sua perspicacia mi delude.»

Non è una questione di perspicacia, è una questione di insicurezza e a dire il vero anche di statistica, perché negli ultimi anni ho sempre perso. La casa, la lucidità di mio padre, Cristi.

«Allora» mi dice sbuffando, «che cosa vuole fare? La credevo più determinata.»

Il tono secco dell'avvocato mi sferza, mollo il filo argentato delle paste. Sui polpastrelli c'è un solco bianco e le punte sono viola. Sento il sangue che torna a fluire nelle dita.

«Le bastano due euro per una quota societaria?» chiedo seria.

«Ora la riconosco» mi dice lui stringendomi la mano.

Questo è il grande passo che a soli venticinque anni faccio verso il mio albicocco. Con l'incredulità e la gioia di uno zoppo miracolato, che quella sera per festeggiare offre cena e dopo cena al suo fidanzato.

«Se non mi avessi spinto a dare il mio curriculum a Giannetti, quando ci siamo conosciuti, tutto questo non sarebbe mai avvenuto. Ti devo tanto.»

Siamo nel letto di Alessio, finestra aperta, bottiglia di Franciacorta vuota per terra. Dal rampicante che corre sulla parete del condominio arriva un effluvio inebriante di gelsomino.

«Lascio il lavoro al pub» continuo, «ancora non riesco a crederci.»

«Te lo meriti» mi dice salendomi sopra.

«Credo di amarti» sussurro.

Lui mi guarda serio, sento il suo corpo che si irrigidisce sopra il mio. Poi si alza di scatto, da sdraiata lo guardo armeggiare in un cassetto del comodino. «Queste potrai usarle ogni volta che vorrai» mi dice e appoggia sulla mia pancia un mazzo di chiavi.

Sento il freddo dell'acciaio sull'ombelico. L'anno scorso ho inventato mille scuse per non prendere le chiavi di casa sua. Ora, lentamente, le stringo e chiudo gli occhi, mi concentro per non distrarmi con i ricordi, non adesso che so cosa sta per dire. E in effetti Alessio non si fa attendere. «Ti amo, Giulia» dice a bassa voce.

Aspetto qualche secondo poi mi decido ad aprire gli occhi. Alessio non è fuggito e non mi guarda desideroso di qualche risposta. È seduto sul letto e semplicemente sorride. Così come, semplicemente, da oggi non sono più la collaboratrice di uno studio legale, ma la socia di uno degli avvocati più famosi di Bologna. Non sono più una che perde pezzi alla stazione, che rovescia cassetti in una camera da studentesse universitarie. Da questa sera sono una donna che festeggia le vittorie a calici di Franciacorta, una donna che potrà entrare nella casa di un uomo innamorato tutte le volte che ne avrà voglia. Faccio scivolare le chiavi nella mia borsa ai piedi del letto, poi respiro profondamente. L'aria che butto fuori fa uno strano vento sulla mia pelle nuda. È quello del cambiamento. Le parole escono da sole. «Anche io ti amo.»

15

Da quella notte dimentico che nell'appartamento di Alessio esiste un campanello: uso le chiavi tutte le sere, anche se lui è in casa, anche se non mi aspetta. C'è un gancio nell'attaccapanni dell'ingresso riservato alla mia borsa, uno scaffale per me nella scarpiera e qualche libro di diritto sul comodino. Il fatto che Mattia, un sabato mattina alle otto, mi trovi nel mio appartamento è una pura coincidenza, anzi è la solita fortuna sfacciata che ha lui tutte le volte che si mette in testa qualcosa. Questa volta, la sua idea è di lasciarmi Cristi per il fine settimana.

«Non è possibile» mi limito a dire.

Mattia mi fissa senza battere ciglio. Sono in camicia da notte, siamo sulla soglia del mio palazzo, mentre Cristi è ancora in macchina, una Golf arancione incidentata, e sta parlando al telefono. Non la vedo da mesi, precisamente dalla sera della festa.

«Sono solo due giorni» insiste.

«Ho da fare.»

«Mi stai dicendo che non hai un fine settimana per lei?»

«Non è questo il punto» gli rispondo spazientita. «Non ho tempo. Sono in casa solo perché ho un'udienza da preparare per lunedì.» Ho deciso di dormire da me proprio per studiare nella concentrazione assoluta della mia camera. «Un lavoro serio» puntualizzo acida.

«Ci credo» borbotta lui torvo. «Però questo significa che resti a Bologna e quindi non dovrebbe essere un problema ospitare Cristi.»

Appoggio la schiena al portone. Le sue deduzioni sfrontate mi stanno fiaccando, ho bisogno di una doccia fredda e di qualche ora di lavoro proficuo. Provo a cambiare tono.

«Dove devi andare?» gli chiedo più conciliante.

«A Roma, ho una riunione importante. Domani sera passo a riprenderla.»

Lancio un'occhiata verso Cristi che è ancora in macchina ed è sempre al telefono. Lei che fa lunghe telefonate è quasi più stupefacente di Mattia che me la affida come una figlia.

«Perché non potete andare insieme e magari farvi anche una passeggiata a Roma?»

«Troppo lungo da spiegare. Non capiresti.»

Il debole per le donne, aveva detto il funzionario ridendo.

«Non potevi lasciarla a Genova?»

Mattia mi fissa impensierito, poi scrolla le spalle. «Sarebbe troppo complicato spiegartelo adesso. Per favore, ospitala», e nel rispondermi abbassa la voce.

In pratica non ho il diritto di sapere niente, però devo accettare che i miei programmi di lavoro siano meno importanti dei loro casini. Scuoto la testa. Penso ai fascicoli che mi aspettano e a cosa sarei costretta a raccontare ad Alessio per spiegargli l'improvvisata. Nel momento in cui sto per dire definitivamente no, Cristi esce dalla macchina con uno zaino in spalla, viene verso di me, sfiora la mano di Mattia, senza baciarlo né dire una parola.

«Grazie Giulia» scandisce lui, cupo, appena Cristi non può vederlo.

«Lo faccio per lei» rispondo a denti stretti. Lo faccio perché ha deciso lei con il solito tempismo perfetto, dovrei dire.

Mattia riparte con la sua Golf, noi saliamo in casa senza dirci una parola. Adesso che siamo sole, sedute in cucina, sono imbarazzata, lei è sovrappensiero, distratta.

«Be'» borbotto facendo il caffè. «Devo lavorare qualche ora, poi potremmo fare un po' le turiste.»

Cristi annuisce, ha i capelli sporchi tutti rappresi in ciocche che le coprono il viso. Non ha voglia di parlare di nuovi locali.

«È fatto così, è parecchio testardo se ci si mette» mi dice.
«Avete litigato?» le chiedo.
«Forse.»

Mi innervosisco. «Per la miseria Cristi, non ti fai sentire da un mese, ti fai scaricare qui come un pacco. È tutto assurdo, dimmi cosa sta succedendo.»

«Non mi voleva con lui.»
«Per quale motivo?»
«Perché a volte non la pensiamo allo stesso modo.»
Ne so quanto prima. «Spiegati meglio.»

Questa volta lei non risponde, si avvicina e dà un morso a un biscotto che tengo in mano.

«Posso sdraiarmi sul tuo letto?»
Distolgo lo sguardo e butto via il biscotto mangiucchiato.
«Solo per un po', sono così stanca» insiste.

Senza rispondere, vado in camera e Cristi mi segue. Poi chiudo le tende, faccio per prendere delle lenzuola pulite, ma lei blocca la mia mano con un sorriso. Si sveste e in slip si sdraia sulle mie lenzuola con gli occhi chiusi.

Quando si sveglia, due ore dopo, è nervosa. Io sto preparando a rilento l'udienza, lei lega e slega i capelli senza motivo e per la prima volta dalla nostra infanzia mi fa un sacco di domande su Ida.

«Di che colore era il suo grembiule più rattoppato?»
«Verde.»
«Il pollo lo prendeva da un contadino della città vecchia?»
«Sì. Il latte invece in una fattoria vicino al maneggio.»

A ogni risposta conosciuta, respira. A ogni domanda, mi dà una stretta al braccio come se dovesse strattonare la sua memoria.

«Lo sapevano tutti in paese che non era capace nemmeno di firmare?»
«Cosa cambia?»

«Cambia.»

Sospiro. «Che sapesse scrivere o no, non importava a nessuno.»

«Era l'unica che non si preoccupava delle pagelle?»

Questa volta sbuffo e chiudo i fascicoli con un colpo secco, ma lei ripete la domanda.

«Sì» mi decido a rispondere.

Mi alzo. Se vuole sentirsi dire da me che sua madre si preoccupava solo di quello, nemmeno di farla mangiare o di chiamarla, sono pronta a raccontarglielo perché Lilli mi disgusta. Ma Cristi corre in bagno, sento l'acqua della doccia scrosciare per qualche minuto e quando torna in camera è vestita ed è già alla conclusione.

«Tu riusciresti a comportarti così con tuo figlio?» mi chiede.

«No di certo» le rispondo di getto.

Si è annodata una camicia all'ombelico e ha infilato i jeans senza asciugarsi, gli occhi sono più verdi che grigi e bagnati anche loro. Con la scusa di raccogliere dei fogli da terra mi chino per sfuggire il suo sguardo, se potessi non solleverei più la testa e rimarrei a contare le pietruzze del pavimento anni Cinquanta fino al ritorno di Mattia. Cristi però si piega un po' verso di me e mi appoggia una mano sulla spalla. Lentamente mi alzo e lei sorride, poi apre la finestra e si accende una sigaretta.

«Scusa» borbotta spegnendola sul davanzale.

Non dico nulla.

«Hai mai pensato che siamo tutte e due figlie uniche?» continua mentre si infila la sigaretta bruciacchiata in tasca.

Adesso fisso lei, i suoi occhi e la sua dannata abitudine di infilarsi le cose in tasca: sigarette, noccioli di frutta, cuori.

«Perché parliamo di figli?» balbetto. «Sei incinta?»

«No.»

«Vuoi dei figli?»

Lei svia. «Tu?»

«Assolutamente no» rispondo.

Si raccoglie i capelli di lato, poi accarezza i miei. Cerco di scostare le sue dita che si muovono nervose sulla mia testa.

«Mattia li vorrebbe.»

«E tu?»

«A volte anche io.»

Sono pietrificata e lei aggiunge: «Però non posso, non ne sono capace».

Adesso la risposta più facile sarebbe: siete giovani, potete aspettare. Quella di mia madre: almeno finisci l'università. Quella vera: certo che ne sei capace.

«Anche io non ne sono capace» rispondo. Ripenso alla conversazione notturna con Alessio a casa dei suoi. «E poi non li voglio proprio» aggiungo decisa.

Cristi si siede accanto a me, con l'indice segue il disegno delle mie lentiggini sul viso.

«Non è così» sussurra mentre io la lascio fare. «Tu ne vuoi, perché fai parte di quelli che vogliono lasciare un segno. Una specie di mattoncino con il tuo nome. Solo che adesso vedi tutto nero e non ci pensi.»

Si alza di nuovo, apre l'armadio e davanti alla vista dei suoi risparmi intatti scuote la testa. «Non voglio più parlare di quei soldi» sibilo.

I suoi capelli dissentono bruscamente. «Allora li bruciamo quando viene freddo» dice, poi si volta e quando incontra i miei occhi sta ridendo.

«Questa notte ti lascio la camera» mormoro con un filo di voce, perché quello che mi ha appena detto mi ha turbato nel profondo e perché adesso, con la Golf arancione di Mattia ancora fissa tra i miei pensieri, l'idea di toccarla anche solo per sbaglio mi fa rabbrividire.

Cristi non muove obiezioni.

*

Più tardi riesco a evitare Alessio con la promessa di raggiungerlo a casa a fine serata.

«Come mai non ceniamo insieme?» mi chiede al telefono.

«Pia è da sola» rispondo vaga.

Lui ride. «Ho un amico che le farebbe compagnia.»

«Preferiamo stare un po' fra donne» ribatto, ma il tono mi esce serio.

Alessio se ne accorge. «Problemi?»

«No, è che...» non vorrei ma esito, «c'è anche Cristi.»

Gli racconto che è arrivata di mattina, ma tralascio completamente la conversazione fra me, in camicia da notte, e Mattia. Troppo difficile da spiegare al telefono, meglio di persona. O magari meglio evitare del tutto, lasciare Alessio fuori dai casini di Cristi e dalla mia incapacità di dirle di no.

Lui rimane qualche secondo in silenzio. Poi dice secco: «Pensavo ti dovessi preparare per lunedì».

Smorzo: «Per fortuna sono riuscita a lavorare e sono a buon punto».

«Già» borbotta. «Allora farete una serata in tre come ai vecchi tempi.»

Le serate dei vecchi tempi erano soprattutto in due. Almeno quelle che ho in mente io e forse, a giudicare dal suo tono cupo, un po' anche lui.

«Dopo cena vengo a casa tua» mi affretto a dire, e davvero non ho alcuna intenzione di vagare con Cristi per le vie e i parchetti del centro. «Se sei fuori, ti aspetto sveglia» aggiungo dolce.

«Come vuoi.»

Sento che desidera chiudere, prima che mi saluti riesco a mandargli un bacio.

La storia di Pia non è una bugia, c'è anche lei insieme a noi in una trattoria di via del Pratello. Cristi va avanti e indietro dal tavolo al cortile a fumare sigarette, mentre noi ordiniamo tagliatelle al ragù e un litro di rosso.

«Programmi estivi?» chiede Pia quando siamo tutte sedute.

«Quest'estate tengo aperto lo studio» rispondo per prima. «Nei fine settimana farò la pendolare a Rimini.»

E prima di ferragosto ho già appuntamento con una decina di banche, poi con Yannick. Questo però, che è il mio chiodo fisso e l'unico vero programma che ho in testa per l'estate, non lo dico.

«Giulia andrà a Rimini dai suoceri mentre io passerò tutte le ferie in ospedale» ridacchia Pia. Cristi mi guarda, non ride.

Adesso sta a lei: «Dal 12 al 21 agosto a Tellaro».

«Tellaro, cos'è?» chiede Pia.

«Perché quelle date?» mi accavallo io. «Perché tanta precisione?»

Cristi abbassa la forchetta e alza la voce per superare le chiacchiere degli altri avventori. Tellaro è un borgo incastrato sugli scogli nel mar Ligure. La chiesa a picco battuta dalle onde, la collina alle spalle delle case basse. La nostra città vecchia sul mare, penso mentre lei continua a parlare.

«C'è una pensione, Le Vele. Camere grandi, tanta aria, i bagni in comune.»

«E la folla dei bagnanti d'agosto?» chiede Pia.

«Ce ne freghiamo.»

Anche io me ne frego del loro letto da cui si può vedere il mare. Degli scogli allungati che di sera si svuotano e sono talmente piatti da poterci dormire. L'idea di Cristi e Mattia che prenotano un albergo suona strana. Affilo la voce. «Come mai avete già scelto le date?»

Pia non fa caso alla mia domanda, Cristi si blocca in un sorriso. Non il suo, una specie di smorfia tirata. «Un'idea di Mattia» si limita a rispondere.

Però c'è qualcosa che non torna. Cristi con il suo sorriso

sghembo, l'ossessione per Ida e le vacanze programmate con anticipo non mi convincono. Appena Pia si alza per fare una telefonata, cambio posto e mi siedo accanto a lei.

Guardo il suo piatto ancora pieno. «Perché sei così agitata?»

«Non lo sono.»

«Ma non sei andata a Roma con Mattia.»

«Te l'ho già spiegato, non ero invitata alla riunione. Poco male, tante parole e niente fatti.»

Con la forchetta sceglie un pezzo minuscolo di carne che lentamente porta alla bocca.

«Che cosa volevi dire prima?»

«Quando?»

«Quando hai detto che non saresti capace di avere figli.»

«Non lo so. Ho detto la prima cosa che mi è passata per la mente.»

«Non è che mi nascondi qualcosa?»

Adesso non penso più ai figli, sto pensando alla litigata di qualche mese prima con il buttafuori, ai calci negli stinchi, al ribrezzo per i soldi di Fausto, a Mattia che mi ringrazia con fare cupo dopo avermela scaricata davanti a casa.

«Cos'è questa storia dei fatti» la incalzo. «Di che fatti hai bisogno? Ti stai mettendo nei guai?»

Cristi abbandona definitivamente la forchetta e fa cenno di no muovendo le sue ciocche bionde. Solo no, niente da nascondere, niente da dichiarare. Se il teste è reticente, si basi su quello che trapela dallo sguardo, dai movimenti delle mani, dai sorrisi, dice sempre Giannetti. E dai capelli, nel suo caso.

«Stai attenta all'odio» le dico allora secca, e non faccio in tempo a finire che Cristi ha già risposto.

«Anche tu.»

16

Mattia, come promesso, torna a prendersi Cristi il giorno dopo e io, come da programmi, trascorro i mesi che seguono al lavoro. L'estate in città, per me che sono nata in un paese, sopra un fiume e sotto un bosco di abeti, non può essere una stagione vera. È una specie di intervallo, un contenitore di afa che quell'anno respiro con l'ansia di superare ferragosto e di incontrare i funzionari delle banche per il mutuo, mentre l'erba dei parchi ingiallisce e gli stagni si addensano.

Alessio ha tre settimane di ferie: una la trascorre a Barcellona con degli amici, le altre due dai suoi genitori.

«Qualche giorno di vacanza potresti prenderlo» mi dice una domenica mattina.

Siamo a Rimini, in spiaggia. Sopra di noi il cielo è terso e l'acqua del mare, complice un venticello leggero, è ondulata e pulita.

«Sei arrivata ieri sera tardi, rimani almeno fino a domani» continua.

Mi alzo dal mio lettino, mi aggiusto il costume, un bikini nero che mi ha regalato sua madre, e vado a sdraiarmi accanto a lui.

«Non posso proprio» mormoro.

Lui scuote la testa e abbandona l'argomento. Non per molto, perché un'ora dopo mentre stiamo passeggiando a riva torna alla carica.

«È per il lavoro o c'è dell'altro?»

Mi fermo, con la mano mi riparo dai raggi del sole e lo

guardo negli occhi. Sono cupi, è teso. «Non c'è assolutamente altro» gli dico ferma.

Ed è la verità, almeno per quello che intende lui con la parola altro: un altro uomo, un'altra storia. Riprendiamo a camminare, la sua mano si rilassa nella mia. La stessa mano che questa notte mi ha accarezzato nella stanza degli ospiti con la brezza del mare che entrava dalla finestra. Non voglio un altro. La sola idea di farmi toccare da un collega o di recuperare uno dei tanti conosciuti negli anni al pub, adesso che ho tutto questo, mi fa ribrezzo. D'altra parte non riesco a pensare a una vacanza. Non a costo di perdere il compenso extra che ho pattuito con Giannetti per l'immane lavoro estivo. E soprattutto non con la questione di Yannick che incombe e di cui non ho alcuna voglia di parlare.

Quella sera, per la prima volta, quando salgo sul treno per Bologna, davanti all'espressione un po' mogia di Alessio provo la tentazione di scendere. Per qualche minuto resto in piedi davanti al finestrino aperto.

«Magari il prossimo fine settimana mi fermo» dico, ma devo averlo solo pensato.

Meglio così, perché la mattina dopo, sepolta dai faldoni e dalle clausole vessatorie delle banche che leggo e rileggo, ho già cambiato idea. Le file degli ombrelloni, le nuotate di Alessio e i regali di sua madre mi sembrano più lontani dei cento chilometri che ci separano.

In quel periodo al lavoro c'è anche la segretaria. Mentre l'aiuto a sistemare le carte, giorno dopo giorno, segue il mio impegno con un misto di ammirazione e nervosismo, se sbaglio borbotta che mettere a posto non è affare da dottori, se faccio bene corre a prendermi una spremuta fresca o un affogato al caffè.

A volte apre una cartella e dice: questo me lo ricordo, oppure: qui erano gli anni Settanta, facevo le superiori e a

Bologna si sparava facile, non si capiva chi avesse ragione. Quando la sera se ne torna a casa raccomandandomi di fare altrettanto, io le rispondo di salutarmi figli e marito e puntualmente rimango. Abbasso la temperatura del condizionatore, telefono ad Alessio, poi ordino del cibo cinese che qualche ragazzo sudato mi consegna perché lo divori alla mia scrivania. Mentre mangio stilo l'elenco delle banche e le relative condizioni a cui sottostare per indebitarmi. Appena finisco butto i contenitori nel cestino in strada e a malapena ricordo se ho mangiato spaghetti di soia o ravioli di gamberi. Poi torno in ufficio, mi allungo su una poltrona e aspetto di addormentarmi al fresco, di svegliarmi di soprassalto e di tornarmene a casa a piedi per finire la notte.

Ogni tanto, soprattutto quando attraverso la piazza sotto casa o nell'istante stesso in cui giro la chiave nel portone, mi dico che dovrei chiamare Cristi e metterla in guardia perché l'idea di bruciare i soldi di Fausto non è bella nemmeno per scherzo. Mi dico che per lei sono stata anche una specie di sorella e, proprio per questo, dovrei suggerirle di lasciar perdere gli incendi, ordinarle di non mettersi nei casini. Qualche volta prendo in mano il cellulare, arrivo anche a cercare il suo numero, poi però penso che l'estate non è la stagione dei chiarimenti, non per noi. La chiamo a settembre, mi riprometto. E so che sto cacciando la testa sotto la sabbia, in fondo in fondo nel deserto, fino all'olio nero.

Il primo pomeriggio che mi decido a seguire il consiglio della segretaria, che poi è lo stesso di mia madre – farmi una cena sana, una dormita normale, una notte senza risvegli sudati in mezzo alle scartoffie – incontro Genny all'uscita del supermercato. Non ci vediamo dal primo anno di università. È diventata ingegnere, da qualche settimana ha un posto precario in una ditta che fa macchine per imballaggi, in mano tiene una borsa della spesa che è almeno tre volte la mia.

« Non hai ferie? » le chiedo.

Mi risponde con uno sbuffo. Poi lancia un'occhiata alla mia busta striminzita. « Abito qua da sola » mi dice indicando via Lame. « Tu vivi con qualcuno? »

Penso alle chiavi di casa di Alessio e ai fine settimana lampo che nell'ultimo periodo stiamo trascorrendo a Rimini, ancora non si può dire che conviviamo.

« Divido l'appartamento con un medico » rispondo, sto pensando a Pia ma non ho voglia di specificarlo.

« Anche il mio ex è un medico. » A questo punto cambia improvvisamente tono, più basso, più delicato. « Hai notizie di Cristi? »

« Qualcuna, sta spesso a Genova » dico.

« Certo che sono stata una vera stronza da piccola con lei. »

La fisso, sembra sincera. « Abbastanza » replico con un mezzo sorriso.

Genny non ride. « Un paio di mesi fa, dopo la rottura con il mio fidanzato, sono stata un po' in paese. »

Non so cosa dire, annuisco.

« Ho sentito brutte voci sul suo conto » continua lei.

Sono provata dalla giornata di lavoro, ho la guardia abbassata. « Sul tuo ex? » chiedo ingenuamente.

Genny specifica: « Brutte voci su Cristi ».

« Davvero? » le chiedo stizzita. La piccola pettegola di un tempo sarà diventata ingegnere ma non ha perso il vizio.

Lei coglie il mio malumore. « Se non vuoi parlarne capisco » dice imbarazzata.

Non vorrei parlarne, ma sono curiosa e voglio ascoltare. Cerco di togliere ogni traccia di astio dal mio viso.

« Tutt'altro, adoro le chiacchiere di paese. » Appoggio la busta a terra e mi sfrego le mani. « Allora » continuo spavalda, « cosa ne sanno al paesello di quello che avviene in Liguria? »

All'inizio non ascolto, penso solo a mia madre che si cuce

la bocca pur di non lasciarsi scappare niente, alla cattiveria delle serpi che bucano l'Appennino e vanno dall'est all'ovest, da un decennio all'altro, quando meno te lo aspetti. Genny, nel frattempo, con un tono mesto continua a riferire. Mentre lo fa tiene lo sguardo basso ed evita commenti, non sembra più la ragazzina acida di una volta. Con l'aria pentita di chi ha sbagliato a tirare fuori il discorso, mi parla in fretta di centri sociali, di Mattia che l'ha trascinata in brutte compagnie. Io annuisco più e più volte, con un'espressione divertita come a dire che sono tutte cose già note, per giunta bravate.

«Magari mena anche le mani» intervengo con aria falsamente seria.

Genny non coglie l'ironia, ha qualche secondo di esitazione, sta per rinunciare poi abbassa ancora di più la voce: «Dicono che è diventata una che si infila nelle manifestazioni solo per creare disordini. Peggio di lui».

L'immagine di Cristi che calcia le gambe del buttafuori si sovrappone a quella del viso grave di Genny.

«Con il cappuccio nero e il manganello?» chiedo con una risata che carico oltremisura.

«Può darsi.»

Anche io mi faccio seria, le risate interrotte bruscamente mi lasciano le guance rigide.

«La verità» le dico recuperando con un gesto impacciato la mia busta della spesa, «è che l'avete sempre odiata.»

17

«Secondo lei una bambina falsa può diventare una donna sincera?»

Alla mia domanda la segretaria resta di stucco. Di solito parliamo di udienze, del meteo e a volte, solo se lei è in vena, dell'umore giornaliero di Giannetti, di certo non discutiamo di psicologia infantile.

«Non saprei avvocato» balbetta imbarazzata.

Poi con una scusa cambia stanza e quando torna parla a raffica di una causa degli anni Novanta, quasi non prende fiato pur di non farmi aprire bocca, pur di non rischiare di tornare sull'argomento. Io non ascolto nemmeno una parola e a furia di pensare all'incontro al supermercato sbaglio a catalogare dei documenti.

La sera, al telefono, provo a ripetere la domanda ad Alessio. Lui la prende a ridere. Stai lavorando in studio o fai la baby sitter? mi chiede. Io glisso, mi invento un impegno e chiudo presto la chiamata. Con mia madre potrei essere più esplicita, le potrei chiedere se Genny è la stronza di una volta, che pur di spettegolare soffia sul fuoco, o se è diventata sincera.

Non serve domandarlo, lo sai già, direbbe mio padre se non fosse così rimbambito dai farmaci. E in effetti non occorre scomodare mia madre. È sufficiente che nell'afa della notte ripensi a com'era Genny mentre raccontava di Cristi, alla sua esitazione, allo sguardo basso, all'assenza di sorrisini acidi, per essere certa che non c'era cattiva fede nei suoi racconti.

«Cappuccio nero e manganello» borbotto quando a colazione mi scotto con il latte bollente e, per quanto mi sforzi di non farlo, rivedo la faccia torva di Mattia che mi ringrazia per aver ospitato Cristi.

Se fossi la madre di Cristi, non Lilli, una madre vera, metterei via il caffè, mi attaccherei al telefono e pretenderei spiegazioni dalla sua voce. Se fossi sua sorella, andrei direttamente alla stazione e la butterei giù dal letto prima che l'alba sorga su Genova, solo per farmi dire come stanno le cose. Se fossi anche solo l'amica che sono stata da bambina per lei, incontrerei Mattia e lo pregherei di lasciarla fuori dai giri. Se fossi l'amante che ho mormorato di essere per notti e notti con lei a fianco, direi a Mattia che se qualcosa non va posso aiutarlo, ma una fitta alla pancia mi ricorda che non so più cosa sono per lei. Passo i giorni che seguono l'incontro con Genny a lavorare e a farmi cacciare senza risultati dalle banche di Bologna. A ogni rifiuto traccio una riga che buca l'elenco. Al decimo sfregio, il giorno prima di ferragosto, prendo un treno che mi porta al paese, dai miei genitori.

Appena arrivata da loro, invento una scusa per uscire e corro verso la vecchia casa. Mi siedo sul muretto di recinzione che arde. Lascio che le mie cosce sfrigolino mentre coi piedi calpesto i papaveri sfioriti. Non cerco l'ombra dei rami sporgenti dal giardino, tanto la mia pelle resiste al sole, tira fuori le macchie, ma non si brucia. È la pancia che mi fa ancora male, un dolore profondo che dal pube risale fino allo sterno e mi dà i brividi.

Prendo il cellulare, Pia risponde al primo squillo, in due parole le scarico addosso i miei sintomi. «Secondo te mi sta venendo un infarto?»

Lei è in ospedale, la sua voce è calpestata dal trambusto. «Sento male, ripetimi che cos'hai.»

Glielo riassumo.

«Stai tranquilla. Magari sei stata troppo vicino a un condizionatore. Nessun infarto» mi risponde con una mezza risata. «Però puoi passare da me in ospedale nei prossimi giorni, anche se qui, tra ferie e personale ridotto, è un disastro.»

«Anche la mia vita è un disastro» mormoro, ma lei ha già chiuso.

Per qualche minuto fisso il cellulare, poi alzo gli occhi. La finestra di casa di Ida è stata murata, il cortile davanti alla chiesina di Santa Lucia è un bacino vuoto di sole. Anche il giardino della mia casa, che Yannick quest'estate non ha nemmeno aperto, è trascurato. Manca una vera garanzia, continua a ripetermi in testa la voce dell'ultimo funzionario di banca che ho incontrato. A sua discolpa posso dire che almeno si è mostrato dispiaciuto.

Vadano al diavolo i governi, i capitalisti e pure chi protesta contro.

Passano le ore e nella mia testa incandescente l'unico pensiero che rimane compiuto riguarda le campane. Quelle di Santa Lucia che non suonano più. Qualcuno ha deciso di fermarle, mia madre deve avermelo per forza riferito al telefono in mezzo a uno dei suoi sfoghi sulle chiese chiuse con i catenacci. Magari tenevo il telefono lontano dall'orecchio, magari pensavo ad altro.

Guardo l'orologio al polso. È sufficiente. Niente campane a scandire le giornate nemmeno nei buchi di provincia. La città vecchia è un residuo, l'erba infiltrata nei gradini, un paio di case sono crollate, la torre dell'orologio è coperta da un telone pubblicitario. Non servono i rintocchi del tempo se tutto ormai è memoria. Però qualche cenno di vita c'è, mi ha detto ieri sera mia madre. Solo perché nella strada che porta al maneggio una coppia ha comprato un rudere. Detesto le ville isolate nell'abbandono, né più né meno dei black bloc che devastano le città. A me interessa soltanto l'ultimo avamposto del mondo semplice, la casa che mi appartiene.

Qualcuno deve aver scavalcato il muretto per raccogliere le albicocche, non ci sono frutti sui rami né in terra. Ho la fronte in fiamme, una sete smisurata, la febbre da sole direbbe mia madre. La febbre dell'oro nero, del petrolio, mamma. Se chiudo gli occhi e torno indietro nel tempo ho di nuovo cinque anni.

Se hai sete prendi la bottiglia di acqua in frigo, dice mia madre ancora giovane. Ma la fontanella della città vecchia mi attrae di più e allora mio padre dice vai, ma fai scorrere l'acqua altrimenti ti ritrovi le vespe sulla lingua.

Reclino la testa sulla rete, torno al presente. Ho venticinque anni, la fontanella è chiusa da tempo e i miei genitori sono due vecchi.

«Allora, cosa aspetta la mia ragazza?» dice una voce da lontano.

Questo è veramente mio padre. «Papà» sussurro con la bocca asciutta, poi apro gli occhi. «Come hai fatto a trovarmi?»

«Dove altro potevi essere?» mi risponde sorridendo.

Ha il collo sudato, le guance rosse. Dai pantaloncini corti escono due gambe rinsecchite di chi non si muove mai. Sottobraccio ha *La settimana enigmistica*.

«Ti mancava una parola?» gli chiedo cercando di trattenere le lacrime che vogliono farsi vedere a tutti i costi.

Lui si appoggia al muretto accanto a me e lascia la rivista.

«Cos'è successo?» gli chiedo. «Perché sei qui?»

«Ha chiamato Lilli.»

Adesso sì che ho le vespe in bocca.

18

Deglutisco sete e vetro. Ho già visto decine di volte Cristi morta, in pericolo o dispersa, eppure in quel momento non c'è spazio nemmeno per l'immaginazione.

«Ha solo lasciato detto di richiamarla» precisa mio padre.

Scendiamo insieme verso la parte bassa del paese. Aggiriamo la piazza, procediamo fra i vicoli dove i vasi appena annaffiati sgocciolano sulle nostre teste. Mio padre si affanna a correre, io resto indietro, le mie gambe abbronzate sono più lente delle sue, pallide e incerte. Provo a pensare a Cristi, ma finisco per fissare, con la testa in fiamme, le gocce che cadono dai terrazzi e *La settimana enigmistica* che sbuca dalla tasca posteriore dei pantaloni di mio padre. Fermiamoci all'ombra e completiamo il cruciverba, vorrei gridare.

«Forse è un equivoco, Lilli non cercava me» dico a voce alta.

Mio padre si volta, mi fa cenno di accelerare e il suo respiro affannato mi guida fino a casa.

Là bevo direttamente dal rubinetto, sotto gli occhi spalancati di mia madre che sventola un biglietto con un numero di telefono. Poi prendo fiato e chiamo Lilli. E finalmente, per la prima volta nella mia vita, ho il privilegio di sentire che voce ha la stronza quando risponde al telefono, che parole usa quando racconta brutti fatti, che risatine fa quando non vuole spiegare. E soprattutto, dopo sedici anni dal racconto di Licia ai giardinetti, ho la conferma di quello che ho sempre sospettato: la voce di Cristi è l'ennesima cosa bella che non ha ereditato da sua madre. La vibrazione stridula con cui Lilli mi racconta freneticamente quello che è successo mi asseta di nuovo. Faccio cenno a mia madre di portarmi un bicchiere d'acqua e un foglio su cui, dopo aver chiesto alla signora Vitali di ripetere, inizio a prendere appunti. Bologna, una bomba, questa notte, Mattia arrestato subito. Solo Mattia. Ascolto e scrivo, devo farlo, altrimenti non riesco a crederci.

Mia madre rimane vicino a me e sbircia. Giannetti, segno in stampatello enorme e lei ha un sussulto. Poi inizio a scarabocchiare, a fare cerchi e righe, mentre Lilli spiega con una dovizia di particolari esasperante che, quando Mattia combinava il disastro in una banca di Bologna, Cristi era a Tellaro e che Fausto, ora, la sta riportando a Piacenza.

Finita la telefonata, mia madre mi chiede subito: «Perché proprio Giannetti?»

«Perché suo marito dice che è un ottimo studio. E sanno che Mattia è un caro amico di Cristi» biascico.

Anche lei è bianca come un cencio e io sto addirittura tremando. Mio padre mi passa altra acqua, dieci minuti dopo mia madre mi porta in macchina alla stazione. Ha insistito per accompagnarmi e per riempirmi la borsa di insalata di riso e pomodori.

«Cristi c'entra qualcosa?» mi domanda al primo semaforo rosso.

Alzo le spalle.

«È lo stesso Mattia di quando eravate piccole?» continua.

«Sì.»

«Il figlio della signora che lavorava in rosticceria?»

«Sì.»

«È un bravo ragazzo.»

«Mamma» replico spazientita. «Non lo vedi da anni. Non sai come può essere diventato e ha appena ammesso di aver tirato una bomba contro una banca.»

«L'ha tirata proprio lui?»

«Così pare.»
«Ha rubato?»
«No.»
«Allora avrà avuto qualche motivo.»

Mia madre che riprende a guidare strombazzando il clacson a più non posso è la prima sostenitrice di Mattia. Più che una sostenitrice, una specie di eterna fedele alle sue convinzioni: Mattia è sempre stato un ragazzo a posto, se si ruba si infrange un comandamento, se si getta una bomba no.

Nel viaggio verso Bologna il telefono di Cristi è sempre spento e l'unica voce che sento è quella di sua madre che mi rimbalza ancora in testa: mio marito, mia figlia, un caro amico di mia figlia di nome Mattia, il buon Fausto, la nostra Cristi. Le coordinate famigliari di Lilli mi angosciano quasi più della bomba. Per non restare sul treno fino a Piacenza, dove la signora Vitali mi ha assicurato rimarranno per diversi giorni, devo fare appello al mio codice deontologico, alla situazione che mi sembra preoccupante. All'altezza di Rimini penso ad Alessio che a quell'ora starà cenando e gli mando un messaggio per spiegargli che un impegno in studio mi ha richiamato a Bologna. Scesa dal treno, chiamo Giannetti al telefono fisso della casa in cui vive. Non l'ho mai fatto e so che provarci per la prima volta alle dieci di sera non è il massimo.

«Lo hanno preso praticamente in flagranza di reato» mi dice con la voce arrochita dal sonno. «Ancora non ha nominato l'avvocato difensore. Ci vediamo in studio fra mezz'ora.»

Quando ci incontriamo, con un thermos di caffè sulla scrivania, l'avvocato è completamente sveglio.

«È successo qui» mi dice indicando su una mappa l'angolo fra piazza Aldrovandi e via San Vitale.

«Con un ordigno rudimentale.»

Metto a fuoco la filiale della banca, poi lui mi passa la fotografia della vetrina distrutta, dell'atrio incendiato. Nessun ferito.

« Era solo? » chiedo.

Giannetti accende uno schermo e fa partire un filmato. « Avvocato, ha già il video » commento allibita dai suoi mille contatti.

Guardo le immagini, una figura nera e irriconoscibile che scaglia la bomba e poi fugge.

« Può essere chiunque » mormoro.

« Da lì è finito dritto dritto verso una guardia giurata che passava per caso. » Scuoto la testa. « Si è dichiarato immediatamente l'autore del gesto » insiste Giannetti con le sopracciglia corrugate.

Restiamo in silenzio un paio di minuti, poi lui torna a parlare. « Gli toccano diversi anni. »

E mi spiega che sono emersi dei precedenti, tanta marijuana e materiale per altre bombe in casa. « Materiale molto vecchio ma pur sempre esplosivo. Se lavoriamo bene, cinque anni. »

Cinque anni senza libertà, cioè cinque anni fuori dai piedi. La vergogna per quest'ultimo pensiero incontrollato è così forte da accelerarmi il cuore.

« Non viveva da solo » balbetto stordita.

« No. Con sua madre, che era presente alla perquisizione. »

« E una ragazza » dico leggermente infastidita dalla reticenza di Giannetti a nominare Cristi, « la figlia del signor Vitali. »

« Sì » risponde l'avvocato deciso, poi mi punta: « Mi risulta essere sua amica, formalmente residente a Piacenza sebbene ufficiosamente anche sua coinquilina ».

A quanto pare Fausto, il manager abituato a trattare le questioni spinose, ha già spiegato tutto. Giannetti prosegue: « Anche la ragazza è una simpatizzante dei circoli anarchici, però quella notte si trovava in un paesino sul mare ».

« Chi lo ha detto? »

«C'è un portiere notturno che dice di averle dato una camomilla.»

Cristi beve birra di notte e i portieri notturni si comprano con poco. «E comunque a carico suo non hanno trovato niente in casa dell'imputato» sottolinea Giannetti.

Ripenso all'espressione contrita di Genny, alla storia dei manganelli, a Cristi che vuole i fatti. Chissà se la mia amica, come l'ha chiamata lui, è diventata anche una simpatizzante delle bombe.

Prendo il thermos e mi riempio la tazza di caffè. La storia di Cristi turista non mi convince. Cerco gli occhi dell'avvocato e realizzo di non averne mai definito il colore. Un incrocio fra il marrone e il verde, un incrocio fra la bugia e la verità. Lui ricambia il mio sguardo, può essere che qualcuno sia passato prima nella casa dell'imputato e abbia tolto qualche cosa, vorrebbe dirmi. Può essere che quel qualcuno sia lo stesso che per salvare la facciata cerchi e paghi un buon avvocato per il fidanzato di sua figlia.

«Giulietta» sospira, «le cose stanno così, c'è un'ammissione completa di un gesto solitario. Non resta che fare il possibile per smontare il caso, allargarlo non gioverebbe a nessuno. Questo ci permetterà di ridurre la pena al ragazzo, un avvocato d'ufficio con buona probabilità sarebbe peggio.»

Allunga i documenti della nomina sul tavolo. «Se la sente?» Me la sento di incontrarlo, di insistere e di sicuro litigare per farci accettare come suoi legali?

Prendo i fogli in mano, ma non li leggo. «Avvocato» dico. Sto rischiando di essere estromessa da uno degli studi più prestigiosi della città. «Non potrei sopportare ingerenze da parte dei Vitali, la ragazza è una persona speciale per me.» Faccio una pausa. «E anche l'imputato lo è.»

Lui mi interrompe: «Non ci saranno interferenze, non permesse da me, almeno».

Lo guardo perplessa e lui chiarisce. «Guardi meglio la

nomina. Non prenderò io il caso, ma direttamente lei. Controllerà lei stessa che tutti se ne stiano al loro posto. »

Sono spiazzata. Un'idea di Fausto o una clausola imposta dal vecchio Giannetti?

« A ogni modo l'imputato non accetterà mai che a pagare sia Vitali » balbetto.

L'avvocato sospira, si siede e si accende un sigaro.

« Lei è giovane, ma è abituata da tempo a decidere con la sua testa. Questo le fa onore. Però, per una volta, sarebbe disponibile ad accettare un consiglio? »

« Sì. »

« Faccia firmare l'imputato, è l'unico modo che ha per rimanere agganciata alla storia. »

L'unico modo che ho per decidere nella storia, dovrebbe dirmi Giannetti, ma non mi conosce del tutto e nemmeno io so ancora esattamente di che cosa sono capace.

19

Grazie a una telefonata provvidenziale di Giannetti in procura riusciamo a incontrare Mattia già nella notte.

L'avvocato se ne sta in disparte e io do una rapida occhiata alla camicia sporca di Mattia, poi salto il viso, passo direttamente al tavolo che ci separa e senza alzare la testa attacco con le domande. Anzi, con le mie certezze. «C'era anche lei.»

«Ero solo.»

«La storia di Tellaro era una fesseria, un modo per dire a tutti che eravate in vacanza.»

«Tellaro è stata una mia idea.»

Insisto. «E quella di dare fuoco alla banca più vecchia di Bologna, piena di quadri di prestigio, anche quella è stata una tua idea?»

«Mia, solo mia.»

«La situazione è critica» gli dico ad alta voce, con la coda dell'occhio vedo Giannetti che annuisce.

«Va bene quello che mi posso permettere, cioè un avvocato d'ufficio» mi dice freddo.

«Non è il momento di attaccarti all'orgoglio. Se firmi, farò il possibile per aiutarti. Anzi, per aiutarvi.»

«Non ne dubito.» Non c'è ironia nella sua voce distaccata.

«Rischi tanti anni» continuo dura.

Lui non risponde.

«Hai idea di cosa significhi?»

«Come potrei.»

Sono più in difficoltà di quanto mi aspettassi, ma se continuo a tenere lo sguardo puntato sulle mie mani limitandomi alle parole non lo convincerò. Mi faccio coraggio e cerco i suoi occhi celesti. Con mia sorpresa anche le sue pupille vibrano in cerca di una via di fuga e per qualche istante perdo il controllo. Adesso ti tiro fuori da qua, penso, dimentichiamo Cristi e il lavaggio del cervello che le sta facendo Fausto, togliamo quella camicia lurida e dietro le tende rosse della mia camera mi fai capire che cos'è questa storia dell'amore. Un uomo a metà, ha detto la maga di Hvar, possibile?

Giannetti si schiarisce la voce. Caccio via l'immagine della fattucchiera e cerco di recuperare lucidità.

«Ho un debito con te» gli dico.

«Un debito?» Adesso mi sembra di nuovo padrone di sé, quasi incuriosito.

«Dieci euro di birre e caffè, il nostro primo incontro a Bologna» proseguo.

«Non mi ricordo.»

Io invece ricordo bene: è stato la mattina in cui ho capito che Cristi lo aspettava da sempre e che la catenina era nascosta vicino al mio letto. La gelosia è un morso che si attacca alla pancia e mi fa sudare freddo. Cerco di nuovo gli occhi di Mattia, stanno aspettando che io parli, fissano il mio viso e non si perdono nemmeno un battito delle mie ciglia. Prego che non abbiano scorto le ombre del mio desiderio di poco fa, quando, pur di capire che cosa significhi essere speciali come loro, me ne sarei fregata delle bombe, delle leggi e di tutto quello che ho costruito fino a ora.

«Mi sono indebitata con te la mattina in cui mi hai detto che avrei dovuto dare a Cristi il permesso di amarti» riesco a dire con la gola secca.

«Non mi ricordo e comunque quel permesso tu non glielo hai mai dato» ribatte.

Do un'occhiata a Giannetti, al suo contegno ferreo e prendo forza. «È successo quando abbiamo fatto l'elemosina a uno che ci ha maledetto. Sono fuggita dalla pasticceria sotto casa senza pagare.»

Lui tace. Gli acuti con cui Lilli si è premurata di dirmi che Cristi ha bisogno di riposo e che penseranno loro all'onorario mi salgono invece alla testa. Alzo la voce. «Non voglio debiti, tanto meno con te. Quindi tu ora firmi e io appena posso vado da lei.»

So di aver gridato oltre il consentito. Non ho la forza di vedere l'espressione di Giannetti, né le mosse di Mattia, perciò chiudo gli occhi. Il cuore ha di nuovo accelerato, stretto tra la mia paura e il ricordo di un ragazzino impavido che si tuffa nel fango. E una piccola parte del mio cuore, quella che è rimasta ancora rossa, vorrebbe proprio lui, il bambino di undici anni, per afferrargli il braccio e dirgli è andato tutto storto, ma siamo ancora giovani, ancora in tempo per svegliarci e correre via.

Dopo diversi minuti, con le palpebre serrate, nell'immobilità del momento sorvegliato dalla luce dei neon e da un carabiniere, sento l'aria che si sposta leggera davanti a me. Poi il suono di una penna che viene posata sul tavolo. Ho la sua firma.

Per rientrare a casa quella notte mi affido a un taxi. Non perché sia stanca, né perché tema d'essere assalita. Sono impaurita dallo spazio. Mi fanno terrore la sagoma pendente delle Due Torri, la facciata incompleta e mastodontica di San Petronio, la vastità di piazza Maggiore ancora calda per l'afa del giorno. Ho paura del cielo che non mi è mai sembrato così pesante e incontenibile, del tempo che è lunghissimo se non se ne è padroni. Ho paura della nostra storia che corre in avanti, fa perdere il controllo, confonde le carte. Una banca in fiamme, Mattia in prigione, io che lo difendo, Lilli che telefona e promette onorari, Cristi irrintracciabile che non cerca Mattia.

Il tassista sterza lento, parla senza che io chieda e riferisce quello che per tutto il giorno ha sentito alla radio sull'attentato alla banca. «Gente incappucciata, buoni a nulla che ce l'hanno con tutti» commenta, «che distruggono per il gusto di distruggere, altroché le idee.»

Quando rientro, Pia non è sola in camera, sento dei mormorii. Provo a bussare, lei si affaccia mezza nuda e, come mi confesserà qualche anno dopo, quella notte ha davvero paura che mi venga un infarto.

«Aspettami in camera» mi sussurra.

Pochi minuti dopo mi sta misurando la pressione mentre io le spiego di Mattia, del fatto che sia la difesa più difficile che mi sia capitata, per quanto schiaccianti sono le immagini. Ogni tanto intercala una parolaccia, all'ennesima imprecazione si decide a chiedermi di Cristi.

«Come sta?»

Lentamente le spiego che è barricata a Piacenza e non ha mai contattato Mattia. Che ha il telefono spento e non c'è modo di farsela passare né da Fausto né da Lilli.

«Hai guardato bene il filmato?» mi chiede incerta.

«Sì.»

«Mattia è molto più basso di Cristi.»

«Che cosa vuoi dire?»

«Che tu saresti in grado di riconoscere Cristi in qualunque situazione.»

«Non era lei» scandisco e sono certa che sia stato Mattia a tirare la bomba, meno certa che fosse lui a volerlo fare. «Ma Cristi corre veloce» aggiungo fra i denti.

Pia si irrigidisce. «Adesso sono io che non capisco cosa vuoi dire.»

Ammettere definitivamente di essere convinta che ci fosse anche lei vicino a lui mi sembra una fatica insostenibile.

«Sto delirando, sono stanca» dico, e lei non insiste.

Quella notte lascio la luce della cucina accesa, la porta della camera aperta e la mattina la mia coinquilina mi porta il caffè a letto. «Sei riuscita a dormire?» le chiedo.

«Nemmeno un minuto, tu?»

«Io sì.»

Tanto e male, di quei sonni leggeri e lunghi che si continuano solo per sognare. Per un tempo indefinito ho sognato la casa di Ida. Ancora più vecchia, con l'intonaco tutto sbriciolato e pozze di umidità sul pavimento. Il fornello a gas era acceso e mandava un odore pungente. Mi avvicinavo alla grande padella sfrigolante dove dei topi ardevano nell'olio. «Ida!» gridavo. E lei arrivava, con la sua crocchia ordinata, il grembiule verde. Solo vederla mi dava sollievo ma durava poco. «Cosa succede?» le chiedevo indicando le carcasse. Lei alzava le mani, come a dire non posso farci più nulla. «Perché?» protestavo con la voce strozzata dal cattivo odore. «Sono morta, bambina, non posso cambiare le cose» mi rispondeva.

Poi mi sono svegliata.

20

Il telefono di Cristi rimane spento. Allora chiamo Pia per un saluto, poi mando un messaggio ad Alessio, che è a Rimini, per dirgli che sono impegnata tutto il giorno. Alle dieci sono su un treno diretto a Piacenza, dove non mi attende nessuno. Non ho potuto avvertire lei e allora non ho avvertito nemmeno Fausto. A Lilli non ho neppure pensato. I finestrini sono tutti aperti, il treno fende banchi d'aria di pianura che scivolano dentro il vagone scompigliando i capelli dei passeggeri. A ogni fermata un ambulante abusivo vende acqua e qualcuno si lamenta dell'afa, io chiudo gli occhi e li riapro senza guardare nulla e senza riposarmi.

La villa di Fausto è a venti minuti dalla stazione, dopo una distesa di risaie ai lati di una superstrada che il taxi percorre a tutta velocità superando camion polverosi. Quando suono il campanello sono certa che non vedrò Lilli, il fatto che si sia degnata di chiamare non mi illude. Infatti è suo marito che apre il cancello come se mi aspettasse, insiste per pagare il tassista e con un tono rilassato fa gli onori di casa nel gazebo in giardino.

Cristi arriva al secondo bicchiere di tè freddo, non mi abbraccia. Rimane a qualche passo da me, nascosta da un vaso di verbena blu. Il telefono in casa squilla e Fausto sparisce.

«Difendi Mattia?» mi chiede immobile.

«Sì.» Lei non fa altre domande. «Cosa aspetti a incontrarlo?» le chiedo dura.

Cristi dà un'occhiata di sbieco alla porta che ha inghiottito suo padre.

«È difficile.»

«Niente affatto. Basta farne richiesta.»

«La farò» mi dice. La sua voce è stretta nella gola, suona a vuoto come mai prima d'ora.

«Era solo?» sparo.

«Sì.»

«E allora perché proprio a Bologna?» Lei non risponde e io insisto: «Cinque anni, magari di più».

Cristi si tira con forza i capelli sulla testa, il corpo ancora nascosto dai vasi. «Tu lo hai visto?» mi chiede.

Annuisco. È vero che per un attimo te lo volevi portare nel nostro letto, dietro la tenda rossa? mi sembra di sentire. Abbasso gli occhi, ringrazio Dio che lei non mi assomigli. Che non assomigli a nessuno.

Mi avvicino, lei fa un balzo indietro. «Hai paura di me?»

«Ho paura, ma non di te.»

Fa un altro passo indietro.

«Hai paura di Fausto e Lilli?»

«No. Loro si stanno comportando bene.»

«Non hai bisogno della loro comprensione» dico brusca. «E nemmeno del loro perdono.» Intendo perdono per il fatto che a Bologna c'era anche lei e darei l'anima per sapere come ha fatto a non essere nemmeno in un fotogramma ripreso dalle telecamere.

Cristi non replica, però viene dritta incontro al mio sguardo. L'immagine che raccolgo di lei con un colpo d'occhio non combacia con nessuna di quelle che ho nella mia mente. Non è cambiato il seno appuntito che preme contro la Lacoste, non è cambiata la curva della cintura di finta pelle, né il grigio degli occhi tutt'uno con il colore dei vasi. Eppure è come se qualcosa avesse spostato le linee del suo corpo, come se fosse cambiata tutta.

«Sei incinta» dico io.

Lei mormora un sì.

Mi abbandono sul primo appoggio che trovo, una panchina di marmo, senza fiato le faccio segno di sedersi accanto a me e lei si accascia sulla mia spalla.

A fatica, dopo qualche minuto, riesco a fare due conti e a proferire parola. Non la vedo da quando Mattia in viaggio per Roma me l'ha scaricata sotto casa e lei ha negato di aspettare un figlio.

«Di pochi giorni» commento.

«Otto settimane.»

«Allora quel giorno quando ti ho chiesto se eri incinta, mi hai mentito?»

«Sì.»

«Di nuovo?»

«Sì.»

«Non ci posso credere.»

«Mattia non lo sa.»

È sudata, con i denti si tormenta le labbra. L'odore della sua pelle misto al sudore e alla certezza che da adesso in poi sarà tutto più difficile mi spossa.

Mi stacco e mi volto alla ricerca di Fausto che ancora non si vede. All'improvviso ho fretta. La cappa umida della pianura e l'urgenza di parlare mi accorciano il respiro.

«Ti ricordi cosa diceva Ida?»

«No.»

«Che andassero tutti al diavolo, numeri e lettere compresi, perché le pagelle non contano niente» le dico tutto d'un fiato.

Lei scuote la testa e la catenina d'oro sussulta. «Invece contavano eccome» protesta.

Io insisto. «Diceva che Cristi non è Lilli. Lilli distrugge e abbandona, tu no.»

Lei scuote di nuovo la testa, con la mano le blocco il mento. Nello stesso istante ci raggiunge Fausto, guarda sua figlia insistentemente, ma lei non ricambia. Allora lancia un'occhiata alla mia mano, poi mi rivolge un sorriso carico d'ansia. Cazzo, impreco nella mia testa mentre d'istinto mi alzo, è già riuscito a farsi dire anche che è incinta. L'immagine di Cristi che passa il test di gravidanza a Fausto o direttamente nelle mani di Lilli mi rivolta.

« Per fortuna la nostra ragazza è rimasta a Tellaro » ci dice alzando un bicchiere.

Guardo i suoi mocassini di pelle fermi all'ombra del gazebo e il bicchiere che copre la palla del sole sfuocato dall'afa. Non c'è niente per cui brindare. Lui si rimette a sedere, i suoi occhi scivolano sulla cintura di Cristi mentre lei dà la sua versione: Mattia che se ne va a Bologna per una riunione, lei che lo aspetta in spiaggia, poi in un ristorante e infine rientra in pensione a tarda notte.

« Ho saputo dell'arresto ascoltando la radio e ho telefonato a Fausto che è venuto a prendermi » dice a testa bassa.

Non la solleva nemmeno per raccontarmi che in macchina, mentre tornavano a tutta velocità da Tellaro, è stato Fausto ad avere l'idea di chiamare Giannetti.

« Passare a Bologna sarebbe stato difficoltoso » aggiunge e con le punte dei piedi tormenta un ciuffo d'erba.

« Capisco » commento neutra, e la guarderei dritta negli occhi se solo smettesse di fissare il marrone del tè nei bicchieri.

« Adesso è bene che Cristi se ne stia un po' qua, che stacchi con tutto e si prenda del tempo per riflettere » interviene Fausto mettendo fine al mio scrutare insistente.

Lei non replica, e per evitare di essere io a farlo spiego la questione dell'onorario, riferisco che Mattia si farà carico di tutte le spese. Fausto non batte ciglio, Cristi fa uno strano verso come per schiarirsi la voce. Deve aver capito che lavorerò per un compenso irrisorio, sa che Mattia non accetterebbe mai i soldi di Lilli e che anche io, in quel momento, non voglio saperne della loro generosità.

« Cosa possiamo fare per questo ragazzo? » chiede Fausto. Adesso è seduto vicino a Cristi, la sua pelle è chiara, ma non ambrata come quella della figlia, che poi non è sua. « Capita a tutti di sbagliare. »

Capita a tutti di sbagliare, non a tutti di incendiare una banca. Con un movimento lento Fausto passa una mano dietro la nuca di Cristi. Le dita curate massaggiano gli stessi muscoli che ho accarezzato più volte, la scena mi disgusta.

«Cercheremo di dimostrare che la marijuana era per uso personale» dico. Sul materiale per le altre bombe non so ancora a cosa ci aggrapperemo.

Fausto sfodera uno dei suoi sorrisi sbiancati. «Per te cosa possiamo fare, Giulia?» mi chiede.

La domanda mi coglie di sorpresa. «Lilli e io siamo più sereni ora che hai accettato l'incarico. Vorremmo sdebitarci.»

«Non occorre» rispondo a denti stretti.

Dopo la mia risposta tirata ce ne stiamo un po' in silenzio, io a sorseggiare il tè freddo, lui ad accarezzare il collo di sua figlia che non si muove.

«Chiamo un taxi per la tua amica e vi lascio un po' sole» dice Fausto finalmente.

Lo seguo mentre cammina nel mezzo del giardino, in pieno sole, e poi sparisce dietro l'angolo della villa. «Va in piscina sempre alla stessa ora» commenta Cristi alzandosi.

«Che vada» sbotto.

Me ne frego delle abitudini di Fausto, me ne frego se Lilli ci sta spiando dalla finestra o se si sta rifacendo la silhouette in palestra. Mi incammino verso il cancello, Cristi mi segue.

«Un mese fa a Bologna mi hai detto che avresti voluto dei bambini. Perciò risparmiami la domanda» le dico fermandomi.

«Lo tengo» sussurra veloce.

Siamo già ai saluti, dovrei intascare la sua promessa e volare via decisa. Invece esito, le lascio il tempo di tirare la sua bomba.

«Non dirgli niente» mi dice. «Prometti.»

Io non rispondo, lei mi afferra un polso, stringe fortissimo.

«Cosa ci fai qui?» le grido allora con cattiveria. «Fino a ieri detestavi Fausto, i suoi soldi.»

«Non gridare. Li detesto ancora.»

«E allora?»

«Ho solo bisogno di un po' di giorni.»

«Per fare cosa? Per seguire i loro consigli?»

«No.»

«Ascoltami bene.» A stento riconosco la mia voce che fatica a uscire ed è troppo acuta. «Mi hai lasciato per lui. Lo aspetti da quando hai dieci anni, hai guardato cento volte al giorno per anni la sua foto. Tuo padre non è tornato, tua madre è come se non fosse mai tornata, ma lui sì.»

«Cosa c'entrano mio padre e Lilli?»

«Sono pronta a mettere la mano sul fuoco che eri con Mattia la notte dell'attentato e adesso lo stai abbandonando.»

«Non lo sto abbandonando e non ero lì.»

«Però vivevi con lui e quando hanno perquisito la casa non hanno trovato niente di tuo.»

«Cazzo, Giulia, così complichi tutto» protesta lei. Ha ancora la mano serrata sul mio braccio, stringe come se al di fuori di noi una corrente potesse risucchiarla via.

«Hai cambiato idea? Tua madre ti ha detto che i figli rovinano la vita?»

«Lilli non c'entra» mi dice paonazza. «Ho solo bisogno di tempo.»

«Mi stai facendo male» le dico indicando il braccio. Lei sussulta, allenta la presa senza lasciare.

«Prometti di non dire niente a Mattia. Non ora» sussurra.

Guardo il cancello, a pochi metri da noi, poi guardo lei: è una bambina sudata e impaurita. I figli può portarli la cicogna, possono nascere sotto i cavoli, può annunciarli un angelo a una vergine, ma di certo non nascono dai bambini.

Mormoro un mezzo giuramento e appena lei molla la presa scappo via.

21

In treno ci sono tanti posti liberi, ma io resto in piedi. Non ho il coraggio di sedermi. Sento che se lo facessi potrei non alzarmi più e proseguire oltre Bologna, oltre Rimini, oltre la stazione del mio paese e arrivare a un capolinea sperduto dove ad aspettarmi c'è Cristi che ripete: sì sono incinta, sì quel giorno ti ho mentito. Faccio avanti e indietro lungo le carrozze un paio di volte, poi mi fermo nello spazio fra un vagone e l'altro, stretta fra le porte e il bagno. Appoggio la schiena a una parete sporca da far paura e tiro fuori il telefono dalla borsa. L'ora e la data del cellulare mi sembrano la prima cosa reale dopo un lungo incubo. Chiamo subito Alessio con la speranza che mi risponda dalla spiaggia, magari con un sottofondo di schiamazzi che mi ricordino l'esistenza del mare, degli aperitivi, della gente che si diverte.

La sua voce invece risuona nitida nel silenzio.

«Dove sei?» gli chiedo. Ho bisogno di pensarlo in qualche luogo definito.

«A casa dei miei, sto studiando» risponde. «Tu invece? Sento malissimo.»

Infatti l'unico rumore di fondo è quello del mio treno, quello del viaggio di ritorno più difficile che abbia mai compiuto.

«Sto tornando a Bologna.»

«Sei stata di nuovo dai tuoi genitori?»

«No.»

«Perché sei in treno? Stai bene?» mi chiede concitato.

Adesso che sento la sua voce in apprensione per me, va decisamente meglio.

«Sto bene, tranquillo.»

Mi sembra di percepire un suo sospiro, allora mi faccio forza e in qualche minuto gli racconto della bomba, dell'arresto di Mattia, della visita nella villa dei Vitali.

«Come sta Cristi?» si informa.

«È provata.»

Non gli dico del bambino. Poi lui mi chiede di Mattia e gli spiego che rischia cinque anni, ma non faccio parola del fatto che a difenderlo sono io. Lo intuisce da solo, almeno credo, perché il suo tono si fa cupo: «Aspettami a casa mia, parto in macchina appena posso».

Non serve, sto per dire, ma lui tronca: «Ci vediamo lì».

Quando arriva, fuori è buio, ho già fatto la doccia e ho anche cucinato. Mi saluta, dà un'occhiata veloce agli involtini di bresaola e formaggio e va diretto in camera. Lo seguo e mi siedo sul letto accanto a lui. Sorrido, gli appoggio una mano sui bermuda, non è tipo da partenze improvvise, deve essergli pesato parecchio lasciare Rimini in fretta e furia.

«Forse è tardi per mangiare» dico piano.

«Prima spiegami cosa sta succedendo.»

Annuisco e gli ripeto la storia della telefonata di Lilli e quella di Cristi a Tellaro, poi aggiungo i dettagli della confessione spontanea di Mattia e dei vecchi esplosivi nascosti in casa.

Mi ferma. «Tutti questi particolari li sai perché…»

Tentenna, allora sta a me: «Perché assisto Mattia».

Alessio si alza di scatto. «Chi paga?»

«Non è importante.»

«Ci pensano i genitori di lei?»

Non ho voglia di mentire, faccio segno di no.

«Lui è uno spiantato. Non dirmi che lo assisti gratis.»

«Lo faccio per un compenso modesto, ma non capisco perché ti interessa tanto.»

Alessio fa una risata, è piena di rabbia.

«Cosa ci guadagni, Giulia?»

«Io non ficco il naso nel tuo lavoro, tu non impicciarti nel mio.»

Mi sono alzata e ho alzato anche la voce, ma Alessio non ha intenzione di retrocedere.

«Sei andata in piena notte a parlare con un poco di buono, e la mattina dopo sei volata da Cristi.» Si batte un palmo sulla fronte. «Fammi capire: di chi sei innamorata?» tuona.

«Di te!» grido.

Lui si avvicina.

«Bugiarda.» Ha le vene del collo gonfie. «Dimmi di chi sei innamorata. Di Mattia o di Cristi?»

Per qualche secondo mi sforzo di credere che non me lo abbia domandato, poi però sento di nuovo la sua risata arrabbiata e odiosa.

«Di nessuno dei due» sibilo. «E se la metti così, nemmeno di te.»

Di colpo mi slaccio il braccialetto e lo scaglio sul letto.

22

Nei due giorni successivi rimango a lavorare in casa, con le tende tirate giù. Chiamo una volta mia madre, mi riempio di cracker con il formaggio e non cucino mai. Le scuse di Alessio arrivano il terzo giorno, in serata, con un messaggio breve e all'apparenza distaccato, a cui decido di non rispondere. Non ho intenzione di scusarmi per la storia del braccialetto, anche se so che si è trattato di un gesto villano e che a sbagliare, a mentire, sono stata io, non lui. Meglio tacere piuttosto che dirgli come stanno realmente le cose, tanto in fondo lo ha già capito. Mi sdraio sul letto, aspetto che sia notte, poi esco a passeggiare. Il cielo è fosco, la luna è una falce che filtra sottile da una distesa ferma di nuvole. A passo spedito mi allontano dal centro, dai locali, dal selciato delle vie più antiche, cammino fino a perdermi in un quartiere residenziale che conosco a malapena. Intorno a me c'è solo ordine: macchine parcheggiate, giardinetti, luci spente, cespugli di rose lungo le recinzioni e silenzio. Nemmeno i miei passi sull'asfalto liscio fanno rumore. Mi siedo su una panchina davanti a una piccola casa in mattoncini. L'aria che respiro è un misto di calore della strada e profumo di fiori. Se non avessi conosciuto Cristi, magari sarei finita ad abitare in una casa come questa. E tutte le sere, dopo il lavoro, annaffierei le rose, poi chiuderei a chiave il cancello e dormirei tranquilla vicino a qualcuno. Se quindici anni fa non mi avessero obbligato a farle da sorella, adesso me ne starei in pace, non vagherei nell'oscurità della città in agosto, non tirerei braccialetti regalati, non continuerei a innamorarmi di lei. «Anche ora che aspetti un figlio da lui» dico come se avessi Cristi di fronte, ma ad ascoltarmi c'è solo la notte con le sue nuvole immobili.

Camminando verso casa mi sforzo di trovare una risposta al messaggio di Alessio. Non provo più rabbia nei suoi confronti. L'immagine di lui che mi grida contro è già sbiadita. Però ricordo con estrema lucidità l'attimo in cui gli ho detto di non amarlo. Penso proprio a quelle parole quando, la mattina dopo, gli scrivo di vederci e continuo a pensarci anche la sera, quando ci ritroviamo nel bar sotto il mio studio. Lui è nervoso, io no. Ho già deciso di accettare le sue scuse e di sorvolare sulle mie. «Era una brutta sera per fare bilanci» esordisco.

Alessio mi fissa un po' stupito, io sorrido mentre prendo il Campari e ne bevo un sorso. Lui non tocca il suo.

«Ho una richiesta da farti» mi dice serio.

«Ti ascolto.»

«Non parliamo mai più del processo di Mattia.»

Annuisco.

«E nemmeno di Cristi.»

Mi limito ad annuire di nuovo. Per Alessio è sufficiente. Non gli servono altre rassicurazioni per finire il suo aperitivo, per invitarmi a cena a casa sua, per fare sesso subito dopo. Dal letto il braccialetto è sparito, lui non accenna a ridarmelo, anche per me va bene così. E quando gli dico che preferisco tornare a dormire a casa mia, lui, con tutta l'intelligenza di cui è capace, non mi trattiene.

Al rientro trovo Pia che si è addormentata vestita e con la luce accesa. Sul mio comodino ha lasciato una boccetta di tranquillanti. Non li prendo. Rimango in cucina a sfogliare tutte le carte per il processo, compresi i fotogrammi delle telecamere vicine: in uno di questi, uno soltanto ripreso all'inizio della via, si vede una mano grande appoggiata sulla spalla di Mattia. Me l'ha fatta notare Giannetti.

« Mano di uomo, vero, avvocato? »

« Certo, anche corpulento direi. »

Il pomeriggio seguente faccio il numero di casa di Cristi. Risponde Fausto, che dopo qualche minuto di tira e molla si decide a passarmela. All'inizio non la riconosco, ha una cadenza strana, quasi impastata. Con calma le racconto in breve dei fotogrammi, le ripeto un paio di volte la storia della mano appoggiata sulla spalla di Mattia.

« Sembra quasi che lo voglia trattenere » dico.

Tu lo hai visto, sto per chiederle, perché sono ancora convinta che a Bologna ci fosse anche lei, ma sento un rumore sulla linea. Qualcuno ci sta ascoltando.

Mi schiarisco la voce. « Mattia sostiene di aver sentito qualcuno che lo toccava sulla spalla, ma di non essersi girato nella foga del momento. Hai idea di chi possa essere? »

« No. » Silenzio. « Se lo sapessi cambierebbe le cose? »

« No. » Non cambierebbe nulla, dal momento che l'imputato continua a dire di aver fatto tutto da solo.

« Non ne ho la più pallida idea » dice lei, poi esita a chiudere. Aspetto che mi chieda qualcosa di Mattia, ma non lo fa.

All'improvviso non mi trattengo. « Torna qua » le dico, anche se è da tempo che non vive più con me, e Cristi o chi per lei riattacca immediatamente.

Quando alzo gli occhi pieni di lacrime, Pia mi sta fissando. In dieci minuti le spiego del figlio, della promessa che ho fatto a Cristi di non parlarne a Mattia e della scelta appena presa di infrangerla. Lei ascolta seria, ha la faccia scura. « Glielo dirai contro la sua volontà? »

« Sì, non ho alternative. »

Pia si siede al tavolo, apre un pacco di cracker e versa del vino in due bicchieri. « La loro storia è andata malissimo. »

Inzuppa un cracker nel vino, lo solleva e poi anziché portarselo alla bocca lo abbandona nel bicchiere. « Tutto questo per una vetrina distrutta, l'atrio incendiato » ride amara. « Con una manciata di soldi i banchieri sistemeranno tutto. »

« Il giudice non la vede così. »

« Perché Bologna, in pieno centro? Perché rischiare così tanto? »

« Me lo chiedo anche io » borbotto.

Lei non fa caso alle mie parole. La scruto mentre scola il mio bicchiere, poi dà fondo al suo, poltiglia dei cracker compresa.

« Non capisco cosa aspetti Cristi a farsi viva » mormora.

Si alza e appoggia lentamente i bicchieri vuoti nel lavandino.

« Non vorrei essere nei panni di Mattia, nella testa di Cristi e nemmeno nel tuo cuore » mi dice, scoppiando a piangere.

23

Il giorno dopo ho l'ultimo colloquio con Mattia prima del processo per direttissima. Se è teso, non lo dà a vedere. Io lo sono parecchio, la faccenda del giuramento a Cristi mi pesa. Gli riferisco subito che lei è a Piacenza da qualche giorno, lo rassicuro sul fatto che non chiederemo di sentirla come testimone.

«Forse lo faranno gli altri» commenta, poi ripiomba nel silenzio. Gli spiego la linea di difesa: puntare sul fatto che sia stato un gesto solitario scollegato da sistemi organizzati che, oltre a essere quanto ha detto lui, è anche quello che sta emergendo dalle indagini. Parlo ma non mi ascolta, se non fosse che siamo chiusi e sorvegliati in un carcere giurerei che se ne sia andato via. Passo alle domande pratiche: mangi, dormi? Lui risponde a monosillabi: sì, un po', per qualche ora.

A un certo punto lo vedo piegare le labbra come sull'onda di un pensiero. Le fossette resistono sulle guance tirate. «Ti ricordi il carcere del tuo paese?» mi chiede.

«Certo. C'è ancora.» Ai tempi delle nostre estati insieme era una specie di castello fatiscente, ci lavoravano Ida e un altro paio di disgraziati prima che diventasse una fortezza di massima sicurezza.

«Aveva un lato costeggiato dai frutteti» riprende lui. «E tutti i carcerati volevano stare da quella parte.»

«Non me lo ricordo» mormoro con un mezzo sorriso.

«C'erano degli alberi di fico a ridosso dei muri e i secondini facevano finta di niente se qualche ramo arrivava dentro la cella.»

Resto in silenzio, non conosco questa storia ma intuisco che Mattia vuole aggiungere altro. La parte più importante forse.

Lui infatti continua. «Oggi all'improvviso ho avuto voglia di arrampicarmi su un albero.» Sento pizzicare gli occhi. «E ho ripensato ai carcerati che si comportavano bene solo per sentire l'odore della frutta.» Mi fissa: «Adesso anche io sono uno così».

Questo è il momento. È qui che il racconto di un ragazzo mi semplifica i fatti, divide esattamente il bene dal male, i frutti vivi da quelli morti. È questa l'ultima opportunità che la nostra storia mi concede per accettare che la sola a perdere Cristi sia stata io. È adesso che devo dirgli che lei è incinta, sostiene di volerlo tenere e intanto si fa massaggiare la nuca da Fausto. Perciò tu, Mattia, ora prendi una penna e le scrivi. Le spieghi una volta per tutte che Lilli non è una madre. Che lo stronzo con i baffi non è mai ritornato, ma tu sei un altro uomo. Le scrivi che Mattia e Cristi insieme possono avere un bambino. Che scegliere il contrario significherebbe far marcire i frutti ancora attaccati agli alberi.

Mi schiarisco la voce, sto per infrangere la promessa, sento la sensazione di calore delle lacrime che precedono l'idea della resa dopo tanta guerra. «Dimmi una cosa per favore.» Lui fa un debole cenno con cui mi esorta a chiedere. «Perché hai scaricato Cristi da me la mattina che andavi a Roma?»

«Non era tranquilla. Non sapevo cos'altro fare.»

«Non era tranquilla fino al punto di metterti in mano una bomba un mese dopo?» La mia voce trema. Sfuggo il suo sguardo, ma non ce n'è bisogno perché i suoi occhi in questo istante sono stranamente fiacchi e fermi sulla parete bianca del parlatorio. La stessa parete che per molto tempo non sarà libero di oltrepassare e tutto questo per dare a Cristi i fatti che tanto voleva. «Rispondi» lo imploro. Lui non lo fa.

«Cosa ci è successo» mormoro allora fra i denti.

Solo due mesi fa c'era giugno con le sue giornate lunghe,

io potevo passeggiare in spiaggia tenendo per mano un fidanzato, Mattia poteva inseguire collettivi e proteste con la sua Golf arancione. Adesso è agosto, le sere si avventano sui pomeriggi e premono perché l'estate finisca, mentre Cristi se ne sta nascosta nella villa di Fausto e abbandona Mattia proprio come ha sempre abbandonato me.

Lui si sporge in avanti, cerca i miei occhi, ma io evito di alzarli. «Giulia, che cosa mi devi dire in realtà?» mi chiede.

«Non avrei mai pensato che ad aiutarti sarei stata proprio io» balbetto.

Ed è vero, ma non è quello che volevo dirgli. La sto prendendo alla larga. Sento che Mattia mi sta sorridendo. Non guardare il suo sorriso, mi dico, perché solo in questo modo puoi trovare la forza per spiegargli cosa sta nascondendo Cristi. Preparo la frase da dire, tante parole sui figli e la pazienza, un discorso che sembra una specie di benedizione. Solo che con chiese, preghiere e auspici di felicità non sono mai andata d'accordo, perciò l'istante prima di parlare alzo la testa e lo vedo.

Vedo il sorriso sicuro del bambino che ha avuto fin dal primo momento la meglio su di me. Del ragazzo che non mi ha mai nemmeno temuto. Del fortunato che può permettersi di dare un figlio a Cristi. E a un tratto mi è chiaro, come il bianco dei muri attorno, che sceglierò di spazzare via quel sorriso. Perché questa volta sono io che posso decidere. L'ho già fatto.

«Voglio solo dirti che, se manterrai la calma, riuscirò a ridurti la pena al minimo. Non c'è altro.»

Lo dico con voce sicura, guardandolo dritto in faccia, e annuisco pure. Considerato l'impegno che sto mettendo nella causa non è neppure una bugia, mi dico da brava vigliacca mentre mi alzo. Mattia annuisce grave, non so se mi crede. Di certo la mia coscienza no.

24

Dopo quel momento ci sono tanti fatti. C'è una mia febbre a quaranta che per poco non si porta via tonsille e voce. C'è il processo. C'è l'ammissione di Mattia, la mia difesa perfetta, la fretta del giudice di chiudere e la condanna a cinque anni. C'è la mia intervista a un'emittente locale che mio padre con la sua decennale esperienza di televisione riesce a scovare a chilometri di distanza. C'è Alessio che si accontenta di un paio di serate insieme a settimana. C'è mia madre che al telefono è mogia e non spiega il perché, mentre il telefono di Cristi non si riaccende più. Soprattutto c'è l'attesa, il conto alla rovescia che faccio aspettando la mossa di Lilli con le sue armi nucleari.

Ed è Fausto che una sera per telefono annuncia l'attacco. «Cristi ha deciso.»

Ho già capito, resto in silenzio. «Ha bisogno di te, ti vorrebbe vicino.»

«Le dirò che sta sbagliando e che non può rinunciare al bambino.»

«Allora verrai?»

«Per portarla via» rispondo con il piglio di chi dice la verità, anche se la mia voce dal giorno in cui ho taciuto a Mattia del figlio non è più tornata sana e non sembra mai vera.

Fausto sospira e mi dà orario e via.

Quando arrivo nella clinica privata di Piacenza, Cristi è in una sala d'attesa riservata a chi ha fatto la sua scelta.

«Sei sola?»

«Sì.»

«Non farlo» le ripeto un paio di volte.

Mentre lei compila i moduli piegata sulla sedia, le resto accanto senza fiatare. Solo all'ultimo, ho una specie di sussulto, le parole della maga di Hvar mi battono nel petto. Il futuro non è nelle sue mani. «Cristi, aspetta» gemo. «Così nulla è più nelle tue mani.»

E lei me le consegna. Le stringo, due teste di serpente umide e fredde. Le stesse che aveva da bambina quando annaspava davanti agli abbecedari e mio padre sussurrava a mia madre forse non si crede libera. Mi guardo intorno in cerca di qualcuno che possa aiutarmi a frenarla. Ci sono un medico dal viso gentile e una segretaria giovane. Inutili. L'unica persona che potrebbe fare qualcosa non è qui perché è in carcere. Non è qui perché non sa nulla e non sa nulla perché così ha chiesto Cristi e così ha fatto comodo a me.

Le do un bacio sulla guancia, anche se sono anni che non la tocco più con le labbra. «Ti aspetto di là in camera» sussurro, invece scendo giù come una furia per le scale.

Posteggiata proprio davanti al portone c'è la macchina di Fausto. Scende con lentezza esasperante, prova a stringermi la mano ma ho le braccia paralizzate sui fianchi.

«È stato meglio così» blatera. I suoi ricci questa volta non ondeggiano. È grigio in viso. Deve essere stato faticoso anche per lui tirare il morso a Cristi, sprangare con il fil di ferro il recinto. «È stato meglio» ripete.

«Per chi?» gli chiedo.

«Per tutti.»

Non rispondo. Ho ancora il sudore di Cristi fermo sulle labbra come granelli.

«Sediamoci là.» Indica una panchina nascosta dalla sua macchina.

Faccio segno di no. Allora lui tira fuori il portafoglio, per un minuto penso che mi stia per offrire da bere in un bar, un bel tè fresco contro gli aborti praticati nel caldo della pianura. Poi finalmente capisco.

L'emissario di Lilli, l'uomo della finanza, lo stalliere che tiene le redini, apre il libretto degli assegni.

«Il bambino non era il sogno di Cristi» dice.

«Un buon modo per liberarsi la coscienza» mormoro, ma sento che gli occhi non rispondono ai miei comandi e indugiano sulla carta stampigliata degli assegni.

«Anche tu hai un sogno, vero?»

Continuo a guardare il libretto che Fausto stringe nelle mani.

«Lilli e io siamo contenti di come sono andate le cose.»

«Come sono andate?» chiedo in trance.

«La pena minima per il ragazzo, i tempi veloci. È così giovane, sarebbe stato un peccato vederlo marcire in galera per un'esuberanza.»

E sarebbe stato ancora peggio per te se lo avessi avvertito del bambino, se si fosse messo in mezzo, se avesse provato a disinnescare la vera bomba, quella di Lilli.

Io rimugino, Fausto scrive. «Ho già il compenso dell'imputato» biascico, ma sono gli occhi, dannazione, sono loro che ormai sono neri come l'anima e scintillano alla vista della penna che si muove.

«Questo» dice lui firmando l'assegno, «non è un compenso, è un ringraziamento.»

Guardo la cifra, più della metà del valore della mia vecchia casa.

«Te lo meriti» aggiunge, e davvero nella sua logica me lo merito perché sono io che ho tenuto fede alla promessa fatta a Cristi e ho lasciato Mattia all'oscuro. Allungo la mano, risento la mia voce che ripete più e più volte a Cristi non prenderò mai i soldi nell'armadio. Tanta morale per una somma irrisoria rispetto a quella che è a due centimetri dalle mie dita.

Fausto strizza gli occhi, io li abbasso e nello stesso istante in cui stringo l'assegno sento una specie di strappo, un frutto si stacca e la mia anima rotola giù.

QUINTA PARTE

2006-2012

1

Firmo il rogito davanti agli occhi lucidi di Yannick. La mano trema ma la sigla sull'atto non lascia dubbi, la vecchia casa è di nuovo mia. È il venti di settembre, sono passati solo dieci giorni da quando Fausto mi ha consegnato l'assegno che ha convinto la banca in tempi lampo.

«Festeggiamo» mi dice Yannick.

Ha scelto un notaio a venti chilometri dal paese, in una cittadina sul mare. Mangiamo pesce e io non solo tengo il ritmo di bevute dell'olandese, ma lo supero pure e finisco per addormentarmi contro il sedile della sua macchina. Quando mi sveglio è notte fonda, siamo parcheggiati sotto casa mia a Bologna.

«Cerca di bere un po' meno, in futuro» mi dice Yannick sorridendo.

Mi faccio più vicina e gli do un bacio sulla guancia. Lui ride forte. Io rimango seria poi scoppio a piangere.

«Ehi» continua con fare paterno, «sei troppo stanca. Nel viaggio eri agitata, continuavi a parlare dell'estate, di qualcosa di finito.»

«L'ultima estate.»

«Cos'è?»

Sono già fuori dalla macchina. «Quella che sta finendo.»

Quella che sta finendo, sono le ultime parole che dico a Yannick in carne e ossa. Perché poi non terrà mai fede alla promessa di tornare a trovarmi e a scrivergli sarò solo io per le feste o gli auguri di compleanno.

L'ultima estate è quella che finisce domani, penso guardando il calendario una volta salita in camera. E davvero in quel momento credo che sia così. Davvero ignoro quanto la nostra storia abbia ancora in serbo per me, a cominciare dall'addio di Cristi di qualche giorno dopo.

È pomeriggio, sono in studio, quando rispondo al telefono la voce sussurrata di Pia mi dà i brividi.

«È fuori di sé. Deve aver bevuto parecchio.»

Non le chiedo chi. «Sei a casa?»

«No, sono su un autobus.»

«E lei?»

«Lo stesso, la sto seguendo, non si è accorta di me.»

Con un bisbiglio concitato Pia mi dice che Cristi è arrivata a casa nostra, l'ha guardata come se fosse trasparente, poi ha fatto a pezzi l'armadio. «Il tuo armadio.»

Pia non capisce, io sì.

«Adesso ha una busta in mano. Cosa credi che voglia fare?»

«Su che autobus siete?»

La risposta di Pia è coperta dal ronzio del motore. «Cosa c'è nella busta? Magari ha una bomba in mano!»

«Dimmi il numero del bus.»

«Venti.»

L'autobus venti va dritto fino al primo grande bosco fuori città, il parco Talon.

«Nessuna bomba. Aspettami all'entrata, arrivo» e l'attimo dopo sono già alla ricerca di un taxi.

All'ingresso del parco, Pia si tiene a un palo.

«Vai a casa» le dico. Sta piangendo.

«È scesa e si è messa a correre. Questo parco è immenso, come la troverai?» singhiozza.

Non rispondo, sto già correndo anch'io lungo la salita d'ingresso, in mezzo al filare dei pioppi, oltre la casa diroccata e poi lungo il sentiero che si inerpica sopra la casa di riposo. Niente. Al fiume, mi dico. Solo Cristi ha bisogno di acqua per appiccare il fuoco, e infatti la trovo lì. Le banconote pure, un mucchietto di soldi e rami secchi che i suoi piedi devono avere calpestato più volte.

«Dammi l'accendino» le dico da lontano.

Lei fa cenno di no e in un secondo i soldi prendono fuoco. Giro intorno alle fiamme, tolgo le sterpaglie vicine e poi la afferro per le braccia. La scuoto forte e vorrei che facesse altrettanto, che mi picchiasse e mi dicesse hai scelto proprio di mantenere la promessa sbagliata.

Lei invece non mi guarda nemmeno, è legno sotto il mio tocco.

«Cinque anni passano» le dico.

«L'ho visto.»

«Quando?»

Ignora la mia domanda. «Rivuole la catenina.»

Ha i capelli bagnati dal pianto, il viso gonfio come quello di mio padre dopo il licenziamento. È imbottita delle cure egoiste di Fausto, delle premure formali di Lilli, e il suo fiato puzza di alcol. Stacco le mani dalle sue braccia.

«È successo perché avevamo passato l'intera giornata al mare, in una spiaggia vicino a Genova. Siamo tornati a casa tardi, felici, e abbiamo fatto l'amore senza pensieri.»

A quelle parole vedo davanti a me due ragazzi biondi e nudi. Vado oltre ogni pudore, vedo i fianchi di lei spianati sotto la naturale pretesa di lui, due cavalli liberi.

«Quando ho capito di essere incinta, qualche settimana dopo, mi sono detta che non ero capace. Che ero fatta per altro.»

«Per distruggere banche?» balbetto.

Le fiamme accanto a noi crepitano, i legni freschi mandano fumo e in quel momento spero che qualcuno lo veda, una denuncia per aver appiccato un incendio è meglio di quello che temo di dover sentire.

«Sì.» Chiude gli occhi. «E poi non ho fatto nemmeno quello.»

So che siamo agli sgoccioli, so che da questo incendio usciremo ustionate e sento che se le chiedessi in questo momento come sono andate le cose la notte dell'attentato mi risponderebbe. Eppure, per la prima volta nella vita, la mia curiosità abdica.

Cristi si gira di scatto e va verso il torrente, davanti ai miei occhi provati dal fumo, ci entra dentro completamente vestita. È in una fogna a cielo aperto, piena di nutrie, di fango, di plastica. La schiuma marrone le arriva oltre la vita.

«Non sono stata capace di tirare la bomba, non sono stata capace di tenere un figlio!» grida.

«Ti capirà, non ora magari, ma nel tempo ti capirà» le dico senza un briciolo di convinzione.

Ho dei crampi alla pancia, mi accovaccio per terra. Degli schizzi di fango le sono arrivati fino ai capelli e sulle guance.

«Esci da lì» la supplico.

Lei continua a vacillare nello sporco. Il sole di fine settembre, alle sue spalle, è un piccolo cerchio senza raggi. Guardo Cristi in controluce e vedo Mattia. L'unico Mattia che la mia mente è in grado di immaginare: un ragazzino tutto muscoli e determinazione che si immerge in un fosso pieno di melma pur di riuscire a giocare con Cristi. Sono passati anni da quel pomeriggio nella città vecchia, il tempo è gocciolato via e l'acqua è tornata a portare fango. Una massa putrida che Cristi mangerebbe, tanta è la disperazione. Le sue labbra mi sembrano già sporche di schiuma. Penso al tifo, alle malattie dei topi, a lei che muore gialla e sudata nell'ospedale di Pia.

«Esci» le ordino.

E lei incredibilmente lo fa, cammina all'indietro come uno spaventapasseri giallo e marrone e viene a sedersi vicino a me. Puzza come il concime dei campi, mi viene da piangere.

«Vedi» mi dice con la sua voce inconfondibile, quella che naturalmente va a profondità proibite agli altri. «Bastava un tuo ordine.»

Non aggiunge altro al nostro addio, si sdraia con la testa sul mio grembo e lentamente si addormenta. La sveglio ore dopo, quando il fuoco dei soldi è spento, le braci non ardono più e anche il fumo è scomparso dall'aria.

2

Il tempo che segue, quando ci rialziamo e calpestiamo i soldi di Fausto in cenere, è fatto per lo più di reazioni, di episodi obbligati, di fatti prevedibili.

È prevedibile che Cristi pretenda di andare sola alla stazione, inzaccherata di fango secco e puzzolente, per tornarsene dritta a Piacenza, e che non si faccia più sentire. Che sia stata lei a gettare il cellulare dal treno o Fausto a cambiarle il numero non posso saperlo, ma quando una voce meccanica mi dice che l'utente non esiste più, so che ha perfettamente ragione.

Si è trasferita a Londra con i genitori, mi dice mia madre qualche settimana dopo e io mi metto un indice sulle labbra come una bambina e la prego con gli occhi di non parlarmene più.

È scontato che io trovi la catenina fra le macerie dell'armadio, forse un po' meno che la infili sotto il materasso come una vecchia. È inevitabile anche che Alessio mi cerchi meno e non si preoccupi troppo di nascondermi assidue telefonate con una collega.

È prevedibile pure che Pia se ne vada da casa. «Provo la convivenza» mi dice, «e se va bene potrei fare un pensierino sul matrimonio.»

All'idea della mia coinquilina all'altare che giura fedeltà, provo una tenerezza improvvisa, l'abbraccio forte.

«Io resterò a vivere qui. Mi verrai a trovare?» le chiedo, e lei quasi si commuove giurando.

Anche la reazione di Mattia all'incontro con Cristi non

riserva sorprese. Non a me che lo conosco da quando era bambino.

« Rimani il mio avvocato? » mi chiede soltanto.

Resto in silenzio. Mi dovrebbe dire: rimani il mio avvocato, anche se sapevi che era incinta e non me lo hai detto. Rimani il mio avvocato, perché è solo di Cristi la colpa, non doveva abbandonarmi così.

Invece lui ignora le spiegazioni e aspetterà anni per parlarne. « Allora, sei ancora il mio avvocato? » torna a chiedermi.

Lo guardo, gli occhi celesti sono infiacchiti dalla barba disordinata, ha delle croste in testa, fra i capelli, alcune perdono sangue. Bastano quei segni a dirmi che il nome di Cristi anche lui non vuole sentirlo più.

« Sì, sono ancora il tuo avvocato » rispondo.

Per lui non mi risparmio. Fra le decine e decine di assistiti che Giannetti mi scarica, la cartella di Mattia è sempre in bella vista sulla mia scrivania. Se c'è qualche cosa da sbrigare per la sua causa, non sento ragioni: posticipo appuntamenti, rifiuto telefonate, faccio tardi al ristorante dove Alessio mi aspetta sempre più impaziente.

Sappiamo tutti e due che presto riprenderò le mie cose da casa sua, gli restituirò le chiavi e di sicuro qualche volta tornerò nel suo letto.

Una sera, a tavola, rompo il silenzio che accompagna ormai le nostre cene.

« Credi ai maghi che leggono il futuro? » gli chiedo a bruciapelo.

« Cosa? »

Lo ripeto. Scrolla le spalle. « No » taglia corto senza domandare spiegazioni.

« Hai ragione » borbotto.

I soldi annunciati dalla maga di Hvar però sono arrivati e

ogni volta che nel parlatorio del carcere mi alzo e do le spalle a Mattia ancora seduto, cerco di capire cos'è quella stretta che sento alla gola e cosa c'entra con la storia dell'uomo a metà.

Incontro Mattia almeno una volta al mese, anche se non ci sono novità, anche se la vista delle pustole rosse fra i suoi capelli mi chiude lo stomaco e appena torno a casa mi faccio uno shampoo doppio.

Le bolle di sangue che vedo a ogni colloquio però non hanno niente a che vedere con la sporcizia del carcere. È una dermatite atopica. Una disidrosi, le pustole da acari. Secondo l'ultimo referto della visita specialistica che gli ho procurato, è la reazione allergica a qualche alimento.

«È rabbia» dico a Pia che incontro per un caffè.

Lei tralascia la sua veste di medico e alza le mani in segno di resa. «Anche tu mi sembri arrabbiata» mi dice mezz'ora dopo.

Ci stiamo salutando, siamo nel traffico di via Massarenti, a due passi dall'ospedale e sotto la nuova casa di Pia.

«Un po'. Ma è una faccenda troppo complicata da spiegare» le dico.

È una faccenda lunga e non mi fa solo arrabbiare, mi provoca proprio un travaso di bile come ai tempi in cui mia madre mi obbligava a sistemare la camera tutti i giorni. Infatti anche questa volta c'è di mezzo lei, con l'appoggio di mio padre. Tutti e due alla notizia dell'acquisto della vecchia casa sono rimasti impietriti.

«Quando traslocate?» gli ho domandato.

«Lasciaci il tempo di digerire la notizia» ha risposto mia madre. Nemmeno un sorriso.

*

Quando tre settimane dopo la chiacchierata con Pia faccio un ritorno improvvisato in paese, è proprio mia madre ad affrontare l'argomento.

«Il trasloco è una faticaccia» attacca appena ci sediamo a tavola per pranzo. Mio padre non interviene.

«Stai cercando di dirmi che resterete in questa stamberga?»

«Cos'ha questo appartamento che non va?» replica lei indispettita.

Mi guardo intorno con l'espressione schifata. Prendo un grande respiro.

«Là avreste il giardino.»

«Non ci serve. Piuttosto potresti affittarla, magari ti tornerebbe comodo.»

«Affittarla?!» Sono sbigottita. Fisso i cappelletti in brodo che si stanno raffreddando nei piatti. Afferro la mia scodella e la rovescio per terra. Mia madre si alza di scatto, è viola in viso e trema.

«Ho lavorato giorno e notte per riprendervi la casa!» grido.

«Non te lo abbiamo mai chiesto.» La sua voce è di pietra.

Guardo il mio brodo e i cocci del piatto ai suoi piedi. So che ha ragione. È soprattutto questo a farmi male. Ci pensa mio padre, che tace da anni, a completare l'affondo.

«Cerca di comprendere anche il nostro punto di vista.» Addirittura si alza. «Per noi, dopo tutti questi anni, sarebbe comunque differente.»

Abbasso di nuovo lo sguardo. Sei un depresso e non sai cosa stai dicendo, papà, penso livida. Invece lo sa, lo sa eccome.

3

« Abbiamo finito » dice Alessio.

Scivolo giù a fatica dal lettino e mi rivesto, chissà poi perché, dietro il paravento.

« Tutto bene? » gli chiedo.

Lui non risponde. Infilo la maglia, metto le scarpe ed esco. Insisto: « Tutto bene la visita? »

Lui esita. Sento freddo. « Sono incinta? » Non voglio bambini, è una certezza.

« No, no, tranquilla. » Il suo tono è stranamente delicato.

« Allora? »

« Niente di grave, solo che rispetto all'ultima visita è sopraggiunto un quadro di endometriosi. »

« Spiegati meglio. » Mi indica un'immagine della mia ecografia. « Qua è più scuro, vedi? »

« No, non vedo nulla. »

« Qua ci sono delle cisti e qui c'è un ispessimento del tessuto che è diventato più fibroso. »

Mi dà un'occhiata veloce. Guarda il monitor, cerca la data del precedente controllo. « È cambiato in tempi molto rapidi. »

Mi prescrive alcune analisi che infilo in borsa senza leggere. « Torni a casa tua? » mi chiede.

È passato più di un mese da quando gli ho restituito le chiavi e nell'occasione abbiamo fatto l'amore. Annuisco.

Lui spegne il computer mentre io indosso il cappotto. Sto per uscire, ma mi fermo.

« Ti vedi con qualcuna? » gli chiedo.

«E tu?»

«No» rispondo subito ed è la verità.

«Nemmeno io» si affretta a dirmi, ma non sembra sincero.

Se lo avessi amato sul serio mi impegnerei per capire se ha per le mani una storia importante. O magari cercherei un altro medico, o forse nemmeno questo perché come dice mia madre sono sempre stata di larghe vedute.

La notte della visita sogno fascine di legno che galleggiano su un mare scuro e poi sogno Cristi, per la prima volta dopo la sua partenza, e il cuore mi batte così forte al risveglio che non riesco a ricordarmi nient'altro che dei capelli lunghissimi. Biondi, naturalmente.

Appena finita la colazione, chiamo mia madre. Ne ho bisogno. Dopo la litigata, dopo che ho disertato il pranzo di Natale, mi informa solo sulla loro salute e non dimentica mai di chiedermi della mia. Tutto bene, rispondo.

In realtà devo aspettare tre settimane per sapere se sto bene, il tempo di ritirare gli esami che mi ha prescritto Alessio e che, senza aprirli, gli consegno in studio. Non vanno granché, mi dice lui, e in effetti sempre più spesso ho dei dolori al ventre. Da quel momento, ogni volta che ne parliamo, visita dopo visita, ha un tono sempre più delicato e la faccia sempre più seria.

«Insomma» gli dico un giorno. «Mi spieghi una volta per tutte se mi devo preoccupare o no?»

Non siamo nel suo ambulatorio, siamo a casa sua, a letto, cosa che non capitava da tempo.

«Non è grave ma potrebbe darti problemi in futuro.»

«Per i figli?» gli chiedo diretta, visto che lui tergiversa.

Annuisce.

«D'accordo, ho capito.»

Lui mi guarda perplesso.

«Tutto qui?» mi chiede.

No, non è tutto qui. Giannetti si è convinto ad aumentare la mia quota societaria e ad assumere un giovane praticante. Ma ho la scrivania piena di pratiche, bevo dieci caffè al giorno, otto dei quali nel bar davanti al tribunale. Se sono ancora presentabile, la sera vado a cena con qualche collega. Se voglio di più, e capita davvero raramente, cerco Alessio. Ma il più delle sere resto a guardare la piazza sotto la mia camera con un kebab in mano, poi prendo e riprendo le misure della camera di Pia per convincermi a farci un salottino. Quando la mattina mi sveglio e vedo dei riflessi rossi nella mia stanza, non so se è il sole che filtra dalle tende o sono solo i miei occhi che non si levano di torno le croste rosse sulla testa di Mattia.

Non mi interessa avere figli e non presto attenzione alle pettegole di paese che mi chiedono se ho ricomprato la vecchia casa in previsione di un bel giardino per dondoli e altalene.

Ormai la notizia che la casa è di nuovo della nostra famiglia si è sparsa, c'è chi vocifera che mio padre abbia avuto l'invalidità, cosa che al massimo ci avrebbe permesso di riprenderci l'albicocco, e chi dice che mia madre bazzica troppo il bar sotto casa e deve aver vinto qualche lotteria. C'è anche chi dice soltanto che era giusto così perché gli olandesi si fanno ricchi sulla pelle degli italiani. Mia madre, se qualcuno chiede, risponde che è tutto merito dell'onesto lavoro di sua figlia. Quanto ci creda non lo so, comunque la domenica prima di Pasqua mi invita a pranzo, una palma d'ulivo troneggia in mezzo alla tavola. Io però non ho intenzione di sorvolare sul discorso.

«Ho deciso che non affitterò la casa ma ci passerò le estati.» Mia madre si blocca, mio padre è in apnea. «E voi sarete i benvenuti.»

*

Questa è la soluzione, il mio ramoscello di ulivo. I miei genitori mi prendono in parola e anche io non scherzo. Ai primi di luglio, appena il lavoro in tribunale si allenta, faccio i bagagli e mi trasferisco là. Pia, a cui mostro le foto, dice che l'ho arredata con mobili semplici, stile country. Ho messo un letto matrimoniale nella mia vecchia camera. La stanza da letto dei miei genitori l'ho lasciata vuota.

«Spazio ce n'è» commenta mia madre la prima volta che ci rimette piede. Ho invitato i miei genitori a pranzo, mio padre però sta tardando e mia madre ne approfitta per liberare la sua curiosità. «Cosa fa quel ragazzo da cui andavi ospite a Rimini?»

«È un bravo ginecologo.»

«Soltanto questo?»

Non le do corda. Lei rimane qualche secondo in silenzio, poi però non molla.

«È lui che ti segue per il tuo problema medico?»

«Sì» rispondo imbarazzata.

«Spiegami meglio» continua bisbigliando, anche se di mio padre, sfortunatamente, nemmeno l'ombra.

«Prendo una pillola per rallentare la cosa.»

«Significa che non potrai avere bambini?»

«Vuoi un nipotino?» le chiedo spazientita. «Lo avrai.»

Lo avrai, visto che sono figlia unica, significa te lo darò. E ti darò un nipote significa che avrò un bambino. Non so chi, fra me e mia madre, sia più allibita da quello che ho appena detto. E ancora oggi che Arianna ha trent'anni mi chiedo cosa avessi in mente in quel momento, magari la paura di sentire risuonare nella grande casa i miei passi solitari. O la stizza per la curiosità incontenibile di mia madre. Oppure, e penso proprio che fosse questo, la voce di Cristi che mi dice lo vuoi perché fai parte di quelli che vogliono lasciare un segno. Una specie di mattoncino con il tuo nome.

Ammutolite, scendiamo in giardino. «Perché papà non arriva?» mugugno dopo un po'.

Mia madre, che sta apparecchiando all'aperto, alza le spalle, io lascio perdere. E quando sento il passo strascicato di mio padre in lontananza, mi sono quasi dimenticata del pranzo e del suo ritardo. Mia madre si alza dalla sdraio dove si era appisolata.

«Vagli incontro» mi sussurra e mi fa anche l'occhiolino.

Le lancio uno sguardo interrogativo che va a vuoto, poi l'assecondo. Mio padre ha bisogno di aiuto perché in una mano ha una cesta da cui spunta una coperta e nell'altra un bottiglione di vino.

«Cos'hai lì?» gli chiedo e ho già afferrato la cesta che con mia grande sorpresa si muove. Alzo la coperta e il muso nero di un cagnolino mi bagna la mano.

«È il mio regalo per la casa nuova» dice mio padre.

«Vecchia» lo corregge mia madre e scappa in casa ad accendere il forno.

Io non proferisco parola. Tengo il cane stretto nelle mani, sento il calore del suo pelo, il respiro frettoloso da cucciolo.

«L'hanno trovato in un campo in cima al paese. Tua madre proponeva il canile, Elmo insisteva per farci un bastardino da tartufi. Io invece ho pensato che qui, con te, sarebbe stato bene.»

Riesco solo ad annuire, il cucciolo si agita nel mio abbraccio, allora lo lascio libero di perlustrare il giardino.

«Come lo chiamiamo?» mormoro con voce rotta.

Mio padre alza le mani. «È tuo, sta a te scegliere il nome.»

«Non saprei» farfuglio.

«Sì che lo sai» mi risponde lui.

Faccio due passi verso il cagnolino che sta raspando il tronco dell'albicocco, socchiudo gli occhi e mi godo la sensazione di conforto del primo regalo di mio padre dopo anni. Certo non cambierà le cose, domani lui avrà sempre la stessa faccia imbambolata. E io trascorrerò l'estate da sola in una casa troppo grande per me. Però il cucciolo ora c'è, sta abbaiando contento e non smetterà tanto facilmente.

«Vieni» lo incito con dolcezza.

Lui non obbedisce, si è avvicinato a un rigagnolo creato dall'energica annaffiatura mattutina di mia madre. Lo osservo mentre scruta l'acqua, l'annusa, titubante ci strofina una zampa e la tira via veloce. Il ricordo della bambina che sono stata, così impaurita e desiderosa di lasciarsi andare nell'acqua, è inevitabile.

«Lo chiamerò River» dico risoluta.

«Che vuol dire fiume» bisbiglia mia madre, riapparsa dalla cucina.

Con la coda dell'occhio cerco mio padre, sta facendo segno di sì.

4

Dopo il primo anno di carcere le ferite nella testa di Mattia si asciugano, il sangue si riassorbe. I capelli però non ci sono più, caduti a ciuffi insieme alle croste.

«Vorrei studiare» mi dice una mattina.

«Che laurea?»

«Pensavo a un diploma.»

«Hai già fatto il liceo» ribatto perplessa.

«Vorrei iscrivermi a un istituto professionale.»

Lo guardo incuriosita, da quando è entrato in carcere ha divorato pile e pile di libri classici. «Vorrei solo qualcosa di pratico da cui ripartire» precisa.

E siccome lui ha sempre la priorità sugli altri casi, non ci penso due volte a spianargli la strada per l'iscrizione e controllare che lo facciano studiare, a tenermi aggiornata sull'andamento degli studi. O sulle ore di sport che gli permettono di fare.

Elettronica, matematica, verifiche, attrezzi da ginnastica. Questi sono tutti gli argomenti dei nostri colloqui che si sostituiscono a lei, all'indicibile. E a furia di vederlo, di procurargli visite e di seguire i suoi voti, quando lo incontro non sento più la morsa alla gola dei primi tempi. Cosa sento tutte le volte che mi alzo e lo lascio alle mie spalle non lo so, ma di certo aspetto il colloquio come un appuntamento inamovibile dalla mia agenda.

«Tutto questo per il debito di due caffè» mi dice il giorno che ho uno scontro piuttosto acceso con il direttore del carcere per non avergli lasciato il tempo sufficiente a preparare una verifica.

«Quella era una cazzata improvvisata per convincerti. Tu mi hai pagato.»

Sorride leggermente, è magro, ormai calvo. «So che ti sei ripresa la casa di quando eri bambina.»

Annuisco sbalordita. «Come lo sai?»

Lui sorride di nuovo e mi spiega di una guardia della sua stessa età che vive a Bologna, ma è del paese.

«Giocavamo a calcio quando venivo d'estate per la rosticceria. Non andavamo d'accordo e infatti è finito a fare il secondino.»

Gli lancio un'occhiataccia.

«Era una brutta battuta. Si comporta bene, mi sta aiutando» mi dice serio. «Come fai tu» aggiunge dopo qualche istante.

Indugio per capire se, per qualche strano motivo, oltre ai fatti della casa possa sapere anche la storia dei soldi di Fausto, anche se quella la conosco solo io o forse anche Cristi. Il pensiero mi dà sempre un brivido.

«Ho preso anche un cane in paese» dico per alleggerire la tensione. Sorvolo sul fatto che mi sono affezionata e che lasciarlo dai miei in inverno mi pesa. «Pur di giocarci, ho ripreso persino a camminare.»

«C'è sempre la città vecchia o è crollata?» mi chiede lui a voce bassa.

«Resiste, più o meno.»

Mi sono battuta per far riaprire la chiesa di Santa Lucia almeno una domenica al mese e ho smosso tutte le mie conoscenze per un po' di manutenzione, come abbattere i cipressi malati e rifare l'intonaco alla torre dell'orologio.

Annuisce grave. «Era molto bella.»

«Anche lei» replico d'istinto e sento guance e lingua in fiamme.

È la prima volta in assoluto che non riesco a trattenermi.

Lui fissa il mio rossore, attendo che la sua rabbia mi incenerisca, invece i suoi occhi azzurri mi dicono: «Sì, lo era».

Sono due anni che né io né lui abbiamo notizie di Cristi, anche se sarebbe semplice trovarne perché, come dicono i praticanti dello studio a cui delego i lavori su internet, nessuno può più veramente nascondersi.

Solo una volta, dal momento che nulla, nemmeno i domini dell'etere, è più invadente delle chiacchiere delle pettegole, una conoscente di mia madre finisce per mostrarmi una specie di Cristi.

Siamo nel salottino dei miei genitori, la signora ha in mano un plico di foto.

«Un ricevimento per una laurea che sembrava un matrimonio, con tanto di jazz e buffet» spiega entusiasta.

Guardo di sfuggita una foto, dei calici alzati e una corona d'alloro.

«Dove?» mi lascio scappare per cortesia.

«A Piacenza.»

Mi blocco.

«A proposito» attacca quella immediatamente. «Sapete chi ho visto?»

«Chi?» si intromette mia madre che era andata in cerca dello zucchero.

«Lilli. Ti ricordi di lei, la figlia della povera Ida della città vecchia?»

Mia madre annuisce in fretta.

«Ha vissuto un paio di anni a Londra e adesso è tornata a Piacenza. Avresti dovuto vederla.»

Né io né mia madre proferiamo sillaba.

«È rimasta una ragazzina» continua la signora girando le foto come un mazzo di carte. «Sempre con il bicchiere pieno in mano, ma in forma smagliante.»

Mia madre riesce a spiccicare un commento inutile e prova a cambiare discorso, ma la signora non è ancora pronta.

«C'era anche la nipote di Ida, con il fidanzato.»

A quel punto mia madre si sporge in avanti per coprirmi la vista della foto sventolata, ma io sono già con gli occhi su una chioma bionda. Il fidanzato, un uomo alto quanto lei, capelli lunghi castani e occhi marroni, lo vedo a fatica. Perché sono ipnotizzata dai vestiti di Cristi. Un paio di pantaloni tipo militare, una canottiera verde, la camicia di jeans. Non potrei definirli eleganti, ma nemmeno scelti a caso, di sicuro perfettamente coordinati. Mia madre mi sfila la foto dalle dita.

«Un attimo» protesto.

La riprendo e punto il collo della mia amica. Non ci sono ciondoli, né nuove catenine, non nella foto almeno. Quando mi decido ad andarmene sono talmente sovrappensiero che se non ci fosse il cane a scodinzolarmi fra i piedi rimarrei impietrita davanti all'orribile bar sotto l'appartamento dei miei. «River, portami a casa» gli dico, e per come si mette a trottare sono certa che abbia capito quanto ho bisogno di lui. Accelero il passo e lo seguo come un automa. Sto ancora pensando ai vestiti di Cristi. Più ai vestiti che al fidanzato, più al look che ai suoi occhi sbiaditi dal flash. Dove sono finite le T-shirt anonime, i jeans senza forma, gli abbinamenti improbabili? La risposta è una voragine profonda, una vertigine sui bottoni di madreperla della sua camicia aperta.

5

Il programma di reinserimento che riusciamo a ottenere per Mattia al terzo anno di carcere è uno dei più sicuri e meno bollati. Un posto come tecnico nel call center della Regione per prenotare visite ed esami medici. Prima dell'inizio mi sincero che non ci siano altri detenuti o superiori troppo rigidi. Faccio un paio di volte lo stesso tragitto in bus che deve fare lui e prendo un caffè in pausa pranzo al bar di fronte alla sede. Camerieri tranquilli, molte colleghe, niente giri strani.

«Dalle otto alle cinque, se non torni sono guai seri» provo a dirgli, ma lui mi interrompe.

Mi rassicura, non ci pensa nemmeno, non è quello che ha in testa e poi a denti stretti mi ringrazia di tutti gli sforzi. Fra questi, lui non lo sa, c'è anche quello di non dirgli che l'ultima volta che ho visto Cristi era ben vestita e fidanzata.

A poco a poco, l'idea che non se ne stia sempre chiuso in carcere e che abbia ripreso una specie di vita, anziché spaventarmi, mi rasserena. I nostri colloqui sono diventati più semplici, più brevi, e quando torno a casa dopo averlo salutato, riesco a farmi anche una passeggiata o un aperitivo senza pensare ai suoi capelli biondi che non ci sono più o alle sue guance scavate.

Giovanna, una sua collega, compare nei discorsi di Mattia per la prima volta dopo quasi nove mesi di lavoro, di condotta esemplare secondo il direttore del carcere.

«Ne ho sentito parlare» gli rispondo vaga.

Lui ride, non lo faceva da tempo. «Mi sorvegli?»

Mugugno. Ride ancora. «Puoi stare tranquilla» mi dice tornando serio.

Sei gelosa, mi domando per l'ennesima volta da quando mi hanno riferito di averli visti spesso insieme. E ancora una volta mi rispondo di no. Anzi, sapere che al lavoro non solo segue diligentemente gli ordini ma si rimette in gioco con le colleghe mi dà una specie di sollievo. L'unica nota stonata è che questa Giovanna è una ragazzina.

«È molto giovane» continuo.

Ho già parecchie informazioni prese dai miei canali. So che ha diciannove anni, nove meno di lui, e che pranzano insieme al bar. Se è bel tempo stanno sulla panchina del giardinetto, non si scambiano mai effusioni. Lei è cotta, ha spifferato un'addetta di call center a uno dei miei praticanti.

«Non la forzare» insisto.

Lui mi dà subito ragione, sostiene di capire la mia preoccupazione. «Non la sto costringendo, sono solo fortunato» risponde.

«Sai che ha solo sua madre in un paesino del Sud e sta qua da una zia?» gli domando.

«Sì.»

«Cerca di non illuderla.» E mi fermo lì.

Non ti illudere, dovrei aggiungere, non ci illudiamo che basti una ventata fresca per voltare pagina, ma in quel periodo non ho testa per le riflessioni. E, se tralascio il fatto che Giovanna ha appena raggiunto l'età del diploma, mi viene facile pensare che per Mattia sia la soluzione ideale. Una ragazza cotta di lui, finalmente un po' di riposo, qualcosa di semplice dopo tanta tempesta.

Quanto a riposo, anche io ne avrei tanto bisogno. La mattina mi sveglio stanca e di notte mi addormento tesa. Prima dell'ultima udienza ho avuto anche un piccolo svenimento. Per Giannetti dovrei delegare più lavoro ai giovani collaboratori, per Pia cambiare casa, per mia madre riaffacciarmi in chiesa ogni tanto. Per la mia giovane segretaria appena assunta, farmi delle passeggiate.

«Perché non va a ritirare questa raccomandata?» mi dice un giorno.

La fila, i pensionati, i pacchi da spedire. La guardo di traverso. «Perché dovrei farlo?»

«Per sgranchirsi un po'. E poi, avvocato, questa lettera è diversa dalle altre.»

«Ah sì?»

La segretaria è in difficoltà, io la fisso impaziente. «È intestata solo a lei, senza il titolo o il cognome» balbetta.

Così il giorno in cui Cristi, dopo quasi quattro anni, decide di ricomparire, lo fa spingendomi a camminare nel freddo di febbraio fino a un ufficio postale gremito. Lo fa senza ricorrere al mio cognome, senza chiamarmi avvocato. Lo fa con una busta luccicante recapitata in studio come se non avessimo mai avuto una casa insieme. Come un pacco bomba. E, cosa ancora più sbalorditiva, lo fa con la richiesta della prova della mia ricezione.

Firmo per Cristi, poi faccio scivolare la raccomandata dalle mani dell'impiegata alla borsa quasi senza sfiorarla. Cammino almeno un'ora prima di sedermi infreddolita e con il naso rosso in una pizzeria sconosciuta.

«È da sola?» mi chiede con una specie di delicatezza il cameriere.

«Sono infinitamente sola» gli rispondo e lui resta senza parole.

Mangio una pizza, bevo due birre, faccio sprofondare giù tutto con un dolce servito alla velocità della luce. Quando lascio la mancia, per qualche secondo ho la tentazione di coprirla con una busta luccicante e affidare a un cameriere gentile il ritorno di Cristi. Non lo faccio, mi porto la sciarpa fino agli occhi e respirando il mio stesso fiato vado a piedi fin sotto casa di Alessio. Le luci del suo appartamento sono spente. Magari dorme, magari è di turno, magari è con una fidanzata. Le tre possibilità mi fanno il medesimo effetto: se proprio questa sera avevo bisogno della prova che ormai mi è indifferente, l'ho avuta. Continuo a camminare ed entro nel cortile dell'ospedale lì vicino. Non spero di incontrarlo, cerco solo un bar per bermi un digestivo.

A mezzanotte, dopo un giro di circolare del bus, sono in camera mia e non ho più scuse. O il cestino o la sua grafia, perché che sia scritto a mano non ho dubbi. E infatti è con lo stampatello di sempre che Cristi è felice di annunciare la nascita di sua figlia. Non è la sola, c'è anche il padre a condividere la gioia.

Scorro le informazioni della felicità. Dieci febbraio. Non mi interessa. Tre chili e cento. Dettaglio inutile. La foto. Me ne frego. Quando arrivo al nome, prendo il telefono.

«Avvocato» biascica il praticante insonnolito.

Gli detto il nome che ho appena letto.

«Non ha internet?» prova a protestare, ma il mio no lo gela.

«Controlla cosa significa.»

Lo so ma non lo ricordo, non questa notte.

Sento il ticchettio dei tasti al di là del telefono, qualche colpetto di tosse.

«Dal greco, vuol dire *molto puro*» mi dice.

Molto puro. Sei capace solo di questo, Cristi?

Ringrazio il praticante e mi avvolgo in una coperta. Molto puro. È come dire tutto bene. Molto giusto. È come dire non è un compenso ma solo un ringraziamento. Oppure capita a tutti qualche esuberanza. Espressioni vuote, che non hanno nulla a che vedere con i polpacci di Mattia sprofondati nel fosso per riprenderci la palla. Non hanno nulla a che vedere con una bambina analfabeta e con le bolle di sangue sulla testa di un carcerato. Non significano niente se paragonate a una ragazza nuda che mi legge la mano e l'anima in un letto stretto. Sono frasi che al massimo vanno bene per me, per quello che sono diventata, una donna che si è nascosta dietro una promessa e ora passa le estati nella casa che ha sempre voluto, ma non è felice. «Molto puro» ripeto.

Nomen omen. *Arianna.*

6

Dopo aver seppellito il biglietto di Cristi nella borsa, potrei recuperare il suo numero e chiamarla. O magari inviarle un pacco di vestitini rosa, scarpette, bavaglini. Per la nascita di sua figlia potrei anche venir meno alla regola di non scriverle, che mi sono imposta da ragazzina, e inviarle i miei auguri. Invece me ne vado in banca, faccio emettere un assegno di ventimila euro dal mio conto, poi me ne torno in studio. Ripeto la stessa operazione sei mesi dopo. E poi ancora, avanti così, per quasi tre anni. Restituire i soldi presi da Fausto mi sembra la risposta migliore dopo quello che ho fatto.

« Avvocato, sta dicendo che mettiamo un assegno di ventimila euro in busta semplice? » mi chiede stralunata la mia segretaria assunta da poco.

Guardo le sue labbra coperte di rossetto che sono schiuse dallo stupore, e rispondo con fermezza di sì.

« Ma è rischioso » prova a protestare.

È in imbarazzo, fissa le sue unghie ben dipinte, vorrebbe dirmi che è una cazzata, ma il posto di lavoro le serve.

Senza dare spiegazioni, sfilo la cartolina di Cristi dalla borsa, strappo l'angolo dove compaiono nome e indirizzo del mittente e ordino alla segretaria di copiare. Di rispedire al mittente ubicato a Piacenza, magari a pochi chilometri dalla villa dei genitori, un po' di quello che le ho tolto.

Qualche minuto più tardi la ragazza bussa, mi spiega titubante che ha pensato di mimetizzare l'assegno con un altro foglio.

« Ottima idea » commento neutra.

«Facciamo almeno una raccomandata?» azzarda con un filo di voce.

Scuoto la testa spazientita. «Posta semplice.»

Così non sapremo mai se arriva, vorrebbe dirmi la segretaria, però tace. Tanto meglio, perché spiegarle che desidero la via più veloce per riparare le mie colpe, una via che non preveda nemmeno firme di ricevuta, sarebbe impossibile.

«Vuole aggiungere una frase?» Scuoto la testa. «Una sigla?»

«No.»

È da quando ho diciannove anni che ho deciso di non scrivere più a Cristi.

«Ce la facciamo a spedire una busta o ha ancora altre domande?» le chiedo stizzita.

La segretaria fugge via allibita. È una collaboratrice mediocre, eccessiva nel trucco e poco brillante, ma questa volta la sua reazione è più che comprensibile. Lavora nello studio da pochi mesi, è abituata a maneggiare timbri, marche da bollo, scrivere lettere e depositare atti. Infilare un assegno dentro una busta da lettere, senza nemmeno una firma, deve sembrarle una cosa da pazzi. Lo è, ma la mia coscienza mi dice che è il modo giusto per rimediare e il mio orgoglio sa che è anche il più facile.

La sera esco dal lavoro che ormai è buio, i bar hanno finito di servire gli aperitivi e qualcuno avrà ritirato la posta dalla cassetta sotto lo studio. Vicino al portone mi ritrovo Alessio.

«Passavo di qua, ho provato a chiamarti, ma non hai risposto.»

Do un'occhiata al mio cellulare silenzioso in tasca, al suo sguardo che negli ultimi tempi, visite mediche a parte, è sempre un po' imbronciato.

«Andiamo da te» gli dico e a malapena gli lascio il tempo di girare la chiave nella porta prima di fare l'amore.

Una, due volte, dormendo un po', spegnendo la luce,

rovesciando una bottiglia di vino sul pavimento. Però non basta, ho bisogno di dirlo a qualcuno. Ho già scartato sia mia madre che Pia, è tutta presa dalla sua convivenza. Anche ad Alessio, a dire il vero, non dovrei dirlo, perché ci siamo promessi di non parlare né di Mattia né di Cristi. Guardo il suo profilo rilassato accanto a me. Deve per forza aver intuito dalla mia frenesia che qualcosa non va, ma non è turbato. Sono passati tre anni dalla sera in cui abbiamo stretto quel patto, ci vediamo raramente, solo se non abbiamo altro da fare. Il braccialetto sarà sepolto fra i libri, a Rimini non vado da una vita, ormai sono più sua paziente che amante. La regola è finita in prescrizione, decreto. E mi decido a parlare.

«Cristi ha avuto un bambino» dico. Ci penso un attimo, ho appena detto una falsità. «Una bambina» preciso.

«Pensavo non vi sentiste più.»

Si alza sbadigliando, io resto immobile sotto il lenzuolo. I termosifoni sono al massimo, l'aria è secca, mi sento rossa e sudata. «L'hai chiamata?» mi chiede.

«No.»

«Le hai scritto?»

Le ho solo inviato un quarto del debito contratto con il suo finto padre. «Nemmeno» sussurro.

«Dovevo immaginarlo che c'era di mezzo Cristi» commenta.

«Che cosa vuoi dire?»

Lui fissa la bottiglia per terra e la chiazza di vino rosso sul tappeto. «Be', solo lei ti ha sempre fatto perdere veramente il controllo.» E per assestare meglio il colpo basso, ride pure.

Io non replico. Fisso il fondoschiena di Alessio, le gambe con pochi peli, il sesso stanco. All'improvviso ho voglia di dirgli dritto in faccia che la storia di Cristi amica del cuore era tutta una balla. Che a febbraio nella camera gelida con le tende rosse ci scaldavamo sotto la coperta e i termosifoni non servivano. Lui si siede accanto a me, dalla fretta con cui si infila i boxer realizzo che in qualche modo queste cose le sa già e non desidera sentirle.

«Andiamo a cena fuori» dice.

«È mezzanotte» protesto.

Si è già messo i calzini, adesso è la volta dei pantaloni. «Per questo ho fame» replica tirandomi piano i vestiti addosso.

I vetri della macchina sono gelati, Alessio guida in silenzio sporgendosi da un oblò che ha ricavato grattando via il ghiaccio.

«È tutto chiuso» borbotto.

Invece lui riesce a scovare una trattoria ancora aperta. Ordina un tagliere misto e, dopo che l'abbiamo divorato, anche due coppe di mascarpone.

«Stai meglio?» mi chiede.

«Sì.»

In parte è vero, sono più tranquilla, mi è sparita la voglia di litigare, di lasciarmi andare in confessioni inutili.

«Grazie» mormoro.

Quando ci rialziamo sono ormai le due, la macchina si è di nuovo ghiacciata, i nostri respiri formano nuvole di condensa. «Ti porto casa.»

Speravo che lo dicesse. Annuisco, poi gli assesto un bacio sulla guancia.

«Ti chiamo presto» gli dico senza convinzione.

Lui insiste per accompagnarmi fino alla porta. «Dirai a Mattia della bambina?»

«A cosa servirebbe? Non credo.»

In più non saprei da dove iniziare, come rompere il tabù del nome di Cristi. Non saprei se sono in grado di rivedere lo spettacolo della sua testa che butta sangue come un vulcano. E non so se la storia con Giovanna resisterebbe all'urto.

«Non glielo dirò» concludo risoluta, ma lui è già su un altro argomento. «Ricordati il controllo che hai fra un mese.»

Sorrido. Più paziente che amante, penso, ma va bene così.

Appena entrata in casa mi faccio una doccia bollente. Poi prendo la pillola anticoncezionale che mi ha prescritto Alessio, spacciandola per miracolosa, e scivolo sfinita nel letto.

Sono le tre, ho solo quattro ore prima di rimettermi in piedi, ormai l'ho detto a un'altra persona, perciò posso anche confessarlo a me stessa, pazienza se poi non dormirò.

«Allora è vero, Cristi, sei diventata anche tu una mamma» mormoro chiudendo gli occhi.

7

Il quarto anno di detenzione di Mattia è il tempo delle sue continue sorprese. Talmente inaspettate che bruciano persino il mio successo nel riuscire a ottenere la liberazione anticipata di sei mesi.

«Ci sposiamo» mi dice asciutto un giorno.

«Chi?»

Lui sbuffa leggermente.

«Giovanna ha solo vent'anni» continuo incredula.

«È maggiorenne.»

Ora sono io che sbuffo e insisto con le domande, noncurante del suo fastidio. «Quando vi sposereste?»

«Appena esco.»

Resto in silenzio per qualche secondo. «Non eri contro le istituzioni?»

Dalle piazze di protesta ai giuramenti con tanto di anello, penso con una punta di invidia.

«Acqua passata.»

«È passata veramente?»

«Non proprio.»

«Vale a dire?»

«Sono quattro anni che sto dentro un'istituzione; ci dormo, ci faccio la doccia, ci mangio. Adesso però ho fretta, ho tanta fretta» mi dice soltanto.

Seguo i suoi occhi che corrono per la stanza, scalpitano per uscire, sono impazienti di dedicarsi a una nuova storia.

«E dove andrete a vivere?»

«Ho in mente un posto, a Giò piacerebbe» mi risponde e

in quel momento penso al mare, a una delle spiagge immortalate da Cristi ai tempi in cui spediva le sue foto. Non posso nemmeno immaginare cosa abbia in mente. In più sono rapita dal nomignolo che ha appena sciorinato con disinvoltura e ripete in continuazione.

Ci pensa Giò a organizzare, solo sua madre e la mia, preferiamo così. Giò ha scelto i vestiti. Giò fa il conto alla rovescia, viene Giò a prendermi quando esco di qui.

Quel nome finisce per darmi sui nervi. Suona come un martello, quello che ha usato Mattia per scavare un buco nel muro e tornare a vedere la luce. L'appiglio per continuare ad amare che io non ho ancora trovato.

«Giò ti vorrebbe conoscere» mi dice un giorno.

Io glisso, sposto il discorso su qualche cavillo legato alla scarcerazione imminente. Però muoio dalla voglia di vedere questa ragazzina, questa giovane impiegata che ha trascinato Mattia al di là delle sbarre, al di là dell'amore finito in croste di sangue e l'ha portato, senza nemmeno più un capello, dritto fino all'altare. Così mi organizzo per intercettarla, senza preavviso, davanti al suo posto di lavoro il giorno prima della libertà definitiva. Le vado incontro a colpo sicuro. So come è fatta, ho recuperato un paio di foto tramite i miei soliti canali. È bassa, magra, capelli biondi cortissimi. È piuttosto sveglia, penso quando mi presento tendendole la mano. Ed è anche simpatica, realizzo quando me la stringe con un grande sorriso.

Quello è l'attimo in cui mi dico che tutti, me compresa, avremmo il diritto di guarire grazie a un amore giovane e importante, grazie ai sorrisi diretti, alle nuove storie che sono talmente leggere da volare sopra i vecchi dolori e i legami morti e mai sepolti.

«Volevo farti di persona gli auguri per il matrimonio» dico.

Sorride di nuovo. «Mattia sostiene che è anche merito del tuo lavoro se abbiamo potuto fare così in fretta.»

Faccio segno di no, ma in realtà sono compiaciuta.

« Verrai domani quando uscirà? » continua lei.

« No, mi spiace, ho un'udienza importante. »

E poi non servo, bastano loro due e la voglia intima che hanno di lasciarsi tutto alle spalle.

Giò segue il traffico delle macchine intorno a noi, aspetta che un semaforo rosso passi al verde. « Non so se ci vedremo ancora, noi partiamo subito » si giustifica.

Annuisco, la rassicuro, so del matrimonio al Sud. So del viaggio di nozze, mi manca solo di sapere una cosa e la mia curiosità freme alla vista del suo viso fresco. Evito le domande dirette che con Mattia non hanno funzionato.

« Peccato che di questi tempi gli affitti siano cari » dico vaga.

« Niente affitti, pensiamo di comprare. » Aspetta un po', abbassa la voce. « Ho ricevuto una piccola eredità da una zia » aggiunge imbarazzata.

« Ottimo. »

Lei riprende: « Ho già chiesto il trasferimento e penso che non avranno problemi a darlo a Mattia ».

Cerco inutilmente di ricordarmi tutte le sedi del call center sparse in Italia.

« Certo » dico con l'espressione di chi sa tutto.

La mia sicurezza rilassa all'istante Giò, che mi guarda e si lascia scappare un risolino. « Ho una curiosità » mi sussurra e io l'assecondo con un sorriso. « Forse sei la persona giusta a cui chiedere » mi dice abbassando la voce.

« Prova. »

« Pensi che potrei annoiarmi lassù? »

Lassù dove, sto per dire, ma un'intuizione gelida cambia all'ultimo le mie parole.

« Forse un po' » azzardo.

È una sera ventilata di giugno, fa freddo. Cerco uno scialle nella borsa e me lo appoggio sulle spalle. Giò indossa una maglia che lascia scoperto l'ombelico.

«Le case là sono tutte vecchie e anche nella nostra dovremo fare un po' di lavori» continua.

Sta dando per scontato che io conosca bene il luogo. Distolgo lo sguardo dal suo ventre piatto e intirizzito e lo punto per terra. Ormai credo di aver capito qual è il posto che a dire di Mattia piacerà tantissimo alla sua giovane sposa. Stento a crederci.

«Sei già andata a vedere la vostra casa?» riesco a chiedere con un filo di voce.

«No. A dire il vero anche Mattia l'ha vista solo da bambino.» Fa un altro risolino, che questa volta mi entra sotto pelle come una manciata di spilli. «Una guardia gli ha detto che non ci sono problemi a comprarla per una cifra bassissima.»

Adesso però le intuizioni non mi bastano. Voglio il punto preciso. Voglio capire con esattezza quale porta varcherà Mattia con lei in braccio.

«È grande? Dovete fare tanti lavori?» chiedo sforzandomi di rimanere tranquilla.

«Mattia dice che la casa è la più piccola del borgo.» Annuisco inebetita. «Ha un piccolo giardino e solo un'altra casa vicino. Ed è costruita bene, si rimette a posto in fretta.»

«Eh, già» commento. «Gino sapeva il fatto suo.»

Perché ormai non ho più dubbi che il nido dei futuri sposi sarà proprio attaccato ai ruderi della casa di Ida. A quel punto lei mi guarda stupita, ma io non ci faccio caso. Gino il gobbo, quello che è corso a portare in salvo Lilli incinta dal tetto scivoloso, sapeva davvero il fatto suo. La sua casa è la più piccola, è piena di topi, ma i muri hanno retto bene. Gli eredi sono tutti fuori dal paese e sono anni che cercano di svenderla. Fra tanti posti, proprio lassù doveva arrampicarsi la libertà di Mattia e la sua smania di rifarsi una vita. Proprio fra le ceneri delle case disfatte e del ricordo di Cristi. Se non fossimo in pieno centro, e se gli occhi marroni di Giò non brillassero così tanto, griderei a tutto volume la catena di imprecazioni che sto recitando dentro di me.

Con uno sforzo immane di autocontrollo le stringo la mano, cerco di salutarla decentemente, poi me ne vado camminando in fretta.

«Giulia» grida lei. Mi volto per educazione e mi avvicino un po'.

«Allora dici che mi piacerà questa città vecchia?»

Le parole città e vecchia escono dalle sue labbra lucide come fossero due amene località straniere. Il sole sta tramontando. La scacchiera dei palazzi del centro mi ripara dalla luce rosa della sera, però fatico a mettere a fuoco la figura di Giò. La ragazza che non sa ancora quanto può essere precoce la sera nella punta dimenticata del paese, che non ha mai conosciuto Ida, Gino e i giochi di suo marito quando era un bambino innamorato.

«Ti piacerà, ti piacerà» le rispondo.

8

L'estate del matrimonio di Mattia è quella del mio fidanzamento con River. Di mattina scendiamo fino al fiume, lui ci immerge le zampe, io resto a guardare l'acqua che ormai è diventata verde sporco nei tratti più mossi, marrone nelle anse ferme, così densa da intrappolare i rami degli eucalipti che osano sfiorarla. Dopo pranzo io studio le carte delle rare udienze estive seduta in giardino, lui si appisola sotto l'albicocco. Se mi alzo per prendere qualcosa da bere dal frigo, lui si tira su e va alla fontanella. Se apro la dispensa e mi faccio un panino, lui addenta la sua ciotola vuota e guaisce. Dopo cena, invece, passeggiamo. Mentre guardo il telefono per controllare i messaggi della giornata, rincorre i gatti. Se non faccio nulla, cammino soltanto, lui fiuta i margini dei sentieri e mi porta sassi, cavallette, bastoni, poi torna a fiutare. Ogni volta che stringe qualcosa fra i denti scodinzola impazzito e a me torna in mente Elmo che non si era sbagliato poi tanto nel volerne fare un cane da tartufi. Mia madre invece va dicendo che avrebbero dovuto fare a modo suo.

«L'avevo detto che ci voleva il canile» mi dice una domenica mentre si affanna a spazzolare via i peli neri di River dal mio divano.

Faccio finta di non aver sentito, tanto lo so che quando non ci sono è la prima a coccolare River. Lei sbatte i cuscini un paio di volte. «Stai sempre con il cane.» Non è vero, passo lunghi inverni a Bologna senza di lui. Soltanto d'estate, quando mi precipito ad aprire la casa in paese, mi dedico a River.

Mia madre insiste: «Trascorrere un po' di tempo con qualche essere umano ti farebbe bene».

Dipende dalla persona, da quanto ti interessa e da quanto può farti male, penso e non rispondo. Per la verità non sto sempre con il mio cane, esco anche, quando è già buio e River dorme ai piedi del mio letto. Ho rispolverato qualche vecchia amicizia, stando attenta a non ripescare Genny, e quasi tutti i fine settimana ci attardiamo nei locali sul mare, a mezz'ora dal paese, fino a notte fonda. Se non fosse per la quantità di superalcolici che bevo il sabato, parlando senza interesse di lavoro o di viaggi possibili, vista tutta la ginnastica che River mi obbliga a fare, sarei anche dimagrita.

Uno di quei sabati, finisco a letto con un compagno di liceo nel suo appartamento al mare. Sport, come ai vecchi tempi. E per vecchi tempi, intendo vecchissimi, quelli del pub, di Gianni e degli altri che a malapena ricordo. Prima di addormentarmi rigorosamente sola e a casa mia, con le luci dell'alba che si insinuano fra le tapparelle e River che si piazza sul mio cuscino, mi ripropongo di chiamare Alessio. Sono mesi ormai che ci vediamo solo per le visite che lui è attento a incastrare fra una paziente e l'altra, in modo da parlare il meno possibile.

Il giorno dopo, quando River che abbaia per la fame mi costringe a svegliarmi, mi dico che è meglio lasciar perdere. Alessio, a differenza di me, ha l'aria di uno che con la donna giusta può costruirsi qualcosa. E poi meglio non scombinare gli equilibri visto che è un bravissimo medico. È scrupoloso, mi ricorda tutti i controlli ed è sempre molto delicato quando mi deve dire che sì, la pillola a suo modo funziona, rallenta la malattia, lenisce i dolori, ma le cose nel mio utero non vanno granché bene. Vale a dire che se mai li volessi, sarebbe molto difficile per me avere dei figli. Non lo esplicita perché sa che non serve. E poi, figli da chi? penso ogni volta che esco dallo studio e chiudo la cartella dove conservo tutti gli esami con la stessa precisione con cui ripongo le pratiche di lavoro nei faldoni, anche se di certo ecografie e dosaggi ormonali non mi danno la stessa soddisfazione delle cause che con i complimenti di Giannetti continuo a vincere anno dopo anno.

«C'è qua un articolo che parla del vostro studio» mi dice una domenica pomeriggio mio padre che per qualche strano motivo legge tutte le cronache locali possibili, Bologna compresa.

«Ho comprato io il giornale» interviene mia madre. «Ah, ho incontrato il ragazzo in edicola» aggiunge piano.

Il ragazzo, neanche a chiederlo, è Mattia. È agosto, so che lui e Giò da qualche giorno, di ritorno dal viaggio di nozze, si sono trasferiti in paese. E sono già un paio di sere che nelle mie passeggiate con River evito la città vecchia. Ma il paese non nasconde, tutt'altro, e la settimana dopo incrocio Giò al mercato. Quando mi invita a bere qualcosa da loro, realizzo definitivamente che nelle ferie estive lei e suo marito sono ormai i miei vicini di casa più prossimi.

La sera del loro primo invito Giò e io siamo sedute al set di tavolino e sedie in plastica che hanno allestito nel piccolo giardino della casa appartenuta al vecchio Gino. Mattia è dentro, alle prese con qualche mobile da sistemare, non lo vedo dall'ultimo incontro in carcere.

«Guarda.» Le dita elastiche di Giò mi indicano un fascio di lettere. «Mi ha conquistato con queste, puoi leggere.»

Do un'occhiata veloce, decine e decine di lettere di cui non sapevo nulla scritte a mano dal carcere. Per fortuna l'estate è già inoltrata, il buio delle sere è netto e la luce della lampada da giardino tenue, perciò la mia curiosità non va oltre le prime righe. Sorrido imbarazzata dall'entusiasmo d'adolescente con cui Giò liscia i fogli.

Nel tentativo di cambiare argomento mi sforzo di domandarle del viaggio. Del matrimonio preferisco non chiedere. Pur di non alzare la testa e incrociare per sbaglio i muri sgretolati della casa di Ida, mi concentro sul racconto della luna di miele decantata dalla sposa.

«Bevi qualcosa» mi ripete lei ogni tanto.

Qualcosa non basta, mi servono almeno un paio di bicchieri di liquore per buttare giù tutto l'entusiasmo della sposa.

«Ischia è molto, molto carina. Ci sei mai stata?» vuole sapere.

«Un paio di volte.»

«Hai visitato la grotta verde?»

Ha una voce delicata, fresca. I capelli sono ancora più corti dell'ultima volta che ci siamo viste a Bologna. Ed è così gentile che mi sforzo di mostrare un po' di interesse per le escursioni, il menu abbondante dell'hotel e i bagni rigeneranti.

«Ore nell'acqua turchese» dice con l'aria sognante.

Per fortuna il nocino l'ho portato io, è quello di mia madre. Non ci sono intrugli, né additivi, non dà alla testa, altrimenti correrei il rischio di chiamare fuori lo sposo per chiedergli se è vero che ha nuotato deliziato fra i delfini senza pensare alle estati al fiume, quello ai piedi della città vecchia dove ha tanto bramato di ritornare. Se è vero che in tutti i giorni di miele non ha mai desiderato almeno una volta fare il bagno nella pozza sopra il paese, che tra l'altro non ho ancora visto in vita mia.

Mattia si unisce a noi poco dopo. Sembra allegro, Giò non gli offre nemmeno un bicchiere di nocino e lui non fa cenno di volerlo. Nel sentirlo parlare solo del mal di mare di sua moglie, dei viaggi di nozze che sono troppo brevi, realizzo che ho bevuto troppo, che ho troppa confusione in testa per capire quanto possa essere veramente sincero. E che lui, ne ho la certezza dai litri di succo che tiene davanti a sé, è diventato astemio.

«Questione di lucidità» mi conferma con un sorriso diretto a Giò.

Per un ex detenuto, quasi trentenne e appena sposato, è solo una buona notizia. In più si addice al suo fisico asciutto. Però è alle birre che Mattia un tempo si scolava di prima mattina che penso con insistenza prima di andare a letto, mentre setaccio il frigo in cerca di uno spuntino per me e per River.

Da quella sera provo a incontrarlo, passo più volte davanti a casa loro con il cane. Una sera li vedo abbracciati in cucina, un'altra sento la musica uscire dalla finestra della loro camera e un'altra volta ancora, di sabato, è tutto chiuso.

Lo chiamo il lunedì successivo prima di cena, quando Giò, come mi ha spiegato, va con le sue nuove amiche in palestra e poi nell'unico pub all'aperto del paese.

«Aspettavo la tua chiamata» mi dice.

Sono stupita, lui se la ride. «Possiamo parlare?» gli chiedo.

Gli do appuntamento nella saletta privata dell'Hotel Giorgio, la stessa dell'incontro con Yannick, al riparo dai pettegoli. L'ultima cosa che desidero è che inizino a sparlare di noi. Prima che Mattia arrivi allungo venti euro al portiere, che è rimasto identico nel tempo, stessa brizzolatura di capelli. Chiudiamo bene la porta e ci sediamo uno di fronte all'altra, nelle poltrone, lontano dal divanetto dove stavo per darmi all'olandese.

Lui mi risparmia la fatica di iniziare.

«Ho sete.»

«Io non tanta.»

E in effetti non sono qui per bere, sono qui perché è da quando Giò, al nostro primo incontro a Bologna, mi ha parlato della casa nella città vecchia che cerco spiegazioni.

«So a cosa stai pensando» mi dice sicuro.

Il suo tono diretto mi disorienta, tergiverso. «Stai attento a non metterti nei guai?» gli chiedo grave.

Lui ci pensa qualche secondo. «Sì.»

«Senti qualcuno di Genova?»

Scuote la testa, io proseguo imperterrita. «Se ti riavvicini a qualche movimento di anarchici, sei il primo a finire dentro di nuovo.»

Ascolta per un paio di minuti le mie preoccupazioni mettendo sottosopra con gli occhi lo squallore della saletta dell'hotel. Poi mi spiega quasi con aria di sufficienza che le proteste non gli interessano più. «Però non è per questo che mi hai fatto venire qua» conclude con un mezzo sorriso.

«Hai ragione» ammetto. «Non è per questo.»

Lo fisso, la testa pelata è pallida, il viso invece è abbronzato, Giò deve aver controllato che tenesse un cappello durante il viaggio a Ischia. «Portare una ragazza così giovane a vivere isolata fra le macerie non credo sia una buona idea» inizio.

Lui non batte ciglio. «Non c'è nemmeno un goccio d'acqua» dice soltanto.

Mi alzo a fatica per allungargli la bottiglietta che ho nella borsa. Mi ringrazia e la scola nel tempo che impiego a risedermi.

«Anche tu» mi dice con un tono tranquillo «passi le tue estati qua. Sei un avvocato brillante, stai diventando ricca, eppure trascorri le tue ferie da sola, vicina a un ex carcerato e a un'addetta al call center.»

«Questo è il mio paese. Ci sono i miei genitori.» Sento che la mia voce è debole. Mi sforzo di trovare sicurezza. «Tu invece perché sei tornato proprio qui?»

Lui chiude gli occhi per qualche secondo, poi li riapre. «Dov'eri tu il giorno dopo la notte dell'attentato?»

Non rispondo.

«Dov'eri quando Fausto chiamava Giannetti e nessuno ti trovava?»

«In paese.»

«In paese a fare cosa?»

«A cosa serve parlarne?» obietto.

«Prova a dirmelo» insiste lui pacato.

« Quel pomeriggio ero seduta sul muretto della mia vecchia casa » mormoro.

Lui annuisce. « Cosa facevi? »

Il ricordo dell'angoscia per le decine di incontri in banca e di mutui negati riaffiora veloce.

« Ero lì a pregare di poter riavere tutto » gemo.

Adesso lui si sporge in avanti, allarga i palmi delle mani sulle mie ginocchia. È la prima volta in assoluto che sento le sue mani su di me. « Hai fatto bene » mi dice.

Sto per mettermi a piangere e lui ha il buon gusto di alzarsi e di darmi le spalle.

« Anche io voglio la stessa cosa. Ti sembra così strano? » dice con voce sorda.

Indossa un paio di bermuda e per qualche istante gli occhi mi cadono sui suoi polpacci che per tanti anni di incontri da seduti non ho più guardato. Sono ancora tonici, muscolosi, la voce è quella di un uomo, ma le gambe sono quelle impazienti di un ragazzo. Siccome non piango, ma nemmeno rispondo, lui si gira di nuovo. Questa volta i suoi occhi si appoggiano proprio sui miei per spiegarmi che anche lui, esattamente come me, ha pregato. Ha pregato mentre il compagno di cella russava o bestemmiava. Mentre sfogliava i testi di grammatica e i capelli cadevano a ciuffi. Mentre si faceva la doccia con i piedi nello sporco degli altri, desiderando la sua vasca da bagno.

Ha pregato mentre Cristi, ma questo lui forse non lo sa, si faceva fotografare ben vestita alle lauree e metteva al mondo una figlia.

« E adesso che ho smesso di pregare, rivoglio tutto indietro. Tutto. »

« Allora è questa la verità? » Altro che matrimonio, serate astemie e tutta la montagna di bugie sul rifarsi una vita. La mia voce improvvisamente è carica di rabbia. « Le lettere scritte dal carcere, il viaggio di nozze, la storia della fortuna di incontrare una donna giovane erano tutte stronzate. »

« Che cosa c'entra Giò? » Il suo viso si indurisce all'istante, non l'ho mai visto così teso. «Tienila fuori da questi discorsi.»

Anziché smorzare, sbotto a ridere senza contegno. «Ah giusto. Dovrei credere anche al fatto che è per lei che ti sei abbarbicato a due metri dal rudere di Ida.» Rido ancora più forte, il suono delle mie risate è sgradevole anche alle mie orecchie. «Non prendiamoci in giro: sia tu che io siamo due perdenti» sibilo.

«Non ti azzardare a ripeterlo. Io ho solo fatto una cazzata e l'ho pagata.»

Scuoto la testa. «Hai fatto una cazzata enorme. Ma quel che è peggio è che la rifaresti.»

«Sì, la rifarei.» Ha alzato la voce. «Sei contenta adesso che l'ho ammesso?»

Gli lancio un'occhiata carica di disprezzo per tutte le frottole che mi ha propinato blaterando dei viaggi di nozze, dei succhi che sono meglio della birra e della possibilità di liberarsi dai vecchi dolori. Lui sotto il mio sguardo schifato perde il controllo. «La rifarei, avvocato, la rifarei» attacca a ripetere come un forsennato.

«Smettila, possono sentirci» gli intimo.

Lui però continua. Posso già vedere il portiere che se ne infischia dei venti euro pur di spifferare in paese di un litigio come non gliene capitava di ascoltare da tempo.

«Dovevo fregarmene di te e lasciare che con un avvocato d'ufficio ti dessero dieci anni di galera» gli dico e sono talmente incazzata che perdo saliva. «Dieci anni senza studiare, senza lavorare.»

Sono già alla porta, ma lui mi balza addosso, è sudato, sento il suo odore dietro di me. Prima che possa accorgermene mi ha preso un braccio e ora me lo sta storcendo dietro la schiena, fino a farmi mugolare dal dolore.

«Ripeti, stronza.»

Ho lui addosso e la testa pigiata contro la porta. «Ti meritavi dieci anni» farfuglio.

Lui tira ancora di più. «Dieci anni di galera!» riesco a urlare non so con quale forza.

Finalmente allenta la presa e cado all'indietro sulla moquette che da anni nessuno pulisce più. Ho il segno delle sue dita sul polso. Provo orrore per il pavimento lurido su cui sono caduta, per quelli che ci si sono rotolati sopra dando mance al portiere, provo pena per me e per lui che adesso sta quasi per piangere. Anzi piange a dirotto, non come un ragazzo, ma come un bambino.

«Ho fatto una cazzata e la rifarei» dice. «La rifarei se esistesse ancora il motivo per farlo. Ma quel motivo non esiste più.»

9

Una delle cose positive della vita in paese, sempre che si sopravviva alle serpi, alle passeggiate avanti e indietro nel corso, all'impossibilità di cambiare idee e amici senza creare scompiglio, è che tutto costa meno rispetto alla città. Una birra alla spina, un chilo di carne, una casa, un cappotto firmato e anche un investigatore. O per lo meno qualcosa che gli assomigli. Virgilio, un ex poliziotto vicino ai settanta, che vive con la moglie invalida in un paesino a qualche chilometro dal nostro, si accontenta di trecento euro al mese per seguire Mattia. Trecento euro di tasca mia per capire se c'è ancora qualcosa che mi nasconde. E se questo qualcosa ha i capelli biondi come l'erba gialla, come il sole, come nessun'altra. Dopo l'incontro all'hotel ho evitato lui e sua moglie in tutti i modi. Ho pure rifiutato un paio di inviti improvvisati di Alessio, visto che non avrei saputo inventare nessuna scusa per i segni sul polso lasciati da Mattia.

Virgilio, a dispetto del compenso modesto e dell'età, fa un lavoro più che discreto, con rapporti frequenti inviati addirittura via mail. Di mattina il signor Mattia va diretto al call center. Se lui e la moglie hanno lo stesso turno allora trascorrono la pausa pranzo insieme, mangiano cibo portato da casa. Un paio di volte è andato al bar, la sera del lunedì, ma sempre da solo. Cosa beve? Limonate. Allora è vera la storia della vita da astemio. Non usa il cellulare, scrive Virgilio, ho fatto qualche verifica in più, per eccesso di zelo, e sono certo che non ne possiede. Telefonate dalla cabina? Nessuna. Uscite con altri uomini? Di rado, la domenica, a guardare la partita con un paio di colleghi. Fuma? Mai visto con la sigaretta in bocca. Palestra? Niente, piuttosto lunghe camminate. Al buio? Lui esita, questa volta stiamo parlando di persona, seduti nel chiosco in riva al fiume. È novembre, domenica mattina presto, siamo gli unici ai tavoli. I cappuccini appena serviti hanno smesso di fumare.

«Al buio?» ripeto tranquilla.

«Sì, sempre al buio.»

«Verso il bosco sopra la città vecchia» commento.

Virgilio è imbarazzato, non sa come dirmi che non l'ha seguito fin lassù, con tutto quel gracchiare di uccelli notturni, perché ormai ha una certa età e Mattia in fin dei conti è un ex detenuto, uno che si è fatto più di quattro anni.

Sì, ma è anche uno che non farebbe mai del male a un settantenne che si arrabatta per trecento euro, ne sono certa, nonostante la discussione nella saletta dell'albergo.

«Vicino a qualche cassetta postale lo ha mai visto?» continuo.

«No.»

Nemmeno in posta, né davanti a una banca o agli uffici del comune, ben lontano dai muri di tutte le istituzioni con cui non ha mai fatto veramente pace.

«Si vede con qualcuna?» chiedo con studiata indifferenza. Su questo punto, il più importante, ho bisogno che Virgilio sia più spontaneo possibile.

«No» risponde con una punta di imbarazzo.

Io lascio cadere la risposta.

«Vede, avvocato, non so se faccio bene a dirglielo.» Si agita sulla sedia. Prostitute, penso per un istante veloce.

«Ma certo che fa bene» lo sprono con un sorriso.

«È solo una mia impressione.»

«L'impressione di un uomo di esperienza.»

«Non so come spiegare» attacca, «il ragazzo ha qualcosa che attira le donne.»

Annuisco, nella testa di Virgilio il signor Mattia è diventato il ragazzo, ha fiuto il detective di campagna.

«Le donne, soprattutto giovani, lo squadrano in continuazione. E anche lui, con quegli occhi non se ne risparmia una.»

«Be', se sono solo sguardi...»

Virgilio ha persino la punta delle orecchie rosse, gli vado in soccorso ordinando un vermouth. «Sguardi strani, non so come dirle, quasi cercasse qualcosa che non trova. Guarda e scarta, beato lui.» Al secondo sorso si rilassa ancora di più. «Anche sua moglie è una bella donna.»

«Molto.» Un tantino infantile, ma bella.

Virgilio scola il bicchiere. «Sarà per questo che hanno la lucina della camera accesa fino a tarda notte» commenta con un mezzo sorrisino.

«Sempre?»

«Sì.»

Non si sta mettendo nei guai ed è pure, a suo modo, un marito costante e fedele. Lascio Virgilio con la richiesta di continuare il suo lavoro senza un vero motivo.

Con l'arrivo della primavera è lui stesso a dirmi con un giro di parole che non ne vale la pena, che in fin dei conti, anche se in pensione, rimane un poliziotto e non gli sembra giusto rubare soldi alle persone oneste.

Sempre in primavera Alessio parte per un periodo di lavoro in un ospedale della Germania del Nord. Me lo accenna alla fine di una visita e insiste per parlarne meglio a cena. Sono seduta in uno dei nostri ristoranti preferiti e sto bevendo vino freddo, quando mi confessa che in realtà parte per seguire una collega di Rimini che si è già trasferita. Una cardiologa, esperta di non so quale patologia delle coronarie, con decine di pubblicazioni scientifiche a suo nome, insignita di un paio di titoli accademici e soprattutto innamorata.

«La ami anche tu?» gli chiedo senza trattenermi.
 Lui annuisce con un sorriso.
«E il posto in reparto a Bologna?»
Alessio sorride di nuovo. «Là ho già qualche possibilità, sto aspettando delle risposte.»
Beviamo tutti e due un sorso di vino.
«E comunque vale la pena rischiare.»
È certo di quello che sta facendo, non ha bisogno di mie conferme, anche se, per come mi è rimasto a fianco quando ha capito che non l'amavo, per come mi ha curato con precisione e delicatezza, sarei disposta a dargliene.
Fino al dessert parliamo del nuovo medico che mi prenderà in carico, un collega un po' più anziano. Brusco ma esperto, mi rassicura Alessio. Solo al momento di salutarci mi rendo conto di non avergli chiesto la data della partenza.
«Ventidue marzo, mattina presto» mi risponde.
Mancano solo dieci giorni.
«Ti va se ceniamo insieme il ventuno sera?» gli chiedo di getto e lui ride, ci rimugina qualche secondo e poi dice di sì.
La sera prima della sua partenza non andiamo al ristorante. Facciamo l'amore a lungo, lentamente, senza eccessi. Poi l'aiuto a finire la valigia, calze pesanti e camicie a maniche lunghe. Per una volta seguo i consigli di mia madre che mi ha sempre messo in guardia dai saluti troppo veloci e di notte non rincaso. Mi fermo a dormire con lui, vicina al profumo dei suoi capelli appena tagliati e alla sveglia che tutti e due ogni tanto guardiamo senza dirci una parola.
All'aeroporto, sono rigida. Lui mi abbraccia caloroso.
«Spediscimi le analisi che ti ho segnato.»
Riesco solo ad annuire. Restiamo in silenzio qualche secondo.
«Sei felice, vero?» mormoro.
Lui sorride un po' imbarazzato. Sta per parlare, ma io lo blocco.
«Non rispondere.» Non serve. So già che è convinto di

aver fatto la scelta giusta, l'ho capito dal tono orgoglioso mentre mi decantava il curriculum della sua donna, dalla dolcezza pacata con cui ha fatto l'amore con me. So anche che in fondo non l'ho mai voluto trattenere e che se lui ora mi dicesse resto con te, io stessa gli direi che sta sbagliando.

«Sii felice» gli dico.

«Ti chiamerò» mi risponde e poi fa quello che è giusto, parte, senza esitare, senza girarsi per mille saluti mentre io lo seguo con lo sguardo fino all'ultimo.

Nelle settimane che seguono, Alessio tiene fede a quanto detto e chiama. Lo fa per dirmi che ha trovato un buon posto. Per spiegarmi che là ci sono cinque gradi a mezzogiorno, la mattina usa una bicicletta con le ruote chiodate, pause veloci e sale parto che funzionano come orologi. Si capisce che sceglie le informazioni tra tante novità e si guarda bene dal parlarmi della sua vita di coppia. Che le cose con la sua donna stiano procedendo per il meglio lo capisco dal tono squillante che il vivavoce diffonde nel mio ufficio mentre lavoro. Io invece ho ben poco da raccontare se non voglio fargli un elenco delle cause che sto seguendo. Un incidente causato da alcol, un signore fuggito da una degenza all'ospedale morto per strada, un paio di volte con un mio collega del foro di Bologna, decisamente scialbe.

L'unica vera novità la sa già anche lui, e ancora non l'ho accettata a pieno. Pia ha deciso di sposarsi con un collega siciliano che non è il suo fidanzato e di cui a malapena conosce i genitori. Cerimonia privata in Sicilia, senza invitati, poi trasferimento definitivo a Palermo.

Trascorriamo la sera prima della sua partenza per l'isola nella sua vecchia camera rimasta tale e quale. Pia passa in rassegna la rete senza materasso, lo scendiletto ingrigito e l'armadio con le stampelle vuote.

«Dovresti cambiare casa.»

«Ti sei messa d'accordo con mia madre?»

«Non serve» risponde.

Però non insiste, ci sediamo sul pavimento e beviamo la bottiglia di vino portata da lei più un'altra che nemmeno sapevo di avere, mescoliamo rosso e bianco senza cura. Dovevo decidermi, mi spiega di fronte alla mia faccia allibita dalla sua fretta di fuggire in un'isola. Quando suonano per consegnarci la pizza, siamo stese sullo scendiletto, ubriache fradice.

Mi risveglio a mezzogiorno con la telefonata della mia segretaria, il suo tono isterico fa a gara con il fischio nelle mie orecchie. Ho saltato un colloquio con un cliente importante, Giannetti è nervoso e anche lei aveva bisogno di me per un permesso. Chiudo la chiamata e guardo Pia. Le chiedo con un'occhiata quello che nemmeno da sbronza sono riuscita a spicciare.

Sta per partire e sa che, nonostante i telefoni, le mail, i messaggi, la Sicilia è troppo distante per certi discorsi. Allora mi sorride, poi addirittura giura. «Non l'ho più né sentita né vista.»

10

Per non rifiutare l'ennesimo caffè o aperitivo proposti da Giò, invito lei e suo marito a cena da me una sera di fine aprile, la prima delle vacanze di Pasqua che ho deciso di trascorrere in paese. È stata una giornata senza sole, con qualche spruzzata di pioggia, accendo il camino e apparecchio in salotto. Una nebbiolina notturna copre il giardino, nonostante i lampioni accesi. River è fuori, lo chiamo un paio di volte, lui si rifiuta di entrare. Chiudo la porta finestra, tiro le tende, ma Mattia mi prega di non farlo. Non lo vedo dalla sera del nostro litigio, del mio crollo sulla moquette dell'albergo più squallido del paese, e del suo pianto.

«È buio, c'è umido, non si vede niente» obietto.

«Fa lo stesso, è bellissimo» insiste lui e sceglie il posto di fronte alla finestra.

Se è il suo modo bizzarro di chiedermi scusa per i segni sul polso, l'accetto. Tanto non ho desiderato le sue scuse nemmeno nell'istante in cui mi torceva il braccio, nemmeno quando se ne è andato lasciandomi sul pavimento. È dall'età di undici anni che bramo di vederlo scomparire dalla terra, ma non ho mai desiderato veramente dieci anni di galera per lui.

Per la serata ho cucinato formaggio alla piastra con patate del mio orto e funghi presi da un contadino, ho comprato una bottiglia di vino rosso del posto e un intruglio analcolico che Mattia beve senza sosta. Giò e io tocchiamo a malapena il bicchiere, tutti e tre parliamo poco. Il silenzio è rotto da qualche apprezzamento sui miei mobili e dai versi degli uccelli notturni.

A un rantolo indefinito che arriva da fuori Giò sorride.

«I primi mesi è stata dura. Il barbagianni, o come si chiama, la civetta e tutto il resto. Ora però non potrei farne a meno.»

«Sono mancati molto anche a me negli anni dell'università, a volte non tornavo per mesi.»

Mi mordo la lingua. È la prima volta che davanti a Giò mi sfugge qualcosa sul passato. Mi sforzo di non guardare Mattia, mi sembra mastichi troppo lentamente.

«Quando vivevi con Cristi?» mi chiede lei.

Provo una sensazione di gelo sul viso, nello stesso momento River gratta la porta.

«Sì, con lei e una dottoressa» rispondo brusca e mi affretto ad aprire al cane.

Quando ritorno in salotto, è Mattia a cambiare discorso, con la scusa che di funghi così saporiti non ne mangiava dai tempi del lavoro come cameriere nelle crociere di lusso.

Più tardi, mentre sparecchio, Giò mi raggiunge in cucina. Io sto strofinando i piatti a testa bassa.

«Tuo marito?» le chiedo.

«Prende un po' d'aria con River.»

Alzo lo sguardo, lei sta sorridendo. Mi sforzo di farlo anche io e per fortuna ci riesco benissimo. Lei si rilassa. «Ti chiedo scusa per prima» mi dice in tono confidenziale.

«Non ti preoccupare.»

«Solo che lui ne parla tranquillamente e credevo che tu facessi altrettanto.»

«Certo» le dico con il tono più rassicurante possibile.

Lei mi scruta.

«Anche per me è così» mento sicura, perché adesso voglio sapere esattamente che cosa sa degli anni passati.

Prendo la bottiglia di vino della cena e ne verso un bicchiere generoso a Giò, che non tarda a riprendere a parlare.

Così, mentre lavo i piatti fino a lucidarli, scopro che la giovane sposa, che a dire di Virgilio soddisfa tutte le notti le voglie del marito, degli anni passati sa parecchio, oltre ogni mia immaginazione. Sa di Mattia e Cristi bambini, della convivenza a Genova, di Ida e dell'aborto. Quello che c'è stato prima del carcere non le fa paura e per sgombrare ogni dubbio tira indietro le spalle, alza il respiro. Ha solo ventun anni, un seno splendido e delle sicurezze semplici da alimentare. Una casa, delle nuove amiche, dei corsi in palestra, un lavoro. Un marito che non tocca nemmeno una goccia d'alcol e che non le riserva segreti.

Mattia rientra con le scarpe infangate, deve essersi allontanato dal camminamento e dalle luci che lascio sempre accese durante la notte. River lo segue, ma le sue zampe non lasciano impronte, deve essere rimasto vicino alla porta per tutto il tempo.

«Hai tenuto tutto come tanti anni fa» mi dice lui. «L'orto, i fiori, le siepi.»

Fisso ipnotizzata le orme di Mattia sul pavimento. Ho ancora in testa la voce di Giò qualche secondo prima che mi dice seria: sai ho aspettato e lui è stato il primo per me.

«Dev'essere fantastico, non mi sono mai fermata a guardare» interviene lei. «Uno di questi giorni lo farò.»

«C'è anche un grande albicocco» dico e la voce mi esce stridula.

«Ah sì, la storia delle albicocche» ridacchia Giò.

Adesso di voce non ne ho proprio più perché non sta parlando del mio albero, ma dell'indigestione di Mattia, lo sguardo malizioso che lancia al basso ventre del marito non lascia dubbi.

Più tardi, prima di addormentarmi, scendo in cucina a prendere acqua calda e limone. Croce sui funghi del contadino e per un po' anche sulle cene con i miei vicini così confidenti l'uno con l'altra. Cosa credevo, che dividessero il letto tutte le notti senza che a lei venisse la curiosità di passare la mano sulla cicatrice a uncino?

*

Il giorno dopo faccio la valigia, lascio River dai miei genitori per la gioia di mia madre e scappo a Bologna dove per due giornate di fila sbrigo parecchio lavoro in ufficio, senza segretarie, senza Giannetti. Meglio soffocare da sola fra le carte piuttosto che rischiare di incontrare, anche solo per caso, Giò e suo marito. La terza sera invito al cinema il collega con cui sono uscita negli ultimi mesi. Durante il film scambiamo qualche opinione distaccata sulla trama, un giallo prevedibile, e sugli attori, poco conosciuti ma bravi. All'uscita, indugiamo in un locale vicino alla sala, spizzichiamo delle olive, beviamo una birra. Dopo una breve passeggiata e un giro di liquori in un altro locale, andiamo a casa sua che è vicina alla mia. Nessuno dei due è appassionato né ha voglia di tirarla per le lunghe. Due ore dopo sono già nel mio letto e penso che di sicuro il film è stato il pezzo forte della serata.

Mi addormento presto, ma dormo male. Alle sei di mattina mi sveglio con la testa che pulsa per aver bevuto troppo, appena vedo il blister delle pillole sul mobiletto del bagno realizzo che sono due giorni che non le prendo. Sudo freddo. Cerco di stare calma mentre conto le pasticche rosa, ma ho la conferma di averne saltate due. L'idea di chiamare il nuovo ginecologo, che come mi aveva anticipato Alessio non brilla per simpatia, e fissare un appuntamento urgente mi angoscia.

Prendo il cellulare e spero di non creare troppi problemi. Alessio mi risponde subito.

«Sei impegnato?» gli chiedo.

Penso alla sua fidanzata che lo starà guardando storto, ma lui mi rassicura. «Sto lavorando, che cosa succede?»

Gli spiego la dimenticanza e come ho passato la serata precedente. Quando ho finito, lui non accenna a parlare. «Allora?» lo incalzo.

«Starei tranquilla» mi risponde.

«Cosa rischio?»

Sospira. «Poco.»

A giudicare dal tono sicuro, direi che non rischio quasi nulla, ma lui con la sua solita premura di medico delicato non vuole dirmelo. Quando riattacca, aggiunge anche un misto di prescrizioni e affetto.

«Dormi, bevi meno alcol e prenditi un po' cura di te» mi dice.

Torno in camera, ma il sonno se ne è andato. Fino a qualche minuto fa la possibilità di rimanere incinta di un anonimo avvocato mi terrorizzava. Ora, la quasi certezza che non rimarrò mai incinta mi paralizza. Con un peso sul petto, mi alzo. Se non posso dormire, posso almeno evitare l'alcol per un po' e prendermi cura di me. Mi serve una cena preparata da mia madre, penso mentre faccio di nuovo la valigia, e in tarda mattinata sono già in paese.

Non avverto subito i miei genitori, prima preferisco sdraiarmi un po', riprendermi dalla notte insonne. Quando nel tardo pomeriggio apro le persiane c'è mia madre che traffica in giardino con le forbici.

«Pensavo fossi a Bologna» mi dice, poi mi fa cenno di scendere subito.

La raggiungo, ha il viso tirato. «Quando non ci sei annaffio sempre le piante.»

Le do un bacio veloce sulla guancia, è fredda. Mi allontano di un passo e la squadro.

«Problemi con papà?»

Lei scuote la testa.

«River dov'è?»

«A fare una piccola passeggiata con lui.»

Mi scappa una smorfia di disappunto, ho sempre paura che mio padre si distragga, lo porti per le strade trafficate e il cane finisca investito.

Mia madre però vuole parlare di altro. Mi siedo su una sdraio.

«Tutte le mattine, dal giardino, ho visto due signori andare su e giù dal paese alla città vecchia» dice piano.

Poliziotti in borghese, Mattia nei guai con buona pace dei soldi che ho dato a Virgilio.

«Ladri?» provo a scherzare.

Lei non ride.

«Muratori.»

«Chissà cosa si è messa in testa Lilli» farfuglio.

«Oh no, lei non c'entra.» Mia madre si avvicina, mi prende le mani, sono fredde quanto le sue. «Lilli è morta in un incidente, ubriaca, ho preferito non dirtelo. Poi però ho sentito che sono stati Cristi e suo marito a voler ristrutturare la casa. La rifaranno nuova. Ci verranno a vivere, Giulia.»

Mi alzo a fatica, cerco di appoggiarmi ai suoi occhi fermi. Nessun altro sarebbe stato più adatto di lei a darmi questa notizia. Di lei che è rimasta accanto alla malattia di suo marito, di lei che ha accettato la debolezza di mio padre e ha percorso la discesa a testa alta, perché questo aveva in serbo il destino per la sua famiglia. Alla sorte non si sfugge, mi dice lo sguardo di mia madre, e ora, più che mai, lo so anche io.

SESTA PARTE

2013-2014

1

Ci sarebbe internet, ci sarebbe la giovane segretaria che è una frana ad attaccare marche da bollo ma è bravissima a tenere pubbliche relazioni e contatti con polizia e carabinieri, eppure la questione di Cristi che torna nella città vecchia voglio conoscerla fino in fondo, a modo mio, da brava paesana. Perciò il giorno dopo aver parlato con mia madre, appena mi sveglio da una notte di sonno tormentato, decido che mi trascinerò addirittura fino al bar davanti al duomo. Mi servono informazioni, tante informazioni dettagliate, mi servono i pettegoli che hanno sempre detestato Lilli. Prima però mi infilo sotto la doccia gelata. È normale rimanere spiazzati dopo tanti anni trascorsi senza sue notizie, provo a dirmi. È naturale sentirsi disorientati. Inspiegabile è provare paura, ma è proprio ciò che sento. Davvero ho paura di Cristi? Posso sempre vendere la casa, penso mentre il getto di acqua fredda mi colpisce il viso, e se ho dubbi sul fatto che la morsa che mi stringe la gola sia terrore, l'idea delirante di mollare la mia vecchia casa, dopo tutto quello che ho fatto per riaverla, ne è la prova. Dopo la doccia, scelgo dal guardaroba i vestiti più informali, poi mi avvio verso la chiesa. Il suono delle campane mi rimbomba nella testa appesantita dalla notte agitata. La prima messa della mattina è già stata celebrata e davanti al bancone del bar è tutto un tintinnare di cucchiaini e tazzine. Mi guardo intorno, passo in rassegna i visi delle vecchiette: Licia non c'è. Ordino una spremuta ed esco. Al tavolo più vicino alla strada c'è Elmo, il tassista, con il suo solito vermouth.

Gli faccio un cenno di saluto e lui alza una mano. Prima o poi una pattuglia gli farà la prova del palloncino, ma visto che sono trent'anni che guida sempre un po' alticcio e non è il momento degli scrupoli di coscienza, torno dentro e gliene ordino un altro.

«Allora Elmo» attacco appoggiandogli il bicchiere sul tavolo. «Ci saranno forestieri in paese quest'anno?»

«Prego Dio di no. Sai come sono fatti i turisti, vengono in treno e vogliono essere portati in spiaggia. Ma la superstrada per il mare è un inferno.»

Un inferno significa al massimo un rallentamento nell'unico bivio che porta sulla costa.

«Però mi hanno detto che gente di fuori sta sistemando la vecchia casa di Ida» insisto.

Il tassista scuote la testa, che ciondola leggermente. «Non ne so nulla di quell'affare» biascica.

«Io sì» dice una voce alle mie spalle.

Mi volto, un cinquantenne con la camicia tutta sgualcita e un paio di vecchi jeans mi sta guardando. Non mi pare di conoscerlo. Appena sorride, vedo che ha tutti i denti rovinati. Faccio cenno al giovane cameriere di dargli qualcosa da bere, a quanto pare conosce i gusti del tipo perché torna subito con un gin. Lo sconosciuto mi ringrazia, lo afferra, poi si accomoda.

«Conoscevo Lilli» attacca con un sorriso che la sua dentatura inguardabile rende orribile. «Siamo stati intimi, ci sapeva fare parecchio» aggiunge con una strizzata d'occhio ed Elmo ride come un ebete.

Mi sforzo di non guardare gli incisivi marroni del vecchio amico di Lilli, se così si può dire, addirittura sorrido, e il superalcolico offerto di prima mattina fa il resto. In una decina di minuti apprendo che Lilli è morta da sei mesi, in macchina, da ubriaca alle cinque del pomeriggio, prendendo male l'unica curva nella distesa di pianura fra il centro di Piacenza e la sua villa. Imparo pure che al suo fianco non c'era il marito, intento a spassarsela a Londra, ma un amico di Fausto uscito vivo per miracolo.

«Sì, è successo proprio sei mesi fa» commenta Elmo che fino a pochi minuti prima sosteneva di non saperne niente.

Davvero non mi capacito di come abbia fatto mia madre a tenermelo nascosto per così tanto tempo.

«Adesso la casa di Ida è tutta della nipote, per le villeggiature con la famiglia» continua il tassista a cui all'improvviso, forse per goliardia maschile, si è sciolta la lingua.

Villeggiatura significa estati, dico fra me e me.

«La figlia di Lilli ha una bambina, ma non si è nemmeno sposata» conclude Elmo con un'occhiata languida verso la chiesa.

Più tardi, a casa, preparo un panino e mi apro una birra da mezzo litro. Sono le due del pomeriggio. Fa capolino il ricordo della recente nottata trascorsa con l'avvocato, tutta liquori e cazzate, della telefonata d'urgenza ad Alessio e delle sue raccomandazioni. Guardo la lattina e la svuoto nel lavandino. Quando anche l'ultima goccia è andata giù, la getto nell'immondizia, mangio il panino, poi mi decido a uscire in giardino da River. Prendo le forbici e continuo il lavoro di mia madre del giorno prima. Con gli occhi puntati sulla siepe, taglio le foglie vecchie senza troppi riguardi per quelle nuove che finiscono a manciate nel cestino pieno di sterpaglia gialla. Se Lilli abbandonava e distruggeva, Cristi senza Lilli sarà convinta di poter costruire e ritornare.

A un certo punto River mi lecca la gamba. Da quando sono uscita in giardino non l'ho degnato di una carezza. Sfioro distratta il suo pelo, poi apro una sdraio e mi abbandono a sedere. Lui si acciambella ai miei piedi. Resto immobile, con gli occhi chiusi. Sento il respiro lento di River, il fruscio morbido delle foglie sopravvissute alla potatura sgraziata e i sospiri che mi escono strozzati, quasi non fossero miei. «E ora?» dico all'improvviso. Il cane scatta seduto. Lo guardo, sta tremando. Non si aspettava la mia voce, non così agitata. Anche lui è impaurito. Mi sforzo di fargli una carezza, ma le dita sono rigide come il resto del mio corpo. «È una brutta giornata, River» dico allora senza fronzoli, lui si tranquillizza all'istante e corre verso il cancello. «D'accordo, altra passeggiata.»

Non prendo nemmeno il guinzaglio, camminiamo per ore uno a fianco all'altra. Io a testa bassa, lui si struscia contro la mia gamba e non addenta i pezzi di legno, non rincorre gli uccelli che ci volano accanto e ignora persino un gatto che ci taglia la strada. Se non fosse un animale, se da bambina in paese non mi avessero ripetuto in tutti i modi che un conto sono le bestie e un altro sono i cristiani, giurerei che appena scorgiamo la casa di Ida, River è il primo ad accelerare. Ed è sempre il primo a prendere l'unico sentierino che aggira la casa di Mattia. A lui, sembra incredibile, non ho ancora pensato. Be', Mattia se l'è cercata, mi dico. Poi però me lo rivedo piangere senza ritegno nella saletta dell'hotel e mi convinco che, anche se fosse, ha già pagato abbastanza.

Al rientro, mi fermo qualche minuto a sedere sul muretto davanti alla chiesa di Santa Lucia, mentre River si accuccia per terra. Da piccola, dopo aver salutato Genny e le altre, mi arrampicavo per capire da lontano se mio padre era rientrato a casa dalla trasferta, se finalmente mia madre e io avremmo smesso di cenare da sole. Ora posso vedere la mia casa anche da seduta. Lancio un'occhiata veloce alle luci sempre accese del mio giardino, poi cerco il paesaggio ai miei piedi. Si è fatto buio, sarà che sono stanca, sarà che i cieli di primavera a volte sanno essere scuri come quelli d'inverno, ma non distinguo un edificio, un campo, nemmeno il duomo con la sua cupola sproporzionata rispetto agli altri tetti. A fatica vedo la striscia scura del fiume. Il paese è una tavola nera a cui hanno attaccato delle lucine e le lucine brillano tutte alla stessa maniera. E tutte mi ripetono la stessa domanda: e ora?

E ora Cristi non potrà più essere solo un tarlo che non si vede ma scava buchi. Ora è la volta di capire se quel poco che c'è sopra i miei crateri resiste a lei in carne e ossa. A lei con i suoi capelli infiniti. A lei che ora ha un compagno, non un marito, come ha precisato Elmo, perché il tassista potrà guidare alticcio e ridere alle battute volgari, ma sul matrimonio non può far finta di nulla. A lei che dopotutto ha una figlia sua, una bambina che se le poste hanno fatto il loro mestiere ha ricevuto da me assegni su assegni. Il pensiero di avere una copia di Cristi, tale e quale a come era lei da piccola, che saltella nei sentieri sopra il paese, mi dà i brividi.

«Magari non le assomiglia» dico a voce alta, e questa volta River reclina la testa.

Se non fosse solo un cane, direi che sa già che sto sbagliando.

Una casa per la villeggiatura con la famiglia, ha detto Elmo. Non una qualsiasi, quella di Ida. In tutta la divisione del patrimonio di Lilli, Cristi si impunta solo per quattro mura diroccate e a Fausto dice che per il resto può fare come vuole, decidere della villa a Piacenza, dei gioielli che le ha regalato, delle centinaia di vestiti e della macchina ridotta a rottame. Perché lei desidera solo la casa di sua nonna, lo sa che non vale niente, ma lei la vuole, la vuole a ogni costo. Si è ostinata, mormora il paese tempo dopo, quando ormai i ponteggi sono pronti e la betoniera di cemento gira. Ma io, che per poco non stringevo un patto di carne con l'olandese pur di riprendermi la casa dell'infanzia, so che non è ostinazione. È qualcosa di più, è un'ossessione, e solo il cielo sa se la catapecchia di Ida è l'unica bramosia che sta spingendo Cristi sulla cima del paese.

I lavori non iniziano subito, partono a settembre, e senza prendere alcuna informazione già so che termineranno a giugno, in tempo per l'estate del ritorno. Durante tutti quei mesi, con gli operai che martellano e i camioncini pieni di macerie che vanno su e giù, non si fa vedere nessuno. I padroni seguono il cantiere a distanza, racconta a mia madre proprio Licia, la più pettegola, quella che sapeva tutto di Lilli e a furia di sparlare è ancora viva.

Nel frattempo, mentre il paese inganna l'attesa, io evito Giò e riesco a non incontrarla mai. La sento un paio di volte al telefono, per un saluto veloce. Dei futuri vicini non parlo, lei fa altrettanto. Evito pure Mattia, ma siccome anche lui si sforza di non incontrarmi finisce che una domenica mattina ci vediamo in un bar lontano dal centro, un posto con l'arredamento da locale metropolitano che non frequento mai e che Virgilio, il detective pensionato, nei suoi resoconti sulle abitudini di Mattia non mi ha mai nominato.

« Due caffè » dice lui, saltando i saluti.

Li beviamo al bancone guardando il barista, e visto che lui soprassiede attacco io. Lo faccio direttamente.

« Era quello che volevi? »

Che Cristi si precipitasse qua, sopra la testa di Giò.

Lui posa la tazzina, io faccio lo stesso.

« No » mi risponde.

La sua voce è roca, stranamente fiacca, e non aggiunge altro. Quando trovo il coraggio di smettere di fissare le bustine di zucchero per guardarlo, scopro che il celeste dei suoi occhi non mi ha mai fissato in quel modo, nemmeno prima del processo, nemmeno l'attimo prima della condanna. Ci metto qualche secondo a realizzare che non è arrabbiato, non è infastidito, è solo impaurito.

Fisso Mattia sbigottita, lui cerca di sorridere, ma non ci riesce.

« Ti ha dato sue notizie? » chiedo fra i denti.

« Nessuna. »

E prima che mi sorprenda ancora una volta giurando, so già che non mente. Apro la borsa, ma lui scuote la testa e tira fuori veloce il portafoglio.

« Sta a me » borbotta.

« Non se ne parla » rispondo con un sorriso. « Questa volta ognuno paga per sé. »

Adesso riesce a sorridere anche lui, dalla tasca prende un euro e lo appoggia vicino alla tazzina. Io frugo nella borsa e allungo la mia moneta. Gli anni dei debiti in piazza Santo Stefano, dei diverbi al bar, dei conti da pareggiare sono passati.

Quando Mattia se ne va, io indugio un po'. Il tempo per mangiare una brioche rinsecchita e ripromettermi di non mettere più piede in quel bar. Il tempo per digerire il fatto che anche Mattia, il ragazzo della bomba, delle scorribande in Golf, quello che si è fatto più di quattro anni di galera, ora è impaurito dal ritorno di Cristi. Spaventato proprio come me che tutte le sere, quando rientro a casa, apro la cassetta della posta del mio appartamento a Bologna e in studio stresso la segretaria perché mi inoltri la corrispondenza appena arrivata. Sono passati tre anni dal biglietto di felicità per la nascita della figlia, da una parte bramo che ne arrivi altrettanta per annunciare la data precisa dell'inaugurazione della casa, dall'altra spero che Cristi cambi idea e investa i soldi di Lilli in qualche isola dimenticata nei mari cristallini.

E Cristi di certo non concede anticipazioni. Avrà imparato a vestirsi come si deve, ma il telefono, le penne e la preoccupazione degli altri che aspettano non sa cosa siano. Infatti non chiama, non scrive, allora, se sono in paese, il sabato, quando Mattia e Giò hanno l'abitudine quasi maniacale di andare a mangiare la pizza, con l'oscurità salgo a vedere di persona il cantiere. Porto sempre River con me. Un cane sveglio e affezionato non protegge dalle aggressioni, ma allevia la solitudine, l'esito indigesto delle visite ginecologiche con il sostituto di Alessio e la velocità con cui procede il cantiere.

I lavori sono precisi, di gusto, fedeli all'idea dell'abitazione di un tempo. Sono un po' come la camicia di jeans della mia amica nella foto a casa di mia madre. Le imposte verdi, il gradino sulla porta, il cortiletto davanti alla cucina. Un giorno trovo anche il cancello aperto e intravedo un piedistallo in cotto per una specie di doccia all'aperto.

Cristi mi stai consumando, penso esasperata. È la stessa sera in cui incontro un vecchietto a passeggio con il bastone, un altro solitario che girovaga il sabato sera nella città vecchia. Quando ero piccola faceva il sacrestano e affumicava i bambini a furia di incenso.

«La nipote di Ida non bada a spese» borbotta.

«Lavori fatti bene» commento.

«Per me è un grande spreco» replica agitando il bastone, «vivono a Piacenza, in più hanno già un camper, andrà a finire che la useranno poco o niente.»

Chissà come avrà fatto a sapere che hanno un camper. Sto per andarmene ma lui attacca una dissertazione sulla neve che infiltra i tetti, specie se nuovi, sulle finestre che, se d'inverno non sono coperte, si infradiciano in un batter d'occhio. Si asciuga le labbra da cui sporgono dei denti finti e poi polemizza contro chi usa il paese ma non lo vive, contro chi compra case per l'estate e fugge dal paese d'inverno. Non mi ha riconosciuto, dal momento che inveisce anche contro un olandese, un tipo scostumato, tutto donne e vino, che si era preso per due lire la bella villetta di un poveraccio depresso.

«Mio padre» mormoro, ma quello nemmeno mi ascolta.

Lascio il vecchietto con un cenno scontroso, quella sera detesto lui, il ricordo dell'incenso che ci faceva lacrimare e il suo livore contro i forestieri, invece dovrei solo dirgli grazie. Perché Cristi come al solito quando decide di tornare in paese non fa annunci, non consente preparativi. Ed è solo grazie alla spifferata del vecchio sacrestano che mi accorgo subito della sua presenza.

Ormai è luglio inoltrato, tempo di turisti sulla costa e nei borghi medioevali, ma non in paese. E un camper nel piccolo parcheggio dietro alla chiesa di Santa Lucia non può passare inosservato. Non ai miei occhi.

2

La prima cosa che metto a fuoco è una bambina, alta, con le gambe esili e la postura leggera di Cristi. Ha i capelli castani, gli occhi che mi punta addosso invece sono grigi, con la stessa mappa di venature verdi che ho scrutato centinaia di volte in cerca di risposte.

«Tu chi sei?» mi chiede dondolandosi dai gradini del camper.

«Chi sono?» balbetto a mia volta.

Ho appena intravisto alle sue spalle, in ombra, una figura inconfondibile.

«Un'amica della mamma» risponde la voce profonda di Cristi.

Strizzo forte gli occhi per resistere all'urto del suono che ho appena sentito. Che dentro ci sia la voce di Cristi non ho dubbi, che ci sia proprio lei sì. Ancora non posso credere che abbia deciso di tornare. La bambina si volta e ritorna sul camper. La porta è rimasta aperta. Sali, mi sembra di sentire. Forse mi sto sbagliando ed è stato soltanto un fruscio. Forse lo ha detto la bambina o forse a parlare è stato solo il mio desiderio di andare incontro alla paura che mi tiene sotto assedio da quando sono iniziati i lavori alla casa. Ho le gambe di granito e il movimento che faccio per salire è una specie di salto goffo. Appena entrata, guardo tutto fuorché lei. C'è un angolo cucina, dei peluche a terra, molto disordine, molti colori. Ci sono delle foto su un piccolo frigo e tanti vestiti ammucchiati sui letti. C'è anche un pacchetto di sigarette sul tavolino. Adesso non ho altra scelta. Lei è lì, attaccata alle sue sigarette, i suoi capelli lunghi ci sono ancora. La guardo un paio di secondi, quanto basta per capire che non c'è antidoto alla sua bellezza e che nemmeno gli anni, la maternità, i lutti possono lavarla via. All'improvviso ho sete, voglio acqua, voglio fiumi di acqua per galleggiare e voglio andarmene via, a casa, galleggiando.

«Vieni» sussurra Cristi. Per un attimo credo che stia parlando a sua figlia, ma lei ripete: «Vieni, Giulia». E io con la gola arsa la seguo come un serpente segue il suo incantatore anche se sa che finirà dentro un cesto.

Scendiamo dal camper, la bambina cammina fra di noi. Davanti casa di Mattia ingoio tutto il discorso che in questi mesi mi ero preparata, una ramanzina sui tempi che vanno avanti.

«È meglio che vada» farfuglio, ma Cristi prosegue, impossibile capire se abbia sentito.

«Eccoci arrivate» dice dopo un po', questa volta ad Arianna, perché io so bene che siamo davanti a casa di Ida.

Cristi apre la porta e accende la luce. La vecchia abitazione è diventata un gioiello che le sue Nike nuove spolverano leggere. Tutto è rimasto identico e moderno al tempo stesso, un gioco di prestigio. D'istinto attraverso il corridoio.

«Vedi» dico, e pur di aggrapparmi a qualcosa stringo la mano della bambina che è incredibilmente morbida e si lascia guidare: «Qua, dietro il muro, c'è un grande camino».

E in effetti il camino è rimasto fedele al suo posto.

Arianna sparisce nella vecchia camera di Ida, io torno in cucina.

«Ho sete» dico soltanto.

Con la coda dell'occhio intravedo Cristi che prende dal frigo del tè freddo e lo versa in una coppia di bicchieri sottili e ambrati. Penso alla sedia bianca e a quella verde di Ida che in questo momento staranno bruciando in qualche discarica. Ai sacchi di siringhe e immondizia che i muratori avranno tolto prima di iniziare i lavori. Inoltre credo di non avere più bevuto tè freddo dal pomeriggio torrido dell'incontro nella villa di Fausto, dopo l'arresto di Mattia, prima dell'aborto.

« Preferisco dell'acqua » dico.

« Non è in frigo e non c'è ghiaccio. »

« Non importa. »

Non mi serve il ghiaccio, né i bicchieri di pregio, ho solo voglia di andare al lavandino per togliermi quest'arsura che mi sta bruciando, per toccare con mano che le carcasse dei conigli e le crepe della ceramica dei tempi di Ida sono sparite. Anche Cristi va proprio lì, insieme guardiamo per qualche secondo il bianco perfetto del nuovo lavello. Lei apre il rubinetto e beve. Io faccio lo stesso. Di colpo ci risolleviamo, siamo a un palmo di mano di distanza, la sua testa ritrova il punto esatto dello spazio sopra la mia. Dalle labbra mi cadono ancora delle gocce. Chiudo l'acqua. Sento la necessità improrogabile di mettere tutti i pezzi di Cristi che sto sbirciando da mezz'ora insieme a quelli che ho provato a rievocare in sette anni di assenza.

« Fatti guardare » sussurro con la voce rotta.

Ma la folgore non arriva, perché alle mie spalle una voce forte e allegra la chiama. Già, c'è anche il quasi marito, mi dico come se me ne ricordassi solo in quel momento, e davvero da quando sono salita sul camper a lui non ho mai pensato.

Cristi con disinvoltura si occupa delle presentazioni.

« Una mia amica » dice, e se pensa che sia una bugia lunga quasi vent'anni, la sua voce non trema. « E lui è il papà di Arianna. »

Ha i capelli lunghi e scuri, è altissimo, occhi neri che guardano fermi senza essere insistenti. Dobbiamo solo stringerci la mano. La stretta che segue è la più significativa della mia vita, ma in quel momento non lo so. Sono infastidita per l'intrusione e non ho alcuna voglia di formalità. Porgo la mano con una smorfia di indifferenza.

« Piacere, Giulia » dico fredda.

« Molto piacere, Pierluigi. »

3

Adesso di presentazioni ne mancano altre. C'è Giò che non conosce Pierluigi e poi Cristi che non conosce Giò. A me però interessa la più difficile. Farei di tutto, chiederei consiglio a mia madre, piantonerei la città vecchia, forse cederei anche la mia quota in studio, pur di non perdermi la stretta di mano fra Mattia e Pierluigi.

Non serve, ci pensa proprio quest'ultimo a rendere più facili le cose, con un invito a cena per tutti.

«Per tutti?» chiedo esterrefatta a Cristi che per invitarmi è scesa fino al mio giardino.

È sera, il sole ancora resiste al tramonto e una luce gialla ci circonda. Lei annuisce, concede qualche secondo a una mia replica che non arriva, poi si incammina verso la punta della città vecchia, seguita dalla sua ombra lunga. Le spiegazioni non erano e non sono il suo forte.

«Quando?» grido.

Lei si volta, adesso è tutt'uno con la sua ombra.

«Domani» risponde, anche se non grida la sento benissimo.

La prima ad arrivare nel cortile di casa di Ida per la cena di inaugurazione, così l'ha chiamata Cristi usando, ne sono certa, parole di Pierluigi, non sono io. In cortile vedo subito Giò, che è molto più elegante di me. Indossa un vestito aderente, lungo, blu scuro. Troppo ricercato per una serata in cima a un paese di ventimila anime.

«Mattia sta arrivando, io invece ho già conosciuto tutti» mi dice.

Annuisco, per il momento non chiedo altro, tanto l'incontro di presentazione che attendo con lo stomaco chiuso a quanto pare non è ancora avvenuto. Qualche secondo dopo, dalla porta sbuca Pierluigi con una caraffa piena di un liquido viola gelato.

«Cristi e Arianna sono ancora in casa perché sono lentissime e inseparabili» ci dice con un sorriso, poi ci versa un aperitivo.

Sento il gusto del liquore che sovrasta quello della soda e del succo di mora. Troppo forte per una cena estiva fra vicini.

«Mattia tarda?» chiedo a Giò appena rimaniamo di nuovo sole.

È seduta su un divanetto vicino alla tavola apparecchiata, io sono ancora in piedi. Ci mette un secolo a rispondermi: «No, dovrebbe essere qui tra poco».

Dovrebbe essere già qui, vorrebbe dirmi, ma si trattiene, e nel giro di cinque minuti guarda tre volte l'orologio. Alla quarta aggiunge: «È andato al bar Centrale a comprare una bottiglia per la cena».

E ne ha bevuta almeno mezza, penso appena lo vedo arrivare, con il passo un po' disordinato e le mani strette a morsa sulla bottiglia di spumante.

Giò scatta in piedi, gli si avvicina, scruta a lungo le guance di suo marito dove un reticolo di venuzze si è allargato rosso come fuoco. Poi gli fa una carezza sul viso che lui prende a occhi chiusi. In quel momento esce Pierluigi. Dove cazzo sei, Cristi, dico tra me e me. Ci hai riportato tu nel cesto dei serpenti, almeno esci fuori. Ma lei non lo fa, non si mette fra Mattia e il padre di sua figlia, per dire a Pierluigi ecco l'amico d'infanzia, il fidanzato di Genova, il padre del figlio che non ho fatto nascere, il ragazzo che si è fatto più di quattro anni di galera, che poi è lo stesso che mi ha insegnato a leggere. E Pierluigi non si affanna.

«Ben arrivato» dice soltanto. Niente presentazioni. Giò non batte ciglio, io sono esterrefatta e dissimulo a fatica la mia sorpresa.

«Ci siamo già conosciuti questo pomeriggio, ero in giardino e Pierluigi passava di lì» dice Mattia rivolgendosi a me.

Parla lento. È ancora in piedi, con una mano è appoggiato al muro dove Cristi si è tolta il capriccio di far installare una sofisticata doccia da esterno a mosaico, con l'altra si puntella delicatamente alla spalla di sua moglie.

Pierluigi fa un altro dei suoi sorrisi. Sembra che sorridere gli venga facile, anche se ha davanti il primo amore della madre di sua figlia.

«Be', qua è praticamente impossibile non incontrarsi» ci dice.

Io provo a ridere, Giò si sforza di farlo, Mattia non ci prova neppure. Deve essergli costato parecchio cedere all'alcol dopo litri e litri di succhi di frutta e qualcosa mi dice che se adesso ha nel sangue la grappa più forte del bar Centrale è grazie all'incontro fortuito del pomeriggio.

Cristi arriva scortata da Arianna, da un vassoio enorme di antipasti e da una bottiglia di prosecco.

Ha un paio di pantaloni blu stretti e una camicia di lino azzurro. Appoggia tutto in tavola, fa sedere sua figlia, poi si sistema accanto a lei.

«Eccoci qua» dice, e siccome l'alcol lo reggo abbastanza, anche se è viola, anche se è troppo, anche se sono invitata a una cena impensabile, ho la certezza che lo stia dicendo solo a me e Mattia.

Lui alza la testa e la guarda a lungo. È la prima volta che si rivedono e Mattia è una statua di vetro che potrebbe andare in mille pezzi per un tocco nel punto sbagliato. Lei sembra più tranquilla e ricambia lo sguardo come se fosse naturale farlo. Giò è rossa in viso, neanche l'avesse bevuta lei la grappa del bar Centrale. Per poter deglutire un pezzetto di sedano crudo e un boccone infinitesimo di carpaccio mi concentro su Pierluigi, provo a capire se Cristi gli abbia mai fatto parola del nostro letto stretto. Da come mi guarda senza mai fuggire il mio sguardo, dall'assenza di curiosità per i miei gesti, deduco che la storia dell'amicizia, prima in paese e poi a Bologna, è l'unica che ha ascoltato e questo è l'unico sospiro di sollievo che riesco a tirare.

Con la scusa di accompagnare Arianna in casa a prendere un cane di peluche, lascio il tavolo e seguo la bambina in camera. L'aiuto a rovistare in una grande borsa di giochi e troviamo il cagnolino: è marrone, ha il pelo liso, gli occhi un po' staccati.

«Anche io ho un cane» dico.

Arianna mi guarda incuriosita.

«Il mio è nero» proseguo.

«Come si chiama?»

«River.»

Sto per spiegarle la traduzione, ma lei mi anticipa.

«Mi piace. Adesso dov'è?»

Sorrido. È il primo sorriso dall'inizio della cena. Devo essere diventata parecchio vecchia per non ricordarmi che i bambini non hanno sempre bisogno dei significati e un nome lo giudicano dal suono.

«È a casa, a quest'ora starà dormendo.»

E anche io vorrei essere con lui, nel mio letto, lontana dagli incroci preoccupanti a cui mi sta obbligando Cristi.

Arianna mi strappa la promessa di farle conoscere River, poi decide di tornare a tavola, io mi accodo a lei malvolentieri. Pierluigi sta parlando con Giò, Cristi lo sta ascoltando, Mattia mastica lentamente a testa bassa. Mi siedo e cerco di agganciarmi al discorso. Si sta parlando di lavoro, normalmente avrei da parlare per ore, ma questa sera non ne ho voglia. Mi verso un bicchiere di prosecco e seguo distrattamente le spiegazioni di Giò sui turni massacranti del call center. La sua voce è tranquilla, il suo viso è acceso, non è più in tensione come quando aspettava Mattia.

Provo a sciogliermi anche io. «Di che cosa ti occupi?» chiedo a Pierluigi.

«Sono un architetto.»

Nel rispondermi ammicca al mosaico blu della doccia.

Lo guardo mentre si ravvia i capelli dietro le orecchie con un gesto sicuro. Ecco il prestigiatore che ha trasformato la casa di Ida da rudere a moderno tesoro di famiglia. Ecco il brillante architetto, scelto da Fausto o magari da Lilli, per costruire il ponte veloce dall'aborto alla nuova maternità. Per un attimo temo che Pierluigi si alzi e ci guidi alla scoperta delle soluzioni di ristrutturazione e che per finire ci spieghi come, con la stessa maestria e gusto, abbia scelto i vestiti da mettere nel guardaroba di Cristi.

«Anche io lavoro» interviene proprio lei sottraendomi ai miei pensieri.

Pierluigi annuisce serio.

Prima di accettare l'invito mi ero ripromessa di tenere a bada la mia curiosità, ma nonostante i buoni propositi le lancio un'occhiata interrogativa.

«In un negozio di prodotti biologici» spiega rivolta a me. Significa che alla fine non si è laureata, che i nostri massacri notturni non sono serviti a niente.

«Solo qualche ora» aggiunge.

«Ed è veramente brava» chiosa Pierluigi scompigliando i capelli di Arianna che è seduta fra di loro.

Io non riesco a dire una parola, Mattia nemmeno. L'unica che annuisce addirittura interessata è Giò.

Al momento della frutta, arriva il primo sbadiglio di Arianna, che piano piano si è praticamente stesa sulle gambe di sua madre.

«Andiamo a dormire» sussurra Cristi e la prende in braccio.

La vista delle braccia lunghe di Cristi attorno a una bambina mi obbliga a un altro bicchiere. Dietro al giallo trasparente del vino sbircio Mattia che sta ancora guardando la porta in cui sono sparite mamma e figlia.

Di Cristi per una buona mezz'ora nemmeno l'ombra, Pierluigi si scusa. «Ci vorrà parecchio» dice imbarazzato.

«Un po' di eccitazione per la serata?» chiede Giò con lo stesso tono tranquillo che ha usato per descrivere il suo lavoro.

Lui sorride. «No, è più o meno così tutte le sere.»

«E vi sveglia di notte?» chiede Mattia.

È la prima frase lunga che pronuncia da quando è arrivato, forse l'effetto della sbronza al bar Centrale sta passando, forse la voce sicura di Giò lo ha tranquillizzato. O forse è interessato a capire come trascorre le sue notti Cristi.

Pierluigi scoppia in una risata. «Sempre la mamma, io ho il sonno pesante.»

Cristi torna da noi dopo mezz'ora, a piedi nudi, con degli enormi spiedini di frutta. Prima che li appoggi in tavola Mattia si alza.

«Noi dovremmo andare.»

Giò, che ha il bicchiere in mano, lo posa.

«È vero» commenta. «Non siamo abituati a fare tardi» aggiunge e fa una carezza sul braccio del marito.

Pierluigi fa cenno di trattenerli, ma Cristi recupera la borsa di Giò e li accompagna fino al nuovo cancello che separa il cortile dalla strada. La vista di Cristi padrona di casa che sorride agli apprezzamenti di Giò per la cena meriterebbe un digestivo potente, ma il consiglio di Alessio di prendermi cura di me mi spinge a ignorare la bottiglia gelata di liquore.

Dopo la frutta, mi alzo anche io con il proposito fermo di andarmene subito. Pierluigi è ancora seduto, distratto dal suo cellulare. Cristi invece sta portando in casa le bottiglie vuote, alla porta si volta e mi fa cenno di seguirla. Impilo un paio di piatti da riportare in casa, almeno ho una scusa decente per obbedirle. Passo in cucina, poi vado a colpo sicuro nella vecchia camera di Ida.

Arianna dorme, con le gambe leggermente divaricate,

a pancia in su, la chioma dei capelli spettinata sul cuscino. Cristi è in piedi a fianco del letto.

«Dorme come te» mormoro.

Lei annuisce, accosta la porta e si avvicina. In lontananza, dopo l'aroma della crema dei bambini, del detersivo della sua camicia di lino, dopo il profumo maschile di Pierluigi, sento l'odore della sua pelle.

Se la memoria degli odori non fosse così testarda, se non mi spingesse indietro fino a Bologna, fino ai giochi in campagna delle prime estati, avrei tante di quelle cose da dirle, non ultima la questione di Mattia che per reggere la cena ha infranto la barriera dei succhi di frutta. Nella mia indecisione è lei a prendere la parola.

«Sei spaventata?» mi chiede.

Potrei negare, ma non ne ho voglia. Non ora che l'unico rumore nella stanza è il soffio sussurrato e regolare di una bambina che respira come lei.

«Sì.»

«Perché?»

«Per quello che ho fatto.»

Per aver mantenuto la promessa più sbagliata, per aver contribuito a separarla da Mattia, per essermi intascata i soldi di Fausto e per averli restituiti nella maniera più indegna, sempre ammesso che siano arrivati.

«Solo per quello?» mi chiede lei.

Si è seduta ai piedi del letto di Arianna, proprio come da piccola, ai tempi del licenziamento di mio padre, si sedeva ai piedi del mio.

«No.» Sospiro. «Sono spaventata anche per quello che potrei fare.»

Per quello che potrei fare ora che sei tornata proprio dove mi sono intestardita a trascorrere le estati come un'eremita e dove è iniziato tutto. Sono già pronta a dare spiegazioni, visto che chiunque altro me le chiederebbe. Ma lei non è chiunque altro, quasi ho dimenticato come si parla con lei.

Allora taccio e mi siedo accanto a Cristi, che accompagna il mio movimento con un sorriso.

«Farai solo ciò che vorrai» mi dice. Poi allunga una mano e fa quello che io desidero fare a lei da quando l'ho vista nel camper, mi tocca i capelli. «Perché sei più coraggiosa di quanto credi.»

Chiederle come faccia a saperlo, lei che non mi scrive e non mi telefona da sette anni e che non mi ha mai sentito parlare della fine quasi indolore della storia con Alessio, delle serate passate da sola con River, delle visite al mio utero che non funziona, sarebbe inutile. Perché Cristi, nonostante i lavori di ristrutturazione guidati da Pierluigi, i vestiti coordinati e una figlia, nonostante tutto, se non sa, sente.

4

Nel mese di luglio la famiglia di Piacenza fa lunghe passeggiate per i sentieri sopra la città vecchia. Un po' lo vedo, un po' lo sento dire da mia madre. Lei, come tutto il paese, tiene d'occhio i forestieri che hanno speso una montagna di soldi per ristrutturare un rudere.

Un pomeriggio li incontro anche io, la prima a salutarmi è Arianna. Sta giocando a biglie davanti alla chiesa di Santa Lucia e subito mi racconta di una gita al fiume.

« Hai fatto il bagno? » le chiedo

« Ne ho fatti dieci. Mi sono tuffata da lassù » mi risponde indicando una montagna a caso.

« Sai già nuotare? »

« Certo » risponde sua madre.

Pierluigi mi spiega delle piscine di Piacenza, di quanto sia facile trovare i corsi e gli istruttori giusti. Forse si accorge di annoiarmi perché con un tono deciso aggiunge: « Merito anche delle ore in vasca con la mamma ».

Cristi mi guarda fisso e io, piuttosto di immaginare se e che cosa stia ricordando, studio tutti i colori delle biglie di sua figlia. Dalla sera in cui siamo rimaste sole in camera, quando ho risentito le sue dita fra i capelli, sto provando a concentrarmi solo sui suoi completi abbinati, sul filo di trucco non esagerato, sull'immagine di lei che di giorno confeziona riso e granaglie biologiche e di notte porta Arianna in braccio fino al letto. Me ne sto rintanata nel cesto con la speranza che Cristi, con la sua voce da incantatrice, non si prenda la briga di farmi uscire.

Pierluigi lancia un paio di biglie lontano, guarda madre e figlia che corrono a riprenderle, poi si volta verso di me.

«Ho visto che hai una bella casa, semplice ma di stile.»

Annuisco. L'architetto deve esserci passato davanti in una delle innumerevoli passeggiate famigliari.

«Mi piacerebbe darle un'occhiata» dice serio.

La richiesta mi lascia spiazzata e il fatto che non l'abbia accompagnata con un sorriso ancora di più. Forse la storia dell'amicizia fra la bambina di paese e la forestiera non è l'unica che ha sentito. Provo a immaginare con quali parole Cristi possa avergli spiegato la nostra relazione, ma davvero non riesco a immaginarmi lei che si profonde in spiegazioni sentimentali. La guardo, si è seduta per terra vicino ad Arianna a una decina di metri da noi, poi torno a Pierluigi che, nonostante la mia esitazione, ha l'aria di uno che si aspetta un invito.

«Avrei anche una stanza che non so proprio come sistemare» mi sorprendo a rispondergli.

È la vecchia camera dei miei genitori ed è la prima che mostro a Pierluigi dopo un succo d'arancia. Cristi è rimasta a casa con Arianna. Io resto sulla porta, lui misura a passi lunghi le pareti della stanza, batte le nocche sui muri.

«Si potrebbe fare uno studio con zona relax» dice, dalla tasca tira fuori un piccolo quaderno su cui schizza il progetto con tanto di arco in mattoncini per dividere scrivania e chaise longue. Lo scruto e a dispetto di tutta la buona educazione che mi hanno insegnato e di cui vado fiera, non dico una parola. Sto aspettando che faccia la sua prima vera mossa, che mi chieda cosa mi lega a Cristi o magari che cosa so di Mattia. Lui invece cambia foglio e con due righe ci fa una camera singola: un letto, una scrivania, un oblò sul muro con vista sul paese.

«Oppure una camera da letto.»

Per i bambini, grazie a Dio, non lo specifica.

«Credo che sia più utile uno studio» rispondo a bassa voce.

Lui rimette il taccuino in tasca e mi guarda. Per farlo si piega leggermente verso di me, deve essere un'abitudine che ha per via della statura. Un'abitudine che con Cristi non serve, penso d'istinto.

«Ho informato il mio socio che quest'anno prendo delle ferie lunghe» dice ancora. «Cristi vuole fermarsi qui quasi tutta l'estate e io resto ad aiutarla.»

«Giusto.»

«Non farei mai altrimenti» precisa.

La gravità con cui pronuncia quella frase mi tocca. Annuisco guardandolo dritto negli occhi. Sono due tizzoni neri, immobili e seri. Se tralascio il fastidio che mi danno certi suoi sorrisi, se ignoro l'irritazione che mi suscita la casa di Ida ora che è un gioiello di architettura, se faccio lo sforzo di non pensare che è il padre della figlia di Cristi, so cosa mi vogliono dire i suoi occhi appuntiti: mi stanno assicurando che vuole tenere sotto controllo la situazione, che se fosse stato per lui sarebbe in un bel campeggio con il suo camper, senza il passato fra i piedi. Mi stanno dicendo che è un uomo innamorato, ma per niente fesso. È questo il vero discorso che voleva farmi, il reale motivo della visita, solo che non sono disposta ad approfondirlo.

«E il tuo socio è d'accordo?» dico con un mezzo sorriso cercando di sviare il discorso.

Lui contraccambia il sorriso. «Visto che è mio padre, posso convincerlo.»

Mentre scendiamo le scale mi spiega che ha uno studio di progettazione con una ventina di dipendenti, che ha ereditato la sua passione dal padre, un architetto famoso, come suo nonno del resto.

Un giovane di buona società, penso. E già vedo le presentazioni ufficiali dei due rampolli, la soddisfazione di Lilli, i trucchetti da faccendiere con i quali suo marito ha convinto Cristi a rifarsi una vita con il giovane prodigio dell'architettura. Sono già pronta per offrire il secondo bicchiere di succo e liquidare alla svelta il brillante ristrutturatore che ha avuto tutta la strada spianata, dal mestiere all'amore. Però mi scappa un commento acido.

«È una fortuna avere genitori che possano aiutarti a costruire l'avvenire.»

Pierluigi si ferma, scuote la testa con un sorriso diverso dai soliti, come a dire che un commento simile se lo aspettava.

«Adesso le cose al lavoro vanno bene, ma ci sono stati anni difficili» mi dice grave.

Ora la mia curiosità se ne frega dei succhi d'arancia e dei saluti frettolosi, anzi mi convince a fargli strada verso il salotto. Lui sfiora con le dita la pelle di pregio del divano, poi si accomoda. Mi siedo anche io, nella poltrona di fronte.

«Quando ero piccolo la mia era una ricca famiglia di Milano. Poi mio padre ha perso tutto per il vizio del gioco» racconta. «A furia di giocare a carte ci ha portato alla rovina. Pezzo dopo pezzo, proprietà dopo proprietà.»

Lo guardo incredula, la fantasia dei due rampolli che le rispettive famiglie uniscono inizia a scricchiolare.

«Per qualche anno ero così arrabbiato e mi vergognavo talmente tanto che sono sparito dalla circolazione.»

Provo a trattenermi ma non ci riesco. «Poi?» gli chiedo.

«Poi mi sono rimboccato le maniche e ho risalito la china.»

Lui non sembra imbarazzato e io ho ancora una cosa da domandargli. «E tuo padre?»

«Be'» ride. «Ho costretto anche lui a risalirla.»

In quel momento, quando realizzo che Pierluigi non sembra proprio uno che si presta a farsi manovrare come un burattino da Fausto, sento il cane che gratta la porta. Mi alzo per aprirla e lui corre diretto verso l'ospite.

« River! » esclama Pierluigi.

Gli lancio un'occhiata interrogativa.

« Me lo ha detto Arianna che avevi un cane di nome River. »

Pierluigi si alza, fa per andarsene. All'ultimo si ferma. « Dimenticavo. »

Tira fuori il taccuino, strappa i due schizzi che ha fatto e me li allunga. « Studio o camera da letto, non fa tanta differenza. Ma non lasciare tutta vuota quella stanza, è così bella la vista sul paese. »

5

Nelle settimane di cielo terso, prima che inizi l'afa di agosto, Pierluigi e Arianna passano intere giornate al mare nella spiaggia più vicina. Cristi non li accompagna. Non ama il sale, si giustifica, anche se a dire il vero tutte e due sappiamo che quello del mar Ligure lo amava parecchio.

Mattia e Giò in quel periodo fanno gli stessi turni al lavoro e se sono di riposo prendono il sole al fiume, dove l'acqua ormai è talmente sporca che non è possibile nemmeno immergere i piedi. Una volta li incrocio al supermercato, sono abbronzati, mano nella mano, non si accorgono di me e io pur di non fermarmi a parlare, pur di non sapere se comprano acqua o whisky, rinuncio alla spesa e me ne vado alla svelta. Non li vedo dalla cena di inaugurazione, sono stata spesso a Bologna per delle udienze e soprattutto nessuno ha più fatto inviti.

«Ed è meglio così, perché poi alle cene si beve sempre un po' troppo» commenta mia madre quando durante un pranzo domenicale mi prega di darle qualche aggiornamento.

In parte l'accontento. Le dico che Pierluigi mi ha dato un paio di idee per sistemare la loro vecchia camera. Le dico, ma lo sa già grazie a una sua amica che frequenta la stessa palestra di Giò, che Mattia e sua moglie girano in paese sempre insieme. Le racconto pure che Arianna quando corre è veloce come sua madre da piccola. Le dico praticamente tutto, a parte il fatto che nelle ultime settimane vedo spesso Cristi. Anzi, la vedo tutti i pomeriggi in cui Pierluigi e la bambina sono al mare e io sono in paese.

*

Ci incontriamo verso le cinque, a metà strada fra le nostre case, poi camminiamo. È stata lei a chiedermi la prima volta di accompagnarla fino al maneggio. Sono stata io che ho risposto subito sì e dentro di me ho pensato te la stai cavando alla grande, è arrivata da un mese, hai pure parlato a lungo con il padre di sua figlia, eppure sei ancora in piedi. Certo che puoi accompagnarla e dimostrare a lei, a Mattia, alla campagna in cui vi siete conosciute e soprattutto a te stessa che sopra il passato ormai puoi camminarci a testa alta.

Nei nostri pomeriggi, Cristi e io passeggiamo quasi mute, stando sempre alla distanza di un passo l'una dall'altra. Se ci scambiamo qualche parola riguarda Arianna e lo facciamo senza mai fermarci. River ci segue docile e io tengo per me tutte le domande che solo un paio di mesi fa bramavo di farle. Non le chiedo come abbia fatto a conoscere il padre di sua figlia né come abbia saputo del matrimonio di Mattia. Non ti interessa più, mi dico. E non mi accorgo che se sono lì è proprio perché tutte le domande aspettano ancora una risposta, nascoste sotto l'erba ingiallita che calpestiamo.

Quando rientro a casa ho la testa piena del canto dei maschi di cicala e del nostro silenzio. Il tempo appena trascorso con Cristi mi sembra così irreale che fatico a credere di aver passato veramente il pomeriggio camminando dietro di lei, di averla conosciuta quando possedeva solo un paio di shorts e di aver dormito per anni nuda accanto a lei.

A volte finisco la serata insieme alle amiche con cui uscivo l'estate scorsa, quelle che bevono e chiacchierano fino a notte fonda nei bar sul mare. Nel vedere il luccichio dei locali sulle onde e la distesa degli ombrelloni chiusi, non posso fare a meno di pensare a Pierluigi e Arianna che su quelle spiagge, di giorno, costruiscono castelli, mentre in paese Cristi e io camminiamo silenziose lungo sentieri che conosciamo a memoria.

Al maneggio torniamo un paio di volte. Un giorno ci spingiamo verso la nuova villa con piscina che, con i suoi gazebi bianco splendente e le sedie a sdraio sempre ripiegate, sembra disabitata. «La casa di Fausto a Piacenza è chiusa. Ormai vive in Inghilterra» sussurra lei e io so che sta pensando a Lilli.

Un pomeriggio di vento, con il sole che va e viene al ritmo veloce delle nuvole in corsa, arriviamo fino al bosco d'abeti. Mi appoggio a un albero e con il fresco di una nube più pesante prendo respiro e azzardo. Voglio capire fino a che punto sono in grado di spingermi.

«Giò è una brava ragazza» dico decisa.

Cristi non risponde. È seduta, a testa bassa, con la stessa delicatezza sta accarezzando l'erba e il pelo di River che è steso accanto a lei.

«Cristi, mi guardi per favore?» l'apostrofo e lei alza gli occhi.

Sono spalancati in una sorta di enorme stupore, mentre le sue dita continuano a lisciare tranquille il dorso del cane. Giò chi? temo che mi stia per chiedere. Invece annuisce. Si alza e lancia un bastone a River, poi mi fa cenno di raggiungerla.

«È vero, è una brava ragazza» dice appena mi avvicino, «ma non dirmelo più.»

Quella sera Cristi al momento dei saluti indugia, sento che vuole chiedermi qualcosa. Spero che ci ripensi, che si volti e fugga a lavare via il sale dalla pelle di Arianna. Lei però non si muove, non parla.

«Dimmi» mormoro.

«Vorrei stare un po' nel tuo giardino.»

«Conosci la strada» rispondo con un filo di voce e lei mi guarda riconoscente come se avesse temuto un rifiuto, poi si avvia verso il cancello. La seguo lenta.

Forse è arrivato il momento di dare risposte, perché a dire il vero anche Cristi, fino a questo momento, mi ha risparmiato parecchie domande. Prima fra tutte che cosa me ne sono fatta dei soldi di Fausto, perché sono certa che Lilli le abbia raccontato dell'assegno. Magari per assestarle il colpo di grazia, per convincerla del tutto a sparire o anche solo per farsi bella della generosità. Ma se è a quei soldi che Cristi sta pensando quando le offro un cestino d'albicocche, proprio nel mio giardino, non lo dà a vedere. Le accetta e lentamente ne sbuccia un paio.

«Togli la buccia?»

Sulle prime mi risponde distrattamente di sì, masticando, poi ci ripensa: «Sono abituata a farlo per Arianna» aggiunge.

Il ricordo di me che rispondo al biglietto per la nascita di sua figlia con un assegno in busta semplice, e degli altri soldi spediti negli anni successivi, mi fa sentire un verme. Striscio dentro casa per rinfrescarmi il viso. Chissà poi se li ha ricevuti, mi domando per la centesima volta, ma Cristi, ne sono certa, non ha nessuna intenzione di chiarire.

Quando mi decido a raggiungerla in giardino, è seduta su una sdraio, ha gli occhi socchiusi e un mazzetto di papaveri sfioriti in mano. Vado a sedermi vicino a lei. È Cristi che mi ha chiesto di tornare in giardino, dovrebbe essere lei a parlare, ma non ho fatto i conti con il tepore del tramonto e con le pieghe strapazzate dei petali rossi che da anni non guardavo più.

«Cristi.»

«Sì.»

«Che cosa fai quando addormenti Arianna?»

Lei esita.

Insisto: «Devi leggerle dei libri? Cantare delle ninne nanne? Perché ci stai così tanto?»

Qualche secondo di silenzio, poi si decide a rispondere.

«Appena si addormenta mi sdraio accanto a lei e prego.»

«Preghi?»

«Sì. Prego che non soffra mai.»
«Non soffrirà» dico di getto.
Lei mi stringe la mano. All'inizio un tocco debole, poi più deciso.
«Vorrei che fosse così» mi dice. «Vorrei che non soffrisse nessuno.»
Poi mi lascia le dita e se ne va.

6

Le nostre passeggiate finiscono così. A dirmelo è Cristi, quando la incontro per caso davanti alla chiesa di Santa Lucia, qualche ora dopo il nostro colloquio in giardino.

«Fa troppo caldo al mare. Pierluigi preferisce trascorrere la mattina al fiume in montagna» mi spiega.

Annuisco.

«E io vado con loro» aggiunge.

Sto facendo correre un po' River, e non ho idea di cosa ci faccia lei in giro dopo cena. È buio, l'umidità del giorno non è ancora scesa sul resto del paese ed è tutta sospesa sulla città vecchia. Io ho le spalle coperte da un golf pesante, Cristi indossa la canottiera elasticizzata che portava nel pomeriggio. Ho freddo per lei e sto ancora pensando alla gravità delle parole che mi ha detto prima di scappare dal mio giardino. L'idea di non dedicarle più i pomeriggi e di saperla nelle acque di sorgente con sua figlia e Pierluigi mi è quasi di sollievo.

«Credo che le farà bene stare di più con loro» dico a River appena lei ci saluta e si incammina verso casa.

Per giorni non vedo più nessuno dei miei vicini. La prima persona che incrocio, dopo due settimane in cui mi sentivo l'unica abitante di quella parte così solitaria del paese, è Giò. Siamo in centro. Insiste per sedersi al bar.

«Avrei bisogno di un tuo consiglio per un problema di lavoro» mi dice.

È la prima volta che mi chiede una consulenza, non posso negargliela.

Scelgo un tavolino all'ombra, poi ci sediamo e ordiniamo due caffè freddi. La moglie di Mattia appoggia dei fogli sul tavolino.

«Secondo te posso rivolgermi ai sindacati se il capo ufficio mi comunica i turni con poco anticipo?» mi chiede.

«Direi di sì.»

Lei annuisce soddisfatta. «Ascolta.»

Prende uno dei fogli e con piglio deciso mi legge la lettera di protesta scritta di suo pugno, ci tiene a farmi capire che ha studiato fino a sedici anni ma non si fa mettere i piedi in testa e io ascolto attenta.

«Molto bene» sentenzio.

Lei sorride, riordina i documenti e li infila in borsa.

«Ti volevo dire un'ultima cosa» mi dice.

Annuisco.

«Quando la bimba di mattina è al fiume con il padre, Cristi sta sempre a pulire.»

Mi fissa, mi aspettavo altre recriminazioni sindacali, non questo. Per qualche secondo non trovo risposta. Accidenti a Cristi, che deve farmi scoprire le sue bugie per bocca di una ragazzina.

Prendo tempo chiedendo il conto.

«Magari a volte approfitta dell'assenza di Arianna per pulire a fondo» dico poi come se fosse una spiegazione ovvia.

«Non a volte» ribatte lei. «Sempre.»

È la prima volta da quando è tornata Cristi che parliamo di lei, e Giò sta usando lo stesso tono deciso con cui mi ha spiegato le questioni di lavoro. Vuole farmi sapere che, per quanto sia giovane, non è stupida. E che ha intenzione di rimanere la sola a tenere le mani sulla cicatrice a uncino di suo marito.

Lascio cadere il discorso e lei non insiste. Rimaniamo a sorseggiare il nostro caffè freddo, guardando le persone che passano lungo il corso, alcune fanno lo stesso giro più e più volte, avanti e indietro.

«Mai che ci sia una novità in paese» si lagna Giò con un tono un po' frivolo.

«Be', io ne avrei una.»

Lei mi fissa incuriosita.

«Viene a trovarmi una mia vecchia amica.»

Dovrei dire vecchia amica mia e di Cristi, ma questo rischierebbe di riportarmi nel discorso di poco fa. E davvero adesso ho più voglia di pensare alla bella notizia di ospitare Pia, in arrivo tra un paio d'ore, che alle pulizie ossessive di Cristi e alla sorveglianza continua di Giò.

«Vacanze?» mi chiede lei.

«Diciamo di sì.»

In realtà darò rifugio a Pia per un paio di settimane per darle modo di riflettere sul suo matrimonio. Così mi ha chiesto nella mail solo due giorni fa, il tempo di risponderle e lei è saltata sul traghetto.

Saluto Giò e mi incammino verso la rosticceria, dove mi carico di vassoi di cibo ben condito. Se la mia amica è rimasta anche solo un po' quella dei tempi dell'università, non sono certo le pene d'amore a toglierle l'appetito.

E infatti dopo i primi saluti un po' impacciati alla stazione delle corriere, dopo la visita formale della casa, Pia e io attacchiamo con il pranzo e non smettiamo più di mangiare. E mentre mangiamo non la finiamo più di bere vino e di parlare del marito di Pia, a suo dire premuroso e onesto.

«Allora qual è il problema?»

«È solo un tantino noioso» mi dice imbronciata.

«Puoi sempre usare la tua enorme esperienza in fatto di uomini per movimentare le notti» rispondo ridendo. Anche lei scoppia in una risata.

Nel pomeriggio ci appisoliamo sulle sdraio in giardino.

River, che dal mattino era rimasto a scorrazzare per le stradine della città vecchia, rientrando ci sveglia.

«Hai un cane?» mi chiede Pia incredula.

Faccio segno di sì, glielo presento, poi mi alzo e vado a preparare un caffè. Lei mi raggiunge in cucina. «Qualche altra cosa da raccontarmi oltre a River?»

«Hai voglia di ascoltarmi per un pomeriggio?» le chiedo e nel farlo la voce mi si incrina.

Pia mi guarda, un misto di incredulità e sconforto. «Non ci posso credere» dice soltanto, poi si siede al tavolo della cucina.

E davvero restiamo sedute lì per tutto il pomeriggio, perché quello è il tempo che mi serve per raccontarle del matrimonio di Mattia, della sua scelta di stabilirsi nella città vecchia e poi del ritorno di Cristi con tanto di figlia e compagno. Pia per tutto il tempo in cui parlo si concede un paio di esclamazioni e un nocino di mia madre. A un certo punto appoggia il bicchiere e mi fissa seria.

«Voglio molto bene a Cristi» dice. «Ma il fatto che trascorra le sue estati vicino a te non mi piace.»

Provo a sorridere, lei resta cupa.

«Non mi piace affatto» ripete.

Il mattino seguente facciamo colazione in giardino, sappiamo tutte e due che il programma della giornata prevederà l'incontro con Cristi. Ed è a quello che stiamo pensando mentre imburriamo lentamente il pane e Giò si presenta a casa mia senza preavviso. Sulle prime sono scocciata, non avevo messo in conto di dover presentare così presto alla mia amica la moglie di Mattia. Con un cenno assicuro a Pia che mi libererò in fretta, lei però sembra allarmata. Solo allora mi accorgo che Giò sta piangendo a dirotto. Prendo una sedia, la faccio accomodare, verso un bicchiere d'acqua ma non mi decido a parlare.

«Problemi?» le chiede allora Pia. Non l'ho mai sentito

quel tono, è gentile ma al tempo stesso distaccato, deve essere quello che riserva ai suoi pazienti.

«Sì» singhiozza Giò, «mia mamma è in ospedale.»

Mi concentro su quello che ho appena sentito. La moglie di Mattia ha detto che sua mamma è in ospedale e non che suo marito la sta lasciando.

«Un'ischemia» continua lei e ci racconta i particolari.

Pia segue attenta e, siccome l'altra è sconvolta, le spiega in tono deciso che è possibile guarire, che è giusto preoccuparsi ma da quanto capisce la donna non è in fin di vita. Il pianto di Giò si placa. «Dovrò andare a Bari ad assisterla per una settimana» ci dice e un paio di lacrime tornano a scenderle sulle guance ben truccate.

Dopo il bicchiere d'acqua se ne va, il nostro pane tostato si è raffreddato. La guardo per un po' allontanarsi con quell'andatura eretta che aveva colpito Virgilio, il vecchio investigatore. «E questa deve essere la giovane moglie di Mattia» commenta Pia.

«Già.»

«Mi sembra una ragazza forte.»

«Stai scherzando?»

«No. Me ne intendo di colloqui con i famigliari. È bastato spiegarle come funzionano le cose e si è subito tranquillizzata.»

«Non saprei» borbotto, ma se solo ripensassi al tono deciso con cui, al bar Centrale, mi ha assicurato di tenere d'occhio Cristi, dovrei dare ragione alla mia amica.

La settimana di assistenza si trasforma in quindici giorni di assenza di Giò. Nel frattempo l'incontro fra Cristi e Pia è piuttosto veloce, un caffè nel vecchio cortile di Ida. Succede nel pomeriggio in cui tengo fede alla promessa fatta ad Arianna di presentarle River e finiamo tutti, Pierluigi compreso, a guardare in silenzio la bambina e il cane che giocano senza sosta.

Durante la lontananza di Giò, Mattia al call center si offre per fare straordinari quasi tutti i giorni. Me lo dice sua moglie al telefono, me lo conferma anche mia madre con un sorrisino di soddisfazione, come a dire, vedi che ho sempre avuto ragione a sostenere che in fondo è un bravo ragazzo. Intanto Pia e io trascorriamo vacanze tranquille. Le sue riflessioni sul matrimonio in mia compagnia si risolvono infatti in decine di pasti abbondanti, lunghe dormite e gite in bicicletta fino alla piscina di un resort appena aperto. Nessuna rimpatriata con Cristi.

Meglio così. L'ultima volta che ho parlato con lei mi ha assicurato che avrebbe passato tutte le mattine con la famiglia in riva al fiume e invece mi è toccato scoprire da Giò che se ne sta a casa a lucidare piastrelle.

Il giorno in cui Giò fa ritorno in paese, un lunedì di fine agosto, incontro Pierluigi sul corso centrale. È una mattina torrida, senza sole, sia io che lui abbiamo la camicia sudata.

« Dopodomani partiamo » mi dice appena lo saluto.

Il pensiero che Cristi non si sia nemmeno degnata di avvisarmi mi stizzisce.

« Be' » attacco risentita, « l'estate finisce prima o poi. »

Pierluigi però non si cura del mio tono acido. Lo guardo meglio, sembra stanco e non solo per la barba, che non gli ho mai visto, e per la camicia intrisa di sudore.

« Giò ti chiamerà per invitare te e Pia a cena » mi informa.

« Una cena? » ribatto sorpresa.

« Proprio così » taglia corto, poi mi saluta.

La telefonata della moglie di Mattia arriva poco dopo, provo a inventarmi la scusa che Pia è in partenza per la Sicilia e non può fare tardi, ma lei insiste.

« Facciamo qualcosa di veloce. È un modo per festeggiare la guarigione di mia madre » dice Giò.

E magari la partenza di Cristi, penso mentre accetto l'invito.

*

Il piccolo giardino della vecchia casa di Gino il gobbo non ha la stessa eleganza del cortile della casa di Ida. Però, quando io e Pia arriviamo munite di due grandi vaschette di gelato, troviamo la tavola apparecchiata alla perfezione. Pierluigi e Cristi sono già seduti, Mattia sta grigliando il pesce, Giò è in cucina a prendere il vino. «Dov'è Arianna?» chiedo.

Cristi lancia un'occhiata a un fico, tra le foglie intravedo le gambe sottili di sua figlia. «Ha già mangiato» si affretta a dirmi Pierluigi.

Per il resto della serata Arianna resta sull'albero, non scende nemmeno per il gelato. Si è scelta il posto migliore, penso mentre Giò parla fitto con Pierluigi di case e con Cristi di palestre. Mattia si prodiga a intrattenere Pia con la spiegazione dei diversi pesci che ha grigliato. Lo osservo, si versa di continuo generosi bicchieri d'acqua frizzante e ogni tanto sorride a sua moglie che contraccambia.

Io invece per il resto della serata guardo solo Giò. Anzi, il suo vestito. Ha una bretellina che le scende di continuo mentre serve i piatti, scoprendole lievemente il seno.

«Sei l'unica ad averlo notato» mi dice Pia mentre torniamo a casa. «Perché tu sei una bigotta» aggiunge ridendo. «E Giò è una bella donna...»

Le lancio un'occhiataccia ma finisco per ridere anch'io.

Prima di andare a letto, do una mano alla mia amica a rifare i bagagli. È serena, le perplessità sulla noia matrimoniale sono passate.

«Te ne sei accorta, vero?» mi chiede lei quando le valigie sono pronte.

«Di cosa?»

«Cristi e Mattia hanno parlato tanto con gli altri, fra di loro invece non si sono mai scambiati una parola.»

Resto di stucco. Certo che me ne sono accorta, vorrei rispondere, ma non sarebbe esatto. Perché solo ora realizzo che i miei occhi, mentre fissavano la spallina di Giò, hanno registrato per tutto il tempo questo particolare.

« Se ci pensi, è piuttosto normale » provo a minimizzare.

Pia fa una smorfia di disappunto. « Non si sono mai nemmeno guardati. » Mi fissa. « Mai. »

Più tardi, mentre la mia amica dorme profondamente, attenta a non far rumore infilo un paio di pantaloni, una maglietta ed esco in giardino. River mi sente, lo accarezzo.

« Vado da sola » sussurro e lui torna ad accucciarsi.

Apro piano il cancello, supero la piccola chiesa, poi salgo le scale che portano fino alla punta della città vecchia. Finiti i lampioni, la notte è nera. Quando ero ragazzina, i drogati e gli evasi da quella specie di castello d'altri tempi che era il carcere erano lo spauracchio con cui i genitori cercavano di tenere a bada i figli, soprattutto le ragazze.

Mattia non si droga, beve solo acqua e dal carcere non è mai evaso, però è proprio lì, nel giardinetto di casa sua, immobile su una sedia. Una pietra nel buio totale. Mi avvicino, quasi gli sfioro le gambe con le ginocchia, lui non si ritrae, nell'oscurità cerco il celeste dei suoi occhi.

« Perché sei qua? » mormoro.

« Tu? »

« Avevo voglia di passeggiare. »

Il silenzio con cui rifiuta la falsità della mia risposta è disarmante. E ancora più disarmante è il fatto che mi guardi come se fossi trasparente. Come se tutto il buio attorno a noi lo fosse. I suoi occhi stanno fissando un punto preciso, oltre le mie spalle, verso la casa che un tempo era di Ida.

Non ho il coraggio di chiedere altro, non riesco nemmeno a girarmi. Quando sono già a qualche metro da lui mi volto e corro a casa. Dal mio giardino, con il favore degli ultimi lampioni del paese posso vedere la chiesa di Santa Lucia, la scalinata e, di giorno, persino la finestra più alta della casa appartenuta a Ida. Mi rifiuto di guardare fino a lassù. Tanto non serve, tanto è buio e non riuscirei a vedere niente, tanto so già che l'ombra di Cristi è lì, dietro al vetro.

7

I mesi dopo la partenza di Cristi sono di respiro. Ringrazio che esistano Piacenza e la nebbia. Ringrazio che lei abbia mantenuto l'abitudine di non scrivere, di non telefonare e nemmeno di dare certezza del suo ritorno. Con un po' di mal di stomaco, a ottobre riesco anche ad accettare un invito a cena di Giò, una domenica sera che sono in paese e Mattia è al bar a guardare una partita. È tranquilla mentre mi serve il risotto, è serena quando mi dice che è un bene che suo marito esca un po'. Ha pure la voce ferma nel chiedermi se ho notizie da Piacenza e se magari voglio altro, visto che il riso è rimasto a metà. Non accenna a trasferimenti nell'immediato, a traslochi in qualche altra città, non ha in mente di fuggire. Anzi, un paio di volte mi decanta i vantaggi della vita di paese e la comodità della palestra così vicina. Anche in giro non circolano voci strane, le chiacchiere in materia di tradimenti al bar del corso centrale di solito non sbagliano mai. E infatti, a dispetto di quanto credo, in quel momento Giò non è una donna tradita. È solo la donna di un uomo che di notte se ne sta seduto in giardino a guardare fisso un'ombra nel buio.

Sempre in autunno Alessio mi fa una lunga telefonata. Da mesi ormai ci scriviamo soltanto, mail di saluto in cui io allego i referti del ginecologo burbero e lui mi conferma la diagnosi del collega. Per qualche minuto, al telefono, mi parla del freddo rigido che c'è in Germania, dell'efficienza degli ospedali tedeschi. Ascolto, poi passo all'unica informazione sbrigativa che mi viene in mente: «Ho iniziato a cercare un altro appartamento a Bologna».

«Brava.»

Per qualche secondo rimaniamo in silenzio. «Se mi hai chiamato è perché hai qualche novità» dico con una punta di ironia.

«Sì, è così» conferma. «Buone notizie.»

Sono in studio, chiudo il fascicolo che con un occhio stavo continuando a leggere. Aspetto che si spieghi, ma non lo fa.

«Mi lasci sulle spine» dico ridendo.

«Fra qualche mese divento papà.»

Smetto di ridere. Il primo pensiero è un neonato con i capelli albini e le guance rosse, poi mi ricordo che la sua donna non è tedesca, anzi è di Rimini proprio come lui.

«Congratulazioni» dico forzando un tono squillante.

Sento un sospiro leggero.

«Grazie» risponde.

Restiamo in silenzio qualche secondo. «Alessio.»

«Sì.»

«Mi hai lasciato anche per la questione dei figli?»

Sento un altro sospiro. «Sei tu che mi hai lasciato, non io.»

Ha ragione da vendere, lo so. «Sarai un bravissimo papà», e lo credo davvero. Poi attacco.

Qualche mese dopo, al rientro dalle vacanze di Natale che trascorro in paese coccolando River, prendo in mano una causa insopportabile: difendo dei malati psichiatrici malmenati da infermieri e personale di servizio. Tutte le volte che incontro i famigliari o esco dal tribunale dopo aver interrogato gli imputati, ringrazio fra me e me mia madre per non aver mai fatto ricoverare mio padre, nemmeno quando aveva tentato di farla finita bevendo ansiolitici. Per smaltire lo stress della causa, appena le giornate si allungano faccio passeggiate con una mia collega, Linda, un'avvocata civilista, che da tempo mi sta girando intorno. Ha qualche anno più di me, con i suoi discorsi sui problemi di organico del tribunale e l'andatura militare mi ricorda un po' mia madre. Preferirei avere accanto River anziché Linda, ma ogni volta che mi invita tentenno e alla fine accetto. Lo faccio giusto per rimanere aggiornata sul gossip dell'ambiente e per macinare salutari chilometri a piedi sapendo che prima o poi le negherò l'accesso al mio letto. La sto illudendo, ma con la sua parlantina logorroica mi distrae e mi tiene informata su tutti i pettegolezzi del foro che possono sempre tornare utili nelle cause. In più se ne intende di compravendite di case e qualche sabato pomeriggio me la porto dietro a visitare appartamenti in cerca della soluzione giusta per traslocare, che non arriva mai. Voglio una bella vista, spiego agli agenti immobiliari, e voglio il centro. Voglio un terrazzo e non ho intenzione di spostarmi sui colli. Voglio avere vicino delle botteghe, ma anche supermercati. Non voglio abitare troppo distante dallo studio.

«È sicura di volere solo una casa?» mi chiede un giorno un ragazzino incravattato.

Anche se è più svelto di tutti quelli che l'hanno preceduto, depenno quell'agenzia dai miei contatti. Perché anche io, ora che comprarmi un appartamento decente sarebbe facile, ora che Giannetti mi tratta come un socio paritario, ora che mi ritrovo a sperare che Giò decida di cambiare città e nel frattempo frequento una collega rimpiangendo River, credo di non sapere più se voglio davvero qualcosa.

Una sera, al rientro da una passeggiata con Linda, c'è una macchina sportiva parcheggiata davanti al mio portone. Non è la stessa di alcuni anni fa, ma lo stile è inconfondibile, elegante senza eccessi. Fausto scende dall'auto e mi viene incontro con un sorriso. È sopravvissuto alla vedovanza in maniera egregia, giusto qualche ruga in più intorno agli occhi.

«Passavo a Bologna per lavoro, mi sono trovato qui vicino e ho pensato di farti un saluto.»

«Bene» dico un po' fredda, perché la spiegazione di Fausto che improvvisa visite non mi convince affatto.

Qualche minuto dopo, seduti nella cucina del mio appartamento davanti a due bicchieri d'acqua, mi spiega che l'incidente di Lilli lo ha fatto riflettere per un lungo periodo, al termine del quale è stato così fortunato da incontrare una donna stupenda, una grande lavoratrice, un'ottima segretaria di trentatré anni. La mia stessa età, tre anni in più di Cristi, calcolo. «Viviamo insieme a Londra» gongola Fausto.

Sapevo del trasferimento pressoché definitivo in Inghilterra, non della fidanzata quasi coetanea della figlia.

«Sono sempre all'estero e ho grande fiducia in Pierluigi, però sono preoccupato» dice grave.

Sto per alzarmi e dirgli che il tempo delle richieste di aiuto, dette o non dette, pagate o no, è finito da un pezzo, ma lui fa il nome di Arianna. Fausto che dimentica Lilli in un batter d'occhio ma tiene al suo ruolo di nonno mi incuriosisce. Alzo le antenne.

«L'asma è una malattia insidiosa per i bambini.»

Da come lo dice sottintende che io sappia già tutto.

«Può essere pesante» replico sicura, anche se non so niente di malattie dei bambini e da mesi non so un accidente della famiglia di Cristi.

«Già. Pierluigi dice che Arianna in piena notte ha delle crisi tremende. Ha girato dottori su dottori senza venirne a capo.»

Poco dopo Fausto si alza, si scusa di non potermi invitare a cena e mi lascia con la tentazione di chiedergli quando mai si deciderà a fidarsi magari anche di sua figlia, che in tutti i suoi discorsi, a furia di nominare Pierluigi, non ha nemmeno citato.

Il giorno seguente detto una mail alla mia segretaria e la faccio inviare all'indirizzo di lavoro che mi ha lasciato Pierluigi negli schizzi per la vecchia camera dei miei. Non la sto indirizzando a Cristi, non sto infrangendo la promessa di tanti anni fa. Scrivo solo al padre di sua figlia, gli spiego che ho incontrato Fausto per caso e vorrei notizie sulla salute di Arianna.

Lui mi risponde il giorno stesso, mi ringrazia, mi dice che la situazione non è grave, ma la bambina dimagrisce. La mail è solo sua, Cristi non compare in nessuna riga, tanto meno nella firma e anche se questo era prevedibile, mi brucia. Provo a rispondere, poi rinuncio e lascio alla scarsa immaginazione della mia segretaria la replica di cortesia.

Negli ultimi giorni di giugno, un po' per sfuggire agli inviti a cena di Linda, un po' perché devo decidermi a prendermi una casa più ariosa a Bologna, anticipo il mio trasferimento estivo.

«Anche Cristi è già qui» dice mia madre appena passo a recuperare River.

«Non lo sapevo.»

«Giura.»

Anziché intimarle di farsi i fatti suoi, come sarebbe giusto alla mia età, automaticamente giuro. E giuro il vero, perché di Cristi non ho più notizie dalla scorsa estate.

Più tardi, mentre sto cenando nella mia cucina, Pierluigi scende a salutarmi. Non è solo, dietro di lui intravedo i capelli di Arianna che si nasconde.

«Cristi sta dormendo» mi spiega.

Guardo l'orologio, è presto, sono le sette e mezzo e non c'è traccia di tramonto nel cielo. Senza commentare gli faccio cenno di entrare. Arianna è ancora trincerata dietro la figura imponente di suo padre.

«River» chiamo forte. Lui non si fa pregare, corre da noi e sceglie subito la persona giusta con cui giocare.

«Due cuccioli» dice Pierluigi mentre fissa intensamente la bambina che segue il cane in giardino.

Ne approfitto per squadrarlo. Anche lui, proprio come Arianna, è dimagrito rispetto all'anno precedente e sembra ancora più alto.

«Qualche pensiero» mi dice vago quando glielo faccio notare.

«Come sta la bambina?»

«Ha delle brutte apnee.»

«E i farmaci?»

Scuote la testa. «Non le fanno quasi niente.» Mi guarda, i suoi occhi si appuntiscono. «All'improvviso il respiro le si accorcia e io sono costretto a starmene lì pregando che passi.»

Che cosa faccia Cristi mentre lui assiste impotente, Pierluigi non lo spiega, io non lo chiedo. «Deve essere difficile» mi limito a dire, e i suoi occhi sono talmente piccoli e scuri da suggerirmi che lei, in quei momenti, non gli è d'aiuto.

Restiamo qualche secondo senza parlare, poi lui sorride.

«Scusami» dice indicando la tavola apparecchiata. Deve essersi accorto solo ora che stavo cenando. Chiama un paio di volte Arianna, ma lei non ha intenzione di staccarsi dal cane. Guardo il mio piatto, l'unico sulla grande tavola dove non ho nemmeno messo la tovaglia.

«Potreste unirvi a me?» azzardo.

«Arianna ha già mangiato.»

«Solo lei?»

Pierluigi annuisce. Allora vado alla credenza, prendo una bottiglia di vino, un bicchiere, un piatto in cui sistemo del prosciutto appena affettato e pomodori del mio orto. Poi smetto praticamente di mangiare, bevo soltanto, mentre lui si siede e finisce tutto. Sembra affamatissimo. Cenando mi racconta la trafila delle visite ad Arianna, delle analisi, dei pareri discordanti dei medici. Ogni tanto si ferma per ripetermi che i pomodori hanno un sapore speciale e io mi alzo per controllare che River, giocando, non faccia qualche brutto scherzo ad Arianna. Quando abbiamo terminato il vino, faccio strada in giardino fino ai filari di pomodori. I pomodori che abbiamo mangiato mentre Cristi dormiva noncurante del sole ancora alto nel cielo. Pierluigi scruta pensieroso la fila delle piantine attorcigliate alle canne. I suoi occhi sono di nuovo punte di carbone. Anche lui sta pensando a lei.

«Cristi ha smesso di fumare» dice infatti, e lancia un'occhiata ad Arianna che è a diversi metri da noi, stesa accanto a River.

«Giusto» commento.

«Ha preferito anticipare le vacanze perché è convinta che stare qua, lontano dalla pianura e dallo smog, aiuterà la bambina.» Tossicchia. «Il camper lo abbiamo prestato ad amici.»

Annuisco, non so cosa dire, mi chino a raccogliere un mazzetto di menta selvatica e glielo passo.

«Anche io credo che Arianna qua starà benissimo» continua. Nel dirlo però la sua voce esita, solo un piccolo inciampo che da bravo avvocato non mi faccio sfuggire.

«E tu?» gli chiedo a bruciapelo.

Pierluigi si sfrega la menta sulla mano che poi avvicina al naso. «Io lavorerò a distanza, ho tutto per poterlo fare.»

Scuoto leggermente la testa, la risposta non mi basta.

«Tu come starai qui?» insisto.

La mia domanda diretta lo turba. Lentamente si ravvia i capelli dietro le orecchie un paio di volte. Sono stata invadente. Mi merito e mi aspetto una risposta di cortesia, tipo starò bene o addirittura staremo tutti benissimo.

«Come sempre» mi risponde invece.

Guardo le sue mani massicce che ha appoggiato ai fianchi in una posa di infinita stanchezza. Lui intercetta il mio sguardo. «E tu, Giulia? Tu come starai?» mi chiede.

Non mi aspettavo questo affondo, però sento che affibbiargli una di quelle risposte formali in cui sono bravissima sarebbe ingiusto. Vada per la sincerità.

«Come sempre» rispondo.

Quando realizzo a pieno che ho usato le sue stesse parole, Pierluigi e Arianna stanno già salendo le scale verso la cima del paese, mano nella mano, adagio come vecchietti.

8

Quella notte e le altre che seguono, appena mi sveglio di soprassalto, sempre alla stessa ora, scendo in giardino e guardo in alto. Oltre i lampioni, tutto è solo immaginabile. Nel buio potrebbe esserci Mattia, pietrificato nella sedia. Potrebbe esserci Cristi, in piedi dietro la finestra, con Pierluigi e Arianna nelle camere da letto che dormono o fingono di farlo. Mi basterebbe una camminata di pochi minuti, magari con River, per sapere qualcosa di più, ma proprio non voglio. E se ogni tanto avverto un sottile richiamo verso il cancello, verso ciò che la notte nasconde fra i ruderi e le uniche due case della città vecchia, preferisco affogarlo con litri di camomilla e giustificare la mia insonnia con il troppo impegno speso nella causa dei pazienti maltrattati.

Cristi di giorno è tesa, tutte le volte che mi capita di incontrarla non posso fare a meno di notare che sposta il peso del corpo da una gamba all'altra, un rollio ininterrotto. Da quando è tornata non l'ho mai vista da sola, non l'ho mai incrociata con Pierluigi. È sempre con sua figlia. Spesso passeggiano, Arianna talmente attaccata a Cristi da zoppicare, oppure raccolgono fiori e fanno merende sedute all'ombra dei cipressi. Una volta mi trattengo a osservarle, non vista. Arianna è distesa sul plaid, Cristi le sta facendo un massaggio sulle spalle con delle gocce di olio. Va avanti a lungo, eppure la bambina la lascia fare, docile.

Non mi intendo di bambini, non sono una specialista dei rapporti madre e figlia e se ripenso alla mia infanzia, a cosa facevo d'estate con mia madre, mi tornano in mente solo camminate spedite per commissioni importanti e il mio fastidio quando lei mi aggiustava i capelli sudati. Forse adesso le cose sono cambiate, mi dico vedendo come stanno appicciccate Arianna e Cristi. Eppure questa assidua vicinanza non mi convince, e tutte le volte che le intravedo camminare avvinghiate penso che ci si abbraccia per amore, ci si stringe per paura.

Dopo la cena da me, incontro Pierluigi solo una volta. Io sto leggendo dei documenti in giardino, lui sta andando nell'unica cartoleria del paese a inviare un fax.

« Va meglio » mi dice.

È un po' imbarazzato, forse teme che gli chieda cosa o chi di preciso va meglio. Mi limito a fargli un sorriso e lui prende la via più lunga per il centro, quella che aggira la casa di Mattia. Precauzione inutile, tanto Giò e suo marito a quest'ora sono a correre al campo da calcio vicino allo svincolo della superstrada, come tutte le sere, a parte il sabato che è dedicato ad andare in pizzeria. Parole di mia madre che, nonostante gli anni e la stanchezza nel mandare avanti la casa da sola, su queste cose non si sbaglia e non vede l'ora che io le conceda il tempo per raccontarmele.

Il due di luglio, insieme a River, la passo a prendere per andare alla solita festa al fiume. All'ultimo si vuole unire anche mio padre.

« Cambiati i pantaloni » lo ammonisce lei, ma lui non li trova, si sconforta e anziché cercare meglio rimane ritto in piedi davanti a noi. Guardo il velluto che vicino alle tasche ormai è liso. « Vanno bene quelli che hai » dico perentoria e ci incamminiamo tutti e tre verso il parco lungo l'argine.

La musica è alta, lontano dalla riva i ragazzi giocano a palla mentre il resto del paese si accalca fra le bancarelle che vendono bibite e panini. C'è troppa confusione per mio padre, che fatica e si gratta la fronte di continuo. Mia madre gli chiede cosa vuole bere e lui le fa ripetere un paio di volte la domanda.

«Prendo io della limonata» dico pur di placare la tosse nervosa di mia madre e passo il guinzaglio a mio padre.

Quando torno dopo mezz'ora di fila, mia madre sta piangendo, mio padre è tutto sudato e River non c'è più.

«È sparito» farfuglia mio padre.

Sono talmente arrabbiata con lui che non riesco nemmeno a rispondergli.

«Mamma» balbetto e lei scuote la testa senza fermare le lacrime. Allora lascio cadere le limonate e comincio a correre, lo chiamo sgolandomi, fermo anziani, ragazzi, persino bambini. Niente. «Vai a casa» sussurro a mia madre, perché già immagino i pettegoli sparlare del suo pianto e di come si sia ridotta a furia di stare con un marito depresso. Lei se ne va, mio padre prova a unirsi alle ricerche, ma non fa più di due metri. «Vai anche tu» gli ordino e lui si incammina ciondolando.

Faccio ancora avanti e indietro lungo l'argine, poi salgo verso casa. Il giardino è vuoto, la ciotola dell'acqua piena. Perlustro i dintorni, le vie della città vecchia con le case sprangate, il cortile dietro la chiesa di Santa Lucia: River non c'è. Tengo il cancello aperto tutta la notte, ma non torna. Alle quattro del mattino sono ancora sveglia, apro la finestra della mia camera. Fuori c'è il canto assordante degli uccellini. I lampioni della chiesa sono ancora accesi e per un attimo mi sembra di vedere una sagoma che si sposta veloce nella luce bluastra del primo mattino. Non è River, non è un cane. Sembra un ragazzo, dico fra me e me, frastornata dall'insonnia. E di ragazzi che possano andare in giro all'alba per la città vecchia me ne viene in mente solo uno, anche se adesso è un uomo adulto ed è sposato.

Il giorno dopo chiamo Giò per raccontarle di River. Ho bisogno di dirlo a qualcuno che non faccia domande impegnative. O forse, dopo quello che mi è sembrato di vedere all'alba, sento la necessità della sua voce fresca, delle sue frasi semplici e sicure. Lei mi lascia sfogare. «Poverina» mi dice alla fine. «Poverino» aggiunge riferendosi a River. Non trova altri aggettivi, ma è talmente dispiaciuta per me che mi invita a prendere un caffè dopo pranzo. «Sono sola» precisa, e io accetto.

Più tardi, seduta al tavolo della sua cucina, le racconto di nuovo della sparizione di River.

«In pratica manca da quasi un giorno» dico con la voce un po' rotta. «E inizio a pensare che non voglia più tornare a casa.»

«Ma no, perché pensi una cosa così brutta? Tutti i cani prima o poi fanno ritorno» e con un sorriso sincero mi allunga la tazzina.

Spiegare a Giò quanto sia dolorosa l'idea che River, il cane amato dal primo momento, preferisca perdersi per sempre nelle campagne piuttosto che dormire ai piedi del mio letto, sarebbe inutile. «Spero tu abbia ragione» dico senza convinzione.

A quel punto sento i passi di suo marito, sta scendendo le scale e viene verso di noi. Trattengo un moto di fastidio. Non volevo incontrarlo, non dopo averlo già visto, sempre che le mie intuizioni insonni fossero giuste, alle prime luci dell'alba. «Credevo non ci fossi» dico di getto. La mia uscita è maleducata, ma Giò non ci fa caso e lui incassa. «Sono rientrato da poco» risponde tranquillo.

«Hai sentito che cosa terribile?» lo interroga sua moglie.

Mattia fa cenno di sì. Mi guarda un po' più a lungo del solito.

«Dove si potrebbe cercare secondo te?» gli chiede Giò.

Lui non risponde. Sembra sovrappensiero, fa pure una leggera alzata di spalle e sua moglie si innervosisce. «Così sei cinico» lo sferza.

Non li ho mai sentiti litigare e infatti non lo fanno, perché lui cerca di calmarla subito. «Certo che mi dispiace» dice rivolto a lei. È pacato, incredibilmente dolce, e lei si avvicina per sfiorargli un braccio.

Con una scusa li lascio a scambiarsi tenerezze e mi rifugio in casa, apro il frigo, non prendo nulla. Ho lo stomaco chiuso. Perdere il cane è triste, perderlo proprio dalle mani insicure di mio padre che me lo ha regalato fa incazzare, pensare che non voglia tornare da me fa male. Passo la serata in casa, con la televisione sempre sullo stesso canale. Guardo sfilare quiz, pubblicità, film e ancora film senza seguire nemmeno una parola. Prima di andare a letto, bevo una camomilla. Alle due sono di nuovo in cucina davanti al bollitore. Quando rovisto nel cassetto in cerca di un filtro di qualche tisana più forte, vedo una piccola torcia. Un affare di plastica che mi ha rifilato mio padre da usare in caso di problemi all'impianto elettrico e che non ricordavo di possedere. Dieci minuti dopo sono già nella città vecchia, munita della mia torcia giocattolo.

Proseguo oltre la piccola casa di Gino il gobbo e supero quella di Ida: questa notte non mi interessano né Mattia né Cristi. Alla torre dell'orologio guardo il cielo. Non ci sono stelle né velature, solo una luna crescente a cui mancheranno un paio di notti per essere piena. Mi chino e raccolgo un grande bastone, sperando di non doverlo brandire contro qualche malintenzionato.

«River!» urlo in continuazione.

Arrivata al maneggio sarei tentata di tornare indietro. Poi penso al mio cane, alla cesta che lo conteneva da piccolo, ai chilometri che abbiamo percorso da quando mio padre me lo ha regalato e proseguo verso il bosco.

«Se anche lui non torna, sei completamente sola» mi trovo a dire.

Nel silenzio, le mie parole sono più pesanti dei massi che schivo a fatica. Arrivata alle prime file di abeti, per paura di turbare il silenzio del bosco smetto di chiamarlo. Il raggio della mia torcia è un misero riverbero sul sentiero, nulla in confronto alla luce della grande luna adagiata sul profilo degli alberi. Spengo la torcia, stringo il bastone e mi addentro fra gli abeti alti. Per quanto mi sforzi di guardare, di ascoltare, di scrutare la terra su cui cammino in cerca di impronte, di River non c'è traccia.

Quando, dopo tutto il silenzio, sento i primi rumori, mi blocco. Qualcosa, nel fitto del bosco, rifrange i raggi lunari. Scappa da questa luna, mi dico, esci da questo brutto sogno. Ma le spire bionde che mi avviluppano da anni mandano un riflesso opalescente che mi inchioda nella notte. Cristi è in piedi, la schiena attaccata a un tronco, Mattia davanti a lei. La loro nudità congiunta che ho provato a immaginare per anni senza riuscirci mi paralizza. Cerco di distinguere almeno un particolare, per non crollare all'istante. I capelli gocciolanti di Cristi vanno su e giù lungo il tronco. È assurdo, ma sento che sto per gridare che non è giusto, che non possono farsi vedere da me, che non possono non accorgersi della mia presenza. Ma a emettere un suono non sono io, è la voce di Cristi che si allunga in un gemito interminabile.

Mi cade la torcia dalla mano e allora corro via. Più corro, più la notte si chiude davanti ai miei occhi. Anche quella maledetta luna era lì solo per loro e i rovi che attraverso in confusione mi graffiano le gambe. Ai lampioni della chiesa di Santa Lucia, mi fermo qualche minuto. Sento le gocce di sangue che scivolano lungo i polpacci, prendo fiato, poi barcollo fino a casa. Riempio la vasca e sprofondo nell'acqua fino al collo. Non basta. Caccio sotto anche la testa, con gli occhi aperti per cercare di lavare via quello che hanno visto. Resto così oltre ogni mia capacità di respiro, ma le immagini non se ne vanno. E non c'è solo Mattia che si prende Cristi nuda contro un albero. Ci sono io che a tredici anni lascio tutti i miei capelli nel salone della parrucchiera del paese. C'è Cristi, matricola di Storia, che conta le mie lentiggini mentre io prego che non si fermi mai. C'è Mattia sotto la neve e Cristi che corre da lui dopo la festa per il mio esame d'avvocato. Ci siamo io e lei che facciamo l'amore nel letto di Bologna, anche se sappiamo che ogni venerdì partirà per Genova. C'è Fausto che chiude il libretto degli assegni con un sorriso e prima ci sono io che, in carcere, quasi muoio nel vedere il sorriso sicuro di Mattia. E poi, ancora, io che ho superato i trent'anni e vago di notte nel bosco per cercare River e invece trovo solo la verità che conosco da quando ne ho undici. La verità che non cambierebbe neanche se mi facessi scoppiare i polmoni nel bagno della casa che ho ripreso a tutti i costi. Cristi è di Mattia e Mattia è di Cristi, ma io non smetterò mai di amarla.

9

La mattina seguente non mi tiro su dal letto, lascio gli irrigatori spenti, non apro nemmeno le imposte. Salto il pranzo, disdico il caffè promesso a mia madre. Ho i soliti dolori all'addome, niente di grave, le dico al telefono, poi chiudo la chiamata prima che mi faccia domande. Ho veramente dei dolori, ma non sono i soliti. Sono molto più forti, sono dei morsi al basso ventre che mi tolgono il respiro e mi obbligano a prendere due pasticche dell'antidolorifico prescritto da Alessio tanto tempo fa. In attesa che facciano effetto mi rintano nella penombra della mia camera da letto con la televisione accesa e mi decido ad alzarmi solo quando i crampi sono passati. Sono le nove di sera. Il cielo è già bruno, le luci del giardino sono accese dal giorno prima, le spengo e mi siedo. L'aria è fresca, mi avvolgo con un foulard che deve aver lasciato mia madre in giardino nelle sue visite. Mattia arriva con un vassoio in mano. Lo saluto con un cenno.

« Giornataccia? » mi chiede tranquillo.

« Sì. »

« Giò ha grigliato troppo » mi dice indicando il vassoio.

Sento il profumo di verdure alla brace che di solito adoro, questa sera invece mi dà una sottile nausea.

Mattia prende una sedia e aspetta che lo inviti a sedersi. Non lo faccio.

« Dov'è adesso tua moglie? »

« Si sta riposando, ha lavorato tutto il giorno. »

Sento freddo e sono stanca di questo colloquio inutile. Passo all'attacco. « Mentre tu cosa hai fatto? »

Lui si siede, appoggia il vassoio sul tavolo e ignora la mia domanda. «A proposito del tuo cane» dice fra i denti.

«Oggi ti interessa?» gli chiedo acida.

«Pensavo di darti una mano a ritrovarlo.»

Mi alzo, prendo una birra in frigo e gliela metto davanti. Lui attacca a giochicchiare con l'etichetta della bottiglia, ho completamente dimenticato che non tocca alcol. Torno in cucina e prendo un bicchiere e una caraffa d'acqua.

«Come vorresti aiutarmi?» gli chiedo dura.

Prima di rispondermi, il suo sguardo corre per qualche secondo sui miei polpacci graffiati. «Mettiti un paio di scarpe comode» mi risponde e quando torno con delle Adidas ai piedi lui si è bevuto mezza caraffa ed è già al cancello.

Mentre cammino al suo fianco, Mattia non smette di parlare. Mi spiega che oltre il maneggio, dentro il bosco di abeti, c'è una radura nascosta da rovi fitti come muri. Un posto sconosciuto ai più. Ci si arriva saltando tra i cespugli spinosi di rosa canina, ma c'è solo un percorso, altrimenti si resta imbrigliati.

Mi fermo. «Perché River dovrebbe essere lì?»

«È un posto protetto, senza rumori dell'uomo, e spesso gli animali impauriti ci trovano rifugio. A volte ci stanno per un po' di tempo, a volte non l'abbandonano più. Diventano cani e gatti selvatici» mi risponde grave e io riprendo a camminare.

Per la seconda notte consecutiva sto vagando nei boschi sopra il paese, alla luce di una torcia che questa volta non è il giocattolino di plastica che ho lasciato cadere la scorsa notte, è un attrezzo serio tirato fuori dai bermuda di Mattia. Costeggiamo il bosco, passiamo il maneggio, dalla stalla arrivano folate calde di sterco mentre le imposte della casa del custode sono serrate.

Sono insieme a un ex detenuto, a un marito infedele che forse sa di essere stato scoperto, a un uomo che per poco non mi staccava un braccio nella saletta di un albergo. Eppure nemmeno per un secondo temo per me stessa. La paura pesca nel profondo e laggiù, oltre le regole della legge, oltre le bombe e i rancori, ho la certezza assoluta che lui non mi farà mai del male.

Nel punto in cui mi è caduta la torcia, mi sembra di vederlo rallentare il passo, ma il viso non tradisce espressione. Lo seguo, mi fa strada fra i grovigli di rosa canina alti quanto noi. All'ultima barriera spinosa, la vista si libera su una radura circolare delimitata da pini altissimi. Ai miei piedi uno strato di aghi che copre tutta la terra, al centro uno specchio d'acqua contornato da canne lunghe. Allora è questa la pozza, sussurro non a Mattia, nemmeno a me stessa, ma direttamente a Cristi, ancora bambina, seduta in camera mia raggiante di gioia con i capelli bagnati. Allora è qui che ti ho persa la prima e la più definitiva delle volte.

«Siediti e chiama River senza gridare» mi suggerisce Mattia.

Obbedisco mentre lui sparisce dietro la barriera degli abeti. Accanto a me c'è una distesa di alghe d'acqua dolce seccate dal sole, ne spezzetto alcune, le briciole marroni mi cadono addosso.

«Niente» mi dice quando fa ritorno.

Si siede vicino a me, sento il mio respiro affaticato mentre lui non dà segni di affanno. Si volta per guardarmi e la mia mano all'improvviso fugge sulla pelle della sua testa. Rivedo i crateri insanguinati, i capelli morti come alghe fuori dall'acqua mentre lui si lascia sfiorare. Quattro anni di galera sono lunghi per un ragazzo.

«Non riesco a odiarti» sussurro.

Mi guarda a lungo. Sembra quasi dispiaciuto per me, ha capito che so.

«Ti credo» mi dice.

La sua risposta così netta mi riscuote, di colpo abbasso la mano.

Lui sorride come quando era bambino. «Vedi, sono passati più di vent'anni e non è cambiato nulla» mormoro.

Mattia scuote forte la testa. «Non è vero. Da quando Cristi è tornata, quest'estate, sto provando a spiegarle che le cose sono cambiate.»

Strano modo per farlo. Sorrido amara. «Sai che non posso crederti.»

«Però non ho motivo per mentirti.»

Lo guardo, non posso contraddirlo. «Sto provando a farla ragionare» continua. La sua voce ora è debole. «Ma lei non vuole ascoltare.»

E tu, guarda caso, non puoi fare a meno di spogliarla e scopartela nel bosco, penso. Sono più disperata che incazzata. Faccio un mezzo sorriso per ribadirgli che non gli credo. «Mi stai dicendo che tu non riesci a dirle di no.»

Mattia però non molla, scuote di nuovo la testa. «Sei tu che non riesci mai a dirle di no» mormora e solo io so quanto ha ragione.

Per qualche minuto rimaniamo seduti uno accanto all'altra, spossati dalla nostra conversazione. Da sola non riesco ad alzarmi e lui non ha intenzione di tirarsi su. Guardo il cerchio d'acqua davanti a noi, nel buio si intravede un intrico di vegetazione sommersa, le canne ai bordi sono mute. Un uccello notturno fischia e poi tace. So perché non si sta alzando, sono pronta, può chiedere, ne ha il diritto.

«Sapevi che era incinta?» mi domanda senza un filo d'esitazione.

Quassù, nel posto in cui lui ha giurato a Cristi di esserci sempre, non ho alibi. Penso alle creature selvatiche che decidono di non fare ritorno. Alle creature speciali che soffrono e fanno soffrire. Attorno a me non ci sono sedie, né banchi, né giudici con la luna storta e cavilli. Non ho scelta, non lì, dove conta solo la natura di due bambini che si sono amati veramente.

«Sì, lo sapevo.»

Sì, ma avevo promesso. Sì, e avrei dovuto dirtelo. Sì, e anche se non me lo perdonerò mai, forse lo rifarei.

«Sì» ripeto.

Prova a sorridere, questa volta le fossette non rispondono alla sua volontà.

«È passato» borbotta.

Poi mi porge una mano, non è una pace, né una tregua, vale come un indice premuto sulle mie labbra e sulle sue. In apnea la stringo, mi faccio aiutare a tornare in piedi e accetto di non ascoltare altro, di non farmi spiegare le sue intenzioni verso di lei.

Il rientro è lungo, silenzioso, i sentieri dell'andata mi sembrano vie sconosciute che non ho mai percorso, alla porta di casa non so come salutarlo.

«Domani metterò qualche cartello per il cane, magari qualcuno l'ha visto» biascico.

«È una buona idea» mi risponde, e si allontana a passo veloce.

10

Nei giorni seguenti, a dispetto delle sensazioni provate nella notte della pozza, cerco di convincermi che non ci sarà catastrofe. Al massimo due separazioni, magari nemmeno quelle. I colleghi di diritto civile sostengono che negli ultimi tempi i divorzi sono all'ordine del giorno e sono una fonte inesauribile di guadagno. Basta mostrarsi disponibile con il coniuge che si assiste e abituarsi ai litigi furibondi in aula, ai racconti delle scenate casalinghe e alle sofferenze dei figli. Che tradotto, nel caso specifico, significa dolore per Arianna, penso mentre cerco un posto tranquillo nel treno che mi sta portando a Bologna. Sono passati quattro giorni da quando ho parlato con Mattia, quattro giorni in cui, rintanata in casa, mi sono sorpresa a pensare ad Arianna, ai suoi capelli intrecciati alle gambe di Cristi, in continuazione.

Appena scendo dal treno, Linda, la mia aspirante amante, mi viene incontro. Sono stata io a darle appuntamento, anche se sicuramente è lei la più entusiasta. Ci salutiamo con un bacio sulla guancia, poi andiamo a pranzo sulla terrazza di un hotel di via Indipendenza.

«Generalmente alle separazioni si sopravvive» mi dice.

Da quando ci hanno portato le insalate con il salmone le ho fatto solo domande sui divorzi. «Anche quando c'è di mezzo un tradimento con qualcuno di conosciuto?» insisto.

Lei sorride, afferra un pezzo di pane e me lo sventola davanti.

«Le relazioni extraconiugali fra amici sono il pane quotidiano» continua decisa.

«Addirittura.»

«Fidati. Ho seguito decine di casi. Vanno avanti per anni, tutti sanno più o meno consciamente. A volte qualcuno decide di uscire allo scoperto, a volte i tradimenti proseguono sotterranei per una vita. Magari il sabato si cena insieme, con le rispettive famiglie, e il lunedì, in pausa pranzo, ci si vede di nascosto.»

«Triste amministrazione» commento e lei annuisce.

Al momento del conto, insisto per offrire il pranzo con la ferrea intenzione di non offrirle nient'altro, tanto meno un dopo pranzo nel letto di casa mia, anche se so che Linda ci spera. Quando ci salutiamo infatti è un po' mogia.

«Non mi hai detto perché sei qui a Bologna» mi dice indicando il grande trolley che mi trascino dietro dalla stazione.

«Mi ha chiamato Giannetti per un'udienza in cui non si sente sicuro» rispondo.

«In bocca al lupo» e forza un sorriso.

Le udienze importanti ai primi d'agosto sono rare e il vecchio avvocato che mi chiama in supporto è poco credibile. Sa benissimo che le sto mentendo.

E in effetti non sono a Bologna per lavoro. Ma i suoi auguri mi servono comunque visto che Alessio mi ha convinto a passare i prossimi tre giorni in un letto d'ospedale.

«Con l'intervento la situazione può migliorare» mi ha detto quando all'ennesima raffica di dolori all'addome, il giorno dopo l'incontro con Mattia alla pozza, mi sono decisa a chiamarlo. È bastato un mio sì perché dalla Germania organizzasse tutto: la clinica privata, il chirurgo giusto e la degenza in camera singola. Io ho solo firmato moduli e trovato un albergo in zona per mia madre, che ha insistito per esserci almeno il giorno dell'intervento.

La sera dopo, puntualissima, è a Bologna, al mio fianco.

«Pensavo di trovare qualche tuo amico» mi dice appena mi riprendo dall'anestesia. Sbuffo. «Li hai avvisati?» continua lei.

« Mamma, vorrei bere. »

« Allora, li hai o no degli amici? »

Mi sta chiedendo se ho quel genere di amici che aspettano in ansia fuori dalle sale operatorie. Nel torpore dell'anestesia rivedo gli sbadigli che faccio con Linda quando non sappiamo più che dirci.

« Non li ho. »

« Ci avrei scommesso » sospira e si decide a imboccarmi con qualche cucchiaino d'acqua. Chiudo gli occhi, ma lei mi obbliga a riaprirli con un colpetto sul gomito.

« Ha detto il chirurgo che l'intervento è andato bene. Sai, la storia dei figli. Ho chiamato subito tuo padre per dirglielo. »

Sospiro, a quanto pare è riuscita a fare qualche domanda di troppo anche in clinica.

« Vuoi sapere cosa pensavo mentre eri sotto ai ferri? » riprende sistemando le lenzuola.

« Cosa? »

« Che avresti bisogno di un marito. E se proprio non ti vuoi sposare, di un compagno serio adatto a te. »

« Adatto » ripeto piano.

« Sì, adatto » insiste un po' stizzita.

« Hai ragione » le dico alla velocità della luce.

« Mi stai prendendo in giro » mi risponde mettendo il broncio.

Forse. O forse no. Sarà il dolore al ventre, la camera disadorna della clinica oppure l'entusiasmo di Alessio che per telefono mi ha confessato di contare i giorni che mancano alla nascita di suo figlio, ma inizio a pensare che magari una persona, non una qualsiasi ma una adatta a me, potrebbe guarirmi più di un bisturi.

La mattina dopo lei torna da mio padre e la mia convalescenza procede così bene che per il fine settimana, in serata, anche io posso fare rientro in paese. I miei genitori insistono perché mi fermi almeno una notte da loro ma io rifiuto, e per non trascinare il trolley mi faccio portare da Elmo, il tassista, fino a casa mia.

Appena scendo dalla macchina, vedo Cristi insieme ad Arianna sotto uno dei lampioni della chiesa di Santa Lucia e poco distante Pierluigi. Lentamente avanzano verso di me. Se ci fosse River correrebbe incontro ad Arianna.

«Abbiamo visto le lucine del taxi» dice la bambina appena si avvicinano. Sta attaccata a Cristi che è pallida, mal vestita. Guardo allibita la T-shirt bucata e i suoi jeans un po' sporchi.

«Chi va e chi torna» dice Pierluigi.

«Chi va?» chiedo con un sorriso evitando di incrociare lo sguardo di Cristi.

«Mattia e Giò ieri ci hanno salutato e subito dopo sono partiti per una lunga vacanza» risponde Pierluigi.

Sono stupefatta. Non replico, ma qualche muscolo deve sfuggire al mio controllo e Cristi si decide a parlare.

«Non lo sapevi?»

E tu lo sapevi? le risponderei se fossimo sole.

«Dove sono andati?»

«Non ne abbiamo idea» dice Pierluigi.

«Avevano delle valigie enormi» interviene la vocina sottile di Arianna. «Secondo me andavano molto lontano.»

Le sorrido.

«Ci hanno chiesto di salutarti» aggiunge.

Avrei una bizzarra voglia di abbracciarla, ma questo vorrebbe dire avvicinarsi a sua madre che mi sta fissando immobile.

«Sei stata molto gentile a riferirmelo» le rispondo allora solennemente. Pierluigi fa un debole sorriso.

«Ora ti lasciamo entrare in casa» dice. E tutti e tre prendono la via per la loro.

Io mi attardo un po' in giardino, accendo le luci, verifico che le piante siano state bagnate a sufficienza da mio padre, raccolgo un po' di verdura dall'orto, poi infilo la chiave nella porta.

«Giulia, aspetta.»

Mi volto. Cristi è al di là della rete di recinzione, al buio, chissà da quanto mi stava guardando.

«È passato tanto tempo» le dico saltando ogni preambolo. «Tua madre è morta e tu pensi di iniziare tutto di nuovo, ma le cose sono cambiate, non riprenderanno mai da dove vorresti.»

Lei non si muove, nell'oscurità che c'è fuori dal mio giardino non riesco a vedere il suo viso. «Lui ha una moglie che ha preteso di andarsene da qua.»

A quel punto Cristi fa no con il dito, ho ancora una volta il timore insensato che neghi l'esistenza di Giò. Ma lei vuole dirmi altro. «È stato lui a volersene andare.»

Sgrano gli occhi. Non è possibile che Mattia l'abbia abbandonata. Poi però penso a lui che, seduto di fronte alla pozza, mi dice ci sto provando ma lei non vuole ragionare. Deglutisco a fatica.

«Cristi» sussurro, «hai Arianna. Non è sufficiente?»

Lei viene avanti, oltrepassa il cancello e si ferma a un passo da me. Intorno agli occhi ha due cerchi violetti e sotto la luce metallica dei lampioni il suo corpo è uno scheletro nascosto da brutti vestiti.

«Pensa a Pierluigi» le dico.

Finalmente risponde.

«Penso continuamente a lui e a quello che ha fatto per me fin dall'inizio.»

Vorrei chiederle: che cosa ha fatto di preciso? Dove vi siete conosciuti?

Ma lei continua: «Giulia, cosa devo fare?» mi chiede e la domanda è un gancio che mi tira a lei.

Faccio un passo, l'abbraccio forte e lei mi asseconda piegando la testa sulla mia spalla.

«Ti ricordi, me lo hai detto tu, tanti anni fa, cerca di vivere il presente» mormoro.

Sento le sue labbra che premono sulla mia pelle.

«E tu lo hai fatto in questi anni?» soffia delicata.

Prendo respiro. «Non conta. Tanto la mia vita non è andata un granché.»

Cristi sussulta, ma non si libera dal mio abbraccio. «Hai pensato o no al presente?» insiste.

«No.»

«Ma stai iniziando a pensarci.»

«Non credo» balbetto.

Lei si scosta, alza la testa e mi rovescia tutto il grigio dei suoi occhi addosso. «Sì che ci stai pensando» scandisce.

E ancora una volta, prima del tempo, prima delle ultime scelte, prima dei fatti di questa fine estate, non sono io, ma è lei ad avere ragione.

11

Il resto dell'agosto che ci aspetta è il tempo di una grande siccità. Come non se ne vedeva dal 1993, dice mio padre. Come non era più successo dall'estate delle albicocche, rispondo io. È il tempo del fiume che si ritrae in montagna in attesa di pioggia, dei vicoli fulminati dalla calura del pomeriggio, del chiosco sull'argine costretto a chiudere per colpa della puzza che si leva a tratti dalle anse melmose. È anche il tempo delle confessioni tanto bramate, dei passaggi di testimone. E soprattutto è il tempo di Cristi che parla mentre io ascolto incredula, di me che parlo mentre lei legge le mie mosse prima che io le compia.

Quando la sera del mio ritorno in paese guardo Cristi allontanarsi da casa mia, veloce e impaurita come ai tempi in cui era la bambina abbandonata da Lilli, sono convinta che Mattia tornerà presto. E invece mi sbaglio, perché l'indomani mia madre mi spiega che il postino si è preso una mancia niente male per consegnare la loro posta a un'amica di Giò per un mese intero.

A quel punto non mi resta che evitare in tutti i modi di incontrare Cristi e la sua famiglia, sperare che se ne ripartano alla svelta, prima che lei si riduca a girare in paese vestita di stracci. Quando la rincontro è insieme ad Arianna e a Pierluigi. La bambina mi saluta con un cenno della mano, lui mormora un ciao, Cristi come prevedevo rimane in silenzio. Non indossa magliette bucate, ma ha una camicia sgualcita e delle ciabatte orribili ai piedi.

Dopo i saluti, non so cosa dire.

«Il tuo cane non tornerà più?» mi chiede Arianna.

Le sono grata per aver rotto il ghiaccio e per aver nominato River, che per i miei genitori in preda ai sensi di colpa è diventato un tabù.

«Temo di no» le rispondo, perché da quando l'ho conosciuta ho iniziato a ricordare che i bambini sono insofferenti alle bugie.

Lei fa una faccia ancora più triste, Pierluigi le sfiora la guancia. Va bene la sincerità, ma ora fai qualcosa per lei, penso d'istinto.

«Però se hai voglia, e se i tuoi genitori sono d'accordo, puoi venire lo stesso a giocare nel mio giardino.»

«Davvero posso?»

Guardo Pierluigi che fa cenno di sì. Non basta, so che devo guardare anche Cristi. Lo faccio e lei ha gli occhi un po' velati, ma sorride. Da tempo non ricevevo uno dei suoi sorrisi, ne avevo quasi dimenticato l'effetto. Resto per qualche secondo imbambolata.

«Allora è fatta» dice la voce di Pierluigi che mi riscuote.

Dieci minuti dopo Arianna e io siamo già dirette verso casa mia. La bambina non solo mi ha preso in parola, ha pure preteso di fermarsi a cena. Mentre camminiamo, sempre un po' distanti, sembra rilassata. Mi racconta dei suoi amici, che a suo dire sono più fortunati perché trascorrono l'estate in città, nei centri estivi.

«Non ti piace nemmeno un pochino stare qua?»

Esita.

«Ti confesso un segreto» le dico allora. Lei spalanca gli occhi.

«Anche a me non piace stare in paese.»

«E allora perché ci stai?» mi chiede incuriosita.

«Per via di un albero di albicocche» le dico e incredibilmente lei accetta la risposta.

A casa, dopo aver osservato Arianna salire e scendere dagli alberi in continuazione, inforno una pizza surgelata. Poi ignoriamo la televisione e scegliamo un gioco da tavolo da una vecchia scatola che mia madre aveva dimenticato insieme a un paio di album di fotografie, e che Yannick non ha mai buttato via. Nella borsa ho le medicine per i casi di emergenza, ma il respiro di Arianna è fluido, ha un ritmo assolutamente normale. Quando verso le dieci la riaccompagno a casa, fa tutto il tragitto correndo senza ansimare mentre io, per tenere il passo, arranco sudata.

Così finisce la prima di tante sere che trascorriamo insieme. Poi c'è la serata della maratona dei cartoni, quella della sfida a Memory e ancora quella delle vecchie fotografie. Nelle scatole impolverate ne troviamo anche una di me e Cristi bambine. Io con un completo plissettato, Cristi con i suoi shorts. Abbiamo gli occhi socchiusi, siamo sedute all'ombra lunga dei cipressi, dietro di noi, in lontananza, si vede Mattia. I colori sono quelli aranciati del tramonto e Cristi sembra piccolissima. Deve essere uno dei tanti pomeriggi dell'estate a tre, non ricordo che mio padre ce l'abbia scattata.

«Siamo la mamma e io» dico.

Arianna annuisce. «Anche io ho una migliore amica che mi aspetta a Piacenza.»

«Vi divertite insieme?»

«Molto» risponde. Fa una pausa, poi mi chiede: «E il bambino chi è?»

«Mattia.»

«Il nostro vicino?»

«Sì, proprio lui.»

«E Giò dov'è?»

«Oh, lei non c'era ancora» rispondo sforzandomi di sorridere.

«Già, è vero» commenta Arianna seria e dal suo tono realizzo che in un certo senso ha compreso tutto, forse più di Giò che ha aspettato fosse Mattia a decidere di partire.

Qualche volta, mentre stiamo insieme mi viene la tentazione di cedere alla curiosità e di chiedere ad Arianna come passino le serate d'inverno nella loro casa, distanti dalla città vecchia e dagli ingombri del passato. Non lo faccio, sarebbe scorretto, inqualificabile. In compenso lei mi racconta tutto della sua classe, delle lezioni di nuoto che vorrebbe abbandonare ma non sa come dirlo a Pierluigi.

«Papà si arrabbierebbe?»

«Oh, no di certo» mi risponde risentita.

«Allora diglielo» le suggerisco.

«Non posso. Si dispiacerebbe.»

E lei non vuole in alcun modo che lui si dispiaccia, non vuole aggiungere pena a tutta l'altra pena che non conosce ma capisce.

In quei giorni torridi Arianna è la persona che frequento di più. E scopro che mi fa stare bene. Se qualche urgenza in studio mi chiama a Bologna, cerco di risolverla al telefono, se le amiche con cui l'estate passata trascorrevo serate al mare mi contattano, invento scuse.

Dopo ferragosto Arianna, con il permesso dei genitori, mi chiede di dormire una sera da me. Le preparo un letto nella camera degli ospiti, la stessa che avevo dato a Pia. Durante la notte mi sveglio tre o quattro volte per controllare che respiri bene e per contemplarla distesa a pancia in su, capelli sparpagliati sul cuscino, gambe leggermente divaricate. La mattina mi alzo presto per preparare una ciambella, faccio due spremute, metto a bollire il latte. Guardiamo qualche cartone animato, poi la riaccompagno a casa in tempo per un pranzo che hanno con amici di Piacenza.

Pierluigi non c'è. Cristi sta pulendo il pavimento della cucina. La squadro. Ha l'aria dimessa, è scalza e i suoi capelli sono sporchi. Smette qualche secondo per abbracciare Arianna poi si rimette all'opera, senza dire una parola né a me né alla bambina.

«Mi sembra già tutto pulito» abbozzo.

«Abbastanza.»

«Pierluigi?»

Non risponde. Con la scusa di non calpestare il pavimento bagnato, faccio due passi verso il camino. E da lì sbircio la camera da letto di Cristi e Pierluigi. Le lenzuola sono stropicciate da entrambe le parti, dormono ancora insieme, penso. L'aria in casa è irrespirabile, un misto di candeggina e alcol, senza dire più nulla raggiungo Arianna in cortile. Con lei adesso c'è suo padre.

«Si è vestita?» mi chiede con un filo di voce.

Faccio cenno di no. «Sta ancora pulendo?»

«Sì.»

«I nostri ospiti arriveranno fra mezz'ora e lei non si è nemmeno preparata» sussurra.

Sembra più sconfortato che irritato e io non so cosa rispondergli. Mi volto, rientro in casa, spalanco tutte le finestre poi tiro fuori un vestito dall'armadio. Cristi non fa domande.

«Vestiti, dai.» Aspetto girata che si decida a indossarlo. Quando esco in cortile, Pierluigi sta scherzando con Arianna.

«La mamma arriva fra qualche minuto» dico simulando un tono tranquillo. Poi li aiuto ad apparecchiare, finiamo l'attimo prima di sentire le voci chiassose degli ospiti in arrivo. Saluto Arianna, faccio un cenno a suo padre e me ne torno a casa, sollevata che nessuno si sia sentito in obbligo di invitarmi.

La mattina del giorno seguente Pierluigi mi tira giù dal letto. Ha un vassoio di paste, si sforza di sorridere, ma sono solo le otto di domenica e non c'è nulla di normale nella sua visita.

«Sei con Arianna?» gli chiedo dalla finestra della camera.

Lui fa cenno di no.

«Dammi un minuto.»

Mi infilo sotto la doccia, mi vesto e lo faccio entrare. Poi preparo il caffè.

« Notizie di Mattia? » mi chiede. Sospiro. « Sai quando tornano? » insiste.

« No. »

Si schiarisce la voce. « Ti dispiace se andiamo in giardino? »

Lo guardo, ha i capelli arruffati e gli occhi rossi di uno che ha bevuto troppo la sera prima.

Apparecchio fuori, nessuno dei due si decide ad aprire il vassoio dei dolci. Le sedie sono bagnate d'umidità, il cielo è già velato, pronto per una giornata d'afa, siamo entrambi a disagio.

Inizia lui. « Ti ringrazio per quello che stai facendo con Arianna. »

« È una bambina adorabile. »

« È molto sola qui. »

È molto sola ovunque da quando Cristi si è messa in testa di riprendersi Mattia, vorrebbe dirmi. Prendo la tazzina di caffè, poi la riappoggio.

« Tengo davvero a tua figlia. »

Non so perché dico tua e non vostra, però so che è la verità, le voglio bene.

« Anche a sua mamma? »

« Be', sì. »

Lui fa un lungo respiro. « Non voglio che tu mi dica cosa c'è stato fra te e Cristi. Né adesso né in futuro. »

« Non sarebbe nemmeno semplice da spiegare » provo a rispondere, ma lui fa cenno di fermarmi, una preghiera più che un ordine.

« Non voglio sapere nemmeno cosa provi ancora. »

L'ho già intuito e nessuno meglio di me può capirti, mi stanno dicendo i suoi occhi neri che sono due pozzi stretti e profondi puntati su di me.

« D'accordo. » Faccio una pausa. « Perché sei qui allora? »

« So che non è facile. »

Adesso è imbarazzato, ma il suo sguardo non si stacca da me che provo in tutti i modi a sostenerlo.

« Cosa posso fare per te? » gli chiedo.

« Cristi » mormora.

Cristi e nient'altro.

12

Così iniziano le lunghe passeggiate al tramonto con Cristi. Iniziano perché, come ha detto Mattia, quando si tratta di lei non so dire di no. Iniziano perché, un pomeriggio, mi prendo la briga di salire sudando fino a casa sua e di invitarla. Lei non solo accetta quel giorno e i seguenti, ma mentre camminiamo, fianco a fianco, parla pure. Di solito aspettiamo che il caldo della giornata sia calato, poi scendiamo al fiume, l'odore stagnante del letto prosciugato non ci dà fastidio, nemmeno i cardi selvatici che infestano gli argini e sono alti poco meno di me.

Mi basta la prima passeggiata per capire che sono i giorni dei tramonti a tre. Perché, per Cristi, Mattia non è fuggito con Giò su qualche spiaggia. Per Cristi lui è sempre con lei, anche se non lo nomina mai. È con lei quando mi dice che un fiume senza corrente fa tristezza, quando segue con lo sguardo qualche sterna libera dagli stormi allineati, quando mi spiega che non avrebbe mai pensato di vivere a Piacenza. O che ai tempi di Genova era convinta di laurearsi. Mattia è con Cristi anche quando il cielo comincia a scurire e l'erba a bagnarsi per la notte, le famiglie sono già a tavola ma lei allunga il giro il più possibile per non rientrare.

Un giorno Arianna insiste per unirsi a noi. Al fiume resto volutamente qualche passo indietro e guardo madre e figlia camminare davanti a me con la stessa andatura, la linea dritta delle ginocchia, il busto lungo leggermente proteso in avanti. Ogni estate che passa si assomigliano di più e nel vederle avanzare, l'una la copia dell'altra, realizzo che con quella congiunzione dovrò fare i conti per sempre.

«Giulia» mi chiama la bambina voltandosi, «perché rimani indietro?»

Faccio cenno di proseguire, di andare avanti senza di me che a furia di guardarle ho il respiro un po' corto.

«Vi aspetto qua» le dico indicando un grande masso piatto sotto un pino.

Quando fanno ritorno devo essermi assopita appoggiata al tronco perché mi sembra passata un'eternità dall'ultima volta che ho sentito la voce di Cristi.

«Dormivi» mi dice sedendosi al mio fianco.

«Dov'è Arianna?»

Cristi mi indica la bambina che sta giocando a qualche metro da noi con un gattino grigio.

«Hai controllato se ha la rogna?» I gatti liberi del paese, soprattutto quelli che girano lungo il fiume, spesso sono malati. Strizzo gli occhi per mettere a fuoco il pelo dell'animale.

«Hai controllato sì o no?» insisto.

Lei abbozza un sorriso e annuisce. Ce ne restiamo un po' in silenzio, mentre io contemplo Arianna giocare. Per un attimo penso a quando correva con River, chissà che ne è stato del mio cane.

Cristi si gira leggermente verso di me.

«Ti ricordi la sera che ti abbiamo visto scendere dal taxi davanti a casa?» mi chiede.

Parla della sera in cui mi ha detto che per la prima volta nella mia vita stavo iniziando a pensare al presente.

«Sì.»

«Dov'eri stata?»

«A fare un'operazione.»

Non le spiego quale, non serve.

«Con questa operazione puoi avere dei figli?»

I medici della clinica dicono di sì, Alessio è fiducioso, mia madre ne è più che certa. Fisso la sua chioma dorata che sfiora con le punte le mie gambe. A chiunque altro dovrei dare una risposta, con lei posso passare direttamente alla domanda che mi preme sul petto da tempo.

« Pensi che sarei una brava madre? »

« Lo sarai. »

Sento un brivido lungo la schiena. Cerco Arianna, è completamente in ombra, con un filo d'avena selvatica sta attirando il gattino a sé. Dietro di lei l'argine si è compattato con la linea bruna degli alberi. Si sta facendo scuro, ci siamo attardate troppo e magari il gatto è veramente rognoso. A un tratto ho fretta di tornare a casa, di allontanarmi dalle risposte di Cristi che fanno tremare e di smettere di parlare di figli. Mi alzo. Lei però non ha nessuna intenzione di seguirmi.

« Rimani » mi dice.

Se lei non si vuole alzare, allora io, ora, voglio sapere.

« Cristi, sono anni che ti devo fare una domanda. »

Lei allunga le gambe, tira le punte dei piedi. Non dice allora chiedi, ma io sono tutt'uno con l'urgenza della sera che s'abbassa su Arianna, sul ricordo di due bambine che si baciano a riva e su quello che resta del fiume. Non riesco più a trattenermi.

« Dov'eri la notte dell'attentato? »

« A Bologna » mi risponde senza tentennare. « Ho insistito io per andarci. »

Mi chino su di lei, i nostri visi si sfiorano. « Hai insistito tu anche per la bomba? »

« Sì. »

Per ascoltare il seguito devo stringere le mani sulla roccia su cui mi adagio, deglutire senza saliva più di una volta, fissare le piroette di Arianna. Perché la vacanza in Liguria è veramente il regalo di Mattia per Cristi. Progettato mesi prima, quando lei sta iniziando ad alzare troppo i toni. Manifestare non le basta, vuole di più, litigano di continuo visto che Mattia di sabotaggi ai treni e vetrine frantumate non ne vuole sapere. Sono cose che ha fatto in passato, ma non gli interessano più. Pur di non portarsela a una riunione a Roma, dove magari lei potrebbe dare in escandescenze, la porta a Bologna da me. Pur di non sentire discorsi strani sui posti che secondo Cristi dovrebbero bruciare, le dice che sarebbe molto più bello costruire.

«Costruire cosa?» balbetto.

Cristi fa un leggero sorriso.

«Una famiglia» rispondo al suo posto.

Lei annuisce e continua a raccontare di come le cose peggiorino. Perché Cristi comincia a distaccarsi dal gruppo, ad avvicinarsi ai più violenti. Allora lui fa quello che farebbe un ragazzo, le dice smettiamo di rimuginare sugli stronzi come Fausto, prendiamoci una vacanza con i soldi del mio lavoro, pensiamo al mare, che quello nessuno ce lo può levare.

«Perché non gli hai detto che eri incinta?»

Cristi scuote la testa. Per un attimo penso che si voglia fermare, invece continua a parlare.

Mi dice che, quando partono, Mattia non sa che Cristi ha messo nella sua valigia tutto quello che serve per fare una bomba, roba vecchia, trovata nel ripostiglio della casa. Per un paio di giorni fanno i turisti, ma lei a un certo punto tira fuori la storia del lasciare un segno. Non un figlio, un segno vero. Abbiamo l'alibi, continua a ripetere, diamo un po' dei soldi che mi passa Fausto al portiere della pensione e colpiamo a Bologna. Perché Bologna? le chiede lui. Perché là sono tutti ricchi, risponde lei.

«Gli ho detto proprio così» sospira Cristi nel ricordo.

So a cosa sta pensando. So che non è stato quello il vero motivo. Bologna è nei suoi geni, nella storia di un vero padre che l'ha abbandonata a una madre scriteriata. Tirare la bomba lì è stato come tirarsela contro.

«E Mattia?» domando.

Cristi fa un altro sospiro e riprende a raccontare di lui che sulle prime si oppone e alla fine cede. Sceglie la via che gli sembra più semplice e propone a Cristi un baratto. Tiro la bomba, però poi tu la smetti con queste cazzate. Ma non ha fatto i conti con lei, che arrivati a due passi dalla banca vuole tirare la bomba con le sue mani, da come la stringe pare ci voglia saltare insieme. Allora litigano, sono quasi vicino alla banca, Cristi non gliela passa, Mattia è spaventato, alza la voce. Un ragazzo, l'unica anima viva che è in strada, si avvicina, fraintende, gli mette la mano sulla spalla come a dire datti una calmata se la tua fidanzata non ti vuole. Mattia, quando si volta, pensa alle coincidenze della vita, perché conosce quel tipo. Non bene, ma ricorda di aver visto il suo viso in qualche collettivo. Con un gesto veloce prende l'ordigno, solleva Cristi di peso e la passa letteralmente al ragazzo. Tienila, portala via, urla Mattia fuori di sé e non ha il tempo di controllare se l'altro ubbidisce, quanto la tiene stretta, perché non è più lucido, vuole solo finirla. E attacca a correre, fa la cazzata, tira.

«Allora sapevi di chi era la mano sulla spalla di Mattia, ma non me lo hai detto» farfuglio.

A fatica risolvero gli sforzi fatti per capire a chi appartenesse la mano immortalata sulla foto recuperata da Giannetti. E anche Mattia lo sapeva, ma mi ha giurato strenuamente il contrario.

Mi alzo di scatto. Sono passati quasi dieci anni, una pena è stata scontata, l'altra, quella di Cristi, non finirà mai. Basta. Indico Arianna.

«È quasi buio, è il caso di andare.»

«Rimettiti a sedere» mi intima lei.

Mi esce una risata sguaiata, non mi ha mai parlato con quel tono.

«Non prendo ordini da te che mi hai sempre riempito di bugie.»

Cristi non si scompone, sembra incollata alla roccia su cui è seduta.

«Siediti» mi ripete decisa.

Con un sorriso di disprezzo, mi rimetto accanto a lei.

«Perché non me lo hai detto?»

Non risponde. Batto i piedi per terra, vorrei darmi degli schiaffi. È la domanda sbagliata.

«Chi era quel ragazzo?» le chiedo allora.

«Pierluigi.»

13

La mattina dopo la sua confessione vado a Bologna.

«Con questo caldo?» mi chiede mia madre.

«Ho bisogno di andare» le rispondo secca.

Ho bisogno di fuggire e di toccare con mano la menzogna di Cristi e dell'assistito a cui ho dedicato anni di impegno. In treno, per tutto il viaggio, torno con la memoria alla prima cena dell'estate precedente, alla sbronza di Mattia. Quella presa al bar dopo aver incontrato il padre della figlia di Cristi, l'uomo a cui aveva solo chiesto di tenere ferma la sua fidanzata la notte dell'attentato. Deve essersi sentito morire nel vederlo accanto a Cristi, penso anche se sono parecchio in collera con lui. Dalla stazione centrale prendo un tram fino allo studio, camminare mi sembra una fatica impossibile.

«Giulietta, ha una brutta cera» mi dice Giannetti appena arrivo.

Ormai ha ottantasette anni ma non salta una giornata di lavoro nemmeno in estate.

«Si è offesa?» mi domanda con gentilezza.

«Niente affatto, avvocato.» Sorrido. «Tra l'altro è la verità.»

Anche lui sorride. «Cosa la porta qua in agosto, abbiamo udienze?»

«No, ho solo bisogno di dare un'occhiata ad alcune vecchie carte.»

Giannetti mi guarda fisso. Negli anni i suoi occhi si sono velati ma l'intuito c'è ancora. «Qualche scrupolo? Rimorso di coscienza?»

«Un dettaglio.» Ci penso qualche secondo. «Uno di quelli che non cambiano l'esito ma cambiano il resto» aggiungo.

Per due ore mi barrico in archivio, appesa a una scala sfoglio tutti i faldoni finché trovo quello giusto. Tralascio le carte conosciute e prendo in mano la foto. Non penso che Cristi mi abbia mentito, voglio solo vedere con i miei occhi la mano sulla spalla di Mattia. Voglio rivoltarmi mentre riconosco le dita lunghe e un po' squadrate di Pierluigi e penso a quello stronzo del mio assistito che giura di non sapere di chi fosse la mano. Voglio sentire la nausea quando ricordo il tono con cui Cristi, nei giorni dopo l'arresto, trincerata dietro un telefono, mi dice di non avere idea di chi fosse l'uomo della foto. Alla fine di quello strazio scendo con un tonfo dalla scala e, contro ogni regola dello studio, mi infilo la foto in borsa.

La sera esco con Linda e do sfoggio della mia bassezza. Mi invento una serie di nottate che mi sono fatta con un tizio conosciuto al mare e le racconto quanto mi piaccia andare con gli uomini che conosco appena. Alla fine della birra, ho terminato le bugie, sfogato senza sollievo la rabbia e a lei sta per pietrificarsi il viso in una smorfia di vergogna.

La mattina dopo faccio rientro in paese. L'ultima persona che vorrei vedere gironzolare davanti al mio giardino è proprio Pierluigi.

«Ho una sorpresa per te» mi dice appoggiato alla rete.

Anche io nella borsa, penso inviperita.

«Un'altra sorpresa?» rispondo acida.

Dalla sua espressione spaesata deduco che Cristi non ha fatto parola della confessione. Non è più connessa con lui, non gli racconta delle sue passeggiate, non discute.

«Scusa, sono un po' stanca» dico fra i denti.

Lui mi fa cenno di aspettare e prende la via della città vecchia correndo. Entro in casa, faccio appena in tempo a disfare la valigia che sento di nuovo la sua voce fuori. Mi affaccio, dietro Pierluigi c'è Arianna, con lei River.

Mi precipito in giardino e mi prendo tutte le feste della bambina e del cagnolino. È passato più di un mese dalla sua sparizione, ha una ferita mal rimarginata sulla testa, una zampa un po' debole, per il resto sta bene.

«Dove l'avete trovato?»

«Girava in campagna» mi risponde veloce Pierluigi.

«Gli abbiamo fatto il bagno» aggiunge Arianna.

Mi avvicino alla bambina. «Da oggi River è anche tuo.» Lei spalanca gli occhi, guarda in direzione di suo padre.

«È un grande regalo della nostra amica.»

«Grazie» mormora lei.

Questa è la prima scena. La prima prova della nostra famiglia. Senza Cristi, senza il filo che ci ha legato e che non scomparirà mai.

Lasciamo Arianna giocare con il cane in giardino e rientriamo in casa.

«L'ho trovato questa notte» mi dice. Gli passo un bicchiere d'acqua fresca, sarà la penombra della cucina in contrasto con la luce di fuori, ma sembra pallidissimo. Lo invito a spostarci in salotto, ancora più distante dal giardino, dalla bambina.

«Ho trovato River perché stavo seguendo Cristi» mi dice senza riserve. Per qualche secondo temo che Mattia e Cristi ci abbiano mentito. Che lui se ne stia di giorno con Giò in qualche spiaggia vicina e venga a prendersi Cristi tutte le notti. Ma la realtà che mi racconta Pierluigi è anche peggiore.

«Quando è buio esce di casa, sale verso il bosco, passa la torre dell'orologio, il maneggio e cammina tutta sola verso un posto da brividi» continua lui.

La pozza. Tengo a freno le mie parole. Provo solo ad ascoltare quelle di un uomo che in mutande segue una donna sola fino a una radura con uno specchio d'acqua. La guarda spogliarsi, immergersi fra la salicornia e le erbacce. Conta i secondi mentre lei mette la testa sotto, la spia mentre si sdraia nuda e tremante di freddo, senza trovare la forza di avvicinarsi.

«Mi ero illuso di essere riuscito a trattenerla» geme.

Capisco, vorrei dire, ma la voce mi muore in gola. Fa strano vedere un uomo così massiccio, così sicuro delle sue capacità, uno che ha trascinato fuori se stesso e suo padre dalla vergogna dei giochi d'azzardo, sconfortarsi davanti a me.

Pierluigi si schiarisce la voce.

«Da quando anni fa l'ho trattenuta a un passo dal disastro non ho fatto che pensare a lei.»

Forse sa che Cristi mi ha raccontato dell'attentato o forse è talmente preso da quello che mi deve dire che non si cura di spiegare.

«L'ho seguita a Londra e quando è voluta tornare in Italia mi sono fatto piacere le zanzare della pianura padana e pure Lilli. Mi sono entusiasmato quando ha voluto un figlio e appena ha lasciato l'università l'ho aiutata a trovare un lavoro.»

Pierluigi fa una lunga pausa. Poi si abbandona a un sorriso di disprezzo verso se stesso.

«Ho pensato veramente di farcela. Almeno fino a quando è morta Lilli. Da quel momento è andato tutto a rotoli.»

Scuote la testa un paio di volte come a dire che è inspiegabile, e che l'incidente di Lilli non c'entra niente con quello che è successo dopo.

Resto in silenzio. So cosa vuol dire. C'ero io con Cristi quando da bambina passava le giornate di pioggia dietro la finestra in attesa di Lilli. L'ho soccorsa io quando sua madre l'ha spedita a Bologna. E sempre io aspettavo invano sue notizie nei giorni in cui Lilli, nella villa di Fausto, la convinceva ad abortire.

Solo io posso capire l'illusione di Cristi nel credere che, morta Lilli, sarebbe stata libera. E l'ossessione di tornare da Mattia nonostante la galera, l'aborto e il matrimonio.

Guardo Pierluigi, ha gli occhi arrossati. Immagino cosa

mi sta per dire, se volessi potrei anticiparlo, schivare la sua domanda. Non lo faccio.

«Tu mi capisci, vero?» mi chiede.

«Sì.»

Un rumore ci fa sobbalzare. È un vecchio mappamondo di legno scivolato dalle mani di Arianna. «C'è mamma in giardino» sussurra.

Pierluigi si irrigidisce. Sento la tensione della bambina mentre la sfera continua a rotolare. Mi chino a raccogliere il mappamondo, poi esco. Arianna e Pierluigi mi seguono.

Cristi è in piedi vicino al cancello, la saluto, lei mi sorride. Arianna resta muta, suo padre pure. Sta a me tirare fuori le mie doti di oratrice, di professionista che affronta le difficoltà anche se la terra non smette di girare.

«Allora» dico rivolta ad Arianna. «Dove si era cacciato secondo te per tutto questo tempo il nostro cagnolino?»

«Cercava la casa» risponde la bambina.

Ripenso ai cani e ai gatti selvatici della radura, che scelgono di non fare ritorno. A chi si dispera aspettandoli invano. Guardo l'erba rasata sotto i piedi. Sono nel giardino della mia casa d'infanzia, un uomo mi ha appena confessato quanto si può essere deboli nell'amare chi per natura non ti appartiene. Poi c'è River che è di nuovo qui e una bambina mi sta dicendo che non ha mai smesso di cercare la via di casa. Tutto questo è adatto a me. Magari è ordinario ma è come me. Non imparerò mai a dondolarmi sui fichi, non correrò nelle strade con lo zaino pieno di esplosivo, non farò mai giuramenti d'amore nelle acque torbide di una pozza. D'istinto allungo una mano e faccio una carezza ad Arianna sulla testa. È la prima volta che sento il tepore dei suoi capelli. È meraviglioso, mi dico, poi alzo gli occhi verso l'unica persona che da sempre sa cosa sento. Cristi mi sta già guardando.

14

Che l'estate sia terminata lo capisco dai giorni di pioggia ininterrotta che bagnano l'inizio di settembre e restituiscono acqua al fiume. Che la storia mia e di Cristi stia per finire lo sento come un battito di troppo del cuore quando, nella notte, dalla finestra della cucina la scorgo in giardino.

Non c'è luna nel cielo, sta piovendo così forte che la luce dei lampioni si disperde fra le gocce, ma io ho talmente familiarità con la sua sagoma che non mi spavento nemmeno per un secondo. Le apro. La sua testa gocciola, le spalle sono fradice. Non so come faccio, ma in mezzo a tutto quell'ammasso di capelli e vestiti bagnati distinguo delle lacrime. Non la vedo piangere dai tempi dell'università, precisamente dalla notte prima del trasferimento a Genova.

La faccio entrare e metto un po' di legna sottile nel camino. La fiamma parte lenta, i rami sono freschi, ogni tanto fanno uno scoppio. Mi siedo su una poltrona, River si accuccia, lei resta in piedi. Dopo qualche minuto trascorso in silenzio sento dei rumori in giardino. Il cane abbaia. Guardo Cristi che sta fissando la porta.

«Tranquillo, è tutto a posto» dico al cane.

Conosco bene quello sguardo rapito di Cristi. Apro e all'uscio, sotto la pioggia battente, c'è Mattia coperto da un impermeabile nero. È la prima volta che lo vedo da quando so chi è davvero Pierluigi.

«Scusa» mi dice. Non so se si stia scusando per le bugie o per il fatto di piombare in casa mia di notte.

«Entra.»

Non si toglie l'impermeabile, ma va diretto da Cristi che si siede per terra davanti al fuoco. Faccio per andarmene al piano di sopra, ma lui mi blocca.

« Resta, ti prego » mi implora, poi si avvicina a Cristi.

È evidente che devono finire un discorso iniziato. Iniziato chissà dove e chissà quando, visto che lui e Giò sono ancora fuori paese.

« Piuttosto che vederti tornare, avrei preferito che la casa di Ida mi crollasse addosso » le dice. « Tanto era già successo, tutte le notti che ho passato rinchiuso. »

Cristi allunga la mano verso di lui e Mattia quasi si inginocchia al suo fianco.

« Cristi, per la miseria, mi hai chiesto di amarti quando non avevo l'età per farlo e l'ho fatto. Per te ho compiuto la peggiore cazzata della mia vita e per riuscirci ti ho affidata a un altro che si è preso il mio futuro. L'anno scorso mi sono ubriacato come un ragazzino per riuscire a sedermi vicino al padre di tua figlia e quest'estate ho accettato di tornare con te nei luoghi che non esistono più. »

Cristi si tappa le orecchie con le mani ma lui, con una delicatezza di cui non lo credevo capace, gliele scosta. Qualche ciocca si impiglia fra le sue dita, lo guardo mentre le snoda come farei io. « Ascoltami bene » scandisce, « quei luoghi non esistono più. E io non tirerò questa seconda bomba. »

Per un attimo temo che lei possa dissolversi nel fuoco e che non ne resteranno nemmeno le ceneri, ma lui la sostiene stringendole le mani.

« Non lo farò » ripete. « Mi hai capito? »

Cristi, con gli occhi puntati a terra, annuisce.

« Ora vado » le sussurra e mi fa cenno di avvicinarmi. Sei la sua terra ferma, mi aveva detto tanti anni fa. Faccio qualche passo verso Cristi e Mattia si tira su. Poi se ne va. Se ne torna da sua moglie che, nonostante non sia Cristi, ha deciso di non lasciare.

Cristi riprende a piangere. Ancora allibita da quanto ho appena sentito, mi siedo sulla poltrona di fronte a lei.

«Ascoltami» dico piano e poi chiudo gli occhi perché il discorso che le sto per fare mi costa. «Hai una figlia che ti vuole al suo fianco. Sei stata anche tu una bambina, una bambina che tremava all'idea che Lilli si dimenticasse di lei.» Al nome di Lilli sento un suo mugolio. «Perché non sei a casa? Pierluigi sarà preoccupato.»

«Ho detto che sarei venuta da te.»

Apro gli occhi, la mia inguaribile bugiarda è uno straccio abbandonato per terra, batte i denti nonostante il camino ardente. «Vieni» le dico e le faccio strada verso la mia camera.

Ha ancora i vestiti bagnati. La spoglio, sento le sue ossa tremare fra le mie mani che la sorreggono. È sempre la persona più bella che le mie dita abbiano mai sfiorato, eppure, per la prima volta, non annaspo a quella vista. Non tremo con lei. Non affogo nel desiderio di arrivare fino a dove solo lei sa portarmi.

«Cerca di riposarti» mormoro mentre l'aiuto a infilarsi nel letto. Poi scendo a prepararle una tisana calda.

«Hai chiamato Pierluigi?» mi chiede appena ritorno da lei.

Faccio cenno di no. «Domani ti riporto a casa.»

«Domani» ripete lei, poi si avvicina. Sento le sue labbra sui miei capelli.

«Rimani qua con me» mi sussurra.

«No.» La mia voce non trema. «Non voglio.»

«Sì che vuoi.»

Sì che vuoi, sono le sue ultime parole dedicate a me. Le parole che mi accompagnano lontano da lei, sul divano, poi nel sonno. Le parole che coprono il suo sgattaiolare via da casa.

Quando gli squilli insistenti del telefono mi obbligano ad aprire gli occhi sta albeggiando. Non vado a controllare la sua camera, tanto dentro di me so già che lei non c'è più. Lascio che suonino a vuoto. Il telefono squilla ancora. Rispondo. La voce di Pierluigi è una doccia fredda. «Arianna!» grida.

Vedo i capelli di Cristi e quelli della bambina galleggiare insieme nelle acque nere della pozza. Poi lui grida ancora.

«Non respira!»

A quel punto anche io grido. «Arrivo!»

E scopro che se voglio farlo, so correre veloce. Mi bastano pochi minuti e sono già dalla bambina, che è stesa sul letto, nella vecchia camera di Ida. Ha il viso pallido da far paura. L'aria della stanza è pesante come il rantolo asmatico del suo respiro. Pierluigi è in piedi, paralizzato, con in mano uno spray. I suoi occhi, puntati a terra, sembrano ipnotizzati.

«Se ne è andata per sempre, vero?» balbetta.

Io gli stringo le braccia, lo scuoto più forte che posso. «Hai dato la medicina ad Arianna?»

Lui non risponde.

«Pierluigi, gliel'hai data oppure no?»

Lui fa un debole cenno. Sembra un no. Gli strappo lo spray dalle mani, apro leggermente le labbra di Arianna e spruzzo. Controllo le istruzioni sul flacone e spruzzo di nuovo. Il respiro della bambina si allunga di poco. Il mio è praticamente fermo. Cazzo, Giulia, non sai fare di meglio? Di nuovo un rantolo. Guardo suo padre che è ancora immobile, il viso paonazzo, gli occhi sgranati. Penso a sua madre che è sparita come solo lei sa fare. Questa volta però non ha lasciato solo me, ha lasciato anche una figlia che dal dolore sta soffocando. Sta a te, Giulia, per la miseria, sta a te. So parlare, ecco cosa so fare. So farlo da quando sono piccola, me lo ha insegnato mio padre. Mi siedo attaccata a lei.

«Arianna, ascoltami» le dico cercando il tono più tranquillo possibile. «Prova a respirare.»

Mi guarda.

«Devi solo aprire le labbra e poi pensare all'aria che scende e fa una specie di vento dentro il tuo petto. Da brava, fallo per me.»

La bambina mi stringe la mano.

« Fallo anche per River. »

È la parola giusta. Piano piano il suo respiro smette di stridere come un catorcio. Un altro spruzzo di farmaco e il viso prende colore.

« Rimani » mi sussurra senza lasciarmi la mano.

Pierluigi si trascina fino al letto e si siede accanto a me. La sua guancia bagnata sfiora il mio braccio. Restiamo così fino a che Arianna chiude gli occhi e il suo petto prende il ritmo tranquillo del sonno pesante.

A quel punto guardo l'uomo che ho al mio fianco, stravolto dalla paura provata, grato di aver scampato il pericolo. Nessun altro meglio di me può dirgli cosa ne è stato del suo amore.

« Sì, se ne è andata. »

Lui mi fissa. Poi sfiora le dita di Arianna. Altre due lacrime enormi gli corrono giù sulle guance. « Per sempre? » mi chiede.

Cristi è di Mattia ma lui ha scelto Giò.

« Sì. »

Restiamo fermi, vicini e in silenzio per un tempo che sembra lunghissimo. Come lunghissimo è il filo che ci lega a Cristi.

Il primo a muoversi è lui. Si asciuga il viso con il polso, poi si alza e fa un respiro profondo. « Andiamo di là » mi dice e lo seguo in cucina dove saremo lontani da Arianna e più liberi di parlare. Così credo.

Ma lui non parla, ci vorranno giorni prima che riprenda a farlo. Prepara solo il caffè, poi apre un paio di cassetti in cerca di qualcosa da mangiare anche per me. Questa notte ho sentito che Cristi se ne andava oppure no? mi chiedo mentre lo guardo tagliare il pane e mentre controllo che Arianna continui a dormire senza affanno. Me lo chiedo anche quando, tornando a casa, mi fermo davanti alla piccola chiesa e rivedo, come se il ricordo le proiettasse davanti a me, una bambina bionda che saltella e un'altra che, con il viso in fiamme, si affanna per starle dietro. Se ci fosse stata Cristi a quella domanda avrebbe risposto subito, senza bisogno di prove, di evidenze, di fatti reali. Io invece per farlo ci ho messo anni. Ma ora conosco la risposta. Perché la verità della mia storia con Cristi è che io, la custode, la sorella, la ragazzina innamorata, la traditrice, la creatura ordinaria, la notte della sua scomparsa ho scelto l'unico modo che avevo per smettere di inseguirla. Lasciarla andare.

Epilogo

La notte è trascorsa, Cristi. Le luci dell'alba già punzecchiano il paese ma qui, nella radura sconosciuta a tutti, il cielo scuro si trattiene facendosi scudo degli abeti.

Avrei ancora un po' di tempo per raccontarti, nella quiete dell'oscurità, cosa è successo subito dopo che sei sparita. Tempo per dirti che l'albicocco è morto, si è seccato all'improvviso, l'ha fatto per non assistere alla prima estate senza di te. Tempo per spiegarti che Mattia è rimasto un giorno intero davanti alla pozza. L'ha fatto quando gli ho restituito la catenina d'oro che avevo nascosto sotto il materasso del nostro letto di Bologna.

La Giulia che sono stata continuerebbe a parlarti. Si tratterrebbe ancora qui. Ti racconterebbe tutto, noncurante della fatica, della notte insonne e di chi la sta aspettando. E nel farlo pregherebbe per un tuo segno. Una folata di vento inattesa, il verso di un animale notturno che fugge il mattino, un riflesso sull'acqua grigio come i tuoi occhi.

Ora però non sono più la stessa persona di allora e non posso fermarmi oltre. Devo accendere il telefono, scendere fino al paese, andare in stazione, fare ritorno a Bologna da Pierluigi e Arianna. Devo farlo, perché l'ho promesso. E devo farlo, perché l'ho voluto. Sì che vuoi, mi hai detto prima di sparire e ancora una volta avevi capito prima che lo facessi io.

Ho voluto la fiducia di Pierluigi, l'instancabile e reciproca presenza, anche quando i figli che abbiamo cercato sono scivolati via in un mare di lacrime e sangue. Ho voluto sposarlo.

E ho voluto Arianna. Ho desiderato guarire le sue ferite e ho capito che ne ero capace, anche quando era ancora una bambina e tremava a ogni squillo di campanello. Anche quando ho sentito che se non fosse stata felice, non lo sarei stata mai nemmeno io. Anche quando è diventata una donna vertiginosamente bella come te.

Adesso il mattino si sta facendo largo fra gli abeti. Fra poco la terra sotto i miei piedi si scalderà, le punte del sole già cercano lo specchio dell'acqua e accarezzano tutti i ricordi di te, che non mi abbandoneranno fino alla fine. Ho ancora un paio di mesi per assistere ogni mattina allo spettacolo del giorno che sorge. L'alba di questa mattina la dedico a chi sono diventata. A Giulia, che ha lasciato andare l'amore irraggiungibile e ha voluto tutto l'amore che la vita aveva scelto per lei.

Ringraziamenti

Grazie a Valeria Vaccari, senza di lei nessun viaggio narrativo sarebbe mai iniziato.

Ringrazio Fiammetta Biancatelli, Walkabout Literary Agency, per aver creduto con tenacia e professionalità nella mia penna. Grazie a Lorenza Ghinelli che ha sentito ogni parola di questo libro e ha restituito con fiducia.

Infine un sentito ringraziamento va a Monica Randi per avermi accolta in Guanda, a tutta la casa editrice e a GeMS che mi hanno spalancato la porta su questo trepidante percorso.

Indice

Prologo 7

Prima parte. 1991-1994 11

Seconda parte. 1994-2000 79

Terza parte. 2000-2004 101

Quarta parte. 2004-2006 173

Quinta parte. 2006-2012 293

Sesta parte. 2013-2014 351

Epilogo 441

Questo libro è stampato col sole

Azienda carbon-free

Fotocomposizione: Andrea Bongiorni
Milano

Finito di stampare
nel mese di gennaio 2022
per conto della Ugo Guanda S.r.l.
da Grafica Veneta S.p.A. di Trebaseleghe (PD)
Printed in Italy